FOLIO SCIENCE-FICTION

Thomas Spok

UTER PANDRAGON

Gallimard

Thomas Spok est né en 1987, à Montpellier. Il tient un blog avec quelques amis (https://thomasspok.blogspot.com/) où il est question de littérature et d'histoire. *Uter Pandragon* est son premier roman.

Pour Nicolas

Tel passe en un moment de la prison au trône ;
Tel est né misérable en ses futurs états.

L'ECCLÉSIASTE, IV, 14.

1

Rois ou paysans, les hommes meurent jeunes, ici.

Une guerre tout à coup s'achevait, qu'un homme victorieux savourait tristement sur le champ de bataille, parmi les siens, blessés et morts qui avaient servi sa cause sans vraiment le servir lui, leur roi.

Le peuple à demi-voix le surnommait Mainet, par dérision – Mainet, c'est-à-dire le *petit*, bien qu'il fût l'aîné de trois frères et souverain de plein droit des deux Bretagne. Mais titres et royaumes se bousculaient, changeaient plus vite que la langue et se perdaient comme la mémoire de vieillards confus. Ceux-là mêlaient du rêve aux souvenirs : dans leurs récits, les rois puissants, bons ou mauvais, devenaient des légendes ; un faible ne subsistait que par son sobriquet, dont la signification elle-même finissait par s'estomper.

Debout, Mainet le petit roi regardait le ciel. Parmi les amas roulants de nuages sombres s'avançait une unique percée de ciel bleu.

Sa tête basculait en arrière, dans une posture d'enfant ravi. À cet instant, un oiseau se débattait dans sa poitrine. Cou tendu, il ressentait un désir d'envol.

« Qu'on aille chercher le barde, dit-il. Qu'il joue un air entraînant.
— Il ne peut pas, fit une voix. Un tranchant de hache lui a coûté trois doigts.
— Qu'il chante, alors. Un air connu.
— Il agonise. »
Un vol de corneilles passa sur le mince ruban bleu. Le roi baissa les yeux. À ses pieds, épars le long du coteau, des guerriers peu nombreux se tenaient assis sur leurs boucliers. Certains dodelinaient de la tête. D'autres pressaient des linges souillés sur leurs blessures. Ils avaient combattu tout le jour. Ils étaient las.

En contrebas s'étendait une plaine enneigée, le champ de bataille semé d'épées brisées, de casques fendus et de cadavres. Les cris des charognards se mêlaient aux râles des mourants et parvenaient aux oreilles des survivants, là-haut, trop épuisés et amers pour leur rendre hommage.

Cependant un homme remontait la colline. Il tirait par la bride un cheval blanc de haute stature – la monture du roi, comme lui de noble lignée. D'aucuns ajoutaient : mieux que lui digne de gouverner les peuples et de les conduire au combat. Son air furieux, ses façons d'agiter la crinière et de renâcler derrière son guide plaidaient en sa faveur.

« Sire, Vortigern vous attend dans le bois, à la source Fleoge », dit le nouveau venu sans prendre la peine de s'incliner.

Ce n'était pas mépris de sa part : héraut des Bretons, il avait chevauché sans cesse d'une bannière à l'autre, porteur constant de nouvelles désastreuses – jusqu'à ce qu'un chant de cornes rauques annonçât l'arrivée de l'armée de Vortigern, provoquant la retraite inespérée des envahisseurs saisnes.

Le roi observa la figure hâlée du messager, auquel il avait confié son cheval pour la journée. Il se nommait Abenamar. C'était un de ces hommes étranges venus des contrées d'Orient, à la suite de prêtres plus étranges encore qui parlaient de paix et d'amour en langue latine. Sous la férule de leurs crosses dorées, ils apportaient un dieu à une terre qui en comptait déjà beaucoup. Le peuple les aimait et la noblesse brutale et rieuse les craignait, ce qui revenait au même. En échange de complaisance et de quelques arpents, les chrétiens soutenaient le roi contre les Saisnes.

« Vortigern ne viendra donc pas me rencontrer ici », répondit-il à mi-voix.

Cette remarque lui valut d'Abenamar une expression de perplexité, aussitôt refrénée sous une attitude compassée, autrement douloureuse pour le roi – celle-là même des guerriers qui feignaient de se soumettre à son autorité et l'injuriaient dans son dos. Il ne leur en tenait plus rigueur. Le sang de tant de leurs frères d'armes maculait ses mains, non pas versé par lui, mais en son nom, cruellement, vainement. Faire la guerre en hiver, quelle aberration ! On s'y tuait d'un coup de glaive ou d'un coup de froid. Si la gloire n'était pas la même, victoire ou défaite se ressemblaient trop.

Vortigern, sauveur du jour mais pas des apparences, attendait de son souverain qu'il s'humilie en venant à sa rencontre. Celui qui avait été autrefois sénéchal connaissait sa valeur, certainement plus élevée que celle d'un roitelet. La puissance souvent pesait davantage qu'un titre.

« Il sera seul, précisa Abenamar. J'ai sa parole.
— Alors je viendrai seul également.
— Comment, sans escorte ?
— Et qui me suivrait ? » s'écria le roi.

Il y eut des remous parmi les soldats, dont les épaules s'affaissèrent d'un vestige de honte. Pourtant, pas un ne protesta.

« Les Saisnes pourraient saisir l'occasion de tendre une embuscade.

— Ils sont loin, grâce à Vortigern, répliqua le roi d'un ton adouci. Assez, marchons ensemble. »

Ils descendirent la pente, en silence tant qu'ils furent à portée de voix. Tout à ses pensées, le roi caressait négligemment sa monture. Il y avait longtemps qu'il la dédaignait. Elle se fit docile à son contact et baissa une tête apaisée. Rendue irritable par le traitement martial que lui avait imposé son cavalier de circonstance, elle manifestait sa gratitude envers son véritable maître. Une fois en bas de la colline, il retira de sa main droite une bague ornée de son sceau : la couronne à trois branches.

« Abenamar, es-tu chrétien, comme je le pense ? »

Le héraut opina du chef.

« Je veux que tu te rendes à l'abbaye d'Elling dans le Hantescire. Présente cette bague à l'abbé et réclame les enfants. Il s'agit de mes frères. Ensuite pars avec eux sur la côte et patiente, le temps que la guerre se termine.

— La voici finie !

— Les Saisnes ont battu en retraite, c'est vrai. Rien n'assure qu'ils soient retournés de leur côté de la frontière. Je ne partirai pas sans en avoir le cœur net, même si pour cela je dois supplier

Vortigern de m'accompagner avec toute son armée. Sans lui, je ne peux rien. M'arriverait-il malheur au combat, embarque avec mes frères. Emmène-les loin, jusqu'à la terre de tes pères si tu le souhaites. Les prêtres de ta religion la décrivent comme un havre de paix. Comprends-tu ce que je te demande ?

— Oui.

— Je sais que le nom de ton dieu t'est sacré. Jure par lui que tu accompliras mes ordres.

— Au nom de Dieu, je le jure.

— Alors, en selle ! Passe l'horizon avant que j'atteigne la ligne des arbres. »

Abenamar obéit, peut-être le dernier homme de parole à servir sans arrière-pensée son seigneur. Il se trouvait soudain le dépositaire de plusieurs facettes de la majesté : le sceau, la famille, le cheval. Que restait-il à la personne même du roi ? Son épée au pommeau ciselé de runes, et le collier à larges anneaux qui glissait sur sa poitrine, symbole de l'alliance des Bretons.

Ainsi franchit-il la lisière du bois, sans un œil en arrière. Que les guerriers se reposent, à le maudire dans un grincement de dents. Que son héraut chevauche vite et bien, lié par son serment. Lui marcherait seul dans la neige, entre des arbres morts, tels les anciens druides en quête de dieux revêches.

Il progressait lentement, en proie à une torpeur agréable. La chaleur du manteau de renard sur ses épaules, l'air pur du bois que n'empoisonnaient pas les relents de cadavres, l'impression d'avoir échappé au fracas du monde : cette promenade lui faisait l'effet de la paix enfin rétablie. Depuis le début de son règne précoce, celle-ci constituait un rêve contrarié.

Il fallait la solitude pour en goûter la pleine espérance.

Il songea aux ermites, s'offrant d'eux-mêmes à la vie sauvage. Dans leurs abbayes, les chrétiens se rassemblaient sous des frocs sévères, prenaient le nom de moines et menaient une existence simple de prières et de labours. Au fond de son cœur, il se sentait leur semblable.

Célébrer les dieux, creuser la terre, partager le pain : voilà plus que la royauté. Mais *règne*, avait dit Constant sur son lit de mort, tandis qu'un garçon apeuré scrutait les traits profonds, le teint blême de son père, *règne*. Le verbe suffit à imposer le devoir dynastique. Et tous d'espérer que le fils soit digne du père, comme si l'adolescent de seize ans qu'il était devenu pouvait proclamer : le royaume m'appartient ! quand des milliers de bras se levaient contre lui et réclamaient sa chute : Mainet, sur mille bouches, petit seigneur sans mérite.

Il porta la main à son épée lorsque retentit le craquement de branche. Ce réflexe le surprit. Il n'avait jamais affronté personne en combat singulier : d'autres combattaient à sa place. Sa nervosité toutefois le ramenait au maniement des armes, auxquelles il se montrait maladroit. Chevaucher et observer le ciel, là étaient ses talents. Garder les yeux grands ouverts.

À dix pas de lui, superbe, se dressait un jeune cerf à deux andouillers. Ses pupilles noires le considéraient avec une calme indifférence. L'absurdité de cette apparition rendit le roi hésitant. Les dieux envoyaient de tels signes, messages nébuleux au service de desseins tout aussi indéchiffrables.

« Viens-tu délivrer un oracle ? » plaisanta-t-il.

Le cerf fourra son museau dans la neige. Il cherchait à se nourrir, esseulé et affamé au point que la présence de l'homme ne le gênait pas. À moins qu'il le perçoive comme une ombre parmi d'autres en ce lieu terne. Le roi s'approcha, poussé par le besoin de savoir jusqu'où l'étrangeté de la circonstance se poursuivrait. Il tendit la main – la bête tressaillit sous ses doigts. Sa tête courbée présentait ses cornes à fines pointes, ornement dangereux qui pouvait à tout moment transpercer l'impudent.

Y avait-il une prière, une formule capable de réduire encore ce qui séparait l'homme de l'animal ? Le roi renonça à comprendre. Mû par une impulsion, il se défit de son collier et le passa au cou du cerf. Puisque le sens de la rencontre lui échappait, il ferait son propre signe, adressé aux errants et aux fous, ou à personne. Il cédait un trésor des Bretons : la chose était grave. Elle lui sembla juste. Le cerf se redressa. D'un pas alerte il s'écarta et se mit à courir, en quête d'un sol plus favorable. Il disparut entre les troncs noirs, laissant derrière lui le roi et son épée.

*

Vortigern était un colosse, grand comme un ours et la figure recouverte d'une barbe brune, à même de renforcer la ressemblance. Un lourd manteau tombait de ses épaules, augmentant sa masse déjà considérable. Il soufflait dans son poing énorme pour éviter que ses doigts ne s'engourdissent. La buée s'élevait en tournoyant autour de lui tandis qu'il ruminait de vieilles rancœurs.

Lui aussi s'était tenu près de Constant, à l'heure ultime. Il avait serré les phalanges osseuses et écouté d'ultimes recommandations : « Guide mon fils, protège-le : sois son sénéchal » ; avec son dernier souffle Constant donnait encore un ordre. Un temps, Vortigern avait obéi. Il s'était contraint à couver un roitelet, à brandir le glaive quand la révolte grondait.

À hue et à dia pour le royaume, du moins le crut-il assez longtemps pour s'éveiller un jour le seul homme fort de Bretagne. Chacun à la cour se reposait sur lui des décisions à prendre, bonnes ou mauvaises. Mais il ne régnait pas.

Alors il déposa le bâton de sénéchal et se claquemura dans son château, refusant les requêtes et les ambassades. Le malheur en découla. Auparavant retirés dans le nord, au-delà des ruines du mur d'Hadrien, les Saisnes ressurgirent. Ils réclamèrent des cités bretonnes à grands cris et coups de haches. Ils allaient tels des loups, vifs et terribles. Des premiers succès faciles les persuadèrent de s'enfoncer davantage vers le sud. Leur progression fulgurante menaçait la cohésion du royaume. Privé du soutien de Vortigern, le roi dut agir : d'où cette campagne hivernale calamiteuse, préparée à la hâte et dont l'effet de surprise s'était épuisé sur les routes enneigées.

« Grand merci pour votre intervention inespérée », dit le roi sentencieusement.

Il s'efforçait d'affirmer la dignité de son rang. Maintenant qu'il lui faisait face, l'ombre de Vortigern le recouvrait tout entier. La bouche du colosse se tordit de dégoût pour le petit souverain devant lui : Mainet.

« Vous sortir de la débâcle m'a coûté la victoire. J'avais l'occasion d'écraser leurs arrières. Au lieu de cela, j'ai dû me précipiter vers votre colline afin d'en libérer les flancs assiégés… Il y avait des femmes parmi leurs troupes. Des femmes ! »

Il parlait sur un ton intransigeant, aux accents de menace contenue, qui lui était habituel. Il ne concevait les actes et les paroles qu'en rapports de force. Depuis Constant, il vivait sans maître à la hauteur de son ambition.

« Nous ne comptions pas sur l'arrivée de renforts, répliqua le roi. Il fallait défendre et mourir.

— Et où étiez-vous dans les rangs ? Quand on est seigneur de guerre et qu'on s'apprête à mourir, on donne l'exemple ! »

Le roi frémit de honte. Il se représenta Vortigern déchaînant le courage breton pendant la charge. Un homme de sa stature pouvait prétendre à l'héroïsme et paraître convaincant.

« Votre bras, votre esprit manquent à la cour, concéda le roi. Revenez-nous. Je vous honorerai plus qu'aucun autre.

— Un enfant, m'honorer ! se récria Vortigern, qui ajouta dans un murmure : Mainet ! »

Cette exclamation pleine de dédain réduisit à néant les faux-semblants. Trop d'orgueil et de frustration séparaient le souverain de l'ancien sénéchal. *Enfant* tombait entre eux avec la gravité d'une insulte. Le souvenir de Constant se raviva. Le roi tira son épée.

« Vous me devez réparation », dit-il.

Vortigern avisa la lame tremblotante sous son nez, la mine solennelle du roitelet. Cela le réjouit. Il se défit de son manteau et dégaina à son tour. Tous deux étaient vêtus de mailles, mais elles ne protégeaient que leur buste. Le grand guerrier frappa sans retenue. Le geste large, puissant, balaya son adversaire. Celui-ci se rétablit pourtant avant le prochain assaut, l'épée tendue. La vibration du métal se répercuta dans son bras.

Il tint bon. Vortigern attaqua de nouveau – il frappait presque au hasard, conscient de son allonge et de son endurance supérieures. Le roi se défendait tant bien que mal. Incapable de prendre l'initiative, il reculait et haletait, fixant le tranchant qui sans cesse s'abattait sur lui, qu'il esquivait ou parait sans cesse. Il s'oubliait dans l'échange des lames, soudain insensible à l'idée du coup qui viendrait le clouer au sol, du sang qui souillerait la blancheur sous lui.

L'inégalité flagrante du duel finit par lasser Vortigern. Le plaisir de donner une leçon à qui valait moins que lui ne pouvait le contenter durablement. D'un bond il se plaça à portée du roi. Il lui saisit le poignet et le tordit brusquement. L'adolescent gémit et lâcha son arme. Une secousse l'envoya rouler plus loin.

Vortigern ramassa l'épée royale, frotta du pouce les runes qui ornaient le pommeau. Aucune magie, il le savait, ne sauvait les faibles d'eux-mêmes. Il ficha l'épée dans la terre : il n'en avait pas l'usage.

« Un écervelé fait un piètre monarque, remarqua-t-il. Petit, tu te bats de la même façon aveugle que tu mènes les armées. Peu m'importe. Le peuple saura que je t'ai sauvé aujourd'hui. Il se détournera bientôt de toi et m'enverra chercher. Je serai prêt à recevoir la charge qu'ils t'auront retirée. Non, je ne prendrai pas ta vie. Les belles âmes me le reprocheraient, les fourbes s'en serviraient contre moi. Règne donc, tant que tu le peux. »

Il se détourna. Le roi le vit remettre son manteau sur les épaules, en chasser la neige à petits coups secs, puis quitter à grands pas la clairière. Le jeune homme se releva, les yeux brillants de larmes contenues. Il était rude de sentir que certains affronts demeureraient impunis, flétrissures invisibles et persistantes. Vortigern le vouait au désastre. Il reprit son épée, y aperçut son reflet déformé. De rage, il lui prit l'envie d'actions insensées : périsse la foule des hommes et des femmes, si l'injustice seule prévaut et que les hommes de bonne volonté se pervertissent ! Quelque part, un loup hurla.

La source Fleoge coulait à l'autre bout de la clairière. L'eau coulait l'hiver en un filet étroit. Au printemps, le courant gagnait en force, formait un rideau chatoyant d'où jaillissaient des arcs-en-ciel. On se rassemblait là au prétexte de quelque fête, heureux de vivre et de partager un repas plus copieux qu'à l'ordinaire. Le vaincu s'y dirigea, dépouillant son corps endolori des derniers oripeaux de sa royauté, à commencer par son ceinturon où pendaient sa dague inutile et un fourreau vide qu'il abandonna dans la neige.

Parvenu au bord de la source il plongea son épée dans l'eau, plus profonde qu'il n'aurait cru, la maintint un instant sous la surface, comme on ferait d'un seau à remplir, puis la relâcha d'une torsion brusque du poignet. Que l'arme soit noyée avec la honte ! Il se pencha pour boire.

La fraîcheur glissa en lui, aiguë, lancinante. Il

songea que de roi, il ne conservait que le titre. Privilège dérisoire, ce mot de roi auquel les chroniqueurs accolaient un nom, parfois un chiffre – si le nom s'avérait prestigieux, bien sûr, il y avait le récit de hauts faits, de crimes sublimes. Constant avait sa légende, transmise à ses fils pour leur instruction. Mais un modèle indépassable précipite ses héritiers dans l'obscurité. De certains princes, on ignorait même les dates de décès.

Nul historiographe ne racontait les cœurs brisés auprès d'une source d'eau claire, qui reflétait un coin de bleu. Mainet le petit roi se redressa. Il tendit le cou vers le ciel et ne vit ni l'assassin, ni la lame qui l'égorgea.

*

Le cheval emporte la nuit de cendres noires avec les crins blancs de sa queue, des trompettes sonores saluent le couronnement d'un ours, ou l'avènement d'un enfant-roi, ou la jeune femme sous son voile de mariée, sur un navire des enfants se disputent, le roi, la femme et les enfants ont mille figures, ils dansent dans une haute salle, autour d'une table vaste comme le monde, ils craignent de s'asseoir car les sièges ont la profondeur des Enfers, où les trônes sont vides, puis les tentures de deuil se déroulent aux pieds nus d'une dame qui berce une épée en larmes.

Le garçon eut une secousse. Il crut tomber et ses bras battirent l'air. Tout était obscur ; il ignorait où et quand il se trouvait. Parfois, il avait besoin d'une minute entière pour être bien sûr. Il se palpa le visage, le sentit imberbe, regarda le ciel nocturne au-dessus de lui : à l'emplacement de certaines étoiles, il détermina à peu près l'époque, ainsi que le lieu. Sa naissance était récente, son nom inconnu de la plupart, même si sa légende commençait de se répandre. Quant à l'endroit, il s'agissait du toit d'une église abbatiale, depuis lequel il apercevait les silhouettes des bâtiments qui composaient le domaine.

Plus tôt ce matin-là, le cavalier hâlé avait pénétré dans le cloître, d'où il ressortit avec les deux frères. Le plus grand n'avait pas neuf ans et semblait très calme. Il faisait signe aux moines assemblés pour leur dire au revoir. Non sans mal, il se hissa sur le cheval, ses pieds passés dans les étriers raccourcis.

Le plus petit par contre était encore pleinement un enfant. Il s'accrochait aux robes de bure et éclata en sanglots scandalisés lorsque le nouveau venu le souleva pour le déposer devant son aîné. Alors il s'apaisa sur-le-champ, se mit à caresser la crinière de l'animal. Le signal du départ fut donné. L'adulte marchait en tête, s'efforçant d'entraîner le cheval rétif. Ce dernier hésitait entre le mécontentement à l'égard de l'homme et la satisfaction due à la main sur son cou.

Ils partirent ainsi, sans remarquer le guetteur perché sur les hauteurs. Lui-même s'était laissé à son envie d'en savoir plus. Une part de lui, la part ancienne, se rappelait cette histoire, qui ne lui était en fait qu'un souvenir.

Mais à ce moment-ci il se voulait juvénile, frivole, et il oubliait facilement. Passé, présent, futur se confondaient dans son esprit, si bien que la vision qu'il avait désirée l'avait submergé. Et voilà qu'il s'en extirpait d'un coup, à la nuit tombée, étourdi et tremblant de froid ! Au moins les moines ne l'avaient-ils pas délogé. Tout occupés d'affaires célestes, ils ne levaient guère le nez de leurs livres de prières.

« Merle, mon petit merle, chuchota quelqu'un dans son dos. Nous devons parler. »

La voix était traînante, insinuante. Le garçon la connaissait et la redoutait – comme il la connaissait ! Il lui semblait l'entendre toujours, qui affleurait à ses oreilles et le mettait sur le qui-vive. Cette peur ravivait son goût pour la provocation, car il savait se défendre.

Il se retourna le sourire aux lèvres, se heurta presque à l'importun qui reflua d'une contorsion brusque. Un instant, l'enfant eut la vision d'un épouvantail désarticulé. Mais aussitôt la forme obscure se rajusta, revint tout près de lui. Voûtée au-dessus de sa tête, elle lui présenta sa face crayeuse, dont la bouche édentée s'ouvrait sur un sourire niais. En fait d'yeux, deux trous noirs se dilataient ou se rétractaient. Cette contraction incontrôlée suggérait une joie ou une douleur convulsive. Les bras s'élevaient et retombaient de chaque côté tels des lambeaux secoués par le vent. L'enfant étudia le démon et décela sa fébrilité.

Il ne fut pas dupe : cette apparence illusoire parodiait les moines en girouette au sommet de leur propre maison.

« Je me moque de ce que vous voulez dire, père, dit-il. D'ailleurs, je le sais déjà : le roi de l'Île de Bretagne est mort.

— Le roi ? Duquel parles-tu au juste, petit merle ? Les rois fragiles sur leurs trônes à bascule ne nous intéressent pas. Ils vont et viennent, nous autres n'en avons cure.

— Il en est un pourtant, dont la couronne d'épines pèse sur vos pensées étroites. À son évocation, vous ployez sous le faix et gémissez dans les gouffres.

— Tu en sais quelque chose, petit merle, fit le démon en approchant une manche près du visage de son fils – des filaments noirs s'enroulèrent autour de celui-ci sans le toucher. Je t'ai contemplé souvent, reprit-il, en proie à cette torpeur fiévreuse qui ressemble au sommeil, sans offrir de repos. Alors tu trembles, tu te débats. Tes visions te rendent malheureux.

— De temps en temps, je vois l'espoir.

— Moins souvent que l'horreur. Tu la crains. Pourquoi ? Tu es de mon sang. Ne résiste pas au plaisir des souffrances et de la laideur des hommes. Ce ne sont que des bêtes, et toi leur dompteur. Ne sens-tu pas comme ça brûle dans tes veines, quand ils ouvrent des gueules désespérées, comme ça bout dans tes tempes ? Toi, tu devrais t'amuser de leurs grognements. Qu'ils prient ou qu'ils s'entre-tuent : grognements ! Nous, nous discernons les vérités du monde. Nous nous réjouissons pendant qu'il s'écroule, puis nous jouons parmi les ruines. Crois-moi, l'espoir est un leurre pour les seuls tête-en-l'air. Dis, petit merle, n'aimes-tu pas ton père ? »

Le démon parlait, parlait, de plus en plus doucereux, presque tendre. Son aspect se modifia. Ses traits s'affinèrent, son dos se redressa. Des mains pour de bon émergèrent de son vêtement qui s'éclaircit, devint opalescent. Un homme beau comme la tentation se tint devant l'enfant. Sa longue chevelure brune chutait sur ses épaules larges, encadrait un visage sculpté dans un marbre palpitant où ses yeux étincelaient, sûrs de leur pouvoir. Il tendit la main, caressa lentement une joue qui ne se déroba pas. Sous cette apparence, il avait séduit la mère. Il séduirait le fils.

Celui-ci portait trop de chagrins, trop de réminiscences de temps trop éloignés. Les guerres incessantes le tourmentaient et se poursuivaient dans son cœur. Il refoulait la violence de sa nature au lieu de l'embrasser. Le démon son père le soulagerait de ses vains scrupules. Il s'inclina et le baisa au front.

Immense, le cheval se cabre et rue, ses sabots heurtent les poitrines qui cèdent à grands craquements d'os, les râles se mêlent au hennissement déchirant.

L'enfant poussa un cri terrible. Là où les lèvres s'étaient posées, un trou lui perçait le front. S'en échappèrent des fumerolles de souvenirs que le démon aspira avec délice. Car tel était l'objet de son désir : la connaissance de l'avenir que possédait son rejeton, incapable encore d'en saisir la portée. Cela ne dura pas. Tout à sa voracité, son emprise se relâcha. L'enfant passa les doigts sur la fissure et la referma en criant :

« Esquibedes ! Par notre sang je te conjure ! Et par le nouveau-né allaité au sein meurtri de la mère, par le bourgeon flétri sur la terre asséchée, par le poison mélangé à la sève au creux du tronc fendu, je te conjure ! »

Le nom manié contre lui heurta le démon, le repoussa vers l'arête du toit. Sa physionomie s'altéra, prit des allures bestiales. Son nez s'allongea, les narines gonflèrent terriblement. L'enfant recommença sa litanie d'une voix plus calme.

« Et par le lièvre accouru au chant du gerfaut, par le soleil empêtré dans la rosée hivernale. Esquibedes, je te conjure. »

La métamorphose se poursuivit. Les membres se multiplièrent, s'étendirent en pattes luisantes et en queue hirsute. Une figure chevaline s'ébroua, cornue, dépourvue d'yeux. Le torse puissant restait visible, mais noirci de poils, émergeant d'un corps grotesque de cheval.

« Je suis Merlin. Par le nom que me donna ma mère, je te conjure. »

Alors le centaure infernal déploya deux ailes démesurées, aux innombrables plumes sanglantes. Celles-ci se détachaient en foule et se désagrégeaient avant d'atteindre le sol. Le démon se cabra une dernière fois, puis ses huit sabots d'airain le projetèrent dans le ciel.

Aveugle, il chargea à travers les airs, guidé par son instinct et par les visions extorquées. Il savait qu'un espoir timide brillerait à l'est. Cela blessait déjà le fond de sa mémoire. Il survolerait la moitié d'un continent afin de l'éteindre.

Un merle blanc s'élança à sa suite. Si léger, si fluet, l'oiseau filait pourtant sans contrainte. Puisqu'il le fallait, le fils traquerait le père d'un bout à l'autre du monde. Son cœur battait follement, enivré par la liberté du vol.

La foudre d'un coup met la nuit en pièces, elle lâche son fouet à multiples lanières sur les toits gémissants de l'abbaye à bout de forces, qui lâche sa croix ; des mots d'effroi brûlent les lèvres, le feu emporte au ciel des relents de bois, d'anges et d'encens.

*

Au port de Winceleseia, les voiles blanches des vaisseaux balançaient et lançaient leur gémissement aux mouettes. Adossés contre des caisses, leurs têtes collées l'une à l'autre, les deux garçons dormaient à l'ombre du cheval. Abenamar finissait de payer leurs frais d'embarquement – la bague du roi n'aurait pas impressionné le capitaine grec qui acceptait de les prendre à son bord. Le héraut remercia d'une courte prière la bonté de l'abbé, qui lui avait fait accepter une bourse ventrue au nom de la charité.

Les chrétiens se montraient généreux envers leur église. Il voulut y voir un signe encourageant pour les jours à venir. À la lumière de l'aube, la mer roulait des ors dignes de louanges, comme pour une libation somptueuse. On embarquait des bœufs, des ânes. Un peuple matinal s'affairait sur les quais. De faible importance, le port attirait néanmoins son lot de navires égarés, parce qu'un peu plus à l'est la côte s'enchâssait mal dans un écrin de récifs. Bien des semaines après une tempête, Winceleseia accueillait encore des rescapés aux lèvres fendues de sel.

Ils étaient soignés, nourris, puis remboursaient la dette ainsi contractée en travaillant comme débardeurs, dans l'espoir qu'un capitaine en manque de marins choisisse de les engager. Les jeunes fils de Constant aussi étaient des rescapés, mais de quelle catastrophe ? Abenamar songea à leurs âmes. Puisqu'ils se rendraient en Grèce et de là à Saras, but ultime de leur voyage où ne les attendait aucune famille, il prendrait sur lui de les préparer aux mœurs chrétiennes du pays. Il ne les obligerait à rien, non ; la douceur avait ses voies…

« Messire, si vous avez un siècle devant vous, je vous dirai l'avenir. »

Un enfant aux cheveux sales, aux yeux rieurs, sautillait auprès de lui en tendant ses mains jointes. Il avait la gouaille du vagabond chevillée au corps, à entendre son boniment qu'il répétait avec des variations grandiloquentes – mille ans pour le futur, mille vies ! –, mais ses pieds nus et sa frimousse amaigrie émurent Abenamar.

« Je suis navré, petit, dit-il, je n'ai pas assez de temps devant moi, je pars dans une heure.

— Une heure vaut une piécette, tout au plus ! Au lieu de l'avenir, je parlerai du temps qu'il fait.

— Cela, je peux me le permettre. Tiens, voici ta pièce… mais baisse la voix. J'ai des garçons qui dorment, précisa-t-il en indiquant les dormeurs.

— Si les plaintes des mouettes et des débardeurs ne les dérangent pas, je leur prédis un flot de réveils bienheureux !

— Sois calme tout de même. Je te donnerai une autre pièce.

— Merci, Dieu vous le rende ! fit le mendiant à voix basse.

— Es-tu chrétien ? s'étonna le héraut.

— Je suis un peu de ci, un peu de ça… S'il m'arrive de prier, je me bouche les oreilles, pour ne pas savoir qui répond ! Ainsi, je ne vexe personne !

— Ta précaution ne me plaît guère, rétorqua Abenamar, froissé.

— Pardon, maître bienfaiteur, s'excusa l'autre aussitôt. Je voulais vous distraire à hauteur de vos dons… Dites voir, ces garçons sont-ils les vôtres ? Partent-ils avec vous ?

— Ils partent avec moi, en effet, concéda l'homme, rendu méfiant. Pourquoi le demandes-tu ?

— Eh ! C'est que, maître bienfaiteur, là où il y a de la place pour deux… Je pourrais bien apprendre une chose ou l'autre à vos petits pages, et vous verriez que je prends moitié moins de place !

— Ils ne sont pas mes pages… Comment t'appelles-tu ?

— Ulfin, sans feu ni lieu, à votre service !

— Ulfin le finaud… »

Il hésita. D'une part, il compatissait à la vie hasardeuse du jeune mendiant, sans doute moins innocent qu'il ne s'en donnait l'air, en cela d'autant plus digne d'aide. *Laissez venir à moi les petits enfants*, avait dit le Seigneur, et c'était en partie pour cette raison que le héraut avait obéi à son roi. Il répugnait d'autre part à mêler aux fils de Constant ce fils de rien, dont les manières impertinentes risquaient de les avilir. À cela, il pourrait opposer une sévérité plus grande, l'exemplarité… Surtout, se reprit-il, ce chenapan était un inconnu.

Combien d'orphelins la guerre contre les Saisnes jetait-elle sur les routes, qu'aucun navire n'emporterait vers la sûreté d'une terre chrétienne ? Non, non, il avait une mission, la dernière, qui ne souffrait pas d'élan superflu de générosité. Il recommanderait à Ulfin de se rendre à l'abbaye d'Elling, où les frères prendraient soin de lui si le garçon déclarait venir de sa part, et s'il savait tenir sa langue.

« Accordez-moi quelques années, maître, et je vous raconterai ma vie », interrompit l'enfant d'un ton résolument humble, qui soudain paraissait sincère.

Les jeux du donnant-donnant étaient délaissés, comprit Abenamar, parce que la demande du mendiant était en fait la promesse d'un don de sa part, le seul qu'il pût faire sans affectation.

« Commence donc à raconter, se décida le héraut tout aussi brusquement. En échange de mes oreilles grandes ouvertes, tu me diras un jour la bonne aventure.

— Oh, pour ce qui est de l'avenir, je répondrai à une question seulement, modéra Ulfin, retrouvant des habitudes de négociateur. Ma vie ne vaut pas plus !

— Soit ! Il ne sera pas dit que j'ai mis en gage les temps qui viennent. »

Un pacte fut scellé.

2

Vortigern règne !

Les premières fleurs coloraient de bleu et de vert la muraille de Trinovantum, la vieille cité où avait patienté l'hiver durant l'espoir des Bretons. Enfin le nouveau roi les récompensait par la paix, et par les réjouissances qui suivaient la double cérémonie de son couronnement et de son mariage.

C'était la fête énorme dont les hobereaux avaient causé des semaines à l'avance, comme d'une promesse à leur tenir, comme d'un dû – à leur complaisance ou à leur soumission si promptes et de si bonne foi au souverain, fort et tranquille. Que le roi précédent soit maudit ! Que son nom soit rayé des registres et interdit de mention. Ses frères en fuite ? Eh bien, on les oublierait vite : qui se soucie des absents, des enfants dont les mains ne tiennent ni l'épée ni les rênes ?

On s'égayait de cette manière, à dire du mal en courtisans accomplis, à rouler parfois sous les tables, parmi les flacons de vin vides, la bouche pleine encore de bons mots et de pâté de faisan. Une ombre cependant glissait sur les fêtards, qui frissonnaient en baissant brusquement la voix : un Saisne passait au milieu d'eux, un borgne dont l'unique œil clignait peu, et alors sa paupière s'abattait avec une fermeté accusatrice.

Ainsi la cour de Vortigern devait-elle tolérer la présence inouïe de l'ennemi héréditaire, du chef Hengist – presque un roi lui aussi, plus puissant à vrai dire car les Saisnes adoraient leurs chefs de guerre tant qu'ils leur procuraient des occasions de riches tributs, pour les éliminer au premier revers. Ce chef-là était le plus rusé, le plus farouche, et à l'origine d'une kyrielle de superstitions ; des vétérans bretons certifiaient en tout cas qu'il était le seul homme à avoir survécu à un combat singulier avec Constant…

Constant, Constant ! Soudain le nom du grand roi – du grand souvenir – rendait l'ivresse plus triste et plus hargneuse : oui, la paix était une bonne chose, certainement, nous autres Bretons étions à bout, incapables de poursuivre les pillards dans le Nord, à peine capables de nous réfugier dans les bastions pendant que les campagnes étaient livrées à la rapine ; accepter la paix, bien sûr ! Avions-nous le choix ?

Mais fallait-il pactiser davantage avec les Saisnes, céder des terres, des places fortes, nouer enfin une véritable alliance ? Était-ce nécessaire de mêler les sangs ailleurs que sur le champ de bataille ? Autrefois, nous connaissions les frontières de notre propre royaume, nous n'avions qu'à vouloir pour vaincre, nous étions fiers…

Vortigern règne ! cria l'un, rouge et suintant, peut-être pour honorer le roi de fraîche date, peut-être en guise de protestation scandalisée, dans un instant de lucidité fébrile. La distinction était trop dangereuse à faire, puisque Vortigern lui-même levait sa coupe en réponse et que son sourire découvrait des dents remarquablement longues, pareilles à des crocs. Oui, il avait tout pris, la couronne émaillée de corail rouge, les fiefs et les paysans, les coffrets d'or dans les halles désertes… malgré la brume, la longue brume poisseuse qui s'accrochait aux chemins et aux cervelles confuses, déjà traîtresses en imagination. Car il entendait les chuchotis.

Il lui semblait n'en finir jamais avec les langues des lâches, qu'elles s'activaient d'autant plus quand il tournait le dos. Le moindre toussotement le proclamait : usurpateur ! La défiance se répandait comme la peste. Partout, partout des traîtres à mots couverts. D'ailleurs il constatait l'absence de quelques vassaux, les plus intraitables, ceux de cette région au nord du royaume qui s'appelait la Mercie, où Saisnes et Bretons s'entre-tuaient depuis si longtemps qu'ils se ressemblaient beaucoup, vivants ou morts.

S'il faisait bonne figure pour les festivités, il buvait avec rage. Il n'avait pourtant rien imposé à personne, ni son nom ni son bras ; c'était eux, les petits nobles à la mémoire courte, qui l'avaient supplié de prendre le trône après l'assassinat. Comme ils avaient rampé devant lui ! Il aurait dû reconnaître leurs manières de serpents. Maintenant, ils lui reprochaient la paix ! Ils oubliaient un peu vite les défaites, les récoltes brûlées.

Qu'ils boivent donc à ses frais ! Qu'ils profitent de la chaleur de son foyer ! Les Saisnes apporteraient du sang neuf, des manières de loups avisés, qui savent quand mordre ou lécher la main qui les nourrit – Hengist approchait, sa haute taille obséquieusement voûtée afin de donner l'impression qu'il s'inclinait devant son hôte, le majestueux maître d'œuvre de la paix récente entre deux peuples habitués à se haïr. Le borgne toutefois s'apercevait de la mauvaise humeur de Vortigern et s'en réjouissait ; il énumérait en silence les moyens d'en tirer parti, en commençant par s'attirer quelque gratitude.

Il s'inclina donc de plus belle, se rabaissant volontiers à la vue des pitoyables nobliaux bretons dont les blessures d'orgueil cicatriseraient à l'aide d'un baume si dérisoire, sans déceler quelle dose de poison s'y mélangeait. Hengist ne s'embarrassait pas des questions d'honneur ; il différenciait en un clin d'œil les vaincus des vainqueurs, ce qui lui permettait de commander aux clans saisnes et de comploter un avenir paisible et profitable. Il s'arrêta à un pas de Vortigern, attrapa du bout des doigts une extrémité du manteau de celui-ci en signe d'humilité.

« Celui qui touche le manteau d'un roi, fit-il en parfait breton, peut-il se l'approprier, ou simplement s'abriter au-dessous ?

— Je te l'offre, s'il te convient ! s'écria le colosse couronné tout en dénouant le cordon qui maintenait le vêtement. Mais, viens plus près, tout près, là, contre mon oreille… Parlons bas. Dis-moi, as-tu fini ton enquête, as-tu retrouvé l'assassin ?

— Je suis navré, seigneur. J'ai interrogé les plus fous, les plus fourbes. Le régicide n'est pas un Saisne, je le jurerais sur ce manteau que tu m'accordes de si bonne grâce !

— Pas un Saisne ! Quoi, tu suggères qu'un Breton

serait coupable, que mon trône est peut-être cerné de meurtriers et de conspirateurs !

— Eh, moins fort, seigneur ! Notre conversation gâcherait les réjouissances… Breton ou Saisne, je n'ai pas encore découvert le responsable, voilà tout. Je questionne les uns et les autres, on me répond, bon gré, mal gré… Il faut du temps. La rumeur affirme que tes sergents d'armes sont à l'affût ; on aurait pendu des faux témoins, de vrais bandits… Chacun sait que tu veux mettre la main sur le régicide, seigneur.

— Certains prétendent que je feins. Sous prétexte de poursuivre un tueur, j'éliminerais mes opposants, le domaine royal engraisserait de charognes. Des menteurs transforment de faux morts en martyrs… ils susurrent aux oreilles indulgentes que j'ai fait tuer le souverain légitime. Ils se trompent. Bah ! J'avais prédit qu'on me demanderait le compte de ce sang-là. Maudit roitelet, plus influent mort que vivant ! S'ils n'étaient pas si pleutres, les bavards recommenceraient la guerre pour venger un imbécile.

— Combattre toujours est pire qu'un luxe, pour les Bretons : un vice, si je peux me permettre, seigneur. Le vieux Constant mettait du cœur à l'ouvrage, quand il fallait manier la lance et la dague ! J'en sais quelque chose, précisa le Saisne en portant une main à son œil mort. Son fils aîné a cru hériter de la guerre en même temps que du royaume, quelle sottise ! On coupe les membres infectés comme on coupe les gorges : sans prévenir, par peur que le malade se débatte. Toi, seigneur, tu es assez intelligent pour gagner des batailles, plus encore pour ne pas les mener.

— Ah, tu es un stratège, Hengist, un diplomate ! Avec toi, on peut s'entendre… Il y a des beaux parleurs qui soutiennent que le pouvoir me rend lâche et méchant. Où sont-ils, ces audacieux, lorsque je marche nu-tête dans les rues, à la vue et au su de tous, l'épée au côté ?

— Les langues bien pendues s'activent loin du coup de griffe ? Ne fulmine pas tant, seigneur ! À quoi bon tempêter contre une foule d'ombres et de murmures ? Ils n'écorneront pas ta gloire.

— La vérité, c'est que le peuple breton est faible. Regarde-les, buveurs ! bâfreurs ! insatiables et forts en gueule, qui attendent de moi une bienveillance héroïque… Regarde-les ! Des moutons pour la meute saisne ! Des agneaux attendris par les paroles molles des chrétiens. Ceux-là aussi me causent du tort.

— J'ai assisté quelquefois à leurs sermons : toujours à ratiociner au sujet de leur dieu-roi, qui donne davantage qu'il ne prend, demande plus qu'il ne donne, meurt et vit plusieurs fois.

— Le beau conte dangereux ! Moi seul règne…

— Bah ! Ils sont très doux, très riches… Tu me comprends, seigneur ? Il vaut mieux posséder que conquérir, lever des taxes qu'extorquer des tributs. Or les chrétiens ont des présents à t'offrir : des poignées de terres et d'argent, des chevaux, des femmes… Quoique, j'espère que tu n'es pas déjà lassé de ta jeune épouse ! »

Un sourire sincère et naïf rompit les traits durs du roi courroucé, qui opina tout en cherchant des yeux une certaine robe verte, qui aurait dû depuis longtemps effleurer les tapis de la salle enfumée, où sa délicatesse mutine manquait affreusement. Ronwen tardait.

À la lueur des flammes, il ne reconnaissait aucune des femmes attablées ou debout, occupées à servir ou amuser les invités – pères, maris ou frères –, qui les avaient amenées avec eux pour rendre hommage au nouveau roi, ou, avec plus de vraisemblance, pour abuser autant que possible de son hospitalité. À eux les vivres et les couverts, à Vortigern le trône et les tourments !

Une volée d'enfants profitait aussi de l'opportunité, dans l'indifférence des patriarches enivrés et la résignation des mères débordées. Ils renversaient les assiettes et babillaient sans retenue. Au jeu du fracas de vaisselle et des exclamations incongrues, une fillette en particulier dominait l'ensemble des indomptables oisillons, qui poursuivaient sa robe bleu argent.

L'infernale demoiselle avait entassé une quantité déraisonnable de plats et d'écuelles vides seulement à demi, de façon à ériger une tour grotesque, débordante de nourriture, de déchets et de sauce, et cet édifice précaire menaçait de s'effondrer avec éclat à chaque nouvel étage, ajouté d'un geste incertain.

Déjà, la pile ébranlée s'était inclinée par deux fois, avec force projections de salissures qui maculaient à présent les minois et les costumes des gamins rassemblés de part et d'autre. De petites mains complices s'étant tendues pour prévenir le désastre, la tour resta debout. Elle fut bientôt assez haute pour arriver sous le nez de la fillette qui avait grimpé sur la table et tournait tout autour à pas prudents.

Même cette brève ronde tenait de la comédie : son jupon bleu, taché de graisse, était enserré par la spirale d'un long voile dont elle ramenait un pan jusqu'à sa figure, sans doute pour dissimuler sa bouche barbouillée de confiture, et elle prenait des postures de dame dédaigneuse qui flânait deçà delà, oreille grande ouverte aux compliments de bon aloi hurlés par sa cour juvénile.

Plus cela durait et plus elle osait de pirouettes, frôlait sa tour de bric et de broc pour la jubilation de son public qui trépigna, l'encouragea bruyamment à davantage d'audace, si bien qu'elle se mit à sautiller – assiettes et plats tremblèrent tant et plus, parcourus d'une vibration qui ne s'arrêta pas. Soudain ce fut le hourra de trop, la fillette à pieds joints bondit au bas de la table dans une dégringolade de couverts et de mets, dont les larges éclaboussures furent reçues bouches bées par la cohue des polissons, chacun d'eux revendiquant sa juste part de la Babel sacrifiée pour les divertir.

Hengist, insensible à un tel spectacle, fixait le visage absorbé du nouveau roi et ne comprenait pas la bizarre fascination de celui-ci pour ces exubérances d'enfants laissés à eux-mêmes. Il s'inquiétait de trouver son allié si fiévreux, si facilement détourné des affaires politiques par le moindre imprévu, fût-il festif et dérisoire. Mais l'intérêt de Vortigern, tout oublieux du Saisne auprès de lui, balançait entre les vestiges de la tour dévastée et la fille toujours folâtre.

Elle menait de nouveau les siens, cette fois dans une sarabande improvisée qui tenait autant de la danse que de la lutte : en effet plusieurs des garçons, prétendant gagner les faveurs de leur belle, se montraient d'humeur batailleuse. On se bousculait, on s'attrapait par le col pour le privilège de l'approcher et d'attirer son attention. Infatigable, elle les repoussait ou s'écartait vivement, plus fugace qu'un songe. Au détour d'une tablée elle se trouva seule un instant, à se moquer de son escorte traînarde.

Quelques mères commencèrent à gronder. La fillette lança un regard à la ronde afin de repérer un coin libre où entraîner sa compagnie. Sa tête se tourna en direction du roi assis sans s'attarder sur lui, puis elle disparut sous la table, cachette à l'épreuve des grandes personnes. Vortigern n'avait eu que le temps d'entrevoir ses yeux, dans lesquels éclatait une malice triomphante, sûre de son fait. Cette joie déraisonnable et facétieuse dont il ignorait la nature, divine ou bestiale, il en éprouvait la nécessité davantage qu'il avait jamais désiré la souveraineté – d'ailleurs ce besoin incisif n'émanait-il pas précisément du pouvoir, puisqu'il lui semblait avoir la fraîcheur d'une blessure récente ?

« Tu n'as pas d'enfant, Hengist », fit-il d'un ton pensif, où s'entendait une pointe de désapprobation, elle-même surgie d'une douleur confuse qu'il lui était pénible de formuler.

Le borgne se raffermit : il flairait dans cette gêne une crainte à apaiser, ou à attiser au besoin.

« Ah, seigneur ! Mes Saisnes sont de grands enfants féroces ! Ils se sont habitués à vivre dans le désordre des rapines et des escarmouches, au jour le jour. Grâce à toi, j'aurai vécu pour leur dire : voici des terres, elles sont à vous, cultivez-les, prenez-en soin ! Pour l'instant ils sont au mieux de rudes chasseurs, dans de mornes forêts… Désormais ils seront bâtisseurs, fondateurs ! Qu'ils se fassent chrétiens, même, s'ils le souhaitent : ceux-là construisent parfois de beaux temples, qui se conservent mieux que les autels dédiés aux esprits des bois.

— Peuples et religions, je les brasserai ensemble dans le chaudron de ma royauté… Peu importe alors qu'on m'admire, pourvu qu'on m'obéisse, qu'on s'aplatisse devant moi. Les plaintes et les lamentations me dégoûtent : je suis au-dessus de tous le maître indépassable. Constant ne m'aura pas égalé, lui qui n'était que silences ou serments et ressemblait à une statue. Moi j'ai le sang qui bout, la colère qui fléchit les genoux des vassaux… Mais je veux plus : un héritage et quelqu'un à qui le léguer ; un tombeau sans pareil, aussi, avec mon nom gravé dessus en lettres ineffaçables. Quelque chose de plus concret que les cendres de Constant dispersées aux quatre vents, comme sa lignée.

— Tu parles d'or. Je ne suis pas devin, seigneur, pourtant je te prédis gloire et prospérité, ainsi qu'une descendance pléthorique, engendrée par la compagne la plus digne de réchauffer ta vieillesse.

— C'est vrai que le trône est un peu froid… que mon lit est trop grand et que j'y ai fait rentrer une toute petite reine… Ronwen ne prend pas beaucoup de place. Pourquoi tarde-t-elle tant ?

— La voici ! »

Elle arrivait, en effet, apparue sans prévenir parmi les convives qu'elle saluait de sourires et de paroles rares qui donnaient à croire qu'elle se contraignait à s'adresser à eux, mais elle éloigna ces appréhensions en s'arrêtant ici et là pour servir de ses propres mains du vin à qui voulait en boire. Elle-même trempait ses lèvres dans chaque coupe remplie avant de la remettre au buveur honoré et ébahi de recevoir ainsi presque un baiser de la reine – ses lèvres rougies par le vin, elle avança vers Vortigern avec la vivacité d'une jeune femme dont les dix-neuf ans ne la retinrent pas de se glisser sur les genoux de son mari.

Celui-ci n'entendit plus les causeries des imbéciles et des jaloux, ni les ricanements nerveux qui provenaient de ceux qui, un moment auparavant, étaient tombés sous le charme : on ne pardonnait pas les trésors entrevus arrachés aussitôt pour être offerts à un autre, et quel autre ! Le roi de Bretagne, si enclin aux coups de sang, pourtant aimable et accommodant lorsque sa dame étrangère lui caressait la barbe... Cela, pas un n'eut l'effronterie de le chuchoter. Vortigern aurait broyé l'impudent entre ses bras, ainsi que tous les témoins, pour l'exemple ! Déjà, il supportait à peine que ses vassaux la contemplent ; sans elle, leur présence l'exaspérait.

Non, les envieux ne comprenaient pas comme lui qu'elle était innocente et fragile ; il aurait pu l'enfermer entière dans sa paume, du moins il l'aurait voulu, afin de la garder toujours avec lui, tel un secret.

« Tu m'as fait attendre », lui disait-il en s'abandonnant à la cajolerie.

Elle lui ôta son hanap, avala lentement une gorgée.

« Longue vie au roi ! » lui souhaita-t-elle d'une voix de miel sucré – sucré comme ses lèvres collées à celles de son époux, pour un baiser long comme la nuit à venir où ils s'adonneraient au très vieux jeu de l'homme et de la femme.

Tous levèrent leur coupe en l'honneur de Vortigern, qui opina de la tête. Ronwen savait festoyer, au surplus laver son front des rides accablantes, noyer sous ses rires la bile qui bouillonnait. Mais elle n'était pas bretonne. On la haïssait pour cette raison. Hengist, son frère, l'avait offerte en gage de bonne volonté – il espérait au mieux que le monarque novice l'accepterait pour concubine. Comment deviner qu'un Breton autrefois belliqueux s'avérerait si pacifique, si empressé à lier les sangs par une cérémonie ?

« Les sots voient dans notre mariage une injure à la Bretagne et à la mémoire de Constant, murmura Vortigern dans l'oreille de sa jeune épouse. Tant mieux. De quel droit à la fin remet-on en cause mes décisions ?

— Sais-tu qu'il y en a pour dire que je tc maltraite ? » fit-elle du même ton.

Hengist ne perdait rien de leur échange : il remerciait intérieurement sa sœur pour ses dons d'enjôleuse.

« Les Bretons ne sont guère loyaux, seigneur, nous en convenons tous deux, intervint-il. Je te donnerai des noms…

— Ah ! Ils ne s'imaginent pas ta sauvagerie à l'heure de partager la couche, dit le roi à sa femme sans tenir compte de la remarque de l'indiscret. Les traces de morsure sur mes épaules, je te les dois, ma dévoreuse aux yeux noirs.

— Constant avait trois fils, continua Hengist sans se démonter. Les deux derniers sont des garçons inoffensifs, aux mains d'un chrétien d'extraction modeste, d'après la rumeur. Ils sont loin, seigneur. Gageons qu'ils deviendront moines et tariront la lignée de leur père. Toutefois, ils pourraient revenir.

— Je règne, cracha Vortigern en tournant un visage furibond vers son allié importun. Des garçonnets ne m'empêcheront pas de célébrer mon couronnement, ni de dormir.

— J'ai confiance, seigneur, tu dormiras peu : ma sœur a le sommeil leste ! Oh, ne te fâche pas, Ronwen ! Puisqu'un roi t'est accordé pour époux, petite sœur, donne-lui de beaux héritiers, et à moi de beaux neveux ! N'est-ce pas équitable ? Je veillerai à leur éducation, ils seront des princes turbulents, puissants, riches !

— Tu prédis, tu promets, maugréa le roi, mais de tels rêves coûtent cher. Ton peuple me paiera-t-il l'impôt ?

— Si je le lui demande… Fais de moi ton sénéchal !

— Toi ! Un Saisne, ennemi de Constant !… La requête est plaisante. Iras-tu en mon nom par monts et par vaux, à la fois bailli, émissaire et espion ?

— Je suis prêt à parcourir le royaume de long en large, si cela sert notre vision de la paix : que décides-tu seigneur ? Tu verras que je suis fin trésorier…

— À ta guise ! Sénéchal Hengist… Enrichis-nous donc – dès demain. Ce soir du moins, apprécie mes largesses, repose-toi sous mon toit. Quant à moi, je me retire, et la reine avec moi ! » s'exclama Vortigern en la prenant dans ses bras et en l'enlevant à travers la salle encombrée de barons éméchés, de femmes maussades et de leur descendance dissipée, minables représentants de la Bretagne sidérés à la vue de leur souverain debout, les dominant tous, méprisant en eux ce qu'il soupçonnait de la décadence d'un peuple. Il les quitta d'un pas énergique, sans paraître alourdi par le poids négligeable de sa petite reine ; elle se laissait emporter, son front placé contre le torse robuste du colosse, mais de ses ongles lui griffait le cou jusqu'au sang.

Puisque l'homme véhément auquel il avait choisi d'attacher son destin s'éloignait, le livrant en pâture à l'animosité des commensaux plus saouls que vifs, Hengist voulut se détourner à son tour. À présent le vin coulait le long des barbes jusque sur les poitrines en filets rouge sang ; l'œil unique du Saisne fixait l'un après l'autre les faces blêmes de ses vieux ennemis sans plus y déceler rien des ardeurs brutales des combats qui les avaient opposés, mais la molle rancœur des fiertés vaincues.

La paix, comprit Hengist, les rongeait et les enlaidissait comme la défaite en aurait été incapable, et même les aurait plutôt obligés à la satisfaction secrète autant qu'illusoire du malheur.

Ah ! Qu'il connaissait bien cette triste envie du pire, cette blessure toujours ouverte à laquelle on veut s'habituer et que par le vin ou le sel on croit s'approprier – il porta la main à son œil aveugle, son œil mort qui, en dépit du temps passé, voyait des corps tomber en foule, alliés ou adversaires, tous des fantômes dorénavant en compagnie desquels ses nuits dansaient sans lui permettre de dormir.

À son grand étonnement, il ressentit de la pitié pour la tablée des barons, des baronnes qui elles aussi lorgnaient les brocs de plus en plus vides ; elles attendaient que leurs maris enfin aient déposé leurs gobelets pour y puiser un fond d'ivresse, jusqu'à la lie. Leurs souffrances de femmes lui étaient étrangères ; sa propre sœur, qu'il avait couronnée par un heureux hasard, n'avait pas eu seulement une parole pour lui, bonne ou méchante, et ce mystère l'inquiétait : un poignard pouvait s'aiguiser derrière les lèvres closes.

Elle n'avait pas protesté cependant, quand il avait demandé et reçu le titre prestigieux de sénéchal. Il lui ferait confiance, donc, jusqu'à un certain point – elle demeurait sa cadette de trop d'années, ardente et bien souvent imprévisible. Mais il n'espérait d'elle que ce qu'il avait dit, des enfants pour le roi et pour lui des instruments dont il tirerait le meilleur.

Il était indispensable que la paix durât, évidant les Bretons déjà exsangues, leur extirpant leurs accès de grandeur et d'expansion. La richesse des belles terres du sud du royaume engraisserait les Saisnes amaigris. L'île pourtant étroite comptait trop de peuples, trop de guerriers échoués sur ses côtes et avides de ses forêts, de ses plaines.

C'était les Pictes et les Scots à la peau bleu de guède, dont les lances s'abattaient sur les têtes plus lourdement que le ciel entier, et alors l'herbe se teignait de rouge ; les Deningas écumants, ces Vikings dont les boucliers portaient les traces de leurs propres morsures ; des criminels bannis d'Hyperborée accompagnés de toutes leurs familles, adorateurs de la lune et redoutables chasseurs nocturnes ; tant d'autres, tribus et clans aux noms obscurs comme les frondaisons de la forêt de Northumbre et les roches des îles Orcades, ou même vagants sauvages, réchappés de la terre noire de Gorre… tous dangereux à leur façon, goinfres toujours affamés qui réclamaient les mamelles de la louve saisne pour nourrir leur immense appétit. La meute avait encore des crocs à montrer pour tenir à distance les plus intrépides, mais l'alliance avec l'ours breton suffirait peut-être à les mettre en fuite.

Alors, quand celui-ci aurait dilapidé sa vitalité en grognements et en coups de pattes, il serait temps de lui voler ses petits, ses trésors, son territoire… animaux et symboles ! ironisa tout bas Hengist, alors qu'autour de lui s'affaissaient des hommes de chair et de vin, peu soucieux d'avenir. Vortigern pouvait avoir raison : ce troupeau-là valait-il d'être mangé ? Le tondre serait plus prudent. Déjà, l'ancien chef de guerre saisne pensait en sénéchal et se perdait dans un écheveau de taxes subtiles et de pots-de-vin conséquents, de façons de lâcher sur les routes romaines en piteux état des convois chargés d'or, au lieu de troupes d'acier – que cela brille assez, en tout cas, pour effrayer les corbeaux ! Que la paix étale partout son piège de tendre léthargie.

Si les Bretons n'avaient plus le cœur de se battre, tant pis : ils paieraient. On achèterait des alliances par des tributs, louerait des mercenaires au besoin ; habitués à franchir sans gêne un bras de mer pour leurs affaires, les marchands de la Petite Bretagne devraient verser un ou deux droits de péage ; pour les travaux coûteux, prisonniers et esclaves fourniraient la main-d'œuvre.

Il continuait ses plans tout en marchant, empressé de rejoindre son cheval. Au-dehors, ni la fraîcheur de la nuit ni la vive clarté de la lune ne purent le distraire de son dessein brumeux, jusqu'au moment où il parvint devant l'écurie. Il ne s'était pas aperçu qu'il avait tourné le dos au banquet, quitté la chaleur du foyer et la demeure royale, encore vibrante de rires affreux et de cris brefs où s'entendaient joies et détresses, à cette heure avancée où les festivités s'épuisaient en parodie macabre.

Il avait traversé la cour comme un possédé, la tête farcie de stratagèmes et de calculs douteux au service de sa vision ; voici qu'il revenait à lui, par la grâce d'une voix d'enfant aussi déroutante que mélodieuse à son oreille. Il s'arrêta sur le seuil pour mieux écouter :

Rien ne finit jamais, ni l'amour ni l'effroi,
ni le combat dans l'homme à l'heure de partance :
heureux celui qui meurt au service du roi.

La bouche de la nuit est pleine de violence,
par la faute du vent le ciel déchiqueté
comme un vaisseau percé fait une épave immense.

La lune et son cortège ourlent l'obscurité,
hors du fourreau la lame épingle une étincelle
au cavalier qui passe errant et irrité.

Le chant s'interrompit. Alors qu'il s'apprêtait à s'en aller, ces paroles sonnaient étrangement, avec l'ambiguïté d'un adieu déjà lointain, dont la langue même semblait l'écho d'une autre plus belle, d'enchantement ou de malédiction.

À l'intérieur de l'écurie, les ombres épaisses ne laissaient apercevoir que les queues des montures paisibles. En se dirigeant de mémoire vers la sienne, Hengist distingua enfin le pan d'une robe bleu argent à la lueur de la lune, puis la silhouette de l'enfant qui s'attardait près des bêtes pour les caresser une à une. Il devina qu'il s'agissait de la jeune fille qui avait intrigué Vortigern.

« C'est donc toi qui chantes ces bêtises ? » dit-il d'un ton plus brusque qu'il n'avait voulu.

Il passa près d'elle et, flattant négligemment son cheval, entreprit de le seller. La présence inattendue d'un témoin de son départ le perturbait, sans qu'il s'en expliquât la raison.

« Tu n'aimes pas ? » rétorqua effrontément la fillette – elle du moins poursuivait son occupation sans hâte apparente.

Que ce fût arrogance ou habitude jamais contrariée, elle ne devait pas craindre la colère des adultes pour s'adresser ainsi à un inconnu, par ailleurs hôte du roi.

« Les vers sont trop longs, leur sonorité bizarre. Un barde s'épuiserait à les chanter.

— Il n'y a plus de barde sur l'Île de Bretagne. La paix les a rendus inutiles : ils sont devenus muets ou leurs ossements blanchissent au fond d'un vallon, à l'abri du vent qui pourrait les faire vibrer. Les hommes ne se battent plus ; ils ne doivent plus se battre, surtout pas y penser. Alors, à quoi bon des chansons ? Elles donneraient des envies mauvaises. Mais je me souviens de quelques-unes. Je ne manque pas de souffle, et je ne chante que pour moi !

— Tu mériterais d'être Saisne. Chez mon peuple, les femmes qui le souhaitent peuvent prendre les armes. Elles chantent, aussi.

— Je ne voudrais pas tellement me battre, répliqua la fillette. Trop de gens meurent à la guerre. La mort est ennuyeuse, elle dure trop longtemps.

— Bah, tu n'es qu'une gamine, fit Hengist, déçu. Contente-toi de chansons : personne ne les interdira, va… Si les Bretons ne chantent plus, à l'avenir, c'est qu'ils auront mieux à faire. Crois-moi, j'y veillerai !

— La paix aussi est ennuyeuse, quand elle ressemble à la mort. »

L'œil unique du Saisne étincela : malgré ses contradictions, la petite avait la langue affûtée. Il fallait encourager les têtes bien faites, les dégrossir, les orienter ; les surveiller en tout cas.

« Quel est ton nom ? s'enquit-il, avidement.

— Je n'ai pas encore choisi.

— Voilà une autre lubie ! s'agaça-t-il. Es-tu une reine fameuse pour décider d'une chose aussi simple ? Un nom ne se choisit pas, d'autres te le donnent – ton père ou ta mère, souvent, ou ton maître quel qu'il soit. Par exemple, pour les Saisnes, je suis Hengist, un chef ; pour les Bretons, je serai désormais le sénéchal de Vortigern.

— Et tu ne l'as pas voulu ?

— Ah, tu n'as pas tort ! Finalement, tu n'es pas si sotte… Pourtant, tu oublies l'essentiel : j'ai voulu un titre et je l'ai obtenu, oui, sans que la décision me revienne.

— Je comprends. Tu préfères que les autres soient d'accord avec toi sur ton nom, pour te faciliter la vie… Tu risques de t'ennuyer, bientôt.

— Le plus tôt sera le mieux ! Ne t'inquiète pas de cela. Un nom ! Donne-moi un nom, que je sache un peu mieux à quelle demoiselle j'ai affaire… En échange, je te proposerai un jeu qui te tiendra occupée un bout de temps.

— Tu es têtu, pour un adulte. La plupart me grondent… Je t'aime bien. Dans les cuisines, on m'appelle Morgause. Mais ils ont tort.

— Dans les cuisines ? Qu'y fais-tu, avec ta jolie robe ?

— Oh, celle-là, je l'ai ramassée quelque part. Je ne sais plus où. Tu la trouves jolie ?

— De mieux en mieux : une chapardeuse ! Tu me l'avoues sans honte, en plus… Tu n'as pas peur que je te dénonce ?

— Pourquoi ? Je la rendrai peut-être… Toi, tu vas partir, non ? Tu me laisseras seule, comme tout le monde.

— Qui sont tes parents ?

— Je n'en ai pas. »

Ceci expliquait cela, conclut le borgne qui avait croisé ailleurs des enfants semblables, Bretons ou Saisnes, selon le cours des batailles : tous orphelins qui s'ensauvageaient vite et disparaissaient plus vite encore dans le four de la guerre perpétuelle à laquelle Hengist avait participé, d'abord en simple combattant, puis en chef.

Ce savoir ne lui procurait ni remords ni honte, renouvelant au contraire sa conviction que la paix était indispensable. L'héritage des Saisnes, le sien, ne se réduirait pas à des bandes de petits vagabonds éparpillés dans les champs, les bois et les cités. Ils deviendraient bientôt des instruments, et les témoins d'une époque propice.

« Morgause, je te promets de revenir te voir… à une condition : pendant mon absence, tu ouvriras tes yeux et tes oreilles, dans l'écurie, les cuisines, la salle de garde, partout. Surtout, tu prêteras une attention particulière au roi et à la reine – c'est ma petite sœur, Ronwen, la seule qui me reste. Veille sur elle et je veillerai sur toi. Toutefois, tu devras te montrer maligne et te garder de parler de moi à quiconque.

Tu serais la protégée secrète du sénéchal. Voilà le jeu que j'évoquais plus tôt. Qu'en dis-tu ?

— Ça n'est pas très difficile. Comme les chansons, les secrets ne demandent qu'un effort de mémoire. Je veux bien t'en raconter quelques-uns quand tu reviendras, si tu ne m'appelles ni Morgause, ni ta protégée.

— Bon ! Alors quel nom te plairait ?

— Je n'ai pas encore décidé… Peut-être qu'il restera mon secret.

— Tu me le révéleras une prochaine fois.

— Ah non ! Celui-ci je le garde. Tu n'as pas le droit de changer les règles du jeu, maintenant qu'il a commencé. »

Hengist ravala un ricanement – la fillette avait mérité une concession. Il haussa les épaules et mena son cheval hors de l'écurie en le tirant par les rênes, avant de l'enfourcher au centre de la cour. Il lui fit exécuter quelques voltes, rasséréné de sentir l'animal si réceptif à ses indications. Cependant, il constata que sa jeune complice ne l'avait pas suivi.

Leur discussion de toute façon était close, et ne pourrait reprendre qu'à son retour – quand, au juste, il n'en avait pas la moindre idée, de même qu'il ignorait si la fillette subsisterait d'ici là, dans les alcôves du castel, ou si elle s'effacerait elle aussi, comme s'effaçaient de la mémoire du sénéchal les figures hagardes de la noblesse bretonne, tandis qu'il talonnait sa monture pour la mettre au galop.

*

Il n'y avait eu d'abord que la lutte outrancière des amants : l'arc mince de son corps dressé sous la caresse des mains puissantes, le souffle et le râle, les dos luisants tels des lames enroulées qui s'interdisaient la feinte ou l'ouverture, l'éclat de ses dents avant la morsure, l'avidité des ventres jusqu'à la renverse, ses jambes alors croisées en nœud étroit tandis que ses tresses brunes battaient sur sa poitrine menue ; le râle et le souffle, la flamme éteinte dans sa tiédeur de femme.

Puis Ronwen s'était endormie, lovée dans un rayon de lune, sa nudité toujours offerte à la vue de Vortigern. En sueur et la respiration lourde, il était resté un long moment à l'observer – sa reine-brindille dont les reins le flambaient, était-ce de sa faute, si elle était issue du peuple saisne ? –, mais bientôt, effet du vin bu trop vite ou griserie douce-amère de l'amour, une rêverie fiévreuse l'enveloppa.

Dans la pénombre, le nombril de sa jeune épouse se creusait en un puits de noirceur qu'il scrutait avec intensité, comme s'il attendait qu'en jaillisse tout armé le fils espéré. Or sa propre nudité l'angoissait ; vulnérable, il se serait exposé volontiers au premier coup de dague de l'enfant-roi imaginaire, puisque ce coup serait inévitable, que c'était là le destin des souverains : arracher la majesté au cadavre à peine refroidi du prédécesseur. Il n'y avait pas d'anciens rois, jamais ; seulement des déchus que leur mort plus ou moins glorifiait ; ou pire, que des récits mensongers contribuaient à rendre célèbres pour de mauvaises raisons.

Aussi ce nombril était-il une couronne noire, portée peut-être encore par l'ombre d'un roi : Constant patientait, impassible, dans un recoin de la pièce ou des pensées exaltées de celui qui avait été son sénéchal. Des noms remontaient, de plus loin que la chambre : traître, parjure, apportés par la pâleur lunaire, jetés du dehors par le royaume entier.

Il frissonna et voulut se couvrir ; il ignorait où étaient tombés ses vêtements, il chercha son manteau, se souvint qu'il l'avait donné à Hengist, stupidement. Traître, parjure – Constant regardait ses ennemis en face pour les insulter, avec une conviction telle qu'il semblait énoncer des chefs d'accusation, d'une voix de juge impartial ! Vortigern l'avait servi, fidèlement. Comment expliquer ce sentiment de culpabilité insensé qui le fragilisait ?

Non, il n'avait pas trahi Constant ; d'autant que celui-ci, même mourant, n'avait rien demandé à Vortigern ni ne lui avait imposé de commandement posthume que le fidèle sénéchal aurait pu enfreindre. Pourtant il se leva et, à tâtons, trouva le pommeau de son épée qu'il dégaina. L'arme lui rappela d'une façon plus vive sa nudité. La honte le submergea. Il s'enfuit.

Il dévala un escalier, repoussa des portes, fit sonnailler sa lame contre des parois, parce qu'il frappait les ténèbres près de lui par crainte de heurter un obstacle. Incompréhensible pour lui-même, sa peur l'écartelait entre deux intuitions contraires, se punir en souvenir du passé perdu ou se résigner aux pertes futures. Il lui fallait trancher ces liens invisibles qui lui serraient le cœur et la gorge. Il se mit en colère.

Parvenu dans la grande salle puante, où les tables n'avaient pas été desservies et où brûlait un feu de cheminée, il put contempler les os de porc qui débordaient des écuelles et se répandaient pêle-mêle entre les gobelets renversés. Alentour les hôtes s'étaient regroupés par famille afin de s'allonger sous d'épaisses fourrures. Ils dormaient profondément, pressés les uns contre les autres au point de donner l'impression d'une seule masse énorme de bête assoupie. Vraiment, ce devait être le monstre dont les miasmes empoisonnaient l'esprit du roi. Il suffirait de l'abattre pour s'en libérer.

Vortigern envisagea un massacre, il leva son épée – un reflet sur l'acier l'arrêta, dû sans doute à la lumière médiocre du foyer proche. Dans son trouble il l'avait vu bleu, comme de Constant la double flamme du regard. Au milieu de ces monceaux endormis devait reposer la fillette qui l'avait tant intrigué auparavant par sa folle gaieté ; quelle sorte de tyran deviendrait-il, à mettre des enfants en pièces, dans un accès de rage ? Comme il était ridicule !

Il s'efforça de la reconnaître parmi les formes enchevêtrées, inconscientes de ce témoin confus de leur sommeil. Cependant les enfants absorbés dans leurs songes se ressemblaient tous. Et où se cachait Hengist ? Le borgne prolixe avait le don de l'apaiser par ses manières habiles.

Mécontent, il reprit la place d'honneur à la table désertée, son épée déposée dans les souillures. Il régnait donc ! Même à cet instant de silence et de bouffonnerie il exerçait le pouvoir, indiscutable malgré le froid de la chaise contre sa peau, ainsi que la solitude dont il ne parvenait pas à se défaire alors que sa femme gisait quelque part à l'étage ; il n'avait qu'à remonter se coucher auprès d'elle, la réveiller d'une secousse légère pour lui dire : écoute, ma doucette, j'ai peur ; danse pour moi, ma câlineuse, étends pour mes seuls yeux le brun de ta chevelure, sois mienne encore – toujours.

Constant aurait désavoué pareilles confidences d'une moue dédaigneuse, lui pour qui la femme représentait d'abord une raison supplémentaire de se battre, au mieux une récompense, certainement pas une compagne. Toutefois Constant était un paria, un exilé de la Rome décadente qu'il avait défiée, et le monde entier avec elle, pour lui soutirer un royaume, à force de volonté et de violence. Un homme comme celui-là n'avait aucun besoin de compagnons, juste de fous assez loyaux à sa suite.

Oh, surpasser Constant ! Ne rien abandonner de soi à quiconque, éprouver peut-être mille tentations et désirs, mais ne satisfaire que ceux qui le rendraient inhumain et terrible. Que ses nuits, alors, n'en finissent pas ! Il n'est pas bon qu'un souverain dorme plus serein que son peuple. Régner ! Lâcher les rênes de chevaux frénétiques sur ce pays de rêveurs qu'il plongerait dans des ivresses inégalées, les entraîner ensuite dans des vertiges fabuleux, que personne ne saurait raconter !

Et lui, Vortigern, demeurerait ferme, plus inébranlable qu'une tour périlleuse érigée par des enfants. Il ramassa son épée, se leva de nouveau, mû cette fois par le besoin d'air frais, d'air libre : il sortit dans la cour, ses pieds nus pesant sur la terre humide. Le vent nocturne lui cingla le dos ; il endura la bourrasque glaciale avec une satisfaction puérile. Être une tour ! le pivot autour duquel mouvoir le royaume, au rythme de ses exigences. Il s'avança sous le porche.

La prairie obscure devant lui paraissait s'ébrouer lentement pour mieux saluer le roi nu qui brandissait sa lame, qu'il enfonça d'un geste brusque dans le sol spongieux, jusqu'à la garde. Oui, il bâtirait une tour aussi inflexible que cette épée désormais engainée dans la terre même du royaume. Néanmoins le vent le gelait jusqu'aux os. Il rebroussa chemin.

3

Une troupe lasse d'hommes maigres avançait dans une plaine de vignes, plantée çà et là de maisons blanches. Malgré la soif, ils n'osaient rien cueillir. Depuis qu'une galère les avait portés sur le rivage de cette terre de monts fleuris et de vergers resplendissants, ils chevauchaient avec la peur secrète d'avoir franchi les limites interdites aux mortels. Cet immense jardin autour d'eux, sans doute, ne pouvait leur offrir que des fruits défendus : ils se figuraient qu'en y goûtant, ils tomberaient victimes de quelque enchantement, changés en animaux comme dans les vieilles histoires. Ils croisaient bien, de temps à autre, des hommes qui leur indiquaient le chemin. Ceux-là leur paraissaient des dieux déguisés, s'amusant à les induire en erreur.

Pendant leur périple, ils s'étaient convaincus que la gravité de leur cause nécessitait de sombres pensées et de terribles épreuves. Jusqu'ici, ils n'avaient connu que les peines habituelles aux longues expéditions, adoucies souvent par l'hospitalité d'une multitude d'hôtes. À présent qu'ils touchaient au but, tant de lumière et d'abondance les froissait. Il leur semblait que le monde entier s'avérait plus accueillant que l'Île de Bretagne. Seules la méfiance et la volonté implacable de leur chef les empêchaient de s'abandonner aux bonheurs éblouissants du royaume chrétien de Saras.

En effet l'infatigable Urien ne se laissait pas séduire par les richesses de l'Orient. Le jeune homme restait indifférent aux idées de repos ou de plaisir. Dans son cœur enflait continuellement la rage, attisée par les excès propres à son âge. À chaque tentation à laquelle le soumettait le hasard, il se contentait de fermer les yeux : surgissait l'image des bannières ennemies flottant sur les murailles du castel ancestral, spolié comme tant d'autres par l'usurpateur Vortigern afin de complaire aux Saisnes.

Privé de ses biens, le jeune noble suscitait la sympathie de tous les déçus du nouveau roi. Une conjuration de barons disposant encore de leurs fiefs, mais s'attendant à les perdre, avait désigné Urien pour ambassadeur. Sa tâche consistait à se rendre à Saras, où l'on assurait que survivaient les fils de Constant sous la tutelle du chrétien Abenamar. Qu'il les persuade de rentrer en Bretagne ! Les mécontents feraient d'eux un symbole de ralliement et secoueraient le joug de Vortigern. Le succès du projet était hypothétique : trop longue et incertaine la route, trop étrangers désormais les fils en exil.

Ce moyen permettrait du moins d'écarter Urien, qui embarrassait ses amis en professant haut et fort sa haine de l'usurpateur. Il attirait l'attention sur la conjuration balbutiante. Qu'il parte et se rende utile ! Son échec l'honorerait. S'il réussissait… on aviserait.

Affamé, les joues creuses, la barbe hirsute, vêtu d'un tabard terne, Urien conservait sa superbe et jetait des regards courroucés à la verdeur du paysage. Accompagné de quelques fidèles de moindre prestige, il marchait en direction de la demeure d'Abenamar.

Comme la troupe s'en approchait, ils virent auprès d'une auge deux adolescents qui donnaient à boire à un poulain d'à peine leur taille. Le trio était également sale : maculés de boue et le poil gras, ils se poussaient les uns les autres de l'épaule, le cheval pas moins malicieux que les garçons. Ils se montrèrent amusés de l'état misérable des étrangers, au point de se moquer tout haut. Ils se servaient de l'idiome du pays, mélange de grec et de latin que baragouinait Urien – à vivre sur les routes, on développait le don des langues. Il tenta de manifester sa contrariété, mais le vocabulaire lui manquait et il se mit à bafouiller, ce qui redoubla l'hilarité des railleurs.

Le plus petit, tout en angles et en os, pointa son menton vers Urien d'un air de défi. Il s'adressa à lui en langue bretonne :

« Ne vous en déplaise, messire Sourcils froncés, votre accent est une calamité. »

Entendre des mots familiers dans la bouche d'un étranger épuisa d'un coup la colère de l'ambassadeur breton. Il examina mieux ses interlocuteurs : oui, en dépit de la crasse et la grossièreté des manières, il croyait reconnaître des mines de son pays.

« Est-ce bien là le refuge de maître Abenamar et des fils de Constant ? demanda-t-il avec l'honnêteté brusque qui lui était coutumière.

— C'est leur foyer, corrigea le petit insolent. Assurément, il peut servir de refuge aux loqueteux qui cogneront à la porte, s'ils savent ravaler leur fierté mal placée. »

Urien rougit sous l'insulte. Un gémissement sourd parmi ses suivants le retint de donner libre cours à sa fureur. Il se tourna vers eux, vit leur allure pitoyable. Force était d'admettre qu'ils semblaient une assemblée de mendiants plutôt que de plénipotentiaires. La honte étreignit le baron déchu.

« Mes compagnons et moi-même sommes originaires de l'Île de Bretagne, reprit-il d'une voix humble. Vous l'avez compris. Mais nous venons de loin formuler une requête. Que la réponse nous soit ou non favorable, nous devons l'entendre. Puis nous repartirons.

— Entrez donc, seigneur, intervint l'autre garçon. Ils vous recevront ! »

Celui-là parlait avec impétuosité, sans paraître très concerné par les arrivants. Il accordait l'essentiel de son attention au poulain qu'il commençait à nettoyer. Lui-même portait une simple tunique souillée et une cordelette usée en guise de ceinture. Quel âge avait-il ? Seize ans peut-être, déjà bien charpenté au niveau des épaules et de taille assez haute. Son visage tanné révélait l'habitude des escapades au grand air, les traits vifs trahissaient un tempérament fougueux. Sa chevelure insoumise se rebiffait en boucles épaisses sur son front, si bien qu'il en repoussait à tout instant une mèche pour se libérer le regard. Deux larges prunelles passaient alors leur lame bleue alentour, et l'on s'étonnait de retrouver le monde intact après un tel coup d'œil.

« Vous-mêmes appartenez à la maison ? interrogea Urien, hésitant.

— La mer et le vent nous ont enfantés, dit le petit. Quelques marins se sont installés ici quand l'Île de Bretagne s'est choisi un nouveau roi.

— Ils ne voulaient pas servir Vortigern, l'usurpateur, supposa l'ambassadeur.

— Eh, qu'importe le nom du fessier sur le trône ! trancha le grand gaillard. Pardonnez, seigneur, nous sommes les pages d'Abenamar et nous avons des corvées en retard. »

Urien acquiesça, fit signe aux siens de faire place au trio dépareillé qui les dépassa, guère décrotté. Il se désintéressa vite d'eux : la finalité du voyage patientait à quelques pas. Des princes allaient renaître grâce à lui.

*

On avait choisi Pandragon pour juge, parce que chacun respectait la lucidité de ses vues. Il s'en trouvait bien embarrassé, lui qui se dépouillait à peine des étourderies de l'adolescence et en ressentait toujours les tentations. Mais le moyen de refuser, sans vexer ceux qui croyaient l'honorer ?

Les deux familles avaient emmené leurs enfants et ceux-ci n'avaient pas tardé à jouer ensemble, à l'ombre rafraîchissante des arbres, pendant qu'en plein soleil leurs mères se donnaient des noms d'oiseaux et que leurs pères se menaçaient du poing, chacun revendiquant le même arpent, et rejetant sur l'autre le manque de pain. Adossé à un arbre, Pandragon pour l'instant serein regardait les crêtes lumineuses des collines et se récitait tout bas les mots de Salomon : « Pardonne ; rends à chacun selon ses voies, toi qui connais le cœur de chacun, car seul tu connais le cœur des enfants des hommes. »

Il s'interrogeait sur les vertus de la langue grecque et de l'effet qu'elle produirait, au moment du verdict, sur les paysans qui n'espéraient de lui qu'une décision simple et nette. Or il retardait la résolution de l'affaire, pour reculer l'inévitable accablement des perdants, qui n'auraient même pas l'énergie de protester, ainsi que la dérangeante satisfaction des gagnants, capables d'y voir une marque d'élection divine. Malgré cela il s'amusait des jeux des enfants qui, cela valait la peine d'être signalé, se désintéressaient de la querelle familiale, comme convaincus de sa futilité. Au cours d'autres affaires comparables, le jeune juge avait vu au contraire les rejetons s'imprégner de la virulence de leurs aînés, au point d'échanger des coups et de créer de nouveaux drames. Peu de paroles, alors, fussent-elles sacrées, parvenaient à apaiser les esprits et à réconforter les cœurs.

Par bonheur, de tels chagrins étaient rares en ce pays béni de Dieu. Pandragon aurait bien voulu, cependant, profiter sans vague culpabilité de la partie de cache-cache. Sa charge se prêtait mal, hélas, aux plaisirs juvéniles.

Il en connaissait un ou deux qui n'éprouveraient pas pareils scrupules et tourneraient le dos aux sobres triomphes de la justice – le juge aussi avait une famille, pour laquelle le moindre désaccord déclenchait un cycle de représailles sans trêve jusqu'à la victoire absolue ou le châtiment exemplaire.

Allons, les poings des hommes s'agitaient maintenant trop près des mentons. Il était temps d'évoquer la sagesse d'un ancien roi chéri de son dieu. Il était temps de rentrer.

*

Une senteur de printemps tremblait dans les halliers, grisait en douce brise les deux adolescents. Ils respiraient à pleins poumons cette vie nouvelle qui leur faisait fête et leur barbouillait des sourires béats sur la figure.

Ulfin, le petit, tira de sa besace un flacon de vin qu'il avait subtilisé dans la cuisine. Il aimait boire. C'était son vice, une de ces prétendues « corvées » dont l'urgence l'entraînait régulièrement loin des récriminations d'Abenamar. Il lui arrivait de disparaître plusieurs jours pour s'adonner à la boisson, puis il revenait amaigri et penaud réclamer le pardon de son maître.

Dans ses débauches, cependant, il chérissait la solitude. Aussi la présence de l'autre garçon l'importunait et l'intriguait à la fois. Il s'avouait même que cette camaraderie inattendue lui faisait plaisir.

Il tendit son flacon à l'autre, toujours occupé à choyer le poulain.

« Uter ! Tu en veux ? »

Le regard bleu lui opposa une dénégation.

« Je ne suis pas venu me saouler avec toi.

— Alors je boirai seul, se renfrogna Ulfin.

— Qui boit seul, mourra seul.

— Oh, oh ! Te voilà bien sentencieux ! Ivre mort ou mort d'ivresse, au moins le passé me fichera la paix. Le tien par contre te réserve des surprises ! Bah, ne fais pas la tête. La visite du seigneur breton te tracasse ? Pourquoi lui avoir caché ton nom ? Uter, fils benjamin de Constant ! Un autre serait fier d'une telle parenté.

— Abenamar et mon frère ont la nostalgie de la Bretagne. Pas moi.

— Ton esprit de famille laisse à désirer.

— Les miens sacralisent nos morts aux dépens des vivants. Je refuse de ressembler à mon frère, toujours anxieux, toujours hanté par des souvenirs qu'il s'invente… Songe-creux, il vit avec des fantômes.

— Bon, bon. Mais si tu ne veux pas de mon vin, expose-moi tes intentions. Pourquoi m'accompagnes-tu ?

— Ah, mais ce n'est pas le cas ! Je vais me baigner à la rivière. »

En disant cela, le visage d'Uter s'illumina. Il avait beau traiter Ulfin comme un égal, celui-ci n'oubliait pas leur différence de rang. On le tolérait dans la maisonnée d'Abenamar, par charité plus que pour son utilité. Aussi, il possédait le don de déchiffrer les subtilités d'expression de ses maîtres ; il en tirait parti afin de se concilier leurs faveurs.

Uter cédait facilement à ses élans. Le petit page l'avait assisté au cours de l'une ou l'autre mésaventure que connaissait tôt ou tard un garçon aventureux. À cet instant, le comportement d'Uter présageait une équipée du genre. Il y avait un scintillement inédit dans ses yeux bleus, une joie anticipée, suspecte, qui décida Ulfin à proposer son aide… à l'imposer, au besoin.

« Tu as un secret, je le vois bien, dit-il. Ce doit être une gentille bassesse, pour que tu ne me la confies pas ! »

Cette pique enflamma l'orgueil d'Uter – l'orgueil de la jeunesse, qui sent soudain ses forces se déployer et s'étonne des mollesses de l'enfance encore si proche. Il ne supportait pas que l'on remette en question ses actes ou ses intentions. Pour une raison identique il se vantait de ses échecs autant que de ses succès, cherchait à se poser en vétéran revenu de tout. Pourtant, qu'Abenamar ou son frère le rabroue, il se mettait à la torture. Il guettait l'approbation – l'admiration ! –, sans en avoir l'air. Dans une vie somme toute confortable, il lui fallait un ami pour l'aiguillonner.

« Tais-toi ! rugit-il. Tu parles sans savoir. Je n'ai rien à cacher… et s'il y avait quelque chose, crois-tu que j'aurais honte ? »

Il s'échauffait, il brandissait le poing. Le secret lui tenait plus à cœur qu'Ulfin ne le supposait – les yeux bleus tournoyaient à l'affût d'un exutoire.

« Je ne voulais pas vous offenser, jeune maître, dit Ulfin avec une humilité forcée. Ne prenez pas au sérieux des propos d'ivrogne. »

Ce vouvoiement incongru de serviteur mortifié dissipa l'exaspération d'Uter, qui se la reprocha aussitôt :

« Ne m'appelle pas maître, quand nous sommes tous deux complices… Même si je ne bois pas ton vin, j'ai soif… d'autre chose. Allez, suis-moi à la rivière. Je t'en montrerai de belles ! »

Il se tut et s'enferma dans le mutisme, gardant un sourire assuré que n'entamèrent plus les taquineries du page. Prudent, ce dernier n'insista pas : il saurait bientôt de quoi il retournait.

Ils quittèrent la route pour un sentier tortueux qui

les mena dans les sous-bois. Une rangée d'arbustes touffus bordait la rivière et déployait un long voile de verdure entre eux et le flot. Ils le longèrent un moment, en entendant près d'eux la rumeur continue de l'eau qui leur marmonnait sa vieille sagesse. Ulfin s'ennuyait et se revigorait à grandes lampées.

Uter s'arrêta tout à coup et attacha le poulain à l'écart du fourré. Puis il désigna un arbre épais où se voyait l'entaille d'un couteau : il avait marqué ses passages précédents.

« Grimpons, murmura-t-il. Les branches sont vigoureuses, elles supporteront notre poids. Surtout, pas un mot. Tu comprendras une fois en haut. »

Ils montèrent en silence, Ulfin plus difficilement à cause de sa taille et du léger vertige qui l'empesait. Il se débattit contre le feuillage sombre qui l'aveuglait, contre l'enchevêtrement de rameaux qui agrippaient son habit. Il s'extirpa enfin de la mêlée et prit place à l'angle formé par le tronc et une grosse branche.

Dans le prolongement, Uter s'était couché presque à l'extrémité, qui ployait une toise à peine au-dessus de la rivière. Après un temps d'observation, il se décala de telle façon qu'une de ses jambes pendait dans le vide et qu'Ulfin apercevait son profil : bouche entrouverte sur un halètement, le regard fixe, Uter s'absorbait dans sa contemplation.

Jamais le petit page ne l'avait vu si fasciné, et ce spectacle singulier l'impressionna : les émotions contradictoires qui se disputaient l'humeur du fils de Constant pâlissaient, s'anéantissaient dans une fixité de statue, rompue seulement par le discret renflement de la respiration. Une beauté terrible durcissait ses traits, beauté de sculpteur magicien, dont les ciseaux aériens auraient saisi le miracle du souffle court et du sang battant les tempes. Des pensées confuses se formèrent dans l'esprit d'Ulfin, en même temps qu'un biseau invisible lui entaillait le cœur.

Il découvrait avec stupéfaction que quelque chose valait plus aux yeux d'Uter que sa propre personne ; une en particulier, capable d'éclipser un moment ses caprices et son égoïsme. Prudemment, il glissa sur la branche et s'efforça de discerner la raison de ce changement.

Au-dessous d'eux, une femme se baignait nue dans la rivière. Elle se tenait enfoncée dans l'eau jusqu'aux épaules, tournoyant gaiement au gré du courant. Elle se redressa soudain en prenant appui sur un rocher et repoussa sa chevelure brune en arrière, dénudant ses seins gonflés, au creux desquels l'onde semblait ralentir.

C'était une femme du pays de Saras, féroce et enjouée comme son peuple ; malicieuse, aussi, puisque sans doute elle avait repéré depuis longtemps le garçon juché sur l'arbre. Elle s'amusait à l'éblouir, et lui, plus bêta qu'un ivrogne, ne se rendait compte de rien. Il oubliait même que dans un sursaut d'orgueil, il avait invité Ulfin à partager son désir coupable.

Malgré cela, le petit page enviait son maître. Il éprouvait pour lui une sorte d'affection jalouse, exaltée par le vin, et il songeait au châtiment d'Abenamar lorsque celui-ci apprendrait à quoi s'occupaient les garçons – il l'apprendrait sûrement, cet homme discernait le mensonge mieux qu'une pièce d'or dans la boue. Ulfin avait peur, peur de la beauté de cette femme, en bas, sortilège de chair irrésistible. Brusquement, il poussa Uter, qui tomba en criant et souleva une immense gerbe autour de lui.

Son premier élan en perçant la surface fut de chercher le maudit farceur pour lui promettre une raclée mémorable. Mais Ulfin avait déguerpi.

Devant lui cependant clignaient les paupières amusées de la belle nageuse. Ses cils virevoltaient sur des yeux noirs rieurs, où il décela qu'un baiser exigeait d'être donné, reçu ; déjà des lèvres mouillées se posaient sur sa bouche. Il referma les bras sur elle et sentit pour la première fois le corps d'une femme.

*

Les ailes blanches battent telles des mains légères qui saluent les arbres, accueillants au merle chanteur ; pour la forêt la mort des hommes, héros ou bourreaux, c'est même chose : ils pourraient vivre tout aussi bien, s'aimer ou sommeiller longtemps sous les ombrages ; de nouveau les ailes battent plus vite que les cœurs, il y a urgence de vivre.

Merlin pris de vertige s'inclinait sur l'eau toute frémissante comme si la rivière tremblait sous des baisers, et du bout des doigts fiévreux il dessinait des lèvres qui s'écartaient, se rejoignaient au gré du courant. Il retenait un cri de douleur au fond de sa gorge ; sans savoir pourquoi un chagrin lourd de désirs inassouvis et de deuils à faire l'étranglait tout à coup.

Ce n'était pas un temps pour les pleurs, se gronda-t-il intérieurement. C'était vrai : se penchant davantage il apercevait mieux, dans le large mouvement du flot ou plutôt juste en dessous de la surface, entre deux eaux, l'image impudique d'enlacements fous, de nudités pressées l'une contre l'autre, fraîches, légères, ondoyantes. Il aurait souhaité ne jamais découvrir ces secrets-là, mais joies et malheurs finissaient inlassablement par mêler les peaux à vif.

Il n'y avait plus que la force déchaînée de la vision liquide : les chevelures ruisselantes, l'éclaboussure des seins sur le visage empressé d'y boire sans soif, les vagues des langues et celles plus amples des hanches qui se soulevaient et ne voulaient pas finir, les paumes qui coulaient encore et encore sur les courbes du dos et des fesses… Était-ce passé, à venir ou présent volé, Merlin incapable d'endiguer la plus petite rivière aurait pu perdre pied, tout entier se jeter, plonger dans la mer, l'océan ou la source immense du temps qui le débordait. Une nouvelle fois pourtant il refusa de tout voir et de tout savoir en un clin d'œil, il cilla.

La rivière redevint simple, la rumeur menaçante du monde s'y dilua. Il s'aspergea le visage pour mieux nettoyer l'impression de souillure qui s'attachait à lui comme un masque. Cette fois l'eau s'écoula entre ses mains avec une lenteur infinie, au point qu'il pouvait la serrer, la froisser, en dévider le fil. Ce n'était plus le temps qui l'aspirait dans son abîme mais une présence plus discrète et lointaine, dont il ne recueillait qu'une trace minuscule.

Encore la laissait-il glisser entre ses doigts, en arborant un sourire étrange : il y avait tout à coup un mystère dans sa vie, une puissance qu'il reconnaissait sans se soucier qu'elle pût le blesser un jour parce que malgré le fardeau de sa prescience il éprouvait du désir. Or le désir, apprenait-il en observant les hommes ses semblables, le maintenait dans l'instant avec autant de force que la gravité qui le gardait au sol.

Lui pour qui le passé reflétait l'avenir et non l'inverse, voilà qu'il se sentait le droit à l'imagination. Ces moments de grâce étaient si rares qu'il réfléchit longuement à la réponse qu'il donnerait à la rivière, à l'invitation subtile qui lui était faite. Oh ! Le plaisir de ne pas réagir aussitôt, mû par une certitude parfaite, la satisfaction magnifique du doute !

Il n'avait au fond qu'une seule incitation à formuler, mais comment faire ? Toujours les façons des gens de la merveille – démons ou fées, maîtres menteurs ou prophètes – étaient celles de la métamorphose : un souvenir se dissipait en fumée, le sang guérissait les plaies du corps ou de la mémoire, une larme pesait vingt années de peines tues, et qui oserait supposer combien de joies s'envolaient dans une plume de merle blanc ? Il y avait d'autres possibles, dans la brume et la flamme, dans la sève et les os. C'était même sagesse, même folie.

Change, tel était le mot d'ordre, la prière dont engendrer l'enchantement. En bien ou en mal : *change*, déposa-t-il en un souffle le long du fil brillant qui éclata en gouttes ensoleillées, et son mot s'emmêla au courant, il frissonna longtemps au sein du clapotis et s'enfonça pour échapper au vent, et ainsi toujours plus profond jusqu'à la mer. Là il devint plus sûr et plus fort, comme un cri de plaisir qui traversa d'un coup toutes les eaux du monde, à en réveiller les morts ou même, et c'était son motif, la sombre dormeuse du lac.

Celle-ci battit des paupières. Dans son oreille venait de résonner un mot qu'elle avait cru oublié. Elle y entendit une déclaration d'amour, dont elle n'eut à son tour qu'à tirer le fil pour en déterminer la provenance et éprouver un désir neuf : celui de rencontrer Merlin.

Au-dessus d'une rivière de Saras passa un oiseau, chantant le bonheur de vivre.

*

L'après-midi était bien entamée lorsque Uter rentra. La légèreté dansait dans ses chevilles et sa poitrine, si bien qu'il marchait presque en sautillant. Ulfin tournait en rond dans la cour avec une nervosité de sentinelle un soir de siège. Il ouvrit la bouche pour parler – Uter fut plus prompt :

« Je te dois une bouteille du vin le plus fin ! Non ! Une barrique ! Je t'aime à la folie ! Tu es un bâtard prodigieux ! »

Son bonheur se répandait en paroles excessives dont il savourait l'extravagance.

« Ils…

— Tais-toi ! Je veux te saouler de mots ! Écoute : je la vois tout à l'heure ! À la tombée de la nuit, quand ils iront se coucher, je courrai la rejoindre à la rivière. Qu'en dis-tu : les nuits sont douces, la lumière des étoiles nous suffira…

— Ils veulent te voir… c'est au sujet du seigneur breton. »

L'annonce pétrifia Uter. Son amour naissant l'entraînait à la déraison. Les affaires de Bretagne risquaient de le distraire, de l'irriter : il méprisait ces broutilles. Pourtant fuir la palabre familiale serait malvenu. Tôt ou tard, on l'enverrait chercher, une punition le priverait de plaisirs futurs. Eh bien ! Il subirait la conversation d'Abenamar et son frère, secouerait la tête à l'évocation de leurs souvenirs de l'Île de Bretagne, honorerait de son indulgence le seigneur étranger.

« Je vais entrer. Toi, rends-toi à l'arbre marqué ; tu sais lequel. Si je tarde trop, tu la préviendras… elle te reconnaîtra. Je lui ai parlé de toi, précisa-t-il en souriant. Dis-lui de m'attendre : tiens-lui compagnie ! »

Ulfin approuva tout, surpris par ces résolutions improvisées et lucides. L'amour avait de curieux effets ! Uter déjà avançait vers la porte. Au moment d'ouvrir, il se retourna.

« As-tu pris soin du cheval ? » s'enquit-il.

Malgré tout, il s'inquiétait du sort du poulain !

« J'ai nettoyé l'écurie, changé son eau, remis de la paille !

— C'est bien. »

Le plus jeune fils de Constant pénétra dans la maison sous le regard attristé de son seul ami – il ne lui restait qu'un fond de vin à vider.

Le rez-de-chaussée se composait de deux pièces : la cuisine, d'où s'échappaient déjà les odeurs d'un repas anticipé, et la salle de séjour encombrée de la table massive à laquelle on s'asseyait pour manger. Urien y siégeait d'un côté, ses compagnons derrière lui. Il paraissait content et haussa des sourcils curieux en apercevant Uter. Assis face à lui, Abenamar restait le même homme au teint cuivré, au visage affûté sur lequel l'âge semblait ne pas peser. Quelques fils d'argent néanmoins paraient sa chevelure brune. Il accueillit l'adolescent avec une défiance hautaine, dont il ne réussissait jamais à se départir devant lui.

Il avait beau avoir élevé seul, ou presque, les fils de Constant, il s'évertuait à maintenir entre eux et lui une distance sévère, censée les entretenir dans l'idée de leur noblesse. Uter rejetait ces oripeaux d'étiquette, réclamant de l'affection là où il n'obtenait qu'un respect guindé. Abenamar préférait aux turbulences du benjamin l'intelligence pénétrante du cadet. Ce dernier, en bout de table, caressait sa moustache avec application. Ce geste lui était familier : il signifiait qu'une décision importante était prise. De tels signes annonçaient une joute verbale. Il cherchait comment persuader Uter.

Pour cette raison, Uter examina d'abord la figure de son aîné, livre ouvert pour qui savait y lire. Ses cheveux châtains bouclaient en arrière du front large, impassible, au-dessus des yeux bleus mêlés de gris. Son regard troublait moins que celui d'Uter ; il attendrissait davantage. De même pour le sourire pincé, toujours sur le point de délivrer des mots encourageants – pure illusion, accrue encore par la barbe fournie, le vieillissant beaucoup : il n'avait pas vingt ans. À son annulaire brillait la bague des rois.

Cette allure soigneusement travaillée se doublait d'une autorité naturelle. Il était le juge des querelles locales. Qu'un paysan conteste un lopin de terre à son voisin, qu'un artisan exige un impayé, c'est à lui qu'ils confiaient leur affaire, se fiant à son intégrité, à son équité. Avec astuce, il se dépêtrait des cas les plus compliqués de façon à préserver sa réputation.

Pourtant Uter lui connaissait des facettes moins reluisantes, dont il était certes l'objet exclusif : impatience, égoïsme, brutalité. Ils se battaient parfois, sans qu'aucun ne prenne le dessus.

Leurs différences d'ailleurs leur causaient moins de rancœur que leurs ressemblances. Tous deux étaient d'excellents cavaliers. Ils épuisaient sous eux les montures rebelles et la terre tremblait sous leurs galops effrénés. Uter passait, injustement selon lui, pour un cavalier moins talentueux que son frère.

Celui-ci, enfant, avait eu le privilège de chevaucher avec Constant.

Celui-ci portait un nom prédestiné : Pandragon, le maître de cavalerie.

« Baron Urien, dit-il en mettant l'accent sur le titre. Il me revient de vous présenter dignement mon frère Uter. »

Le baron inclina la tête. De mauvaise grâce, Uter rendit le salut avant de prendre place, veillant à laisser une chaise vide entre lui et Abenamar. Ce dernier l'apostropha :

« Le moment était mal choisi pour partager les tâches d'un simple page. En tant qu'écuyer de votre frère, vous auriez dû introduire vous-même le seigneur Urien et sa suite, ajouta-t-il en cinglant l'adolescent de ce vouvoiement glacé qu'il haïssait.

— Je ne lui en garde pas rancune, dit Urien. Notre piètre accoutrement prêtait à la suspicion.

— Mais vous veniez pourvus d'un document qui ne supporte pas des facéties, reprit Pandragon en exhibant un rouleau de parchemin. Uter, voici la missive signée par la fine fleur de la noblesse bretonne. Les sceaux de plusieurs seigneurs respectables sont apposés en bas d'une proclamation solennelle. En d'autres mains, elle équivaudrait à un arrêt de mort. Pour nous, elle signifie l'honneur rétabli.

— Eh bien ? répliqua effrontément Uter en évitant de regarder la proclamation.

— Allons, êtes-vous si fatigué de votre journée de labeur ? fit Abenamar. Les nobles bretons ne tolèrent plus Vortigern sur le trône. Ils admettent la pleine légitimité de Pandragon, que nous pouvons d'ores et déjà considérer comme notre souverain. Le baron Urien se porte garant de l'authenticité du message, s'il en était besoin, et prédit que le peuple se battra pour votre frère. L'espoir qui me soutenait, lorsque enfants je vous amenai ici, se réalise enfin.

— Nous rentrons sur l'Île de Bretagne, conclut Pandragon.

— Rentrez donc. En quoi cela me concerne-t-il ? »

Cette saillie réduisit l'assistance au silence complet. Sans s'en rendre compte, Uter serrait le poing et plissait furieusement le front. Il crachait ses mots :

« Des inconnus te veulent pour roi, et toi, flatté, tu te précipites. Trop heureux de complaire ! Bien sûr, il y aura des combats, mais tu prends à la lettre les promesses de victoire : à ce prix-là, la guerre est jolie ! Que sais-tu de la Bretagne ? Des récits, des bribes de souvenirs. Et des barons ? Je veux bien croire à la sincérité d'Urien. Il a des joues creusées, un ventre vide pour prouver son zèle. Mais signer des parchemins, les jeter par-dessus les mers, quel beau risque ! Par avance, ils te donnent une couronne qui ne leur appartient pas. Va donc la cueillir, si tu peux. Moi, je reste ! »

Une main claqua violemment sur la table. Sans

l'obstacle entre eux, Abenamar aurait giflé l'insolent. Par son geste, il mettait un terme à toute contestation.

« La décision est prise, dit-il. Les propos amers ne résolvent rien. Quand le devoir est clair, les avis à l'emporte-pièce sont des lâchetés.

— J'oubliais la leçon, marmonna Uter. "Heureux les pauvres en esprit".

— À la fin, taisez-vous ! »

Urien écoutait cet échange hargneux et songeait que des caractères si impétueux feraient feu de tout bois.

La conversation interrompue fut suivie d'un repas qui se prolongea, de silences pesants en anecdotes de voyage insignifiantes. Il semblait qu'Abenamar, subodorant l'impatience d'Uter, s'appliquait à le piéger à table. Puis la considération due aux hôtes fatigués l'emporta sur les tracasseries familiales. Tandis que chacun se retirait dans sa chambre à l'étage et que les Bretons s'entassaient vaille que vaille, Uter se glissa dehors.

Le chemin de la rivière s'enfuit sous ses pas en même temps que le dernier éclat du crépuscule. Très vite, il n'eut pour le guider que le tumulte de l'eau, dont la fraîcheur hérissait sa peau nue. Ce traitement éprouva ses aspirations sentimentales – demeurait une angoisse irraisonnée, puisqu'il ignorait quel danger pouvait nuire à sa liaison encore secrète.

Dans la nuit bien entamée, peu d'étoiles apparaissaient et leur lueur s'appauvrissait à travers les nuages houleux. Uter scrutait vainement les arbres afin d'y trouver sa marque. La noirceur de l'endroit l'étonnait ; il se sentait perdu. Il explorait des ombres, prenant souvent la sienne pour une présence, se heurtant à tout instant à des buissons auxquels il s'écorchait.

À déambuler à l'aveuglette, des soupçons ignobles lui venaient. N'avait-il pas confié son aimée à un ivrogne ? Quels démons celui-ci allait-il pêcher dans ses cruchons ? Il se tortura ainsi en refoulant des râles de frustration.

Un arbre isolé lui parut familier. Il s'y colla, palpa avidement l'écorce. Quand ses doigts s'enfoncèrent dans l'entaille, il eut un sursaut d'espérance. Peut-être l'attendaient-ils au détour du sentier, se rassurant l'un l'autre au sujet de son retard. C'est qu'il arrivait bien après l'heure du rendez-vous. N'y tenant plus, il appela le page.

Une masse dégringola de l'arbre et roula à ses pieds. Il se pencha dessus et renifla l'haleine avinée.

« Sac à vin, grogna-t-il en saisissant Ulfin par le col. Que faisais-tu là-haut ? Où est-elle ?

— Je ne l'ai pas vue… à la place, un homme… te promet une raclée… il a dit qu'il passerait la nuit au gué, si tu as le courage… »

C'était donc cela ! Un jaloux, un rival qui se mêlait à la limpidité d'un amour neuf ! Et il voulait se battre ?

« N'y va pas, ajouta Ulfin. Il est dangereux… il m'effraie.

— Ce n'est pas toi qu'il défie, imbécile ! Reste ici à cuver. Je vais montrer à cette grande gueule que personne ne me donne de leçon de bravoure. »

Uter laissa le page plaintif et courut au gué, situé un peu plus bas sur la rivière. Il s'agissait d'une bande étroite à fleur d'eau, praticable pour qui possédait des semelles épaisses ou se moquait de se mouiller les pieds. Même déterminé, on y marchait prudemment, de crainte de glisser sur les galets et de se tremper pour de bon.

Alors qu'il quittait la berge et gagnait le milieu du passage, Uter constata qu'il y faisait plus clair. Il apercevait l'écume blanche éclater contre la surélévation. Une ou deux étoiles au-dessus de lui scintillaient avec un peu plus de netteté, comme pour saluer sa venue. Il regarda alentour, plus curieux qu'autre chose.

Enfin, de la rive d'en face se détacha une silhouette noire et trapue. L'homme avança tel un bœuf sur le gué, sans ralentir ni vaciller. Hormis sa carrure, il n'avait rien de remarquable : les ténèbres et une barbe noire rendaient son visage méconnaissable.

« Tu as du culot, gamin ! fit-il en guise de préambule. Tu crois que ton âge et ta bêtise te protègent ? Si c'était vrai, ce ne serait encore pas une raison de prendre la femme d'un autre !

— Vous êtes son mari ? demanda Uter, interdit.

— Tout comme. Il y a plusieurs façons de donner le meilleur de soi-même. Pour ça, je te dis, elle m'appartient !

— Tu mens. Elle est chrétienne. Elle ne peut se lier définitivement qu'au nom de son Dieu.

— Oh ! La foi se trahit plus facilement que la chair. Tu parles comme un prêtre. Es-tu châtré comme eux ? »

Piqué au vif, Uter s'élança, poing levé, chuta aussitôt parce que son pied avait dérapé sur une pierre lisse. Il essaya de se relever d'entre les éclaboussures. Un poing massif s'écrasa sur sa joue et le renvoya au sol. Avant qu'il n'ait repris ses esprits, un genou pressait contre son dos et un avant-bras inflexible lui bloquait le cou, maintenant sa tête sous l'eau. Il commença à suffoquer. Avec un effort terrible, il parvint à tourner la tête et à aspirer une goulée d'air. Un coup supplémentaire au coin de l'œil le replongea dans la rivière.

La douleur lui ravageait le corps, mais surtout la terreur l'arquait violemment, dans des tentatives futiles pour respirer. Son cœur emballé semblait le frapper de l'intérieur, afin de le punir de son impuissance. Il eut peur de mourir. Soudain il émergea, sentit qu'on le remettait debout en lui tordant les mains derrière le dos.

« Alors, gamin ? l'interpella son adversaire. Tu joues les fiers-à-bras et tu te découvres incapable de te défendre ? Je sais qui tu es, figure-toi. Un fils de roi, rien que ça ! Mais en exil. Élevé tranquillement, loin de tes ennemis… sans avoir à te battre pour protéger ton bien ! D'ailleurs, que possèdes-tu vraiment, petit voleur ? »

Un de ses bras fut libéré et il fut forcé de faire un demi-tour sur lui-même. Il reçut une volée de coups au visage et au ventre.

« Uter ! » cria Ulfin sur la berge.

Assistant à la défaite de son ami, le page se rongeait les sangs.

« Oh, oh ! ricana la brute. Regarde ton page : il est venu par amour de toi. Est-ce que tu le mérites ? Pourtant, il n'ose pas m'affronter. Il connaît la vie, lui. Il en souffre assez pour ne pas la risquer follement. Qu'as-tu prouvé aujourd'hui, fils de roi ? Tu t'es donné la peine de naître. Depuis, tu vis d'aumônes morales et de chapardages amoureux, en te pensant au-dessus de tout. Détrompe-toi ! »

Le colosse l'entraîna vers la rive en le tirant par les cheveux, le jeta aux pieds d'Ulfin paralysé. Puis il repartit sans ajouter un mot. Ulfin s'assit, mit la tête sur ses genoux et lui tapota le visage avec sa manche. Il gémissait.

« Cesse, marmonna le blessé. Les lamentations ne lavent pas la honte.

— Et le vin ? répliqua le page d'un ton implorant.

— Le vin…

— Il me reste trois minuscules gorgées, expliqua Ulfin en exhibant son flacon. Les veux-tu ?

— Oui.

— Bois la première pour la souffrance du corps : qu'elle passe comme passe un vol d'oies sauvages.

— Oui.

— Bois la deuxième pour les peines du cœur : que la femme s'efface comme un reflet à la surface de la rivière.

— Oui. »

Tout en parlant, le page versait doucement le vin dans la bouche d'Uter.

« Bois la troisième pour la honte…

— Non », coupa Uter en se redressant.

Il se mit debout, bien droit, presque raide.

« Non, répéta-t-il. La honte me possédera jusqu'à ce que je m'en fasse le maître. Ton vin est âcre. Mais tu es un bon ami. Rentrons.

— Non, vas-y sans moi. Je veux profiter de mon

ivresse. Si Abenamar me surprenait dans cet état ! Et puis, j'ai une dernière gorgée à savourer.

— À ta guise. Écarte-toi de la rivière. Elle est traîtresse. »

Après ce dernier avertissement, Uter s'en alla rapidement, oublieux de ses plaies et bosses, furieux contre lui-même. Sa vie s'était assombrie.

*

Lune après lune, Vortigern en sueur défendait sa royauté jusque dans ses cauchemars, avec pour témoin de sa lutte sa petite reine qui s'écartait de lui sans pour autant le quitter des yeux. Parfois elle essayait de chantonner dans sa langue maternelle une vieille berceuse de son peuple ; malheureusement les cris étouffés de son époux la troublaient au point qu'elle oubliait les vers.

Il arrivait aussi qu'elle se contentât de parler à mi-voix de ses propres peines. Ses aveux nocturnes la gênaient. Ils la soulageaient un peu néanmoins du long silence dans lequel s'écoulaient la plupart de ses journées, faute d'interlocuteurs : Vortigern s'occupait de régner, par peur ou hostilité les servantes bretonnes lui adressaient la parole le moins possible ; les hommes bien sûr ne la voyaient jamais, par égard pour leur souverain, ce qui d'ailleurs convenait à la reine. Quant à son frère Hengist, elle méprisait ses mensonges. Il n'y avait guère, dans le plus grand secret, que des chrétiens pour lui chuchoter de temps à autre leurs étranges promesses.

Cette nuit-là la crise de Vortigern était plus aiguë que d'habitude, sans doute parce qu'il avait bu ou passé trop de temps à scruter les plans incompréhensibles de ses architectes – une tour, était-ce donc si difficile à dessiner ? Il transpirait et gémissait sans réagir aux doigts frais qui caressaient son torse. Afin de se consoler elle continua son long monologue, d'une voix lasse :

« Vortigern, resteras-tu sourd à l'appel de ta femme ? Écoute, écoute donc les sagesses de mon amour… Il est plus vieux, sache-le, que notre mariage et que les ambassades de mon frère, aux prémices de ton règne. J'étais enfant alors, sauvage et vilaine. J'aimais me battre ; les garçons me craignaient. Nous nous lancions des défis stupides : à qui ira au bois, à qui lancera la pierre le plus loin, à qui volera un œuf… Constant venait de gagner une bataille contre mon peuple.

« Il réclamait des otages que tu allais chercher dans nos villages. Même si je ne comprenais encore rien à la langue bretonne, je devinais ce que pensaient tes hommes quand ils entraient dans les chaumières pour en tirer femmes et enfants. Plus d'un hurlement s'élevait. Je devine qu'ils leur paraissaient une victoire supplémentaire, et qu'ils pensaient : c'est de bonne guerre ! Tu laissais faire. Tu étais jeune, ta voix portait loin et tu étais si grand que nous te surnommions, entre nos dents serrées : le géant gueulard.

« Déjà tu buvais, à pleine cruche et hilare, satisfait je crois d'avoir survécu aux combats, d'être un chef parmi les tiens, le favori de ton souverain. Sous la graisse de ta cuirasse et ta barbe informe, je t'ai trouvé beau. Moi qui n'étais qu'une fillette j'aurais voulu t'arracher les yeux à cause de ce que tu nous infligeais, or je te trouvais beau comme le diable – le mot me manquait alors, bien sûr, mais je l'ai appris depuis. J'ai su qu'il te désignait, tel que tu étais à ce moment-là.

« Je t'ai regardé tandis que tu pointais du doigt à tes soudards laquelle de mes voisines enlever, lequel de mes camarades de jeu, aussitôt jetés dans des chariots qui ne partaient qu'une fois pleins à craquer. Tous n'étaient pas choisis, pour quel supplice, quel esclavage ? Ton doigt un instant a hésité dans ma direction : c'était le destin qui s'intéressait à moi, c'était la puissance, et j'ai senti l'envie de m'y soumettre, car l'ordre venait de toi. Tu as indiqué quelqu'un d'autre – n'étais-je pas assez jolie, assez femme, ou était-ce un hasard ? Si tu avais su que j'étais la sœur de Hengist, quel sort m'aurais-tu réservé ?

« Votre tâche accomplie, vous nous avez abandonnés aux jours sombres qui arrivaient avec l'insouciance des vainqueurs qui souhaitent tous les malheurs aux vaincus. Monté à l'avant d'un chariot, tu n'as pas regardé en arrière. Tu aurais vu une fillette au milieu du chemin ; de mes lèvres tremblantes j'inventais des malédictions pour toi seul. Vaines paroles. Mais la guerre a repris, une fois, dix fois, aussi régulière que la mauvaise saison.

« Il m'a fallu grandir pour apprendre à me battre – Hengist t'a caché cela, lorsqu'il t'a offert une épouse en même temps qu'une alliance. J'espérais te revoir sur un champ de bataille, afin de t'affronter et te prouver que l'enfance ne se dédaigne pas d'un revers de main. Quelle naïveté ! J'avais un frère pour m'épargner le plus dur des mêlées, pour m'éloigner dès que les défaites amollissaient les cœurs et mordaient les talons des guerriers. Temps de la fuite, temps des corneilles… Une seule occasion me fut donnée de t'approcher.

« Constant depuis peu était mort ; les Bretons faiblissaient, emmenés par un roi trop jeune et malaimé. Ce jour-là tu l'as sauvé du pire, commandant en personne une charge invincible… Quand j'ai avisé ta bannière rouge et blanc, j'ai lutté pied à pied pour t'atteindre. Comment je n'ai pas reçu de blessures, je le devine sans en être certaine : une colère insensée m'emportait l'âme, une soif violente qui m'a précipitée au milieu de tes troupes, où j'ai fait des ravages. Ce sang-là rachète-t-il ta dette envers moi ? Le sang… et la course parmi les haches sous un ciel d'hiver, l'étrange solitude du guerrier qui se perd dans la tourmente des boucliers, du chasseur qui perd sa proie…

« Je ne t'ai plus aperçu dans les rangées de soldats qui dévalaient les pentes. J'ai pu les franchir, par quelle adresse, quelles ruses dont le détail m'échappe ? Je t'ai cherché encore, d'abord par haine, ensuite parce qu'il m'a paru que toi seul pourrais m'en expliquer la nature, m'en débarrasser enfin. Je croyais vouloir te tuer, alors que je me serais plutôt jetée à tes pieds, ainsi qu'un infirme déposant son sacrifice et son espérance aux pieds d'une idole de bois. Est-ce excusable ? À cet instant déjà j'étais incapable de t'imaginer autrement que puissant et au-dessus des hommes, tel que tu te rêves toi-même… le jour seulement. Tu auras fait une convaincue ! Une qui tuerait pour toi, désormais… Ah ! Hengist nous a bien appariés !

« Vortigern ! Voilà toute ma confession : j'ai tant voulu te haïr que je me suis mise à t'aimer. Ceux qui t'entendraient gémir dans ton sommeil te traiteraient de fou. Ils devraient tout aussi bien me mépriser, car tes souffrances me sont précieuses. Elles justifient les miennes… Mais peut-être que non ? Quelle vérité incontestable me libérera de ce doute monstrueux ? Si je m'en allais, serais-je pour autant à l'abri de ta douleur ? »

Le roi endormi marmonnait sa propre demande en écho à celle qui, plus que les cauchemars de son époux, tenait Ronwen éveillée :

« Constant, Constant ? » répétait-il sur des tons divers.

Tout le jour son interrogation se poursuivait, au cours de ses allées et venues dans les couloirs du castel où une enfant discrète en robe bleue le suivait comme une ombre.

*

Le page se tenait au milieu du gué. Le démon chevalin le toisait, ses larges ailes battant mollement.

« Ton manque de résolution me déçoit, petit merle. Brouiller ta clairvoyance en te saoulant ! Te rabaisser à des subterfuges, devenir le serviteur de tes inférieurs !

— La dissimulation a rempli son but. Depuis des années tu erres en Orient, guidé par les visions imprécises que tu m'as dérobées. Ce fut une période paisible.

— Cela ne m'a pas empêché de retrouver ta trace et de rosser ton protégé. Par la faute de ton inertie, j'ai pu outrager sa fierté. Il commettra des folies pour se soulager !

— L'orgueil blessé aboutit parfois à de grandes actions.

— Ou aux pires bassesses. Non, mon petit merle, celui-là aimera le crime… Mais, tu lui as servi à boire. Qu'as-tu mêlé au vin ?

— Pourquoi te le dire ?

— Bah, inutile ! Je le sais. Il a bu ton sang. Quel gaspillage ! La moindre goutte est un fragment d'avenir.

— Pour lui, ce sera l'oubli des souffrances infligées.

— Oh, guéris-le tant que tu veux ! Qu'il oublie aussi la fille… il n'oubliera pas la concupiscence. Le désir lui flambera les veines comme un poison fulgurant. Des empires ont brûlé pour cela. Souviens-toi d'Hélène. De Cléopâtre… Des armées de crétins se sont entre-tuées pour des reines et des putains. Uter sera pareil à eux… à toi. Petit merle, souviens-toi de ta mère !

— Elle m'a aimé. Maintenant, dis-moi, Esquibedes, qu'offrirais-tu en échange d'une gorgée ? »

Le flacon remuait dans la main tendue de Merlin. Le démon piétina sur place, semant des plumes éphémères. Son instinct brutal lui dictait de s'emparer immédiatement de la fiole. Son fils affaibli par l'alcool n'opposerait qu'une médiocre résistance. Toutefois, il appartenait à cette catégorie d'esprits malins qui se plaisent aux subtilités de la discussion. Un marchandage renforcerait son influence sur son enfant, ouvrirait les possibilités de le ramener aux manières des démons.

« Que souhaites-tu donc ?

— Libère la fille de ton emprise. »

Esquibedes s'esclaffa. Le marché n'était pas équitable : une illusion perdue contre un pan de futur !

« Elle n'a plus d'utilité. Tu la veux pour toi ? N'importe quelle donzelle te contenterait autant… À moins qu'Uter n'ait pas été le seul à s'émouvoir de ses charmes ? J'entrevois la chose… deux garçons transis pour la même belle. L'un est comblé, l'autre s'enivre… Petit merle, as-tu ressenti de la satisfaction à me voir éreinter ton rival ?

— Acceptes-tu ?

— Oui. Puisse la jalousie te consumer toujours ! »

Puisque son père approuvait oralement le pacte, Merlin lui céda le flacon. S'il était volontiers trompeur, la parole donnée liait le démon qui engloutit les gouttes sanglantes, en appréciant le goût râpeux. Des images surgirent aussitôt et le transportèrent. Ces fulgurances lui tournaient la tête mieux que le vin le plus fort. Dès qu'elles cessèrent, la haine qu'il portait à son fils le déborda. Merlin avait déguerpi. Il s'en allait en direction de sa promise… Grand bien lui fasse ! Il était injuste que son bâtard disposât du don de divination, alors qu'un talent si précieux manquait cruellement aux instances infernales. Perpétrées au hasard, leurs exactions avaient une ampleur modeste. Esquibedes ne s'attarderait plus dans les parages : le futur l'attirait ailleurs. Il s'éleva dans le ciel morne.

Au-delà de la rivière, Merlin dégrisé se concentrait sur la victime de son père. Il percevait sa présence non loin, ainsi qu'une autre qu'il devinait depuis l'instant où, perché sur l'arbre, il avait eu l'impulsion de pousser Uter. Il reprenait conscience de son pouvoir. Soudain joyeux, il pressa le pas à la rencontre de la belle inconnue, enceinte du premier enfant d'Uter. Il les avait sauvés par la ruse. Il cacherait désormais leur existence, les tiendrait si possible hors de l'Histoire. Peut-être celle-ci les rattraperait-elle inéluctablement. Combien de fées, combien de princes seraient issus de la lignée de Constant ?

Robe blanche dans les traînées nocturnes, appelée en avant : la bête élance son allégresse par-dessus les piques dressées, des hommes pleuvent en brins alentour et cela continue, la danse folle du cavalier sur le champ de la mort rouge, n'écouter en soi que le rythme du cœur – milliers d'aciers frappeurs d'enclume, insensible au silence. Et, s'étonnant des fleurs sanglantes jaillies sur les flancs, crier encore : par là ! Une brèche ! Roulement de l'encolure au vibrato des rênes : le cheval comble le vide, l'élargit à sa mesure, défait les lignes harmonieuses où s'ébattaient des légions vermeilles. Une feuille s'accroche à la crinière.

*

Uter monta les escaliers dans une obscurité profonde. Il était rentré droit chez lui – chez Abenamar, corrigea-t-il en parcourant l'espace qui le séparait de la porte de sa chambre. Physiquement, il était intact. Il se remémorait pourtant un cauchemar confus qui le noyait sous les coups. Plus nettes, résonnaient en lui les insultes portées à son encontre. La honte lui vrillait le ventre et il le frottait vigoureusement, telle une croûte pulvérulente.

Il s'introduisit dans la pièce modeste, privée de lumière, garnie d'un lit très simple dont il s'approcha à tâtons. Une voix l'arrêta.

« Tu reviens tard. »

C'était Pandragon. Il avait vu Uter quitter la maison. Sans avoir le cœur ni de le poursuivre ni de le dénoncer, il s'était glissé dans sa chambre et l'avait attendu, longtemps, à ruminer des pensées sinistres. Un chagrin difficilement contenu enrouait sa gorge :

« Tu ne me dois aucune explication, mais… s'agit-il d'une femme ?

— En effet, répondit Uter, trop surpris pour mentir ou s'indigner.

— J'ai eu cette tentation, moi aussi… Tu te figurais que je ne me préoccupe que de grandeur ? ironisa-t-il lorsque son frère émit un soupir de protestation. Je ne suis ni aveugle, ni moine. Plusieurs de nos voisins ont tenté de m'attendrir par le biais de leurs filles… Les miettes de pouvoir s'achètent parfois en nature. Je refuse de telles avances. Les remords m'anéantiraient. Sans compter qu'Abenamar, rigide comme il est, me maudirait de céder au chant des sirènes… Je sais, il se montre sévère à ton égard. Il est encore plus intraitable avec moi.

— Pourquoi me le dire ?

— Tu as toujours l'air fâché contre tout et tout le monde. La fierté du vaincu te ronge. Cela ne doit pas te sembler une fatalité. Quoi que tu te dises, tu n'es pas un serviteur.

— Tu es roi. À côté de toi, que suis-je ? À peine une voix dans le noir, un écho.

— Non, tu te trompes. Malgré ce que prétendent Abenamar et Urien, le titre de roi n'égale pas un règne. Ils servent chacun leur rêve : Abenamar venge notre défunt frère aîné, Urien venge sa déchéance. Toi, tu luttes pour exister. J'ai besoin que tu affrontes mes ennemis comme si tu menais seul une bataille perdue d'avance. Quitte à reprendre nos disputes quand l'occasion s'y prêtera.

— Tu es sournois et habile, mon frère. Au lieu de promettre monts et merveilles, de menacer, tu me fais miroiter des ennemis à profusion !

— Pour une fois, je t'invite à les choisir. »

Ils parlaient sans se voir, proches comme ils ne l'avaient plus été depuis des années. Une image enfouie se ranima, celle d'enfants ensommeillés, ballottés au rythme de leur monture. Cette nuit-là, leur présence mutuelle constituait leur unique recours face à l'inconnu qui s'étendait autour d'eux.

Pandragon proposait une nouvelle chevauchée, hasardeuse, qui les rapprocherait ou les détruirait. Les enjeux d'aujourd'hui rejoignaient ceux d'hier.

« D'accord, dit Uter. Je t'accompagnerai. Après tout, ne suis-je pas ton écuyer ? »

Il entendit un froissement, sentit une main le saisir, maladroite. Brièvement, son frère l'enlaça.

« Merci… Ta maîtresse, alors, ce n'est pas sérieux ?

— Elle ? s'étonna Uter. Je ne connais même pas son nom !

— Ah ! Tant mieux. Le plaisir fané tourmente moins que les amours contrariées… Tu verras, nous aurons quelques réjouissances, au cours du voyage.

— Je l'espère. Je ne voudrais pas débarquer sur l'Île de Bretagne aussi hagard qu'Urien quand je l'ai rencontré.

— Notre venue sera triomphale ! Avant d'atteindre notre pays, nous lèverons une armée incomparable. Les chrétiens et les seigneurs de Petite Bretagne nous aideront. Ils sont nombreux à désirer un règne différent de celui de Vortigern.

— C'est un pari… Il faudra les amadouer.

— Ils ne demandent que cela ! Puis, si mes démarches diplomatiques échouent, tu terrasseras les Saisnes à toi tout seul ! »

Ils continuèrent de converser jusqu'à l'aube, échafaudant des plans de conquête grandioses, se rengorgeant à l'idée de leur gloire débutante. Pourtant, leurs grandes phrases enthousiastes ne convainquirent Uter qu'à demi. Il appréhendait le temps où les mots requerraient des actes adéquats. Après s'être déçu lui-même, il redoutait de décevoir un jour Pandragon.

Au matin, Ulfin réapparut. Il paraissait sobre.

4

Les héros d'autrefois prenaient de l'âge en même temps que le royaume ; du gris se mêlait aux barbes des anciens guerriers et aux nuages qui n'en finissaient plus de recouvrir l'Île de Bretagne, pour certains présage d'un orage qui éclaterait bientôt.

Vortigern régnait. Mais sa force déclinait, quoiqu'il allât partout en armes et la couronne au front. Sous les peaux d'ours, il cachait sa faiblesse et des couches de graisse. Il buvait trop. Dans chaque pli du front d'un serviteur il s'imaginait un nouveau persécuteur, et ne voyait pas la trahison lui sourire en face.

À passer des nuits de veille inquiètes, entouré d'architectes déments, il avait le teint cireux et des poches sous les yeux : il croyait régner alors qu'il rêvait. Depuis des mois, il payait les hommes d'armes avec des discours, sans entendre gronder les ventres.

La famine précédait Hengist dans les bourgs les plus reculés comme dans les cités les plus vastes, où il courait répandre la parole du roi sans y croire lui-même. C'est au sénéchal qu'il revenait de mugir plus fort que la troupe, de caresser l'orgueil des officiers et d'obtenir ainsi, par la crainte et des promesses également creuses, le maintien de l'ordre. Les chevauchées nocturnes, à la longue, lui donnaient mal au dos.

Il ployait sous les fardeaux, s'éparpillait d'une ville à l'autre, d'une forteresse à l'autre, couchant entre les chiens et les loups, en dresseur acrobate. Les rares nantis lui remettaient leur or en tirant la langue ; une foule de pauvres lui tendaient la main en implorant une obole. Il mentait si souvent qu'il doutait de ses propres pensées – elles étaient complices de la déréliction du royaume.

Il y avait dix jours qu'un incendie avait détruit un grenier en Cornouailles. « Le roi vous fait dire de vous serrer la ceinture », déclarait Hengist avec aplomb, mais, selon des informations de première main, Vortigern avait convoqué des ouvriers pour enfin bâtir sa tour, sa maudite tour qui enflammait son imagination et angoissait les architectes.

Une semaine auparavant, un choucas avait été retrouvé mort devant la chambre du roi. Hasard ou maléfice, le borgne sceptique avait néanmoins pris des mesures et ordonné au prévôt, d'un ton sévère : « Pendez quelqu'un qui a l'air coupable, le roi le veut. » Pareilles futilités engloutissaient le temps du sénéchal, pendant que le souverain profitait de ses absences pour expédier des messagers et passer des commandes : des pierres étaient charriées et affluaient de toutes les carrières.

Avant-hier, d'après les témoignages de pêcheurs, des pirates avaient capturé un navire marchand en provenance de Petite Bretagne. La pêche étant interdite dans ces parages, Vortigern avait décrété que l'incident ne pouvait avoir eu lieu : « Que les pêcheurs soient punis pour leurs racontars absurdes. » Cependant, un architecte ambitieux déclarait que l'ouvrage requis par le roi devait être construit au milieu d'une plaine.

À cause de cette assertion inspirée, à peine rentré au castel royal Hengist était renvoyé aux quatre coins du pays, pour se rouler dans l'herbe et creuser des trous. Les outils s'usaient plus vite que les hommes. La terre était dure, pierreuse ; elle rejetait les importuns.

Était-ce la disgrâce ? Bien sûr, Vortigern soupçonnait son sénéchal de lui cacher des choses ; en public, il s'irritait et insultait à mi-voix « les vieilles manières saisnes ». De nouveaux courtisans, pour la plupart des barons bretons et envieux, dénonçaient les petites manigances auxquelles Hengist avait recours pour imposer la paix, tout en évoquant de nouveau le souvenir enjolivé des guerres ancestrales.

Les sots ne pensaient pas – ils ne l'auraient pas cru ! –, qu'en définitive Vortigern approuvait la conduite de son plénipotentiaire le plus zélé. Si le royaume s'appauvrissait en apparence, l'or débordait des coffres du monarque. Ainsi restait-il le maître incontesté, capable de financer son caprice monumental après des années d'attente.

Ainsi Hengist, fourbu et crotté, avait-il dévoré un maigre repas en présence du roi, crachotant des morceaux de gruau et un rapport volontairement approximatif de la situation du pays. La paix se poursuivait, voilà tout ce qui intéressait Vortigern, dont le regard se troublait sitôt que son interlocuteur abordait des sujets délicats : tant pis si les clans pictes réclamaient des tributs plus élevés pour la saison prochaine, il n'y avait qu'à payer ; tant pis si les

Scots avaient franchi sans avertissement les frontières de leur territoire, pour l'instant au moins ils ne se montraient pas agressifs ; et tant pis si des émeutes avaient éclaté dans les villages du nord, en terre saisne – c'était le problème des seuls Saisnes, Hengist n'aurait qu'à leur rendre visite pour les apaiser d'un mot.

Or le borgne savait, lui, que son autorité sur son peuple n'était plus aussi absolue que par le passé. Ses faits d'armes glorieux s'effaçaient des mémoires, d'autant qu'il offrait désormais aux jeunes gens l'image du chien docile d'un souverain breton.

Personne, certes, n'aurait osé l'insulter en face, pourtant il lui semblait de plus en plus mériter l'aversion des uns et des autres. Ce n'était pas encore la honte aux griffes d'airain ; une crainte, peut-être, particulièrement vive quand il voyait la figure enlaidie de Vortigern et qu'il lui prenait l'envie de le plaindre.

Heureusement la compassion et ses fragilités n'avaient pas leur place dans une écurie, parmi les odeurs de crottin et de paille, alors que la monture renâclait à sentir si tôt le poids de la selle et appréhendait celui du cavalier. Hengist soupira. La lassitude lui tenaillait les reins.

La robe du cheval est d'argent sous la selle,
son souffle blanc de froid, son œil un joyau clair ;
il court jusqu'au matin où geint la tourterelle.

À quel havre se fier ? Quel froissement de l'air
chasserait le brouillard de la lande déserte,
de l'esprit embrasé les désirs de la chair ?

Le cavalier se hâte, or sa langue est inerte ;
il ne répond jamais aux énigmes du cor,
à l'appel fou du merle invitant à sa perte.

La voix rieuse s'était élevée d'une botte de paille, dont s'extirpa à demi la silhouette toujours gracile de la petite chanteuse – si les années s'écoulaient à toute allure pour le sénéchal vieillissant, sa complice ne voulait pas grandir.

« Comment faut-il t'appeler, cette fois ? » demanda-t-il en guise de salutation.

Il lui fit signe d'approcher, sans autre résultat que de la faire disparaître entièrement dans son amas. Il ne s'en offusqua pas : au fil des ans, il s'était résigné à ses manières spontanées, à ses accès de timidité qui rendaient délicates leurs conversations.

« Si Vortigern dit du mal de ton peuple, c'est que ta sœur lui a déplu, fit-elle. Elle séjourne de plus en plus souvent loin de lui.

— Je sais : dans des asiles retirés, qui ont à peine leur point sur mes cartes. Elle lui a écrit ; des missives que je dois lire au roi, parce qu'il ne sait pas son alphabet… Sans moi, il ne distinguerait pas sa dextre de sa senestre. Les lettres de ma sœur sont si expéditives que je dois broder des déclarations affectueuses et des promesses de retour prochain.

— Il veut y croire. La nuit, incapable de dormir, il fait les cent pas. Il geint et boit beaucoup.

— Ronwen m'inquiète davantage. Elle s'est rapprochée des chrétiens. Ils risquent de me la gâter : je la voudrais féroce et impitoyable face à Vortigern… pour lui ! Qu'elle l'incite à plus de fermeté.

— Oh ! La nuit il remue, mais le reste du temps,

c'est un gros benêt qui gronde pour paraître menaçant. Dès que Ronwen reviendra, il courbera l'échine et lui mangera dans la main.

— Si seulement cet impotent était capable de faire des enfants ! Je me démènerais pour eux. Vortigern est une outre vide, pas même fichue d'engendrer un bâtard. D'ailleurs il ne fait rien.

— Ah, ça oui ! Il laissera ta sœur aux chrétiens sans leur chercher querelle. La paix, la paix du roi ! Il n'a que ces mots à la bouche.

— Peste soit des affaires de famille ! Il craint les feux d'une guerre civile et il a raison. Pour l'heure les alliances demeurent précaires ; le peuple souffre de la disette. Que Vortigern se terre dans son castel est la meilleure des politiques.

— Il souhaiterait régner du haut d'une tour gigantesque, en tyran inatteignable ! Il se voit déjà embrasser le pays du regard, du haut d'un balcon, et saluer de la main le peuple venu l'acclamer. Ah ! Quel visionnaire ! Je me demande bien quelle est ma place dans son royaume imaginaire…

— La plus discrète possible, je l'espère, fine mouche. Enfin ! Je lui trouverai une plaine immense, où l'on pourra recommencer Babel… Qu'il construise sa tour. Qu'il soit roi sans régner. Pendant ce temps, j'apaiserai les Saisnes. Ils entendront raison : on ne ravage pas les champs que d'autres se fatiguent à cultiver, quand il est si facile de les accabler d'impôts.

— Tu repars déjà, alors ? Il va pleuvoir…

— D'après les nouvelles fraîches du nord, la région est matée. Toutefois les Saisnes sont en colère. Ils ne comprennent pas l'inaction de Vortigern… Je devine leurs pensées: “La Bretagne est mûre, cueillons-la!” Leurs regards et leurs appétits se tournent vers le sud. Car que valent les accords et les traités, quand on peut s'en passer ?

— Toi, tu es saisne… un chef! Tu n'as pas la tentation de les mener? interrogea-t-elle d'un ton soudain enthousiaste.

— Ah! Une révolte, cela t'amuserait, petite enragée? Le roi trahi par son sénéchal, l'alliance hypocrite de deux peuples brisée! De quoi inspirer des chansons!… Non, non, vilaine fille! Je ne renverse pas les rois, moi, je n'aime pas ressasser les histoires anciennes… Tu voudrais que jc mette en branle une armée hurlante, que je me repaisse de sang, le tien peut-être, parmi les cris et les râles qui font toute la musique démente de la guerre… Pourquoi donc, Morgause? Parce que tu t'ennuies, à observer, à écouter, à me faire de temps à autre un bref rapport?

— Oh, tu t'énerves, tu me sermonnes… Tu me donnes un nom dont je ne veux pas. Bon! Puisque tu en sais déjà tant, sur le cœur des hommes comme sur le mien, je ne dis plus rien!

— Te voilà contrariée, bout de femme? railla le borgne, avant de se reprendre. Bah, excuse mon mauvais caractère: je manque de repos. Mes promenades nocturnes sont moins inconséquentes que celles du roi.

— Tiens, il pleut, comme je le prévoyais, répliqua-t-elle avec nonchalance. Tu me diras: ce n'est pas une grande prophétie… Mais, à bien tendre l'oreille, le flic flac des gouttes me chuchote que tout va pour le mieux.

— J'affronterai une tempête, si elle permet

d'éteindre des incendies ! Maintenant au revoir, petite ; poursuis ta tâche. Sers le royaume en dépit du roi. Je saurai te récompenser, tôt ou tard. »

Il partit, sans qu'elle lui ait répondu, sans admettre que leur dispute insignifiante assombrissait son humeur et qu'il éprouvait tout à coup les cruautés de sa solitude. L'expression fiévreuse de Vortigern resurgit, c'était pitié d'y songer encore, de s'en sentir responsable : vite, vite, au galop ! D'abord il rappellerait aux Saisnes qu'il était leur chef, ensuite il trouverait une plaine, dût-il niveler une colline, puis, puis… Ah, que Ronwen se réfugie auprès des chrétiens, à sa guise ! La tour à bâtir obsédait davantage le roi dans l'immédiat que les questions dynastiques. Hengist n'irait pas pourchasser sa sœur jusque dans les églises, ni bousculer des prêtres désarmés.

Le ciel roulait de lourds nuages ondoyants, qui passaient si rapidement au-dessus de lui qu'il baissait la tête parce qu'en la levant il se figurait emporté dans un fleuve houleux et interminable.

5

Ils étaient à Constantinople, un des cœurs battants du monde connu, où tout les impressionnait : l'épaisseur des murailles, la taille de la ville, le nombre des églises et des habitants. Et par-dessus tout, l'empereur-prêtre, élu de Dieu et maître des hommes.

Adrian les accueillait dans son palais comme des hôtes de marque. C'était beaucoup. Il fit plus : il se leva de son trône et descendit deux marches vers eux, s'abaissant à leur hauteur.

Il les salua solennellement, les appelant seigneurs et princes. Puisqu'il les voyait pour la première fois, il ignorait leurs identités respectives. Alors il regardait dans le vague, leur offrant à tous le même sourire impénétrable.

L'asile, oui, il l'accordait volontiers. Le vivre et le couvert, à la mesure de leur mérite éminent. Leur cause, bien sûr, il en était informé. Il en concevait la légitimité, espérait qu'ils obtiendraient satisfaction.

Surtout, il songeait à ce peuple du Christ, là-bas, sur cette île lointaine, en proie aux persécutions et à la vilenie d'un tyran inepte. Le réconfort devait leur être apporté. Les Justes, il en avait la pleine conviction, triompheraient du Malin. Cependant :

« Nous éprouvons un certain souci à considérer que notre digne cousin (il désignait ainsi Pandragon, pour le flatter), certes instruit des vertus chrétiennes, ne soit pas membre à part entière de l'Église. La victoire, la seule victoire possible, est en Dieu. Quel roi s'avérerait capable de perpétuer la paix, sans la protection du baptême ? Cette prévention nous retient encore d'épouser les intérêts de notre cousin si brave. Car la bravoure, privée du secours de notre Sauveur, pèche par manque d'humilité. De même que sagesse sans Christ est gaspillage. Oh, comme je souhaiterais qu'enfin unis par la foi, nous puissions nous appeler "frères" ! D'une main je bénirais notre alliance, de l'autre je vous confierais une armée. »

Il conclut son allocution par des formules de politesse alambiquées, façon délicate de les renvoyer et d'insinuer que, sauf initiative bienvenue de leur part, il n'avait aucune raison de les revoir. La manœuvre était d'autant plus limpide qu'un essaim de moinillons en robes noires les escortait durant leurs déplacements, leur serinant peu ou prou les attentes impériales. Abenamar leur répondait en grec par des généralités, afin de gagner du temps.

Lorsqu'ils furent seuls dans leur chambre, il ne cacha pas que la proposition d'Adrian lui agréait.

« Constant tolérait les chrétiens sans se convertir lui-même, déclara-t-il aux deux frères. Par respect pour votre père, je ne vous ai pas imposé ma religion. Mais nous avons besoin d'un soutien militaire. Le nombre des fidèles s'accroît chaque jour davantage.

C'est une force irrésistible. Dans ces conditions, pourquoi rejeter la requête de l'empereur ?

— Quelle sera l'opinion des barons bretons ? demanda Pandragon à Urien, qui ne les quittait plus.

— Une poignée d'entre eux sont favorables à la nouvelle religion, en particulier au sud du royaume. La plupart, dont je suis, sont indifférents. Vortigern méprise les chrétiens. Ils ont toujours aidé les Bretons contre l'envahisseur saisne. Selon moi, tant que l'empereur ne lèvera pas d'impôt en terre bretonne, il pourra sermonner et évangéliser à sa guise.

— Oh, il voudra d'autres compensations, répliqua Abenamar. Des traités commerciaux, des cartes maritimes… Toutefois, l'époque de Rome et du mur d'Hadrien est révolue. Constantinople n'a ni les moyens ni la volonté d'établir une colonie pérenne en Bretagne. Non, l'empire cherche un allié fiable, pas un vassal. S'il nous prête une armée, nous devrons tôt ou tard la lui rendre.

— Uter, toi, qu'en dis-tu ?

— Adrian est très petit, ne trouvez-vous pas ? Cessez de ricaner, je suis sérieux. Même debout sur son escalier, il nous dépassait à peine. Il n'a pas l'allure d'un foudre de guerre. Comment un homme de cette taille contrôle-t-il un territoire si vaste ?

— La chrétienté unit l'empire face aux menaces barbares, affirma Abenamar.

— Convertis-toi donc, conclut Uter. Un baptême pour une armée, l'offre est généreuse ! »

Tandis qu'ils palabraient, un merle virevoltait à la fenêtre.

*

Pour franchir exalté les obstacles impromptus, le cavalier pousse en avant, d'une ruade, la monture harassée qui manie elle aussi le fer ; chaque élan une charge, chaque sabot l'amorce d'une rafale. Et qui sait si la mort n'est pas cette ligne d'horizon qui tranche le ciel éclaboussé de vermeil.

L'oiseau sautilla quelque temps sur le rebord. Sa tête tournait frénétiquement en tous sens, l'œil ouvert et aux aguets. Puis, comme rassuré, il lança une kyrielle de notes claires vers le ciel. Il s'envola, montant d'abord, et traça une folle série d'arabesques du bout de ses plumes blanches. Son écrit aérien achevé, il piqua soudain. Une tache rouge, une tache jaune : ces deux flammes colorées excitaient son instinct de prédateur, chacune le défiant par son éclat. Sa brève hésitation se solda par un premier échec : la tache rouge fut recouverte. Il s'abattit sur la jaune.

Au dernier moment, une ombre l'arrêta. Il vira à toute allure et fit demi-tour, non sans avoir frôlé la proie abandonnée.

Un cri paniqué retentit dans le jardin. Uter, qui s'y croyait seul, sortit brusquement de sa rêverie. Il s'écarta de la tulipe sur laquelle il s'était penché pour en respirer le parfum. Un peu au-delà, près d'un bosquet, il aperçut une femme à la robe chatoyante qui lui tournait le dos. Elle s'appliquait à rajuster, en gestes nerveux, sa chevelure blonde.

Il s'approcha, intrigué, presque ému. C'était la première fois qu'il contemplait des cheveux de cette teinte. Un soir auparavant, certes, au cours d'un de ses récits mélancoliques, Urien avait évoqué l'existence de femmes nimbées de soleil.

Il l'interpella timidement. Elle se retourna aussitôt, défaisant du même coup sa coiffure précaire. Une longue mèche déferla contre le recoin de sa bouche. Il n'entendit pas sa réponse, saisi par une fièvre de l'or fulgurante. Elle répéta sa question : n'était-il pas de ces étrangers, dont la présence suscitait une émotion si forte dans les couloirs du palais ? Il balbutia.

« Si, dit-il enfin. Le gros de notre troupe loge dans les quartiers portuaires. Mais l'empereur a cru bon d'accorder un traitement de faveur à mon frère et ses proches.

— Votre frère ? Vous êtes donc l'un des fils de Constant. Le plus jeune, sans doute ? Comment s'est déroulée l'audience de ce matin ?

— De façon tout à fait plaisante… Je m'étonne que le sujet intéresse… »

Il s'interrompit, mortifié de son honnêteté balourde. Son interlocutrice repoussa la mèche importune et sourit complaisamment.

« Une femme ? Rassurez-vous, seigneur, les affaires politiques m'ennuient… Dans le cas contraire, Adrian s'empresserait de m'en détourner. Apprenez que l'épouse d'un empereur est un trophée qu'il exhibe pour les grandes occasions, à condition qu'elle se taise. »

L'épouse d'un empereur ! Uter s'en serait mordu la langue de honte. Sa conduite était manifestement déplacée : il avait semé sa garde de moines et s'était jeté dans ce jardin, qu'il croyait désert, et voilà qu'il ajoutait à la liste de ses fautes un tête-à-tête avec l'impératrice. Rien de moins ! Fallait-il qu'il soit audacieux et stupide !

Sa gêne sautait aux yeux. Il la considérait en osant à peine croiser son regard et fixait ses lèvres entrouvertes. Elle souriait – rictus de prédatrice au moment de fondre sur sa proie.

« Asseyons-nous », dit-elle d'un ton de commandement.

Elle présumait de sa force : l'éclat autoritaire alarma Uter.

« Où donc ? s'enquit-il. Il n'y a pas de banc.

— Sur l'herbe, voyons ! » reprit-elle en corrigeant promptement son erreur.

Elle jugeait les hommes et s'adaptait à leur nature en un tournemain, se montrant par là plus fine politicienne qu'elle ne l'admettait. Elle subodora qu'il exécrait les ordres.

Alors elle se laissa glisser au sol, indifférente aux conséquences sur l'état de sa robe, et tapota là où elle souhaitait qu'il s'assît. Incapable de protester, victime consentante de son charme, il descendit auprès d'elle. Le parfum de la tulipe lui emplissait encore les narines. Il l'associa à la grâce irrésistible de l'impératrice et à sa toison solaire.

Habilement, elle le questionna sur le pays d'où il venait, Saras, sur les mœurs de ses habitants que l'on disait chrétiens, comme les citoyens de l'Empire. Sur leurs femmes, à la beauté sans doute incomparable…

« Oh, oui, certaines sont belles ! fit-il naïvement. Mais aucune ne vous égale, pour la blancheur de la peau et l'or de la chevelure.

— Ma blondeur vous étonne ? C'est que j'étais princesse d'un royaume situé beaucoup plus loin au nord. Mes parents me fiancèrent à Adrian quand j'étais enfant. Plus tard, notre mariage célébra l'alliance de deux grandes familles, à défaut de l'amour… Je vous fais cette confidence comme à un ami », précisa-t-elle en le regardant bien en face.

Il se détourna de nouveau.

« Le devoir familial impose des sacrifices, concéda-t-il avec répugnance.

— Je n'ai pas lieu de me plaindre. Cela date. Je n'ai pas revu ma famille depuis la cérémonie… Je me souviens de mes sœurs en robe de bal, de leurs cheveux plus lumineux que les miens.

— Je ne peux le croire ! se récria Uter. Les vôtres sont des rayons versés des astres… Pardon, je bredouille des boniments de poètes, alors que je n'y entends rien. »

Sans répliquer, elle lui saisit la main et la porta à sa nuque. Les doigts grossiers d'Uter s'égarèrent parmi les mèches chatoyantes, douces comme soie, puis un hasard perfidement dirigé voulut qu'il effleurât une joue. Il eut un mouvement de recul – elle inclina la tête et déposa un baiser au creux de sa paume. Il en resta tout interdit. En même temps, il sentait poindre en lui l'affluence incoercible, le désir qu'il avait cru immergé pour longtemps. L'évocation d'une défaite honteuse lui rendit un reliquat de prudence :

« Majesté, nos conditions respectives…

— Nous sommes deux enfants dans un jardin. Deux innocences. Abandonnons à d'autres le fardeau des titres et des convenances… Eux se moquent des fleurs.

— Mon frère va se convertir au christianisme, dit-il brusquement. Auparavant déjà, il se répétait les dix commandements tous les jours… Grâce à son intransigeance il est devenu juge, à Saras. Parfois, il arrivait que de jeunes couples lui demandent conseil… à lui, si chaste ! Je me souviens qu'il leur ânonnait : "Tu ne commettras pas l'adultère"… Majesté, n'êtes-vous pas chrétienne ?

— L'es-tu ? »

Ces mots le perdirent.

*

Des semaines s'écoulèrent, durant lesquelles une ribambelle de moines exaltés transmirent des missives sibyllines entre les exilés bretons et les éminences grises de l'empereur-prêtre. Au bout d'un manège prolongé de faux-semblants et de demi-vérités, Adrian condescendit à baptiser en personne Pandragon. Une telle démarche liait symboliquement le destin des deux hommes et consacrait le projet de libérer l'Île de Bretagne.

En préparation, Pandragon s'enferma dans l'étude du dogme chrétien, aidé par Abenamar et un aréopage de théologiens. Uter se fit discret. Il échappait à la surveillance relâchée des moines et errait de l'aube jusque tard dans la nuit, rendant des visites régulières aux hommes d'Urien restés au port, faute de noblesse. Du moins le prétendait-il.

Souvent quand il rentrait, même à l'heure la plus tardive, il découvrait dans sa chambre Urien bien éveillé qui l'accueillait d'abord avec des grognements désapprobateurs. Le vétéran attendait ses retours non sans angoisse, appréhendant des menaces jusque dans l'enceinte du palais. Convaincu que sa première responsabilité consistait à protéger son roi légitime, il n'osait pas s'éloigner trop de Pandragon et suivre le cadet dans ses pérégrinations. Des deux frères, il préférait l'aîné, bien qu'il s'en défendît, et la culpabilité qui en résultait l'empêchait de dormir sans avoir grondé Uter.

Celui-ci s'en amusait. D'un rire qui aurait exaspéré Abenamar, il se moquait des froncements de sourcils d'Urien pour le radoucir aussitôt en l'interrogeant avec avidité sur son expérience de la guerre et sur les deux Bretagne – malgré lui le jeune homme commençait à éprouver une curiosité sincère pour sa terre natale, peut-être parce qu'il prévoyait désormais d'y mourir.

Du nord du royaume et de sa baronnie perdue, Urien révélait peu de choses. Il évitait d'entretenir la mémoire des défaites. En outre il ne possédait pas la langue facile des conteurs, qui jette des draps pudiques et glorieux sur les cadavres. Il répétait simplement que l'air du pays était vif, les herbes sombres, et que le vent parfois ressemblait à une voix de femme en colère.

« Les femmes ! s'exclamait Uter. Décris-les-moi ! Je veux savoir pour quels jolis minois je me battrai ! »

Ah, cela, c'était autre chose ! S'il n'était pas marié et que son expérience dans le domaine s'avérait ténue, le vétéran comprenait du moins l'intérêt grossier du garçon : il y avait souvent dans une troupe, avant ou après la bataille, quelqu'un pour évoquer la femme la meilleure ou la pire, si bien que les guerriers se prenaient à rêver ou s'esclaffer au lieu d'envisager la mort.

Il y avait aussi, et alors la peur revenait, les Saisnes maudites qui complétaient les armées ennemies : annonciatrices de désastre, elles avaient le pas rapide, des javelines mortellement précises que les Bretons insultaient sans retenue. Celles-là, tous s'accordaient à leur souhaiter une mort honteuse, parce que tous les craignaient.

Certains prétendaient qu'elles émasculaient leurs prisonniers ; d'autres, qu'une égratignure infligée par elles ne cicatrisait jamais bien, à cause de leur haine venimeuse. Pareilles histoires réjouissaient Uter.

« C'est bien ! Qu'elles nous aiment, nous mutilent ou nous tuent, selon nos mérites ! approuvait-il. Voilà toujours une forme de reconnaissance… Le plus cruel serait de se croiser en parfaits étrangers, passants sans cause ni désir… en paix ! Méfie-toi, Urien : quand mon frère régnera il t'imposera une grande dame, tu devras apprendre à converser avec plus d'aisance, ou tu la tueras d'ennui !

— Qui t'a appris cela, à toi ?

— Bah ! La sagesse commune… Je sais, tu n'aimes que la Bretagne ! Si nous pouvions prendre un navire, là, tout de suite… ne voudrais-tu pas partir sans t'embarrasser d'une alliance avec les Byzantins ?

— Il fait nuit, et nous ne sommes pas marins.

— Quand même, partirais-tu ? Si ta chère île était toute proche, qu'il n'y avait aucun risque de naufrage ?

— Peut-être. Ne rêvons pas davantage. »

La discussion ne s'éternisait pas. La nuit par contre passait vite. Les moines les retrouvaient parfois encore debout à l'aube, occupés à s'entraîner au maniement des armes.

La cérémonie eut lieu un soir. Une foule d'invités prestigieux se pressait dans l'église choisie. Favoris et courtisans de l'empereur venaient pour se montrer, autant que pour satisfaire leur curiosité à l'égard de Pandragon. De folles rumeurs couraient à son sujet. On murmurait qu'il descendait du glorieux César, qu'il restaurerait l'autorité de l'Empire romain sur l'Occident ; ou que, bâtard d'Adrian, il voulait obtenir sa légitimation en lui offrant des terres fraîchement conquises. Quelques-uns, au courant des affaires militaires, affirmaient qu'en ce moment même des navires étaient armés, à bord desquels embarquait déjà un millier de soldats. L'assemblée s'étourdissait de tapage et s'en divertissait.

La présence des exilés au premier rang devant l'autel stimulait les conversations. Étant donné la solennité de l'événement, les Bretons de condition inférieure avaient été autorisés à y assister. Mal à l'aise, ils se serraient autour d'Urien et d'Uter, à qui ils demandaient parfois de leur traduire les mots grecs qui bruissaient. Urien se contentait de les rabrouer.

Uter avait retrouvé son complice Ulfin et, à en croire la mine désolée du petit page, lui rapportait quelque mésaventure.

Le brouhaha s'accrut encore lorsque survinrent en grande pompe l'impératrice et ses suivantes : la multitude se fendit en deux devant le cortège féminin, se referma en commentant derechef la toilette de l'altesse impériale. Celle-ci arrivait presque en retard, bien consciente d'attirer toutes les attentions. Elle avançait à pas lestes, vêtue de blanc immaculé. Sa chevelure blonde ajoutait comme un point de lumière dans la pénombre de l'église. Uter la dévora des yeux. Elle s'assit au premier rang, mais sur le banc situé à l'opposé des Bretons.

Plusieurs cierges allumés éclairaient l'autel, où tout paraissait doré et rose parce qu'il était orné de pierres précieuses. Cette richesse flagrante contrastait avec la nudité des colonnes innombrables qui soutenaient une voûte très haute et ténébreuse, où résonnaient les bavardages.

Un silence grave leur succéda aussitôt que l'empereur-prêtre apparut. Pandragon marchait dans ses pas. Ils approchèrent de l'autel. L'assistance s'inclina avec contrition. Tout en articulant une prière muette, Adrian esquissait un signe de croix ici et là.

« Chers fidèles, dit-il d'un ton empreint de sérénité, un nouveau frère nous est donné. Il apporte sa foi et le fardeau d'une sainte mission : semer la parole de l'Évangile sur une terre lointaine. Sauvé par le baptême, il renaîtra purifié et revêtira des armes lumineuses pour bannir la noirceur du Malin. En présence de cette assemblée, frère, quel est ton nom ?

— Pandragon.

— Te déclares-tu prêt à recevoir l'eau et le signe ?

— Oui.

— Te déclares-tu prêt au sacrifice de ta chair dans la lutte contre l'impie ?

— Oui.

— Te déclares-tu, en ce jour et à jamais, ami de l'Empire romain ?

— Oui.

— Alors reçois ma bénédiction, ainsi que l'approbation des témoins ici réunis. Je te baptise au nom du Père, du Fils et du Saint-Esprit. »

L'empereur-prêtre sortit des vases du tabernacle, placé au pied d'une grande croix sur laquelle un Christ paisible souriait, malgré les clous de fer. Il emplit d'eau ses mains jointes en coupe et versa le baptême sur le front de Pandragon. Il entonna une prière qui fut reprise par cent bouches. Ulfin, se souvenant qu'il était Merlin, observait les visages avec un intérêt fébrile. L'empereur semblait extatique, de même qu'Abenamar qui priait haut et fort. Urien remuait les lèvres par mimétisme, abasourdi par l'alliance qui se nouait ainsi.

Uter, comme étranger à la scène, ne quittait pas l'impératrice des yeux. Celle-ci se penchait obstinément dans une posture de recueillement. Cependant, puisque la prière se prolongeait, elle ne put s'empêcher de regarder le jeune homme à la dérobée. Une étincelle provocante assombrit les yeux bleus d'Uter. Sans le vouloir, il fit un geste brusque, étreignant le vide.

Son audace demeura inaperçue. À cet instant Adrian concluait le rituel par un amen. Après un flottement, les fidèles commencèrent à partir. L'impératrice s'éclipsa la première, hautaine, inatteignable… mais, lorsqu'elle dépassa le rang des Bretons, un tressautement de ses doigts sur sa robe renseigna Merlin. Il leva la tête, sonda les ombres. Quelque chose bougeait là-haut, bravant le sacré de l'église.

Dès que l'empereur-prêtre se fut retiré, Uter donna le signal du départ aux exilés. Pandragon resta seul : il devait prier toute la nuit.

*

Un revers de main écarta le drap, découvrant le dos nu et la chute des reins, puis remonta en une caresse fugitive jusqu'à la crinière ensoleillée. Un pépiement d'oiseau arracha Uter à sa transe lascive. Il avait trop tardé : l'aube plantait déjà ses roses à la croisée.

Il fuit la chaleur du corps endormi auprès de lui, ramassa en hâte ses frusques, se rhabilla. À cette heure sans doute, Pandragon finissait sa longue prière et s'apprêtait à retourner dans sa chambre, où il prendrait un repos mérité. L'absence d'Uter dans les quartiers réservés aux nobles bretons paraîtrait suspecte. Même lui ne pouvait s'absenter si longtemps sans agacer les moines gardiens.

Il ne s'inquiétait pas outre mesure et gratta sa barbe naissante, profitant encore un peu de la vision affriolante offerte par l'impératrice infidèle.

Pour éphémères qu'ils soient, certains sacrilèges ont en leur faveur des plaisirs bien doux. Au port, pensait Uter, les nefs se tenaient prêtes à appareiller d'un instant à l'autre. Le moment du départ approchait et avec lui la séparation des amants, qu'il regrettait sans éprouver de sentiment de révolte. La femme était belle mais le monde était grand, comme son désir de l'arpenter. Ce désir-là l'étonnait lui-même. Il devenait adulte. Ou ses errances dans Constantinople l'avaient changé, en le confrontant à des richesses innombrables.

De Saras, il se remémorait la vie simple, les corvées quotidiennes, les flâneries, quelques modestes fêtes de village. Ici, traverser une place du marché constituait une aventure où l'on affrontait, à l'ombre des palais de marbre, le boniment des marchands, le doigté des tire-laine ou l'œillade des courtisanes. Dire que des milliers d'âmes vivaient et s'activaient dans cette ville ! Dire qu'un homme seul régnait sur cette immensité, elle-même fraction d'un empire gigantesque. Par comparaison, la Bretagne semblait dérisoire. Bah ! si Urien disait vrai, la beauté du pays et de ses femmes justifiait de s'y rendre. Puis, si le règne de son frère devait avoir lieu, qu'une paix s'instaurait, il serait bien temps de repartir.

Une assurance nouvelle fortifiait Uter, dont il était redevable à sa maîtresse. L'impératrice lui faisait goûter – avec inventivité ! – les récompenses de l'audace impunie. Il savourait ce petit triomphe lorsqu'il franchit le seuil de la chambre. Il tressaillit. Quelqu'un tournait en rond dans le couloir. Malgré son retard, Uter savait que personne ne venait dans cette partie du palais à une heure si matinale.

Pourtant l'empereur considérait, d'un air indéchiffrable, son hôte de marque sortir de la chambre de son épouse. Il portait une épée à son côté et une autre dans son poing.

« Veuillez me suivre au jardin », dit-il à voix basse.

Sans répondre, Uter fit signe qu'il comprenait. Ils descendirent un escalier en colimaçon, passèrent des couloirs, tous deux murés dans un silence pensif. Enfin, une porte les conduisit dans le jardin. Fleurs et arbustes exposaient à la lumière de l'aurore leur monceau de couleurs empourprées, auxquelles s'agrippait la rosée scintillante. Ils contournèrent les parterres et suivirent un sentier jusqu'à un espace dégagé de pelouse verte. L'herbe y poussait haute, rendue glissante par l'humidité. Visiblement, les jardiniers n'avaient pas encore tondu.

« J'ai donné des ordres, afin que nous ne soyons pas dérangés », dit Adrian.

Il tendit l'épée en surplus à Uter.

Ce dernier s'en saisit et tous deux se firent face. Une lueur flamboyante glissa un instant sur leurs lames. Sans s'adresser la parole, ils s'élancèrent. L'empereur porta un premier coup rapide, qui prit Uter de court et l'obligea à reculer. Il avait l'avantage de l'allonge, pourtant il dut rester sur la défensive. Il détourna plusieurs attaques dont chacune se voulait fatale.

Son adversaire essayait d'en finir au plus vite, conscient que la taille d'Uter risquait à long terme de se révéler décisive. Cependant, le duel se poursuivit sans qu'aucun des deux ne prît véritablement le dessus. Uter parait toujours, défendant sans attaquer. L'agilité et la férocité de l'empereur le surprenaient : cet homme si bavard, si pieux, se battait avec l'efficacité d'un guerrier accompli ! Était-ce là le secret de la pérennité de Constantinople : les talents innombrables de son monarque ?

Il constata bientôt que le terrain ajoutait au danger. Comme Adrian le pressait par de vives feintes qui nécessitaient des parades impromptues, il faillit plus d'une fois s'étendre dans l'herbe. Il venait de repousser un assaut éprouvant quand un écart trop brusque de la jambe l'entraîna en arrière. Un genou en terre, il vit la pointe de l'épée qui plongeait vers sa clavicule. Il se pencha tout à fait en avant pour passer sous la lame. Elle lui entailla l'épaule et décapita une tulipe derrière lui. Les pétales se dissipèrent en pluie rubis.

Enfin furieux, Uter voulut saisir l'occasion. Oubliant toute prudence, il se rua sur son adversaire en rugissant. Cet élan bestial ébranla la froide maîtrise de l'empereur qui émit un cri rauque. Ils abattirent leurs armes en même temps. La violence du choc leur engourdit les mains. L'épée d'Uter se brisa. Les éclats retombèrent autour d'eux en rougeoyant. Adrian leva le bras de nouveau et cette fois Uter, inerte, regarda la mort arriver. Un chant d'oiseau retentit près d'eux, qui annonçait pour de bon les prémices du jour.

Alors l'empereur vainqueur jeta un coup d'œil vers le ciel limpide et rengaina, le teint légèrement pâli. Il avait l'air d'un homme qui se souvient soudain d'affaires urgentes. Il parla avec agitation :

« Je vous ai confié une lame médiocre ; telle n'était pas mon intention. Excusez-moi.

— Seigneur, c'est à moi…, fit Uter.

— Laissez cela. L'œuvre que j'envisage, avec votre frère… Cette grande vision ne doit pas être mise en péril par des enfantillages. L'impératrice a commis d'autres fautes envers moi par le passé, toujours sanctionnées… autant qu'un souverain peut sanctionner son épouse légitime sans s'humilier lui-même. En vain : elle préférerait peut-être que je la répudie, que je la renvoie auprès de sa famille… Je n'en ferai rien : nos vœux nous attachent l'un à l'autre, plus fermement encore que ceux qui me lient désormais à Pandragon.

— Seigneur, vous pourriez me punir. Je vous l'assure, votre alliance avec mon frère ne s'en trouverait pas compromise.

— Il est raisonnable, en effet. Sa ferveur l'honore. Mais les livres saints m'enseignent que le sacrifice d'un parent augure des désastres. Je ne l'imposerai pas à Pandragon.

— Ce serait justice.

— Oh, ne vous souciez plus de cela ! Votre châtiment, si vous en recevez un, viendra de plus haut que moi. Je vous pardonne.

— Et l'impératrice ?

— Tout empereur que je suis, mon abnégation a ses limites. La volonté, surtout, me manque.

— N'est-il pas écrit de la femme adultère : "Que celui d'entre vous qui n'a jamais péché lui jette la première pierre" ?

— Vous savez cela ! Vous finirez par connaître Dieu, comme votre frère ! Oui, oui, je m'efforcerai de pardonner à mon épouse. Puisse-t-elle faire preuve de clémence envers mes propres erreurs… Retournez dans vos quartiers, à présent. Faites soigner votre blessure.

— Votre magnanimité me confond, seigneur. »

Uter salua profondément. En se détournant, il songea que les monarques portaient des mondes sur leurs épaules, où la politique, les calculs et les compromis bourgeonnaient sur un fumier de passions racornies. Quant à lui, la lumière dorée du matin lui évoquait, inexorable, la blondeur de sa maîtresse nue. Ne valait-elle pas qu'on se batte, qu'on tue pour elle ? En son for intérieur, il admira l'empereur de résister à l'attrait de la vengeance.

Pendant qu'il s'éloignait, Adrian fixait son dos et tapotait le pommeau de son épée avec nervosité.

*

Le poulain blanc avait grandi. Docile, il avançait à pas sereins sur le quai, se fiant au bon vouloir d'Ulfin. Son poitrail élargi rappelait son ascendance : il était le rejeton de l'étalon fougueux qui avait porté autrefois Abenamar et les fils de Constant.

Le navire devant lui, un dromon à double rangée de rames, le ramènerait au pays de ses ancêtres. Contrairement à son maître Pandragon, cette idée ne lui aurait procuré aucune satisfaction, en eût-il eu conscience.

Autour de la monture et du page s'affairaient des soldats, des marins, des débardeurs. Dans le plus grand tapage, ils chargeaient des rouleaux de cordage et des barriques d'eau douce. Ils forçaient un peu leur entrain. Des hommes qui partaient, Grecs, Thraces, Phéniciens, la plupart n'étaient jamais allés au-delà de la péninsule hispanique. Pour eux, l'Île de Bretagne représentait une maigre saillie de terre à laquelle s'accrocher avant de tomber dans l'espace infini. Si Rome ou Constantinople indiquaient le centre de l'univers, la Bretagne se situait au seuil des Enfers maritimes.

Le poulain franchit la passerelle sans renâcler, pour s'agiter sitôt sur le pont. Son instinct affolé lui intimait de retourner à terre, où la stabilité raffermirait son courage. Ulfin se colla contre lui, un bras passé autour du col, et lui chuchota à l'oreille des paroles de réconfort. Peu à peu leurs cœurs se mirent à battre au même rythme. Leurs respirations ralentirent, le navire devint comme un point sur une carte, définitif et immuable, dont ils faisaient partie intégrante sans avoir à s'offusquer de la houle. Quand il sentit que le poulain ne paniquerait plus, le page s'en détacha.

Près d'eux, le pied d'un mât disparaissait derrière un amoncellement provisoire de fournitures. Plus haut se tendait mollement la large voile triangulaire, hissée afin de vérifier l'état des agrès. Au bout du mât, le poste de vigie restait inoccupé, sinon par une congrégation bruyante de mouettes, auxquelles se joignit bientôt un merle blanc. Sa présence agaça les autres volatiles qui exprimèrent leur mécontentement, mais battirent en retraite.

L'oiseau solitaire étudia un moment le grouillement au-dessous de lui, cette humanité ployée sous ses fardeaux qui se préparait à une navigation dangereuse, dans l'espoir d'un succès douteux. On caboterait le plus longtemps possible, dégoisaient les loups de mer, au moins jusqu'à atteindre l'ouest de la Gaule. Là-bas, il faudrait patienter le temps qu'Urien rameute la noblesse locale. Il y aurait ensuite à passer le bras de mer séparant les deux Bretagne, grande et petite.

Dans l'air fendu de traits, il lève le bras tenant l'épée, à la mort, à la mort! par-dessus les oreilles plaquées du cheval éperdu. Nuque courbée, il se hérisse de flèches à empennage dru. Son casque lui fait mal, là où a cogné un tranchant de lance. Il défait le casque, l'envoie au ciel. Advienne que pourra! Talon au côté, le cheval s'embourbe dans un vacarme poisseux. Dans l'épaisseur des rangs en mouvement, les mottes de terre fouettent les visages et les étendards, l'arrière-train se démène, par brefs éclairs; au-dessus de la mêlée, la tête libre du cavalier chavire.

Le merle s'envola. Sa silhouette blanche de flèche

vive traversa le ciel bleu, puis descendit lentement auprès d'une figure encapuchonnée qui arpentait la grève, à l'écart du port de Constantinople. Le soleil tapait dur sur cette portion de la côte. Le capuchon monacal abritait un visage blême, percé de deux gouffres à la place des yeux.

La voix de Merlin jaillit de la gorge de l'oiseau :

« Père, vous me semblez bien amer. »

Le démon déguisé leva une manche trop longue, accusatrice :

« Tu as triché, maudit, tu as triché : ton protégé a beau se rouler dans le stupre, tu le sauves *in extremis*. Je t'ai entendu, dans le jardin : tu as chanté pour distraire l'empereur de sa fureur.

— J'ai chanté les délices d'une aube neuve.

— Tu as ruiné mon ouvrage. Je voulais les anéantir tous les deux, le prêcheur et le pécheur. Tout était arrangé : la belle insoumise écorchait leur orgueil ; malades de jalousie, ils s'entre-tuaient. Mais rien ! Trois gouttes de sang versé, le pardon. Ces hommes sont donc sans passion, sans fierté ?

— Eh oui ! La femme entre eux les a réunis au lieu de les diviser. Ce n'est pas ta faute, pauvre père. Pour toi, les sacrifices par amour sont des malentendus.

— Pourtant, j'ai pénétré leurs cœurs, boursouflés de fatuité… Non, non, ce n'est que partie remise ! Plus Uter s'approchera du but, moins il se sentira dans son rôle. Son frère a pu le persuader un temps que leurs destins allaient de concert. Cette illusion ne tiendra pas. Grâce à toi, je sais l'avenir : la mort attend.

— Tu épuises vite ton sac à malices, Esquibedes,

si la mort des hommes, inévitable, te console de tes échecs. Je te répondrai que certains cadavres attristent les vivants, mais les soulagent du malheur. »

Esquibedes parut se ratatiner, se répandant en tache noire sur le sable chauffé à blanc. Merlin se défiait de ces manières : son père se complaisait aux lamentations hypocrites, alors même que le remords lui était étranger. Et la vérité plus encore.

L'oiseau s'éventa les plumes tandis que le démon finissait sa fausse pénitence. Il s'en releva l'air toujours piteux. Cependant sa voix reprenait une intonation langoureuse :

« Merle, mon petit merle, cède-moi une de tes jolies plumes, et je te confierai un secret.

— Tes seuls secrets sont les souvenirs que tu m'as volés, rétorqua Merlin, intéressé malgré lui.

— Précisément, fils. En contrepartie d'un bout de ta mémoire, je t'en rendrai un autre. Qui sait ? Tu y gagneras peut-être. »

L'affreuse tentation embrasa le cœur de Merlin. Il comprenait le piège : ce qu'il avait en tête, images de son enfance et de sa vieillesse, lui paraissait si énorme qu'il s'y égarait sans arrêt. Il ne maîtrisait toujours pas cet aspect délicat de son être, si bien que le savoir à sa disposition lui faisait l'effet d'une quantité négligeable. Il lui arrivait encore de s'enivrer pour engourdir ses facultés et s'assoupir dans un présent insignifiant. De temps à autre, toutefois, une information cruciale lui revenait, dont il tirait parti.

Cette façon de vivre, mélange instable de pensées obscures et d'éclairs de lucidité, prélevait un tribut de plus en plus lourd sur son caractère. Il s'éloignait d'Uter, des Bretons, de l'humanité. Il buvait moins, mais se métamorphosait davantage, profitant de ses ailes pour observer le monde de haut. Enfant, il tendait à agir de même, juché sur les toits. Au fond, il aspirait à la tranquillité d'une identité clairement définie, débarrassée des sursauts incontrôlés de sa mémoire anachronique. Il voulait figer son tourbillon intime.

Et pourtant l'imprudent en lui se passionnait pour la marche du monde, languissant d'y prendre part, de l'ordonner tout entière. De ce point de vue, il était le fils de son père. Merlin ne supportait pas que celui-ci pût savoir quelque chose qu'il ignorait. Par comparaison, les innombrables souvenirs qui lui peuplaient le crâne lui semblaient minimes. Il les percevait tels les motifs démodés d'une tapisserie vétuste, alors que le souvenir marchandé par Esquibedes représentait une ration de hasard. Le sens perdu, confisqué, galvanisait Merlin.

Il hésita – la mer devant lui prit une teinte d'azur foncé, enlevé par la houle, où se mêla l'éclat fugitif d'une image de l'avenir. Soudain rasséréné, le merle blanc battit des ailes. Une plume s'en détacha, flottant d'abord au gré du vent. Le démon s'en saisit d'un geste vif et la ficha dans son dos. Elle se mit aussitôt à noircir, plume du péché parmi tant d'autres qui surgirent, s'étendirent en ailes puissantes. Malgré leur noirceur, celles-ci semblaient tachetées de pupilles plus noires encore, finement cerclées d'une lueur pâle, qui formaient une multitude de regards échappés de l'abîme. La force d'Esquibedes était restaurée, et avec elle son apparence chevaline dominée par ses ailes de paon vicié.

Mais il devait à Merlin un bienfait équivalent. L'oiseau tournoya autour du démon et vint se poser sur une de ses cornes. Ses pattes se resserrèrent étroitement, au point de faire grimacer Esquibedes. Elles s'enfoncèrent dans la courbure de la corne, où elles apposèrent leur marque. Merlin reprenait son bien.

« Nous nous reverrons en Bretagne », fit le démon en contenant un gémissement.

Un trille superbe lui répondit. Peu à peu affluait de ses pattes le souvenir retrouvé, en brusques bourrasques qui spiralaient dans sa poitrine avant de se disperser dans sa conscience. Il lui revint que l'impératrice accoucherait dans plusieurs mois d'une fille, princesse choyée entre toutes, dont naîtrait, beaucoup plus tard, un chevalier démesuré. Les fautes d'Uter étaient fécondes. Elles recommençaient sans cesse des opportunités, menant au triomphe comme à la défaite.

Le monde continuerait après les fils de Constant. Quant à ceux-ci, Merlin s'imposait à lui-même la pudeur de ne pas susciter en lui la vision de leur destinée. Il était trop tôt pour y songer. Également, il refusait de ne voir en eux que des morts en devenir, les fantoches d'une histoire déterminée sans leur accord. Cette approche était celle du démon son père, cynique et méprisant. Merlin en serait devenu fou.

Sans y prendre garde, il quitta son perchoir et s'empêtra dans un fatras de visions éthérées et de ciel limpide.

Les dents se serrent sur un cri, tranchant comme la lame précipitée. Sur la terre labourée trébuchent des guerriers hagards, ainsi qu'un cheval sans cavalier, couvert de sang. Le mufle retroussé hume les miasmes et la nuit. Des couleurs dégringolent, gris acier, rubis liquide, affolent les yeux bleus qui recherchent la blancheur d'une robe.

*

Le vent balayait des ruines et poussait en avant le sénéchal, dont la monture n'avait jamais galopé si vite. La tour s'était écroulée, en pleine construction, alors que les premiers étages commençaient à peine à élever la fierté du roi au-dessus du royaume. Alentour, la plaine de Sarum était belle, mais longue à traverser pour atteindre les premières fosses qui délimitaient le chantier dans la tourmente.

D'après les dires des uns et des autres, des peuples sombres et dissimulateurs avaient vécu ici, habitants de souterrains profonds par haine du soleil. Il s'agissait peut-être de vulgaires racontars, d'histoires pour enfants dont les ouvriers avaient la bouche pleine. Mais cela expliquait pourquoi des blessés prétendirent, lorsque le sénéchal les interrogea, qu'ils avaient senti la terre trembler avant d'être recouverts par la chute des pierres.

« Une tour ne s'effondre pas à cause des courants d'air ! s'écria un architecte au front ensanglanté, visiblement sous le choc. D'anciennes galeries ont fragilisé les fondations…

— Si le terrain ne convient pas, il faut bâtir ailleurs, répliqua Hengist. Qu'en disaient les maçons ?

— Ce n'est pas tout ! Quelque chose est enterré là, qui s'ébroue quand on creuse…

— Alors creusez plus profond, mettez-le au jour !

— Il faudra d'abord extraire ceux qui ont été ensevelis. »

Le sénéchal n'écoutait plus : à la périphérie du groupe de survivants qui l'impatientaient par leurs incohérences et leurs jérémiades, immédiatement reconnaissable à son œil unique, une petite silhouette chancelait au bord d'une tranchée.

Il accourut. Elle était couverte de terre, la figure toute noire hormis les yeux brillants dont les paupières battaient avec énergie. Il l'interpella, en vain : elle marmonnait sans le regarder en face des propos sans queue ni tête, comme si elle s'adressait à une personne invisible en un autre endroit. La catastrophe l'avait-elle rendue complètement folle ?

Dès le début des travaux Vortigern s'était empressé de gagner Sarum, entraînant avec lui une partie de sa cour et des colonnes de chariots chargés d'outils, de tentes et de vaisselle. Dans ces conditions c'en était fini de l'espionnage pour la protégée du sénéchal : elle avait accablé ce dernier de supplications jusqu'à ce qu'il consentît à l'amener sur la plaine, à califourchon sur son cheval.

Elle s'était tue pour la durée du trajet, enveloppée dans une cape de voyage trop large pour elle, qui restait si petite. Hengist supposait qu'elle ne grandirait plus, sans doute à cause de quelque maladie obscure. Il l'avait relâchée sur le chantier, sautillante comme un oiseau, pour que déguisée en garçon elle pût de nouveau le servir.

Maintenant elle payait cher son obstination ; la

voyant secouée à ce point, il eut malgré lui un pincement au cœur. Puis les paroles qu'elle balbutiait retrouvèrent un sens :

Un augure d'oiseaux prend là-haut son essor ;
noirs diseurs d'avenir gardez la fin secrète :
la quête éblouit plus que la fièvre de l'or.

Si l'éclair fend le ciel la flaque le reflète,
le feu nourrit la cendre ainsi que le brasier ;
pour qui se bat content le gain vaut la défaite.

L'errant avance aveugle au gré de son coursier ;
la route d'autrefois lui demeurant cachée,
aux vieux pavés romains il préfère un sentier.

« Si tu chantonnes, c'est que tu te sens mieux, approuva-t-il. Tout ce que le chantier compte d'esprits impressionnables est pris d'une fièvre de paroles et de peur. Rassure-moi : cette gale t'a-t-elle aussi contaminée, ou peux-tu me raconter sans inventions ce qui est arrivé ?

— Ils sont devenus malades, oui… infestés de désirs inconcevables, d'une folie des grandeurs. Vortigern leur hurlait dessus : “Creusez ! Pour que ma tour sorte de mon sol ! Creusez ! Puis que l'on comble les vides, tous les vides, que l'on pose des pierres avec moi déjà juché dessus… Je veux monter au ciel en même temps que ma tour ! Ils pourront discourir alors, répéter aux oiseaux leurs *impossible*, leurs *déraisonnable*, emberlificotés chaque fois d'excuses ineptes ! Creusez !” Il était ivre et se moquait des conseils des terrassiers. Il les traitait de lâches, de lents au labeur. “On m’a promis une tour, je l’aurai ! répétait-il. Qui donc est roi, ici ? J’ai une couronne, mes poings et mon épée. Même si j’étais fou, il faudrait m’obéir !” Ils ont obéi, ça oui, ils ont creusé sans arrêt, à en oublier de manger, et ils ont fini par découvrir de l’or. Ils ont creusé encore et tout s’est écroulé. »

De l’or ! Hengist demeura interdit. La nouvelle était formidable – elle était désastreuse ! Il n’avait pas prévu que la terre ici renfermerait de l’or. La plaine était nue lorsqu’il l’avait arpentée le premier, un lieu venteux et sans présence humaine, qu’il avait indiqué aux architectes du roi sans arrière-pensée : que la tour soit enfin érigée et qu’on n’en parle plus !

Voilà qu’une fortune était sous ses pieds, qu’il avait livrée telle quelle aux convoitises – il comprenait mieux à présent les discours absurdes que lui avaient tenus les blessés. « Ceci pourrait être à moi ! » devaient-ils proférer en leur for intérieur, dévorés par le rêve nuisible de leurs poches pleines d’or.

Il ferait appeler la troupe de la ville la plus proche et enfermer les survivants… Mais si les soldats apprenaient quelque chose de l’or ? Qui sait ce qu’ils réclameraient pour daigner rétablir l’ordre ? Il faudrait les corrompre au prix fort. Par chance, le sénéchal disposerait bientôt d’assez de ressources pour corrompre une armée… Toutefois, quel gaspillage ! Pourquoi s’y résoudre, distribuer à des Bretons des miettes qu’ils ne méritaient pas ?

Et la ville la plus proche était à trop de lieues de distance : il en arrivait après presque une journée de chevauchée pour lire au roi la dernière lettre de Ronwen, par laquelle elle annonçait sa volonté de se retirer quelque temps dans un monastère. Les malheureux n'en finissaient plus d'être attirés par les chrétiens, et ceux-ci de conquérir les cœurs et les territoires ; ce que sa sœur attendait d'eux, il l'ignorait, mais il s'agissait encore d'une mauvaise nouvelle – encore d'un gâchis ! – qu'il apportait à Vortigern sans en prévoir les réactions. Or il était peut-être mort en ce moment même, et tout ce qu'ils avaient bâti ensemble dévasté avec la tour, laissant Hengist entouré de Bretons.

Brusquement ses rides se tordirent pour reformer le rictus menaçant des jours de guerre. Il songea à rejoindre son peuple, à ramener avec lui une horde de Saisnes brutaux, au sang froid, afin de s'emparer de la plaine en un seul bref massacre – il la parcourrait au galop en long et en large, traquerait les fuyards pour récupérer la moindre pépite.

« Je les tuerai tous, si nécessaire, maugréa-t-il, perdu dans ses pensées sanglantes.

— Même moi ? intervint la petite rescapée. Même le roi ? »

Alors qu'il s'était évertué durant des années à l'amadouer, par la patience et de vagues promesses, il la toisa de son œil unique sans mot dire, avec une hostilité qu'il ne cherchait pas à dissimuler.

« Où est Vortigern ? » demanda-t-il sans chaleur.

Elle voulut s'écarter de lui, mais il la saisit par le bras, le serra sans ménagement.

« Où donc, Morgause ? »

Elle détourna lentement la tête, indiqua de la pointe de son menton un endroit plus bas dans la tranchée. Aussitôt il se précipita, son épée à la main – il avait dégainé d'un geste prompt, étonnamment gracieux. Son corps s'animait avec la belle vigueur de jadis et la colère longtemps enfouie qu'il semait à tout vent, l'adressant au chaos de terre et de roches autour de lui.

Il se glissa dans la fosse et plongea ses doigts dans la terre, en retira une pleine poignée où brillaient quelques grains dorés. Il les contempla longuement, fasciné par cette richesse imprévue qu'il pouvait gratter du bout de l'ongle. Un instant, il lui sembla que le sol tremblait, en effet, ou bien la secousse provenait-elle de ses propres jambes ? Devenait-il dément lui aussi, à cause de la frustration et de l'impuissance qui le bouleversaient soudain ?

Cependant l'éclat de sa lame l'attirait vers une autre victime de la folie contagieuse de la plaine. Vortigern gisait un peu plus loin, immobilisé sous un monceau de terre qui lui écrasait le torse. Du sang maculait sa bouche. Ses yeux ouverts fixaient son sénéchal qui luttait pour l'atteindre, trébuchant sur des blocs de pierre et des cadavres, heurtant aussi des ouvriers occupés à miner.

Dans un état second, ces besogneux encrassés creusaient toujours avec des pioches, des pelles, à mains nues. Ils étaient les misérables qui, par leur acharnement, croyaient donner un sens à leur vie de labeur. Chacun de ceux que Hengist repoussait reprenait sa place aussitôt après son passage, fouissait la roche pour en dégager des veines d'or.

Il franchit enfin leur rangée. Le regard de Vortigern l'arrêta, péniblement familier : dans ses yeux de vieillard précoce, injectés de sang et de regrets, le borgne décelait un aveu d'échec – non de la royauté ou du rêve d'une tour grandiose, mais le pire, le plus vertigineux, celui du renoncement à la douleur de vivre.

Quand Hengist leva son arme, ce regard éteint lui parut plus accueillant que l'avait jamais été celui de l'hôte dans son castel. Le chef saisne avait vécu pour voir un souverain breton implorer muettement sa pitié. Il planta son épée dans l'amas et l'utilisa comme l'outil médiocre qu'elle était en la circonstance, afin de dégager le corps massif du roi.

« Creuse, gémit celui-ci, en proie au délire, creuse pour moi, creuse-moi ! Je te ferai contremaître… architecte, si tu veux !

— Je suis déjà une curieuse espèce de colporteur, ne multiplie pas mes carrières… Ah, seigneur ! Que faisais-tu parmi les ouvriers, ivre et hurlant ?

— Sans moi rien ne se fait… Ils ont dit que j'ai vu trop haut, que tu m'as trompé, Saisne, en choisissant Sarum…

— La jalousie les étouffe, seigneur. Nous savons que tout ce que tu possèdes, c'est à moi que tu le dois, parce que tu me donnes le droit de le prendre… Garder cela pour nous rend les choses tellement plus faciles. Allons, reste tranquille, pendant que je te dégage.

— Tu me sers bien. La plaine me plaît. »

Voilà ce qu'était le roi de Bretagne ! Rien d'autre qu'une parole remontant de la terre ravagée, qui mêlait indifféremment promesses et injures, effrois réels et images de rêve. Durant un court instant Hengist avait senti la tentation d'un geste définitif, de couper cette parole en tranchant la gorge tendue vers lui, de mettre un terme à la confusion de chagrins et d'illusions dont le royaume subissait les conséquences.

Cependant les actes du borgne n'étaient jamais motivés par la compassion. Il laissait aux esprits fragiles la passion des menaces invisibles et leurs mystères. La tour pouvait être reconstruite, s'effondrer encore, autant de fois que nécessaire ; lui étayait la paix, du roi ou du sénéchal, peu importaient les titres et les noms.

Les enjeux désormais lui paraissaient moins clairs : il n'était plus certain d'envisager un jour le déferlement des Saisnes sur les terres du Sud, puisque celles-ci n'avaient rien de plus à offrir que ce qu'il engrangeait déjà sans coup férir. Quant aux nations du nord, un barrage de corruption les retenait toujours. Que Vortigern vive le plus longtemps possible, donc, et porte sur ses épaules les souffrances du pouvoir : un roi malheureux et âgé fournirait au peuple un exemple de sagesse inoffensive. Aux dieux quels qu'ils soient d'apporter les consolations !

Au bout d'un lent travail, il parvint à extraire Vortigern de son piège de terre. Comme de juste, il n'y eut de sa part aucune manifestation de reconnaissance. Meurtri, mais sans blessure grave, il continuait de balbutier :

« Je ne me sens pas bien… Où donc est Ronwen ? Où sont ses poignets, que je les embrasse, que je les morde ? Ses poignets fins, qui tambourinent sur ma poitrine sans me faire mal…

— Je rétablirai la situation, seigneur, déclara Hengist d'un ton doucereux. Le chantier reprendra, je m'y engage… Nous nous débarrasserons des blessés. Les autres ont perdu la raison, ajouta-t-il en désignant les ouvriers qui s'activaient, comme en transe. L'amour de l'or, ou de ce qu'ils y voient, les a privés de leur conscience : nous les obligerons à terminer ce qu'ils ont commencé. En esclaves !

— Je veux ma tour, insista Vortigern, et ma femme.

— Tu les auras, seigneur. La tour est importante pour moi aussi : elle gardera notre trésor… Au besoin, nous modifierons les plans, jusqu'à ce qu'elle tienne debout ! Et je saurai raisonner ma sœur. Il est temps de me donner des neveux, roi des Bretons ! Des petits princes pour te divertir et porter ta couronne, quand elle te fatiguera… »

Tant bien que mal, ils grimpèrent la pente du fossé, le colosse royal appuyé sur son sénéchal qui serrait les dents et ployait les genoux, tenait bon pourtant sous cette masse de la royauté chancelante, pesante comme les fautes impardonnables.

En haut, le vent était retombé. Une légère bruine rafraîchissait l'air et les visages des blessés qui s'étaient regroupés, leur lucidité quelque peu recouvrée. Morgause n'était plus parmi eux, remarqua Hengist, qui n'avait pas rengainé.

6

Des barques butaient les unes contre les autres le long de la jetée. Plus loin, des vigies neuves remplissaient leur office, tout près de ruines encore somptueuses où s'effritait le souvenir de Rome. Une kyrielle de rivières passaient outre ces sentinelles de pierre et sillonnaient des vallons verdoyants, emportant quelques effluves marins vers les champs de genêts. Çà et là des haies alourdies de fruits rouges marquaient les limites étroites des cantons.

Drapée dans des nuées bleutées où s'épinglaient les étoiles scintillantes, la lune laissait échapper ses discrètes clartés sur les faîtes des bois. De l'épaisseur ténébreuse, serrée entre les troncs, parvenait à l'oreille traînante la chanson triste du rossignol.

C'était un sanglot qui se décrochait des arbres et roulait lentement sous les frondaisons, dévalait sur la terre herbue des coteaux en pente pour s'amenuiser enfin aux enclos des fermes endormies.

Gisant sur la paille d'une étable, Uter écoutait dans un demi-sommeil ces pleurs de la forêt, doux comme une berceuse. Un gémissement moins harmonieux, cependant, l'éveilla davantage. Il avait cru reconnaître son nom prononcé sur le ton du regret, ou de la déception.

Il prit soudain conscience de sa nudité, du froid qui griffait sa peau et embrumait son souffle. Il se redressa d'un coup.

Elle pleurait dans un rayon de lune, la jeune fille aux cheveux châtains et aux pieds nus.

Elle serrait les genoux contre sa poitrine menue, les épaules à peine recouvertes par un châle. Elle restait prostrée dans l'embrasure de la porte, indifférente au courant d'air. De la paille piquetait sa robe roulée en boule, gardée à portée de main sans qu'elle fît le geste de s'en couvrir. Debout devant elle, Uter quant à lui se sentit honteux de son impudeur et ramassa hâtivement ses vêtements jetés à la diable – oripeaux glacés d'une passion brève.

Il se rhabilla, s'efforçant de comprendre les marmonnements de son amante. Elle parlait dans son patois, auquel il n'entendait rien. Mais quelques mots familiers se glissaient à intervalles réguliers dans la litanie malheureuse : Uter et menteur s'entrechoquaient en breton, avec la gravité d'une accusation.

Un arrière-goût acre de mauvais vin grattait le fond de la gorge du jeune homme. Il frotta sa barbe, maintenant fournie, afin de l'aplatir et de se donner un air plus présentable. Le lendemain de fête raidissait sa nuque et troublait le fil de ses pensées.

Une bonne part des soldats de l'armée de Pandragon éprouverait un malaise comparable, ce jour-ci, du moins ceux qui logeaient dans les hameaux alentour. La Petite Bretagne recevait avec enthousiasme les seigneurs revenus d'exil et leurs alliés. Les barons locaux se montraient conciliants, et c'était à celui d'entre eux qui organiserait les festivités les plus réussies, ou la chasse la plus glorieuse.

Cette atmosphère de réjouissances allégeait depuis quelques semaines le rude quotidien des paysans, pour qui la vie soudain n'était plus seulement le long labeur interrompu par la courte nuit. Et les jeunes filles, bien sûr, faisaient des mines à la soldatesque byzantine, dont les manières étrangères paraissaient si raffinées. Le peuple de Petite Bretagne ne grondait pas contre Vortigern aussi sourdement que celui de l'Île, mais des rumeurs circulaient, et avec elles croissait le vague sentiment d'une menace.

Les barons pour leur part essuyaient en permanence les plaintes des congrégations marchandes, à cause des taxes nouvelles qui entraient en vigueur de l'autre côté de la mer – pour financer la piraterie saisne, affirmaient les marchands, dont Vortigern prétendait qu'elle n'existait pas. En somme, les fils de Constant arrivaient à un moment d'exaltation extrême, ce qui amplifiait les légendes. Ils bénéficiaient de l'aura des héros, tels que s'empressaient d'en inventer les prophètes de foire.

Or cet état de grâce commençait déjà à s'amoindrir. Pandragon avait trop présumé de l'accueil reçu, et demandé sans précaution oratoire un soutien militaire. Sa franchise avait refroidi les ardeurs. Tant de brusquerie provoquait un certain malaise : les langues, si disertes sur les questions de chasse, balbutiaient désormais de vagues raisonnements. D'atermoiements en faux-fuyants, les barons risquaient de compromettre la campagne militaire.

À trop tarder, les esprits chagrins finiraient par

s'aviser que l'armée byzantine constituait une force d'invasion étrangère, et de telles pensées déclencheraient des désastres. Pandragon et les siens devaient forcer la main des plus rétifs.

Cependant Uter prenait du bon temps, du moins le croyait-il jusqu'à ce réveil nauséeux causé par des pleurs énigmatiques.

« Eh bien quoi, dit-il, tu es malheureuse ? »

Il s'en voulait soudain de ce moment misérable, de ces larmes versées alors qu'un brouillard de lassitude lui empoissait la tête. Il se rendit compte qu'il s'ennuyait : il était venu de Saras pour se battre ; l'attente, les nuits d'ivresse, les matins blêmes le navraient pire qu'une défaite.

Toute à son propre chagrin, la fille se moquait bien de ses états d'âme guerriers :

« Maudits soient les seigneurs ! s'exclama-t-elle en breton, levant vers lui des yeux noyés. Un soldat, je voulais un simple soldat. J'aurais attendu son retour. Il y en a qui reviennent. J'aurais espéré.

— De quoi parles-tu ?

— Vous êtes un prince. Pourquoi m'avoir choisie ? C'est mal. Vous autres, les grands, ça vous amuse de tourner la tête aux pauvrettes. J'aurais su qui vous étiez, je ne vous aurais pas seulement adressé la parole. Mais vous vous êtes bien gardé de rien révéler, en m'entraînant. À vous le plaisir, à moi les larmes. »

Elle s'interrompit pour renifler.

« Comment as-tu deviné ? s'enquit-il.

— Votre page me l'a dit. Il m'a réveillée, pas gêné pour un sou, m'a expliqué que vous étiez fils et frère de roi, pour me rendre service soi-disant. Il m'a aussi demandé de vous réveiller moi-même, pendant qu'il patientait dans la cour. J'avais trop de chagrin dans la gorge pour ça. Enfin, maintenant vous voilà debout. Allez-vous-en au diable ! »

Il envisagea de rester un peu, de se justifier, de la réconforter. Toutefois, il recouvrait sa lucidité. L'honnêteté l'obligeait à reconnaître ses torts, aussi bien que son indifférence à leur égard. Il avait couché dans la paille avec une paysanne, et alors ? Elle se trompait en lui donnant du « prince ». Quand Pandragon userait son séant sur le trône, Uter, lui, serait libre de reparaître à la ferme, afin d'arracher la paysanne à ses remords. Elle ne le connaissait pas, quoi qu'elle prétende. Son page, par contre, lui avait joué un mauvais tour.

La rancune l'attirait au-dehors. En guise d'adieu, il apposa une paume négligente sur la tête de la jeune fille, et sortit. Elle demeura impavide aussi longtemps que le poids de la main se fit sentir sur sa chevelure. Puis elle murmura :

« Maudits soient les hommes, qui partent sans savoir votre nom. »

Elle ne pleurait plus.

*

Ulfin en cotte bleue soufflait sur ses doigts gourds pour les réchauffer. Uter et lui ne s'étaient guère vus depuis Constantinople. Tandis que le premier s'accoutumait à la vie de cantonnement, l'autre servait de messager de confiance à Pandragon. Ce glissement d'allégeance d'un frère à l'autre vexait Uter, qui l'ajoutait à ses frustrations présentes. Ulfin, son vieux camarade, le pochetron de Saras, avait changé. Il se comportait en éminence grise, toujours à fureter, toujours à cligner des yeux durant les conversations, comme s'il se refrénait de livrer le fond de sa pensée. Un damné comploteur doublé d'un prétentieux, voilà ce dont il avait l'air ! Et ce que ne lui pardonnait pas Uter.

« C'était bien à toi, oiseau de mauvais augure, maugréa-t-il, d'aller raconter que je suis prince à une paysanne !

— Nous quitterons la Petite Bretagne d'un jour à l'autre, répliqua Ulfin. Avec un peu de chance et de détermination, elle se trouvera d'ici là un homme du rang.

— Moi ou un autre, quelle différence ?

— Les gens du pays ne sont pas trop regardants au sujet des incartades de jeunesse. Si la petite obtient publiquement la promesse de mariage d'un soldat, il pourra mourir tranquille : personne ne lui en tiendra rigueur. Et s'il a eu la maladresse d'engrosser sa jeune amante, on la traitera en veuve, et le bébé en orphelin. Guerriers ou paysans, les hommes meurent jeunes. Les enfants qui leur survivent représentent à peu près tout le bien dont ils auront été capables.

— Où veux-tu en venir ? s'irrita Uter. S'il s'agit de prêter des serments devant un conseil de village, ma parole est bonne à prendre !

— Ta parole ? Que vaut celle d'un prince errant ? Mais ta parole, ils la refuseraient ! À Saras, oui, tu faisais partie d'une communauté. Ici, tu es un visiteur de passage, une curiosité suspecte. On acclamera Pandragon et ses armées lorsqu'ils partiront en guerre. On embrassera les soldats qui reviendront s'installer dans la région, même s'ils sont étrangers, pourvu que les seigneurs bretons approuvent – et ils approuveront, dans leur intérêt. Mais laisser Uter, frère de roi, épouser une paysanne ? Ces choses-là ne se font pas ! Sa famille la tuerait plutôt. L'ordre établi ne se bouscule pas si aisément… La fille doit être bouleversée. Espère qu'elle se remettra vite, si tu tiens à elle un tant soit peu. Crains qu'elle n'enfante ton bâtard : tu aurais gâché deux vies. »

Uter réagit à ce sermon insultant par un soubresaut violent. Il serra les poings. Le regard désolé d'Ulfin l'empêcha de s'échauffer davantage. Non, non, il n'avait commis qu'une bévue réparable, aucun enfant ne naîtrait d'une nuit confuse ! C'étaient là, sévères mais bénignes, les remontrances d'un ami.

« Tu es impitoyable, marmonna Uter, humilié.

— Je te protège de toi-même ! Allons, t'imaginais-tu vraiment dans le rôle de mari et de père ? Il n'y a pas si longtemps, tu rêvais de te battre contre le monde entier. Il n'y a pas si longtemps, tu voulais devenir le maître de ta honte.

— Tu as raison, oui. C'est toute cette attente qui me rend sot.

— Justement, j'apporte des nouvelles de Pandragon. Il a réuni les barons pour une grande chasse au sanglier – quel qu'en soit le succès, il les confrontera au banquet de clôture. Avec ou sans leur soutien, nous irons bientôt sur l'Île de Bretagne.

— Mon frère montre plus de ténacité que je ne lui en soupçonnais. Il matera les récalcitrants.

— Sans doute. Tu es aussi convié. Urien estime que la présence des deux fils de Constant confortera la cause.

— L'idée n'est pas mauvaise.

— Urien est notre meilleur allié auprès des seigneurs bretons. Ils le connaissent, de réputation sinon personnellement. Il savait que la chasse au sanglier fournirait le prétexte idéal pour les rassembler.

— Notre sire aux sourcils froncés a donc l'âme d'un stratège ?

— Le jour ne tardera plus. Tâchons d'arriver au campement avant la mise en marche. »

Au-dessus d'eux, la lune fléchissait et dissipait ses faisceaux d'argent à travers une table vermoulue de nuages sombres. La nuit se retirait à regret et gaspillait ses dernières étoiles devant les premiers ors pâles de l'aube. Tandis que se déroulait l'immémoriale alchimie des cieux, les deux hommes remontaient une colline humide. Malgré le risque de glissade, ils couraient presque, Uter parce qu'il se lavait ainsi de sa langueur coupable, Ulfin parce qu'il lui semblait voir à l'horizon une ombre fantomatique, qui passait avec légèreté sur les champs en inclinant sa course dans leur direction.

« Dépêchons », dit-il, et ils franchirent la crête à pas pressés.

*

Grand, comme sur un piédestal, élevé plus haut que la clameur, les injures et les lances, il frémit, resplendit tel un chevaucheur de constellation.

Merlin repoussa la vision qui le taraudait, passé ou futur qui le poursuivaient malencontreusement, à l'instant d'une menace plus tangible. Il se débattit avec ses impressions fallacieuses, les bras devant lui comme pour traverser un obstacle d'épines.

Il se revit enfant sur le toit de l'abbaye, à deux doigts de la chute. Il écarta encore cette image, s'étonna d'être soudain environné de brumes. La lande ne se découvrait plus que par déchirures, où il devenait difficile de progresser sans danger. Merlin se retourna pour héler Uter. Celui-ci était hors de vue.

Ils partagèrent le vin chaud, encore emmitouflés dans leurs couvertures en laine. Abenamar disparaissait presque sous la sienne. La présence des seigneurs bretons le rendait plus taciturne que de coutume : il ressassait les souvenirs d'une autre Bretagne. Urien plaisantait bruyamment pour galvaniser les barons. Ils opinaient du chef et souriaient, mais des vapeurs glacées s'échappaient de leurs narines, puis se mêlaient aux brumes bleutées qui s'enroulaient autour des arbres. Le lancement de la chasse était imminent. Malgré cela, des nuances sinistres ternissaient les regards et gâtaient la moindre parole.

Déjà un chien agonisait, éventré alors qu'il avait empaumé la voie du sanglier. Contre toute attente, le mâle solitaire s'était faufilé entre les lignes des chasseurs jusqu'à atteindre les limites du campement. Les chiens soudain devenus fous s'étaient lancés à ses trousses dans le plus grand désordre, sans qu'ordres ni menaces ne les empêchent de courir à leur perte. Outre le mort, le sanglier laissait dans son sillage plusieurs blessés et le piaulement de la meute dispersée.

Les veneurs battaient les fourrés à leur recherche. Pandragon cependant conservait un visage placide. Comme indifférent aux mauvais présages, il s'occupait près du feu à durcir les pointes des épieux. Il maintenait la chasse. Ils partiraient sitôt que la meute retrouverait sa cohésion, et qu'Ulfin ramènerait Uter. Ce dernier en prenait à son aise, pensait Pandragon : son frère vivait en simple soldat, trop peu responsable pour qu'on le traite en chef de guerre, donc libéré des tracasseries diplomatiques aux éternelles périphrases. Or Urien suggérait que l'indépendance frivole d'Uter plairait aux barons, plus enclins à admirer les personnalités excessives qu'à respecter les froids raisonneurs. Il semblait à Pandragon que la fougue d'Uter, à double tranchant, risquait de provoquer miracles ou désastres.

Il garda par-devers lui ses doutes et marmonna une prière – à cet instant revinrent les veneurs parmi les plaintes des chiens rassemblés. Ce retour suscita un regain d'animation de la part des barons. Ils se dépouillèrent de leurs couvertures et de leur inertie. Il fallut encore patienter, le temps que les meilleurs pisteurs délimitent une nouvelle aire autour de la bête en fuite – en dépit de sa chance et de sa ruse, celle-ci s'était précipitée en terrain défavorable pour elle. Elle filait le long d'un goulot encaissé entre des parois de roche calcaire, que ses poursuivants pouvaient contourner en grimpant les monts boisés alentour.

Uter n'arrivait pas. Cette contrariété s'ajoutait aux précédentes ; pourtant Pandragon ressentait un secret soulagement. Des appels de trompe retentirent. Il fut décidé qu'Abenamar resterait au camp à attendre les retardataires pendant que les chasseurs se répandraient en un large cercle à travers les taillis.

« La chasse ne me plaît guère de toute façon, affirma l'ancien héraut. Les seigneurs bretons s'en réjouissent comme d'un jeu distingué. Ce jeu-là, Pandragon, n'est pas chrétien. Il nourrit plus la cruauté que les ventres.

— Il ne s'agit pourtant pas de me vanter d'accrocher une hure au-dessus de ma table, répliqua Pandragon. Nous n'enrôlerons pas les barons avec de saintes déclarations. Ils veulent un chef digne d'eux et de leur orgueil. Ici, notre gibier est le cœur des hommes.

— Et cela me navre. Vortigern s'est emparé du trône par des moyens semblables. »

Pandragon se crispa. C'était la première parole véritablement offensante qu'Abenamar lui eût jamais adressée. Celui-ci la regretta aussitôt : il ne lui appartenait pas de formuler un jugement aussi fataliste, presque une malédiction, alors que son protégé ne commettait aucune disgrâce aux yeux du monde.

« Oublie mes scrupules déplacés. L'empereur Adrian lui-même goûte les plaisirs de la chasse, et il est plus proche des cieux que moi, sans doute. Seulement, méfie-toi : les barons aiment les rois fantoches, qui parlent bien et ne font rien qui les heurte. Ils couronneraient même ton frère, s'ils le trouvaient plus facile à vivre que toi !

— Ah ! Mais Uter ne voudrait pas d'eux ! Il le montre encore, en tardant à venir.

— Il doit cuver son mépris quelque part. À moins qu'Ulfin et lui aient décidé de s'enivrer de plus belle au fond d'un vallon.

— Ulfin s'est amendé. Il ne boit plus. Nous n'avons pas de serviteur plus zélé, depuis notre départ de Saras.

— Eh oui ! Peut-être, mais certains se rachètent une vertu pour mieux la sacrifier au péché.

— S'il ne s'agissait que de cela, je pourrais leur pardonner. Non, j'appréhende un incident… La journée ne semble pas sourire à nos projets. Il me faudrait, enfin, un signe favorable, de quoi en imposer aux réticents.

— Calme-les donc en attrapant ton sanglier. Ce sera un moindre mal, même si je désapprouve.

— Je le regrette.

— Je ne suis pas plus infaillible qu'Ulfin, fit Abenamar, radouci. Efforçons-nous humblement de suivre la voie ouverte par plus grand que nous… Souviens-toi, quand tu rendais la justice, ces mots soutenaient ton jugement : "Dépêche-toi de t'entendre avec ton adversaire pendant que tu es encore en chemin avec lui". »

Ils firent ensemble le signe de croix.

Les autres chasseurs s'enfonçaient déjà dans les bois ; on entendait les claquements de langue des veneurs qui dirigeaient la meute. Pandragon alla rejoindre Urien. Armés d'épieux, tous deux montèrent sur un talus parsemé de lambeaux de brume.

*

Il semblait que tous les nuages du ciel s'écrasaient en rouleaux amples sur la terre. Uter s'enlisait à mi-mollet dans ce champ cotonneux et poisseux. Il lançait des coups d'œil soucieux autour de lui, mais n'apercevait rien que des crêtes herbues, vite recouvertes par la grisaille. Ulfin restait invisible et ne répondait pas aux appels, comme s'il avait franchi quelque frontière définitive, tandis qu'Uter arpentait seul un purgatoire évanescent.

Il avançait néanmoins, à pas hasardeux qui lui conféraient une démarche d'ivrogne, ce qui n'était pas sans vérité. D'ailleurs le paysage hostile, vidé de substance, qui s'étirait à partir de lui possédait bien quelque chose de l'inertie écœurante des rêves suscités par l'ivresse. Pourtant Uter scrutait tout cela avec animation, l'esprit revigoré par l'étrangeté de la circonstance. Il luttait à nouveau, dans la solitude et pour lui-même.

Tout à coup retentit un puissant brame de cor, telle une voix obscure passant sur les terres informes. Uter s'arrêta pour l'entendre. En vain : le coup de trompe ne précédait ni le taïaut des chasseurs, ni l'aboi des clabauds. Cependant, un remous agita les tombereaux nébuleux – une ombre s'en sépara, preste comète noire hérissée d'étincelles blanches.

Uter reconnut l'éclat du métal. Un cavalier en armes galopait à sa rencontre. Le cheval traversait la lande tapissée de frimas sans souffrir du terrain inégal, chacune de ses foulées laissant derrière elle un espace immense. Il volait presque.

Bientôt, sa visière et sa lance abaissées offrirent à Uter l'image effroyable d'un chevalier en pleine charge – il ignorait qu'existât pareil assemblage de pièces d'acier, soudées au point de paraître une énorme coquille, une carapace. Peut-être en était-ce une en effet, car elle couvrait également la monture, à croire qu'il s'agissait d'une créature d'outre-ciel précipitée ici-bas en même temps que la brume. La lance, elle, pencha sa pointe brillante vers la poitrine d'Uter, qui demeura d'abord ébloui par la fulgurance du danger. Puis il fit demi-tour, trottinant malgré lui sur un versant hasardeux. Un hennissement bref lui écorcha les oreilles.

Il glissa le long du raidillon abrupt : sous les bosselures vaporeuses, des anfractuosités lui tendaient leurs pièges et le ralentissaient. Il claudiquait en pure perte. Le poursuivant avançait sans faillir ; les sabots soulevaient de folles volutes grises et s'abattaient dans un silence furieux.

Nul martèlement ne secouait le sol, nul crissement d'armure n'indiquait la vivacité de la cavalcade. Mais le gémissement, le souffle rauque de la monture jaillissait en écho aux halètements d'Uter. Celui-ci pas à pas croyait s'effacer dans la brume, toujours plus opaque et mouvante, à la façon d'un océan par temps d'orage. Le désir de se battre le taraudait encore en dépit de son dénuement. À tout moment l'ombre du cavalier pouvait s'étaler sur lui, annonçant le choc brutal de la rencontre.

Il trébucha. Alors un feu rageur flamba dans sa poitrine – à genoux, la tête quasiment submergée, il sentit dans son dos la respiration forte du cheval. Il voulut faire face et se retourna. Au-dessus de lui, irrésistible, se cabrait l'animal de fer. Un défi dans la gorge, Uter cria, leva les bras pour s'emparer des rênes. Une foudre le transperça : la pointe de la lance réduisit à rien sa résistance et le mit à bas. L'air lui manqua lorsqu'elle se retira, et la lente glissade qui suivit devint une chute inachevée, à travers un abîme sans direction.

*

Sur une impulsion de Pandragon, les deux compagnons descendirent dans le goulet emprunté par leur proie. Ils pressèrent le pas, silencieux, mais le cœur lourd. À se hâter ainsi, il leur semblait que les rôles dans la traque s'embrouillaient et qu'ils partageaient l'angoisse du fugitif.

Pandragon marchait en premier, tourmenté par une idée maligne. Il ressassait la mollesse des barons, la réticence inattendue d'Abenamar, l'absence de son frère : ses alliés renâclaient les uns après les autres, comme si la proximité de l'Île de Bretagne éveillait craintes et scrupules. Et voilà qu'il prétendait ranimer les ferveurs par une action d'éclat, une gageure !

Ils débouchèrent soudain au bas d'un mamelon buissonneux et boisé. Les rabatteurs ne l'avaient pas mentionné. Le duo avait-il franchi sans le savoir les lignes des chasseurs ? Si tel était le cas, le sanglier pouvait leur échapper. Une trouée fraîche donnait à penser que le vieux mâle les précédait de peu. Pandragon se laissa gagner par le courroux. Sans plus réfléchir, il repoussa les griffes des arbustes et s'enfonça à travers les fougères, se faufilant à son tour sur la sente, butant presque aussitôt contre des fûts vigoureux de chênes.

Ici, le sanglier courait en maître, quitte à écraser sous lui champignons et plantes importunes. Les deux hommes qui s'engouffraient dans ce labyrinthe feuillu devaient donc se fier aux traces d'un guide involontaire, lui-même poussé par l'instinct de fuite.

Pandragon s'entêtait à forcer l'allure, mais les bois sans ampleur de Saras l'avaient mal préparé à la touffeur enivrante d'une grande forêt.

Toujours, un obstacle imprévu jaillissait sous son pied, contre son coude, au niveau de son front. Non, ce domaine n'était pas le sien, où s'exprimaient avec trop d'abondance des mystères désordonnés. Dieu, se dit-il fugacement, venait d'un désert pour inviter à regarder le ciel. Au-dessus de lui les frondaisons s'alourdissaient d'ombres. Il se sentait désorienté. La main d'Urien le saisit à l'épaule.

« Où allez-vous encore ? La piste s'arrête !

— Comment ? demanda Pandragon en contemplant une étendue de mousse humide et intacte qui descendait d'un arbre proche.

— Nous l'avons perdu, grogna Urien. Le bestiau a plus de ruse dans un ongle que tous les veneurs bretons. Je n'y comprends rien ! »

Une secousse brutale agita les fourrés près d'eux pendant que des battements d'ailes dans les hauteurs affolaient les branchages. Le sanglier surgit – Urien poussa Pandragon hors de la trajectoire de la bête. Lui-même ne parvint pas à éviter l'impact et fut renversé comme un fétu de paille. Un instant la masse de poils parut engloutir tout à fait l'homme effondré, mais elle passa enfin sous les hurlements de sa victime et le regard effaré du rescapé.

Sitôt que le sanglier eut disparu parmi les buissons, Pandragon lâcha son arme et se jeta aux côtés du blessé. Il le trouva moins atteint qu'il ne le craignait : brisé en plusieurs endroits, certes, dont des côtes et la jambe gauche, pourtant le corps d'Urien ne montrait pas signe d'un coup des défenses si redoutées, capables d'éventrer les chiens aussi bien que les hommes. Le sang n'avait pas coulé. Dans l'immédiat, la douleur, terrible, n'en était pas moins impossible à soulager.

Il prit les mains d'Urien dans les siennes et attendit ainsi, ses jointures blanchies entre les doigts serrés de son compagnon. Des secours finirent par arriver : les veneurs d'abord, leurs chiens autour d'eux, alarmés depuis que le sanglier semblait s'être volatilisé ; les barons ensuite, l'air plus chagrin que jamais. Tandis que les uns s'affairaient autour du blessé, les autres toisaient Pandragon sans chercher à dissimuler leur mépris : le roitelet qui avait prétendu leur imposer sa volonté recevait sa leçon ! Tout au plus soupiraient-ils à l'idée qu'une grande chasse ait été sacrifiée à l'orgueil.

Pandragon interrogea de l'œil les figures des barons et comprit la signification de leur rictus. Ce bel aréopage d'hypocrites se satisfaisait sans regret d'un échec qui pour eux équivalait à condamnation. Bientôt, le peuple en ferait des gorges chaudes. On saurait – on veillerait à faire savoir que le seigneur Urien avait payé sa sotte dévotion à la cause du roitelet, en chair meurtrie et en os fracassés. Cela rajouterait du sel au récit de la déchéance.

Même l'armée byzantine goûterait avec amertume l'annonce de la débâcle ; les soldats superstitieux détestaient les généraux au prestige écorné. La guerre n'aurait pas lieu, se réjouissaient tout bas les seigneurs bretons, la guerre n'aurait pas lieu ! Mais Pandragon refusait de se soumettre à l'avis rendu par la méchanceté. Il ramassa son épieu, fendit l'attroupement. Il reprenait la traque, seul.

*

En proie à la panique, il s'était réfugié dans un bois, dont l'orée ombreuse se dressait telle une muraille face aux landes. Assis au pied d'un buisson d'aubépine, Merlin pleurait. Chacune de ses larmes laissait un sillon profond sur ses joues et celles qui coulaient autour de ses lèvres, puis le long de son menton, y restaient suspendues en grosses gouttes brillantes. Il déplorait le gâchis de ses jeunes années, les visions trompeuses qui l'avaient conduit à se prendre d'affection pour Uter sans lui épargner le chagrin de le perdre. Où était-il maintenant, Uter l'irréfléchi ? Sous son accoutrement de page, Merlin s'était engagé à le guider, par le conseil et par le geste. Mais le jeune homme s'était évanoui dans les brumes de la lande et de son esprit : le fils du démon avait beau se creuser la cervelle, il n'y décelait plus trace de l'avenir d'Uter, ni même du sien. Pour la première fois, le temps lui semblait à l'arrêt. Car Merlin éprouvait un chagrin écrasant. Il n'essayait pas de se ressaisir et s'abandonnait à l'accablement. Il marmottait, en se griffant le cou.

« Pourquoi pleures-tu, vieillard ? »

Bien qu'inattendue et presque brutale, l'apostrophe apaisa l'affligé. Avec effort, il prit conscience qu'une fillette l'observait. Elle était haute comme le buisson contre lequel il s'épanchait. Ses yeux brillaient de malice. Comment l'appelait-elle, vieillard, lui ? C'était vrai. Un faisceau de rides soucieuses entoilait sa figure, que prolongeait une barbe blanche. Le son tachait ses mains veineuses.

Il tremblotait. Les mots lui venaient plus difficilement qu'à l'ordinaire :

« Je pleure parce que je suis un vieux fou.

— Vieux, ça oui. Mais tu as l'air plus malheureux que fou.

— La douleur peut rendre fou. Je dois l'être, puisque te voilà.

— Comment ça ?

— Eh bien, je vois que tu es une enfant, avec de jolis yeux. Par contre, tu n'as ni cheveux, ni oreilles, ni nez, ni bouche. Pourtant, nous nous parlons. »

Au fur et à mesure qu'il énumérait les organes manquants, la fillette y portait les mains. Elle constata vite qu'il avait raison.

« Tes yeux sont très jolis, insista Merlin, embarrassé.

— Oh, mais ça ne prouve rien, répliqua-t-elle. Si mon visage est incomplet, c'est que je suis trop éloignée de toi. Ou que je n'existe pas encore.

— Ce que tu dis m'effraie, je crois… je crois que je devrais te reconnaître, pourtant mes idées se troublent. Je ne sais plus comment penser. Tout paraît si lent, en cet endroit. J'ignore d'ailleurs où nous sommes au juste. Il faut que je sois sous l'effet d'un charme puissant. L'air me pique la langue. L'obscurité tombe des cimes aussi bien que la lumière : les troncs luisent, la mousse scintille, alentour les ombres sont impénétrables. Je ne parviens pas à décider si la forêt est un abri ou un tombeau.

— Ne décide pas, vieillard. Garde tes impressions pour toi. Brocéliande est le lieu du secret. »

Il tressaillit à ce nom : Brocéliande, protectrice des bouvreuils et des fous. Des fantômes d'un autre temps pouvaient hanter les frondaisons, puisque ici aucun être vivant n'outrepasserait la longévité des arbres, aucun ne durerait davantage qu'eux. Ici prospérait un règne d'oiseaux et de fleurs, dont les noms simples s'invitaient dans les chaumières plus souvent que les rois : jonquilles et marguerites ensoleillaient les chevelures des femmes, leur beauté célébrée par des chants d'oiseaux que n'aurait pas égalés un poète de cour. Cependant, on n'y pénétrait pas comme dans un sanctuaire, avec la présomption de recevoir bon accueil. Merlin lui-même, dans sa vulnérabilité aiguë, se tenait à la lisière en étranger de passage. L'apparition de l'enfant, trop sagace pour son âge, émanait sans doute de la forêt, avertissement ou signe de miséricorde.

Elle se retira d'un pas dans les hautes herbes, aux aguets. Merlin inclina la tête, à l'écoute d'une rumeur venue du cœur lointain de Brocéliande. À travers les taillis s'envolaient des chansons mêlées à des rires, chapelet de perles sonnantes qui s'égrenaient de feuille en feuille ; mais les chants se heurtaient les uns les autres avec fracas, les rires s'estompaient en ricanements aux sinistres intonations.

Une myriade bruyante et invisible ondoyait vers Merlin. Il entendit bientôt des froissements, des craquements de branchages, des départs précipités d'animaux dans les fourrés, tout le remue-ménage qui va à l'avant-garde d'une compagnie nombreuse. Tristes et gais à la fois, des airs de musique contradictoires provenaient de partout, de nulle part, comme si les musiciens déambulaient en jouant au gré d'une humeur changeante. Merlin cherchait à discerner des formes, des mouvements, quelque indice de la réalité du tintamarre – il restait persuadé de sa folie.

Des doutes affreux lui glaçaient les os. Il se demandait, dans sa vieillesse inopinée, s'il n'avait pas rêvé sa vie entière pour mieux supporter le déclin de ses dernières années. C'était aussi une satisfaction amère de pouvoir se dire que ses échecs eux-mêmes relevaient de l'illusion. Ah, que tout cela soit le fruit d'un cauchemar d'ivrogne, qu'il s'éveille dans la peau du page Ulfin, à Saras où les jours se succédaient sans apporter de changement notable. Mais ce passé-là s'enracinait dans un mensonge trop énorme. Ulfin était le masque dont Merlin, au bord de la sénilité, ne s'affublerait plus. Soudain la fillette à ses côtés lui prit la main droite et leva les bras, le forçant à saluer avec elle.

De Brocéliande s'élança un peuple tumultueux qui enveloppa le vieillard et l'enfant de son carnaval sonore : embrouillamini de notes plus ou moins fausses et de caquetage assuré, dont s'échappait çà et là un *évohé, évohé* vibrant ; couinements et gloussements surexcités, gazouillis effrénés qui approuvaient ou rabrouaient les cliquettements des doigts sur les caisses des tambours. Merlin fut cerné de figures innombrables, qui auréolées de flammèches pâles, qui recouvertes de poils drus, formant un cortège de membres minces et de larges épaules, de crocs épais et de doigts fins.

Les yeux des uns étaient cerclés de bleu sombre, d'autres ouvraient des prunelles de chat de part et d'autre d'un nez d'aigle. De leurs poignets s'élevaient des silhouettes cendreuses, aux minuscules ailes de héron ou de chouette. Elles répandaient des escarbilles sur chaque arrivant, dont la beauté singulière ne séparait jamais l'animal de l'ange. C'étaient les gnomes, elfes, fées et lutins qui constituaient le troupeau de la féerie forestière.

Parmi eux se distinguait la face double, mi-craie mi-ébène, d'un garçon en habit noir rapiécé, tissé d'étoiles, de soleils et de lunes. Sa longue chevelure hirsute s'agitait sans arrêt, parce qu'il ponctuait son babillage décousu par des pirouettes. Les pieds en l'air, il se tenait sur une ou deux mains et causait toujours. Sa progression par bonds ouvrait la voie à une femme de haute taille, à la peau noire et lisse dépourvue de pilosité.

« Place, place pour la reine Mab ! » réclamait l'acrobate.

Elle montrait un port de reine en effet, vêtue d'une courte tunique moirée – fond nocturne semé de diamants –, dont jaillissaient ses longues jambes. Aussitôt qu'elle l'aperçut, la jeune fille incomplète courut à elle. Les lèvres prune de la reine esquissèrent un sourire. Elle se pencha vers la solliciteuse et écouta le chuchotis de la bouche invisible.

Merlin la regarda consentir d'un signe de tête, se redresser et taper trois fois dans ses mains – trois coups de tonnerre pour la foule qui fit silence.

« Robin ! fit-elle. Va-t'en chercher le lutinier ! »

Le garçon biface tournoya à cet ordre. Ses pieds battant l'air se retirèrent hors de vue. La reine s'approcha de Merlin, encore tout étourdi par le brouhaha. Elle lui caressa familièrement le front.

« Pauvre Merlin, dit-elle, on t'a joué un mauvais tour. Ton cœur est trop fragile pour les mauvaises surprises ; il éclate au premier choc. Nous allons tenter de te remettre sur pied. »

Le vieillard se rasséréna. Des gens plus forts, plus sages que lui se préoccupaient de son sort. Cette inversion des rôles habituels lui convenait très bien.

Le mugissement d'un cor retentit. Une ligne vide se creusa entre la forêt et la reine, par laquelle roula solennellement un char tiré par une paire de boucs, devancé par Robin le messager. Il était plaqué de bronze et portait un soleil pour emblème. Un nain au teint crémeux le conduisait. Cet équipage saugrenu tourna à pas lents autour de Merlin, comme pour honorer un triomphateur ou humilier un supplicié.

Une solide corde liée au char traînait une masse monstrueuse. Des ailes désarticulées se contorsionnaient inutilement au-dessus du casque à cornes d'un être hybride : son buste, couvert d'un plastron d'armure, était soudé à un poitrail de cheval pourvu des seuls membres antérieurs. La créature se débattait, grondait d'une voix caverneuse. Malgré sa confusion, Merlin reconnut son père.

*

Il s'empêtrait dans les buissons qui lui infligeaient son lot d'égratignures. Autant d'aiguillons qui incitaient Pandragon à pousser plus loin encore. La fuite du sanglier était définitive. Il n'y avait plus trace de son passage là où le chasseur esseulé se taillait un chemin. À lutter contre des massifs inépuisables d'épines et d'orties, il adoptait une attitude d'assiégeant.

Il s'exhortait à grands cris à donner l'assaut, grognait, serrait les dents face à la résistance des halliers. Puis, conquérant désabusé, il allait de l'avant sans s'attarder en pays conquis. Mais la forêt étendait ses royaumes plantureux, auxquels il se heurtait avec des manières de barbare. Il dérangeait des hérissons, des araignées, broyait des champignons : il leur imposait sa présence comme il aurait souhaité l'imposer aux barons.

Il déboucha enfin – y tombant presque, emporté dans son élan sauvage – sur une clairière étroite, fermée de chênes blancs qui levaient haut leurs ramures vers le soleil. La journée s'écoulait donc, bien que Pandragon se fût un moment convaincu qu'il traverserait la forêt de part en part avant midi. Or rien ne suggérait qu'il approchât de la lisière. Au contraire, plus il persévérait, plus les enchevêtrements se densifiaient et s'opposaient à lui. La trouée devant lui proposait un lieu où reprendre son souffle, sinon un havre. Il offrit son visage au déluge de lumière versé du ciel. La chaleur lui fit l'effet d'un baume. Il se souvint de son dieu. Une prière lui monta aux lèvres.

Les mots le quittèrent en un flot ininterrompu, et avec eux la tension qui lui comprimait les côtes et le ventre. De prédateur, il redevint l'homme clairvoyant que les gens de Saras avaient nommé juge. À cette époque aussi, il errait dans les bois, peut-être davantage qu'Uter et Ulfin. Non par cette envie d'aventures qui suffisait aux enfants. Il tendait au silence, celui particulier de la méditation, grâce auquel ses pensées se disperseraient dans les mille bruits de la nature. C'est dans cet état apaisé d'assourdissement qu'il formulait ses jugements les plus équitables.

Aujourd'hui, la prière le fortifiait mieux. Il prononçait une dernière parole rituelle lorsque le cercle de chênes fut franchi par un grand cerf à barbe blanche et aux andouillers innombrables, qui le surmontaient telle une couronne au motif somptueux. Pandragon s'extasia du miracle. Il songea à tomber à genoux – songea à l'épieu dans sa main, aux bêtes offertes en sacrifice dans les livres sacrés. Cette tentation le révulsa ; elle ressemblait aux raccourcis infâmes par lesquels les barons bretons justifiaient l'accord de leurs désirs à leurs lois.

Sans qu'il eût esquissé un geste, le cerf vint à lui d'un pas tranquille. Ses yeux n'exprimaient ni crainte ni agressivité. Pourtant il pouvait d'un coup éventrer l'homme immobile. En cela, il constituait un danger comparable au sanglier échappé. Mais il éloigna sa tête du chasseur, tout en lui présentant son garrot. Une lueur dorée happa le regard du fils de Constant, qui plongea les doigts dans la toison et en ramena les anneaux d'un collier. Le cerf ne réagit pas. Il semblait se plier volontiers à ce contact peu flatteur.

Toujours docile, il ne broncha pas lorsque l'homme détacha le collier et se mit à le contempler longuement, ébahi d'avoir en sa possession le symbole de l'alliance des Bretons – Urien avait affirmé que la perte de ce trésor coïncidait avec l'arrivée au pouvoir de Vortigern. Cette relique, Pandragon l'avait vue briller autrefois sur le torse de son frère aîné ; il l'avait aussi aperçue au cou de Constant, au cours d'une des rares visites que le vieux roi accordait à ses fils en bas âge, quand il se souvenait d'eux.

Des réminiscences continuèrent de rouler dans les anneaux d'or que Pandragon ne quittait pas des yeux. La Bretagne natale lui était en quelque sorte restituée, sous la forme du bijou et d'un passé lointain : l'enfance retrouvée qui n'appartenait qu'à lui, puisque Uter n'en gardait que des bribes insignifiantes. Oui, s'exaltait Pandragon, il traverserait encore une mer, réclamerait le royaume ! À l'ouest, intimait son cœur, à l'ouest ! Il devait partir.

Comme il prenait cette décision ferme, il s'avisa que le cerf s'en était allé, emportant avec lui les secrets de sa charge. Cela ne diminuait en rien la portée de leur rencontre. Elle était un signe des changements à venir.

*

Esquibedes était prisonnier du lutinier capricieux. Barons et paysans se répétaient des contes, dans lesquels le roi des fées protégeait son domaine forestier par la furie et le raffut ; la Petite Bretagne trépidait au son de son cor. Le nain avait la réputation d'un chasseur redoutable, car son gibier ne comptait pas parmi le tout-venant. Il lui fallait des dangers extraordinaires, qu'il se targuait de mépriser sitôt le succès obtenu. L'arrogance l'armait de pied en cap, ce qui lui conférait son autorité sur un peuple indiscipliné. Parfois, il succombait à des accès de colère qui le voyaient oublier toute mesure et malmener les siens.

Son visage aquilin arborait une barbe noire et les traces de son caractère ombrageux. Ses sourcils se levaient tels des tranchants de hache pour s'abattre brutalement chaque fois qu'il clignait les paupières. Peu osaient soutenir son regard – la reine Mab seule lui faisait baisser les yeux. Mais l'occasion ne s'y prêtait pas. Il revenait radieux de sa dernière expédition et Robin accomplit son devoir de héraut en proclamant :

« Notre seigneur Aubéron rapporte une proie d'exception ! Comment l'a-t-il attrapée ? Par quelle astuce, quel tour de force ? Imaginons que son bras a lancé, très haut vers le ciel sombre, un filet prodigieux. Celui-ci en retombant a piégé un brouillard nauséabond, si épais qu'il n'a pu s'échapper à travers les mailles. Notre roi est bien bon de purifier les airs ! Encore n'est-ce pas le fin mot de l'histoire.

« La lande s'étend devant notre seigneur. Son char glisse sur les bosselures comme sur une prairie, jamais il ne dévie ni ne freine sa course. Il aperçoit alors un cavalier de sinistre envergure, qui lève une lance empourprée. Sans tergiverser, il se lance à ses trousses. Le cheval noir fuit le char de bronze – c'est le soleil qui fait s'égailler les ténèbres. Tous les deux se défient un moment, chacun s'appliquant à battre l'autre de vitesse. Enfin, la ténacité de l'adversaire décline. Le lutinier est presque sur lui. Il sonne un coup de corne.

« À ce son, un frémissement parcourt monture et cavalier. Deux ailes noires s'extirpent de son dos avec des grincements de métal. Elles arrachent du sol ce Pégase grotesque. Les sabots battent l'air, inutiles. Mais Aubéron notre maître presse ses boucs. Il tient son filet prêt. Son char bondit et semble s'envoler à son tour. Le filet jaillit et se déploie, ses mailles contractées comme s'il s'efforçait de lui-même d'atteindre sa cible. Un cri de haine dégringole des cieux, puis le cavalier qui l'a poussé.

« À terre, il se débat encore ; la nasse se resserre et le meurtrit. Sa résistance s'effondre : il se délite, s'enlaidit, se fond dans son cheval. Un démon a mille formes qui sont autant de mirages. Lui-même ignore laquelle lui correspond au juste. Voilà quelle sorte de monstre notre roi a vaincu. Contemplez ce reflet hideux de notre peuple, et remerciez le lutinier de nous protéger contre les folies des dieux et leurs rejetons maudits. »

Des clameurs incohérentes saluèrent ce discours. Certains approuvaient bruyamment le récit sans rien y comprendre ; d'autres se moquaient haut et fort du ton obséquieux de Robin ; d'autres encore geignaient d'être comparés au démon, fût-ce en leur faveur. Cette cacophonie agaça Aubéron, qui souffla dans son cor.

« Tu parles trop, Robin, dit-il une fois le silence rétabli. J'ai eu tort de te raconter l'aventure. D'une promenade, tu fais une épopée. Tu mériterais que je te frotte les oreilles et te couse les lèvres.

— Gardez-vous-en, dit Mab. Il est mon héraut aussi bien que le vôtre. Or je l'aime à l'écoute et loquace.

— Vous le défendez parce qu'il vous sert plus fidèlement que moi.

— Vous déposez un démon à mes pieds et vous vous inquiétez d'ennuis domestiques ! rétorqua la reine pour détourner de Robin l'attention du lutinier. Avez-vous seulement remarqué la présence de Merlin parmi nous ? »

Le nain cilla rageusement. L'envie de se mettre en colère rivalisait en lui avec la crainte de déplaire à sa femme. Les disputes conjugales l'exténuaient plus que la chasse. Il toisa Merlin. Son visage s'éclaira d'une joie mauvaise. Il avait trouvé un moyen de donner libre cours à son penchant colérique :

« Merlin ! Magicien de pacotille, piètre enchanteur ! Tu as généralement la prudence de t'écarter de ma route. Tu étais averti : abuse les Bretons tant que tu veux, à condition que tes manigances ne troublent pas Brocéliande. Je crois que tu es meilleur oiseau qu'homme.

— Ce ne sont pas des façons de traiter un hôte, malade de surcroît, fit Mab.

— Un hôte ? Non, non, un prisonnier ! Il a des comptes à rendre. Je sais, moi, quelle maladie le chagrine ! »

Aubéron disparut dans son char. Il en sortit aussitôt, muni d'un tronçon de lance au fer ensanglanté. Puis il se pencha sur le démon estropié. Il fouilla un moment dans l'amas des ailes, dont il détacha une unique plume, une pauvre plume au duvet ébouriffé. Le lutinier brandit ses deux trouvailles et reprit sa harangue :

« Les remords te mettent à la torture, Merlin ? Ils ne lavent pas du crime. Je t'accuse, entends-tu ? Je t'accuse d'avoir remis une part de toi-même, cette plume, au démon que voici ; de lui avoir donné un pouvoir de nuisance irréversible. Il a porté la mort à la lisière de la forêt. Ce sang le prouve. Je t'accuse de complicité ! »

L'affaire était grave. Le peuple de féerie s'autorisait des libertés à l'égard des voisins bretons : les tourmenter, les effrayer, les séduire… les châtier en représailles, s'il arrivait que des chasseurs audacieux empiètent sur leur territoire. Toutefois leur comportement était motivé par le plaisir ou l'ennui. Ils s'étourdissaient de jeux et de vacarme. Le meurtre leur paraissait un acte insensé, car un silence durable en découlait.

Les démons ne connaissaient pas pareil scrupule, eux qui menaient une guerre contre la Création. S'ils l'avaient pu, ils l'auraient réduite à néant. Mais ils avaient besoin de temps, de beaucoup de temps pour atteindre l'apogée de leur puissance. Alors seulement ils acquéraient la capacité de s'attaquer physiquement aux hommes. Auparavant la corruption, la perversion les aidaient à se consolider. Leur maîtrise en ces domaines aboutissait à des désastres souvent plus affligeants qu'un affrontement direct, qui n'était pas sans risque de défaite. Cependant, telle était leur nature qu'aucun d'entre eux, en ayant la possibilité, n'aurait résisté à sa soif de tueries et de destruction.

Aubéron ne tolérerait pas une démonstration de force aux portes de son domaine. Si Merlin, consciemment ou non, avait participé à un meurtre, il méritait une peine exemplaire. L'assemblée tétanisée attendait du lutinier qu'il prononçât la sentence. Une voix d'enfant s'éleva tout à coup :

« Il y a du sang sur la lance, mais où est le mort ?

— Petite impertinente ! répliqua le roi. J'ai parcouru la lande sans trouver de cadavre. Cela ne prouve rien. Les démons ont des moyens à eux de dissimuler leurs méfaits.

— Vous êtes bien sûr de vous !

— Le sang versé suffit ! Tais-toi, fillette ! Quoique incomplète, je pourrais te pincer les joues !

— Interroge du moins le démon, intervint Mab. Qu'il avoue son crime. Est-ce vraiment un meurtre ? »

Le nain furibond décocha un coup de pied à la masse près de lui.

« Réponds ! ordonna-t-il. Si tes ailes sont rompues, tu as toute ta tête ! »

Le démon d'abord ne dit rien. Il grogna. Aubéron exécrait le meurtre, mais le recours à la brutalité lui était naturel, dans son impatience de justicier. Il frappa encore.

« Réponds ! As-tu assassiné un homme ? »

Du tas de chair et d'acier monta une parole orgueilleuse :

« Oui, j'ai tué le prénommé Uter, grâce au pouvoir de mon fils ! »

À ces mots cruels la mémoire et le temps revinrent à Merlin, qui étouffa un sanglot. Il n'avait plus de larmes.

*

Il tombait depuis si longtemps qu'il n'avait plus l'impression de peser, qu'il n'anticipait plus le moment de heurter le sol. Il tombait dans une toile de ténèbres, çà et là fendue par des lames d'argent. Le long de ces déchirures brèves se dérobait sans cesse une silhouette imprécise, à laquelle se substituaient aisément d'amicales chimères. Ainsi des sourires troubles dérivaient avec lui, et des doigts fins comme de longues plumes blanches. Son esprit s'embrumait de figures féminines qui lui affolaient et lui écrasaient le cœur.

À chacune de ses expirations sa bouche dégorgeait des bulles de sang gluantes. Il ferma les yeux, afin de déterminer à quel endroit précis de son corps surgissait un vertige immuable. Il éprouva une terreur diffuse à sentir s'écouler de son sein un air liquide et noir.

Ses yeux se rouvrirent et cherchèrent une limite à l'obscurité. Il suffoquait. Un sursaut convulsif de la tête perça une ouverture au-dessus de lui. La fraîcheur lui cingla le cou et les oreilles.

Au prix d'un effort énorme, il parvint à basculer sur le dos. Ses narines s'emplirent d'air glacé, dont chaque bouffée le mettait à la torture. Il vivait. Il souffrait. L'eau alourdissait ses vêtements, rendant pénible le moindre geste. Elle clapotait doucement, au rythme de son pouls. D'en haut se déversait une lumière brisée par des monceaux de roche en surplomb, qui éclairait mal l'étendue chatoyante d'un lac.

Après un instant de récupération douloureuse, Uter lutta pour reprendre le contrôle de ses membres. Mi-nageant, mi-flottant, il se dirigea vers la partie la plus visible de la berge, où il s'échoua tout haletant et trempé. Il vivait, oui, corps et chair à vif l'assuraient du fait. Par chance, se disait-il, sa chute s'était achevée dans ce lac abrité. Bonne ou mauvaise nouvelle, son agresseur ne l'y avait pas suivi. Peut-être s'en était-il allé, à moins qu'il n'attendît à l'affût, là-haut.

Mais pourquoi l'aurait-il fait ? Uter ignorait ses motivations, comme il ignorait le sort d'Ulfin. À ce qu'il en savait, le page errait sur la lande, victime de choix pour le cavalier fou. Il était difficile cependant d'estimer le temps passé à croupir dans l'eau. Peu, sans doute, puisqu'il respirait encore, malgré… Il essuya soudain le sang qui maculait sa bouche, porta la main à sa poitrine, là où la lance avait traversé.

Sous sa tunique, il lava encore du sang, avant de sentir sous ses doigts les rugosités d'une cicatrice. Il se découvrit pour mieux l'observer. Elle épinglait une grosse croix blanche près de son cœur. La guérison était trop merveilleuse pour qu'il ne pensât aux miracles dont Abenamar avait bercé son enfance : le dieu des Évangiles semait dans son désert des paroles et des résurrections mystérieuses. Mais Uter n'était pas chrétien. Il se redressa et contempla le lac. Sur les méplats couraient des lueurs captivantes, auxquelles il prêta des formes comme il l'aurait fait à des nuages.

Des danseurs lumineux s'agrippaient sur fond de nuit, s'agrippaient plutôt à la nuit qui leur offrait mille robes tournoyantes. À bien y regarder, le bal entrechoquait trop vigoureusement ses participants. Au lieu d'embrassades, les couples entremêlés échangeaient des coups – on s'entre-tuait, on s'envahissait d'une étincelle à l'autre sous les arcures et les entrelacs d'une couronne écumeuse. Des fragments de bataille ricochaient les uns contre les autres, restaient parfois unis de façon à esquisser un motif plus vaste.

Uter vit un crucifix s'agrandir parmi les éclats de lumière, un crucifix qui s'appointa en glaive et enfla, enfla au point de trancher la surface du clair-obscur. Il n'eut que le temps de renverser la tête en arrière. Devant lui jaillit la lame ruisselante, pointe vers le ciel, qu'une main frêle enserrait juste au-dessus de la garde.

De même que l'épée, son porteur paraissait forgé par l'eau trouble et la clarté fugitive. Avec un sentiment de répulsion, Uter devina un corps grossier, agité de mouvements légers qui montraient par endroits les courbures d'une carapace et, au niveau du thorax, des branchies palpitantes. De la filasse épaisse masquait le haut d'un visage informe, devant lequel elle s'agitait tel un voile composé d'antennes. Uter réprima son dégoût en fixant les doigts déliés autour de l'arme. Ils avaient la pâleur du ciel hivernal, mais ils étaient ceux d'une femme.

Alors se tendit l'autre main, sorte de large pince qui claqua plusieurs fois dans le vide. Elle se referma sur un quillon de l'épée, qu'elle trancha d'un coup sec. Le second ne résista pas davantage. Puis, d'une caresse crissante, elle glissa le long de la poignée et du pommeau orné de runes qui se brisèrent en miettes, mettant à nu la soie : il ne resta plus que la bande mince de l'acier dans la main blanche.

Un souffle de voix caverneux, comme venu des tréfonds, parvint aux oreilles d'Uter. Il se surprit à reconnaître des intonations féminines et scruta plus soigneusement les traits de l'apparition, dont la chevelure membraneuse s'était quelque peu écartée, rendant visibles deux yeux opaques et privés d'émotion. La voix quant à elle gagnait en ampleur, les mots entraînés les uns à la suite des autres dans un courant irrésistible, mots-galets qui éclataient contre les parois afin d'alimenter une incantation rocailleuse.

Uter ne lui prêtait aucune signification explicite, tout en retirant une vague espérance de l'attitude solennelle manifestée par la femme difforme. Aussi ne réagit-il pas lorsqu'elle tournoya dans sa direction, rejoignant la berge avec un mouvement disgracieux du bassin. Pourtant elle ne quitta pas le lac et resta près du bord à osciller. Tous ses gestes avaient quelque chose de maladroit, hormis sa manipulation de l'épée dont elle lui tendait maintenant la poignée. Il la regarda sans comprendre, gêné par leur proximité. Il distinguait les antennes mobiles et la couleur brunâtre du corps caparaçonné, à l'odeur écœurante de vase. Il ne réfréna pas un mouvement de recul.

Les yeux noirs se rétractèrent aussitôt. Le visage obscur se porta contre celui d'Uter, qui poussa un cri d'effroi. Les antennes lui encerclèrent la tête, l'empêchant de se détourner. Elle le dominait entièrement. Il entendit de nouveau la voix rauque, cette fois dans une langue compréhensible :

« Refuserais-tu mon cadeau ? dit-elle. Ou faut-il t'en expliquer la valeur ? Es-tu donc incapable d'un *acte de foi* ?

— Qu'attendez-vous de moi ? se défendit-il en cherchant ses mots. Je suis arrivé ici par hasard, victime d'une embuscade.

— Je sais. J'ai soigné ta blessure. Ce n'est pas un hasard si le lac s'est révélé à toi. Je l'ai voulu. Les eaux douces m'appartiennent comme je leur appartiens, en dehors des complications humaines. Du moins était-ce ainsi, jusqu'à ce que l'épée me trouve.

— Cette épée… elle m'est familière, comme un cauchemar d'enfant.

— C'est une arme de roi, sournoise et insatiable. Sa malédiction est ancienne. Constant l'a maniée, et son aîné après lui.

— Constant !

— Oui. Toi aussi, tu es son fils. Je la rends à ta lignée. Reprends-la sans crainte.

— Elle fut longtemps perdue… Elle rappelle d'odieux malheurs.

— Je l'ai purifiée de ses souillures. Il m'en a coûté.

Maintenant, j'endure une mue rapide. Je n'en veux plus. Reprends-la !

— Je consens à vous en débarrasser. Je la ferai reforger.

— Non ! Je l'ai recréée de ma main. L'usure n'entamera pas son métal. Elle tranchera membres, pierres et aciers sans subir de dommage elle-même. Elle n'obéira qu'au courage – si celui qui la porte s'en montre digne, il ne sera jamais vaincu… cela, jusqu'au jour des larmes noyées dans une mer rouge. Je serai vieille alors, très vieille. Pour aujourd'hui, elle est à toi, fils de Constant.

Sans garde ni pommeau, on s'y écorchera les paumes.

— Si un guerrier n'est pas prêt à verser son propre sang, que se mêle-t-il de verser celui des autres ?

— Quel étrange don vous me faites, dame, dit Uter d'un ton ferme. Je l'accepte. Qu'en espérez-vous ? Je n'ai rien à offrir en retour.

— Tu m'as appelé dame. C'est bien. Oui, c'est ce que je veux devenir… J'ai besoin que tu transmettes un message à Merlin, de ma part… de la part de la dame du lac.

— Merlin ? Je vous rendrais volontiers ce service, dame, mais je ne connais pas de Merlin. Où le trouver ? »

Elle relâcha son étreinte et s'écarta de lui. Pendant un instant, elle se contenta de chanceler au gré du clapotis. Elle avait abaissé l'épée et ne la retenait plus que mollement entre ses doigts – sa tête lourde penchait sur son épaule à la façon d'un enfant endormi. Puis elle sortit brusquement de cet état de torpeur et se mit à parler d'une voix au timbre plus clair, adouci, patient. Uter s'aperçut qu'elle lui racontait un secret dans la conception duquel il avait un rôle, plus restreint qu'il ne l'aurait voulu :

« Autrefois, dit-elle, tu aimas une femme dans une rivière… »

Alors la dame du lac rappela à Uter ses anciennes amours, dont il avait cru tout oublier, sauf la honte, mais elle lui révéla les manigances d'un magicien déguisé en page.

*

Le camp des chasseurs était en liesse. Pandragon était sorti du bois couvert de terre et de feuilles, le poil hirsute, semblable en apparence à un homme des bois ou à un de ces elfes qui hantaient les frondaisons. Il levait les deux poings en signe de triomphe, et d'abord les barons le crurent devenu fou – c'était pire, ou mieux selon les espérances de chacun, car sur son torse tremblait l'éclat de l'or. Il leur rapportait son miracle en riant, glorieux et fier comme doit l'être un roi.

Les plus sceptiques écoutèrent sans émoi la description du grand cerf offrant sa soumission. Mais le collier existait, ils ne pouvaient le nier, et enfin c'était un symbole auquel se rallier. La plupart réagirent avec enthousiasme : on poussa des cris d'adoration, on chanta des comptines où les glands devenaient chênes en un jour, et les mendiants des princes. Quelques-uns, exhortés par Abenamar, tombèrent à genoux pour prier, bientôt rejoints par Pandragon lui-même. Les Bretons se partageaient ainsi entre exaltation mystique et réjouissances plus prosaïques, mais aucun d'entre eux ne songeait plus à contester la justesse de la cause du fils de Constant.

Personne n'était plus heureux qu'Urien, hilare bien qu'estropié : sa blessure prenait la valeur d'un sacrifice, d'une épreuve nécessaire à l'élévation de Pandragon au statut de roi légitime. Elle lui conférait une nouvelle aura. Quand il avait quitté la Bretagne en sombre paria, il s'était destiné à mourir en terre étrangère, pour une idée, un principe. Désormais, il ne douterait plus de la victoire de son suzerain d'élection. Il guérirait. Il se battrait. Pour la première fois depuis son départ, il envisageait sans se mentir de revoir son fief et de le reprendre aux Saisnes.

Cependant, Pandragon galvanisé s'enquérait de son frère auprès d'Abenamar. La réponse l'assombrit vite :

« Il n'est pas venu et il n'y a pas eu de message de sa part. Comme ta chasse se prolongeait, j'ai moi-même fini par en envoyer plusieurs. Les capitaines te font dire qu'il n'a pas reparu depuis la nuit dernière. Dans leur zèle, ils ont bousculé quelques paysans. Tu connais ton frère – c'est une paysanne qui a parlé. Elle assure qu'il est parti à l'aube en compagnie d'un serviteur, évidemment Ulfin. D'après elle, ils comptaient nous rejoindre.

— Et donc ? Où ont-ils disparu ? Le chemin n'est pas si long entre les campements.

— On peut craindre une mauvaise rencontre.

— Nous n'avons pas d'ennemis, ici !

— Nous en avons partout. Une famille royale s'attire les haines comme un cadavre les charognards. Pourtant les gens d'ici ont leur explication : il paraît que le cor des fées s'est fait entendre sur la lande. Qui sait si elles n'ont pas enlevé Uter pour le manger ?

— Que dis-tu ? C'est inconcevable !

— Ces superstitions sont vaines, mais elles sont l'indice d'un danger. Je suspecte un fléau très commun : les brigands détroussent les voyageurs sans demander l'avis des rois.

— Si c'est ainsi, il fallait envoyer une troupe !

— En effet. Je l'aurais fait avant, si des mouvements soudains d'hommes en armes n'avaient pas risqué d'effaroucher les barons. En ton absence, ç'aurait été d'autant plus malavisé.

— Tu as agi sagement, comme à ton habitude. Dans l'immédiat, nous n'avons plus à ménager les susceptibilités. Fais seller les chevaux : avec l'aide des barons, j'irai chercher mon frère et mon page. »

Pandragon s'était exprimé d'un ton net, concis, qui n'exigeait ni question ni éclaircissement. Abenamar cependant protesta :

« Tu reviens à peine ! Je m'en chargerai seul. Profite de ton succès. Repose-toi avec Urien.

— Toi, reste, et veille sur lui ! Mais fais seller mon cheval ! » s'écria Pandragon tandis qu'il s'éloignait déjà en faisant des gestes aux seigneurs bretons.

Abenamar se dépêcha d'obéir aux ordres de son maître, sans cacher la fierté qu'ils lui procuraient.

Ailes toujours nouées, Esquibedes avait été remis debout sans ménagement. À cause de ses jambes de cheval, trop fragiles pour le porter, il vacillait sous son lambeau d'armure. Il se tenait coi, à présent, néanmoins ses paroles empoisonnaient encore l'assemblée et brûlaient les veines des plus concernés.

Jusque-là le lutinier s'était comporté en procureur et en juge. Étonnamment, le rôle d'exécuteur lui seyait moins et il réclamait un volontaire pour remplir cet office. À son grand dam, aucun membre dans l'assistance ne montrait grand enthousiasme à l'idée de verser le sang. Chacun se trouvait des excuses ou des scrupules, illustrant la répugnance des gens de la féerie à côtoyer la mort. Car tel était le verdict d'Aubéron, déclaré avec hargne : la mise à mort par étranglement du démon et de sa progéniture. Il la justifiait par la noirceur du crime et par la propension des condamnés à pervertir l'usage des mots à leur avantage exclusif.

Personne, pas même l'enfant incomplète, n'osait plus défendre Merlin. Depuis l'aveu du démon, Aubéron avait beau jeu de les mettre dans le même sac, lourd fardeau cependant dont il aurait souhaité se décharger en le jetant au fond d'un puits. Pour ce faire, il proposait des récompenses ou s'emportait contre l'inconstance de son peuple, qui réclamait de lui gouvernance et protection sans appliquer ses décisions.

Loin de faciliter les choses, ses remontrances détournaient l'attention de ses sujets qui s'inquiétaient davantage de leur bien-être que des états d'âme du lutinier. Leur passivité risquait de se retourner contre eux, car Aubéron pouvait à tout moment s'échauffer pour de bon et leur imposer sa volonté par la force. Il en avait le pouvoir. Le simple fait qu'il montre de la retenue suggérait que, peu ou prou, lui-même était embarrassé par les conclusions du procès. La reine en tira parti : elle fit un signe à son valet, qui s'inclina à ses ordres et se présenta devant Merlin abattu.

Celui-ci avait retrouvé sa jeunesse, mais pas sa superbe. Il percevait de nouveau les variations de l'air, les changements lents et désordonnés de la nature, il en devinait mieux les enjeux et les interprétait. Les émotions des habitants de la forêt affluaient vers lui avec la transparence d'une eau pure. Leur malaise, leur confusion sautaient aux yeux, ainsi que leur peur secrète de se corrompre au contact du démon et son fils.

Merlin s'imprégnait de leurs conceptions qui le recouvraient d'un maillage de mépris et d'horreur. Si ses agissements sous le nom d'Ulfin lui avaient toujours paru ceux d'un étranger, il découvrait maintenant qu'être Merlin ne valait guère mieux. D'une défroque il tirait une dépouille, ce qui le vouait à une fin misérable – l'avenir lui demeurait clos. L'ombre de son père, duquel il voulait tant se déprendre, s'étendait sur lui plus écrasante et incontestable que jamais.

Robin interposa son sourire énigmatique. Son visage double se balançait de gauche à droite pour chercher le meilleur angle – mais de quoi ? Merlin lui vit tour à tour des traits d'inquisiteur et de contestataire. Ce jeu de mime ne le réconforta pas. Il connaissait l'ambivalence de ceux de la féerie, leurs transports extrêmes et leurs revirements insensés. Enfant, il avait vécu brièvement auprès d'eux, délirant de gaieté et d'insouciance, quoique désireux d'obtenir l'approbation d'Aubéron.

Le nain lui avait accordé une attention très fugace, qui consista en l'apprentissage de quelques tours et de diatribes contre le monde entier. Ç'avait été une autre ivresse, différente de celles d'un vol d'oiseau ou d'un vin capiteux, mais passagère comme elles. Merlin aimait les arbres et les églises, les fées et les hommes, ce que ne pardonnait pas Aubéron. La mort d'Uter rendait dérisoires les déceptions et les réquisitoires du lutinier. Quelque chose était rompu, une espérance peut-être, une attente qui ne serait pas récompensée. En attachant ses pas à ceux des fils de Constant, Merlin avait parié sur les deux faces d'une même pièce ; que l'une manque et l'enjeu s'effondrait. Pandragon seul pouvait encore devenir roi. Qu'il y parvienne seul ! Faute de vision de l'avenir, le soi-disant magicien ne possédait plus que l'intuition d'un désastre. Il méritait le châtiment des fées.

Robin cependant finissait son inspection. À son maître qui réclamait l'obéissance, il répondit :

« Je le ferai ! et l'éternelle conversation des elfes s'interrompit une nouvelle fois dans une même journée, laquelle était donc bien extraordinaire.

— Toi ? interrogea le lutinier avec consternation.

— Oui, quoi de plus naturel ? Un valet fidèle se doit de pallier les atermoiements des sujets moins dévoués. »

Cette déclaration bravache désola les intéressés, non qu'ils fussent honteux ou repentants. Robin était un garçon aimé du roi et du peuple ; il représentait le parangon des qualités féeriques, soit une géniale pagaille d'individu, aussi bon amuseur que bon public, dilettante en toutes circonstances et en tous domaines incongrus, ignare des questions pratiques et efficaces. Une personnalité d'un tel raffinement emportait sans conteste l'adhésion générale – en exécutant les prisonniers, il entacherait sa réputation d'une manière irréparable.

Aubéron, humeur changée, s'avérait peu enclin à compromettre un si parfait et loyal serviteur :

« Halte ! Tu vas un peu vite en besogne !

— Impossible, seigneur : je n'ai pas encore commencé ! Me donnerez-vous des conseils, s'il vous plaît ? Dois-je placer mes mains l'une sur l'autre, au-dessus ou au-dessous de la pomme d'Adam ? Ou bien, faut-il utiliser une cordelette ?

— Patience, fichu moulin à paroles ! À t'empresser, tu omets un point crucial. Quand il s'agit de toi, la reine Mab a son mot à dire, égal au mien. Sans son consentement, tu ne lèveras pas la main sur les condamnés. »

L'astuce du lutinier était imparable à défaut d'être subtile. Tous s'en réjouirent. Il sauvait la face et épargnait la vertu de son valet.

« Je consens, dit Mab, ruinant ces beaux efforts. Puisque Robin veut prouver sa loyauté envers vous, j'aurais mauvaise grâce à le priver de l'occasion. »

Cette riposte inattendue affligea l'auditoire : il semblait que Robin dût s'immoler aux désaccords entre les époux royaux.

« Vous entendez, seigneur ? fit le valet. Notre reine m'enjoint d'obtempérer pour vous agréer. Je veux être l'instrument diligent de votre réconciliation. Soyez assurés que je mettrai du cœur à l'ouvrage !

— Attends donc ! Il y a un instant, tu demandais comment t'y prendre : ne risque pas de te tromper et réfléchis à ce que tu prétends faire.

— Tout compte fait, aucune méthode ne me paraît meilleure ou pire qu'une autre. C'est affaire de doigté. On tâte le cou, on s'habitue à ses fragilités, puis on appuie très fort. Quoi de plus simple ?

— Cesse de plaisanter, gémit le nain. Penses-y : tu t'apprêtes à tuer un homme.

— Précisément, seigneur ! Nous autres de la féerie sentons bien que la vie n'est qu'une plaisanterie, dont les hommes sont le sel. Quand nous les rencontrons, ils nous refusent le plaisir de leur compagnie et se plaignent d'endurer nos mauvais traitements. Plutôt que de nous saluer, ils prennent la poudre d'escampette ! Étrangler un homme, je crois, n'est pas si différent. Je vais donc, en bouffonnant, serrer les mains à un dernier souffle. Merlin ! Je commence par toi. Sois aimable de me tendre le cou.

— Non, protesta le lutinier. Le père a précédé le fils dans la vie. Qu'il meure le premier ! Garde l'homme pour la fin.

— Pourtant, vous avez imputé la responsabilité du crime à Merlin. En tant que criminel, n'a-t-il pas la préséance ?

— Je… »

Toutes ces reparties servaient, personne n'en était dupe, à retarder l'inévitable. Elles conféraient aussi un caractère spectaculaire à une situation éprouvante, ce dont le public contraint était reconnaissant. Seule la fillette incomplète larmoyait contre les jambes de la reine compatissante. Merlin en revanche comprenait la malice du valet et ses implications. Tant qu'Aubéron était aveuglé par sa vindicte, le supplice devait être aussi expéditif que le procès. Or le petit roi retardait désormais l'échéance à grand renfort de discours oiseux.

Ces discussions pouvaient durer longtemps, aussi longtemps qu'une vie d'homme, dans la mesure où chaque sujet du lutinier souhaiterait donner son avis.

Il faudrait bientôt un consensus pour que Robin soit autorisé à étrangler qui que ce soit. Pour un peuple passionné de jacasseries, perdre du temps résolvait les pires casse-tête.

Toutefois, Esquibedes ne l'entendait pas de cette oreille.

« Aubéron ! interpella-t-il. Tes idées sont-elles aussi courtes que tes jambes ? Ta loi est-elle une farce ? Si de belles paroles éclipsent un crime, des insultes le rappelleront ! Bavasse donc, jusqu'à ce que mon fils meure de vieillesse, ou d'ennui ! Mais ma longévité vaut la tienne, roi minuscule d'un peuple sans grandeur. Moi aussi je parlerai, nuit et jour ! Tu regretteras de ne pas m'avoir fait taire, quand j'aurai séduit ta femme et subjugué tes fées frivoles ! »

Dans la défaite, le démon conservait son arme la plus pernicieuse. Cet orgueil hautain, que les niais appellent l'honneur, il le piquait de sa langue fourchue avec délectation. Il savait d'expérience que les maris jaloux et les rois méfiants envenimaient leurs plaies avec leur propre bile. Pourvu que sa destruction entraînât quelque malheur, Esquibedes était content.

Le lutinier mordit férocement à l'appât. Sa colère dépassa en ampleur les furies les plus acharnées dont les siens avaient le souvenir. Il devint livide. Sa main posée sur le rebord du char en froissa le bronze. Les arbres dans son dos noircirent des racines aux feuilles, dont plusieurs se détachèrent soudain, suivies de larges pans d'écorce. Ces multiples fragments tourbillonnèrent à travers les airs et autour d'Aubéron, se collant à lui comme une seconde peau. Il s'épaissit, grandit, changea de forme : l'esprit de la forêt l'investit tout entier.

Quatre sabots martelèrent le sol dont furent arrachées, comme à une enclume, des flammèches qui s'élevaient à hauteur d'un poitrail fumant. La robe d'écorce noire captait ces lueurs de feux follets, si bien qu'elle semblait toujours agitée de frémissements sinueux. Une haine insondable se lovait dans les yeux ouverts tels des troncs d'arbre fendus. De l'écume blanchissait le mufle, ouvert sur une rangée de dents intimidantes. Parmi le feuillage dentelé de la crinière s'étira la courbure lisse d'une corne trouée à son extrémité, d'où monta la note unique d'un râle bestial. La voix grave du roi de la féerie résonna :

« Je suis le gardien du petit peuple. Ma justice prévaudra, sans qu'un autre que moi prenne sur lui d'appliquer la peine. Plus infâme l'injure, plus sévère le châtiment. J'empalerai les fautifs. »

La métamorphose d'Aubéron éloigna de lui l'assemblée et fit battre Robin en retraite. La reine elle-même s'écarta de la trajectoire de la corne : animé par une résolution sinistre et par les forces implacables de la forêt, le lutinier ne se laisserait ni distraire ni attendrir. En outre, le démon avait ajouté un sacrilège public à la liste de ses crimes, ce qui n'admettait aucun faux-fuyant.

Esquibedes, en rejetant les langueurs d'un demi-salut, s'était voué à l'anéantissement. Il entraînait Merlin dans sa chute. La licorne abaissa la tête et dirigea son instrument de mort vers les prisonniers.

« Non, s'exclama une voix venue des landes, cela ne sera pas ! »

*

Elle poussa un cri étranglé au réveil, se mit à haleter. Ronwen s'aperçut qu'elle avait cessé de respirer pendant son sommeil – comment le corps pouvait-il oublier cela, sinon par défiance de lui-même ? Peut-être était-ce la bête en elle qui avait crié pour la ranimer, ou qui se lamentait dans ses côtes comme derrière les barreaux d'une cage. Il faisait encore nuit noire ; aucun bruit n'annonçait la fin des ténèbres, ni coq ni cloche pour appeler à vivre.

Cependant sa respiration paniquée égrenait des douleurs. Elle écouta son souffle parler de la terreur qui avait saccagé son sommeil : c'était une conversation sans détour où elle n'avait pas le beau rôle. Elle savait que son envie de fuir ne lui réussirait pas davantage que la solitude à laquelle elle s'était pourtant contrainte.

« Une lettre de Hengist est arrivée il y a quelques heures, souffla quelqu'un à l'autre bout du lit. Une de plus ; maintenant que tu es réveillée, veux-tu la lire ? »

Le tutoiement familier fit sourire Ronwen : elle ne parvenait pas à convaincre sa nouvelle confidente d'adopter une attitude plus respectueuse.

« Approche-toi plutôt, dit-elle en reprenant des intonations de reine. Chante-moi quelque chose de doux. »

La petite forme noire de sa confidente se déplaça sans bruit. Ses mains glissèrent au hasard sur la couverture de toile rêche, hésitèrent, s'emparèrent finalement des doigts froids de Ronwen qui les lui abandonna. La voix flûtée commença :

Un amant voit partout la figure penchée
de sa belle au balcon dont les mots sont des fleurs ;
mais le guerrier est sourd pendant la chevauchée.

Son cœur loyal est froid quand tentent les douceurs,
féroce quand il cueille un faisceau de blessures
et c'est l'odeur du sang qui chauffe ses ardeurs.

Le monde danse entier dans l'éclat des armures,
sous les châtaigniers bruns parfois s'élève un cri
de l'ennemi vaincu ravalant ses injures.

« Arrête. Tes vers sont cruels, regretta la reine.

— Ce n'est qu'une chanson, répliqua l'ombre en retirant ses mains. Ton frère non plus ne les aimait pas.

— Tu lui en veux toujours ? Je te l'ai déjà dit : jc ne crois pas qu'il te voulait du mal. Même quand je n'étais qu'une enfant, et lui déjà un chef de guerre, il évitait de participer trop longtemps aux batailles… Oh, pas par lâcheté ! Il avait le don d'intervenir au moment décisif, de renverser le cours des armes, d'atténuer une débâcle en retraite. Pourtant mon père n'était pas dupe : il m'expliquait que Hengist était en fait un esprit prudent, incapable de tout risquer – sa vie, son peuple et l'avenir – pour l'emporter vraiment sur les Bretons. Sais-tu comment il a survécu à sa rencontre avec Constant ? Sitôt la première blessure, il a fui ! Or la réputation du roi breton était telle que cela a suffi à consolider la légende de mon frère…

— Ton père sonne comme un donneur de leçons.

— Ce ne sont que des paroles, s'amusa Ronwen. Mon père était un Saisne de vieille race, un chasseur errant qui ne s'embarrassait pas de subtilités. D'ailleurs il ne tenait pas place. Un jour il est parti, j'ignore ce qu'il est devenu.

— Tu te trompes tout de même. Hengist est violent.

— Et tu l'as quitté pour me rejoindre, tu m'as apporté des nouvelles de mon époux que je n'espérais plus… Ce qu'il t'aura fallu de douleurs et d'efforts, je ne peux l'imaginer, mais je t'en remercie.

— Je n'ai pas d'attaches, je suis libre : je suis venue te voir parce que je m'ennuyais et que ton frère m'a déçue.

— Tu es une sauvageonne… Dans son avant-dernier courrier, Hengist a le ton cajoleur pour exiger mon retour qualifié de nécessaire – toute sa colère est là, dans cette manière railleuse d'ordonner que l'on fasse ce qu'il attend, parce qu'il ne perçoit en chacun que des évidences à son image : satisfaire, se satisfaire, filer sans demander son reste et concevoir le monde et les gens comme un mouvement sans fin. »

Elle n'osait pas dire qu'elle ne voulait plus vivre avec un amassement constant de regrets, marque de sa première jeunesse : alors elle s'enivrait de toute expérience, de fêtes en lendemains de fête liés à ses chevilles ; elle avait tant dansé, tant bougé à la grâce d'airs de musique médiocres, en présence d'hommes gris, qu'elle n'aspirait plus qu'à un silence ininterrompu. Dans le monastère de femmes où elle avait trouvé refuge, loin des éclats du roi, pas assez loin des lettres de son frère, elle avait commencé à croire à ce que les moniales d'ici appelaient la paix de l'âme. Or elle ne se départait pas du sentiment de menace et d'urgence qui malmenait son sommeil, persuadée qu'elle devrait fuir bientôt, que la fuite elle-même n'était qu'un expédient.

Les moniales lui conseillaient de résister à ces songeries morbides, de s'en tenir à la prière pour taire la désespérance. Malgré cela elle brûlait, elle voulait plonger les mains sous sa poitrine afin d'en extirper le brasier, se purger du tas de cendres – toujours la lancinance : « Rentre chez toi », si seulement un lieu clair s'imposait à elle, elle céderait avec plaisir ! Toutefois elle ignorait où se rendre : au castel à hautes voûtes qu'emplissaient les rires fous ou les lamentations de Vortigern, ou à la grande cabane de bois et de chaume qui craquait sous le vent, en terre saisne… Lieux rêvés, lieux perdus.

L'instinct la pressait de courir aux bois, comme son père autrefois. Que ne pouvait-elle s'y perdre et semer les tourments, semer des lambeaux de robe et de chair pour punir sa faiblesse ! Les moniales disaient que cela aussi, c'était un péché. Leurs règles étaient complexes : si Ronwen se griffait jusqu'au sang ou se lamentait, c'était péché. Une sobre dureté, voilà ce qu'elles opposaient à ses épanchements, mais pas une ne la regardait en face lorsqu'elle évoquait Vortigern.

Elle leur racontait à voix basse comment il la saisissait par les épaules, avant de la renverser sur le lit, ses larges mains sur ses cuisses et le poil dru de sa barbe irritant sa poitrine, ses élans d'enragé qui lui broyaient le cœur, lui arrachaient un cri monté du ventre. Cela, elles l'enfouissaient dans l'ombre de leurs capuchons dont ne jaillissaient que les pointes sévères des mentons.

Quand elle les prévenait que le roi la rappelait par les écrits de son frère, les mentons tremblaient un peu. Elle avait trop peur néanmoins de retourner dans la nuit des grands bras et des étreintes folles, peur des tendresses inattendues sur le visage du roi brutal. *Ipse consolatur dolor*, déclaraient les moniales d'un air inspiré, sans songer que Ronwen ne comprenait pas le latin. Elle comprenait la douleur.

Les autres n'avaient pas vu les larmes avinées rouler le long des joues blêmes, les regards de détresse de Vortigern torturé par ses cauchemars et la question de l'orgueil, celle qu'il posait nuit après nuit, une fois dissipées les ardeurs de l'amour : « Que dirait Constant ? »

Deus caritas est – ces femmes de foi étaient trop sages et éprises du ciel, elles n'étaient pas la femme amoureuse d'un enfant éploré, un enfant-roi dans un corps d'homme, avec des désirs d'homme.

« Un jour Hengist perdra patience et enverra une troupe te chercher, dit tristement la petite confidente.

— Ou il viendra lui-même... Il me ramènera de force à Vortigern, qui aura honte de n'être pas venu en personne me supplier de revenir. S'il faisait cela... je le suivrais aussitôt dans son enfer. Le temps m'est compté. Non... non, je ne supporterai plus les peines de mon époux en plus des miennes. Je dois fuir encore. La mer n'est pas loin. Il y a parfois des pêcheurs qui viennent au monastère, verser un tribut de poissons en échange de mots latins qui sonnent comme des protections contre le mauvais sort. Ils m'aideront peut-être à rejoindre le continent.

— Ils t'aideront. Vortigern a attisé leur rancune, par des taxes et des lois qui les ont réduits à la misère. Tu partiras, reine. Par contre, je ne te suivrai pas.

— Pourquoi non ? s'inquiéta Ronwen. À la cour, je n'avais pas d'amis – j'étais l'étrangère inadmissible, dont on ne peut rien attendre, ni pouvoir ni faveurs. Les Bretons portent toujours le deuil de leur passé, même si leur souverain a la mémoire défaillante… Ils me détestent.

— Ils détestent le roi, qui se hait trop lui-même pour se rendre aimable… Je suis ton amie, n'en doute pas. Mais si tu décides de partir, tu auras besoin de moi sur l'Île de Bretagne. Réfléchis-y : une reine ne s'en va pas sans adresser ses adieux au roi, au royaume.

— Tu lui porterais un message pour moi ? réagit vivement Ronwen.

— Oui. Hengist m'a obligée trop longtemps à rester au castel de Vortigern, pour que j'y espionne et que je m'y ennuie, tandis que lui courait d'un endroit à l'autre. À présent, je veux voyager.

— Alors tu lui diras – à mon mari seulement, à nul autre –, de la part de Ronwen, princesse des Saisnes, reine du royaume de Bretagne, épouse de son choix ; tu lui diras ce qu'est mon amour… »

*

Le peuple de féerie vit arriver un homme débraillé, à la barbe frisée par l'humidité, qui tenait à la main une épée nue.

« Uter ! » s'écria Merlin.

À ce nom la reine s'avança pour poser la main sur le flanc de la licorne en sueur. Aubéron renâcla, mais resta silencieux. Cette apparition confinait au miracle ou au maléfice, entre lesquels il redoutait de trancher.

« Si tu es Uter, dit Mab en pointant du doigt le démon, sache que celui-là prétend t'avoir tué.

— Il est vrai qu'un cavalier m'a poursuivi sur la lande, avec l'intention manifeste de me nuire. Mais je suis bien Uter.

— Je l'ai frappé de ma lance ! s'emporta Esquibedes. Cet homme est mort ! C'est un revenant qui nous parle, le pantin d'un nécromant fécond !

— J'étais blessé quand il m'a abandonné à mon sort. La dame du lac m'a recueilli et soigné.

— La dame du lac ? s'étonna le lutinier. Parlerais-tu de l'ancienne naïade, la gardienne des eaux douces qui a fui la lumière du jour par la faute de son entêtement risible ?

— Vous ne disiez pas cela, rétorqua Mab, au temps où vous la courtisiez. Il me semble qu'elle avait choisi de vivre à l'écart pour échapper à vos compliments ennuyeux.

— L'histoire est ancienne ! Il est étrange, cependant, qu'une recluse s'intéresse au sort d'un tel homme.

— Je lui sers de héraut, précisa Uter. Ma dame sollicite la libération de Merlin sans retard : elle désire s'entretenir avec lui.

— La présence du mort vivant prouve l'inanité du procès ! s'exclama la fillette incomplète. Je le savais, je le savais ! C'était injuste de tuer un tueur pour des suppositions !

— Pas de grands mots ! gronda le lutinier. Encore une fois, la vie ou la mort d'un homme ne nous concerne pas. Le mésusage du pouvoir, voilà ce que j'ai condamné. Il ne suffit pas du messager miteux d'une vieille folle pour bouleverser le jugement rendu.

— Mon rôle ne s'arrête pas là, fit Uter. La dame du lac connaît la loi de la féerie et ses subtilités. Elle connaît aussi les eaux de Saras. Il y coule une rivière où je me suis baigné le plus heureux des hommes, où je me suis battu pour mon malheur. Alors que j'étais meurtri, Merlin me fit boire un breuvage de son cru, qui m'a rétabli : du vin mêlé à son sang.

— Où veux-tu en venir ? s'impatienta le roi des fées. Les bienfaits passés ne rachètent pas les méfaits du présent.

— La dame du lac affirme que la seule blessure fut celle de Merlin infligée à lui-même. Le sang versé était le sien. »

Cette révélation hautaine pétrifia l'assemblée, qui n'en menait pas large. L'intervention indirecte d'une figure lointaine, cette dame du lac dont parlait si légèrement un inconnu, tandis que les fées se souvenaient d'elle sous un autre nom, et dans d'autres circonstances pénibles, le va-et-vient des paroles de défense et d'accusation, les sarcasmes, les éclats de joie – tout cela composait un formidable fatras d'émotions devant lesquelles le petit peuple immature se trouvait démuni.

Robin, le plus téméraire d'entre les siens, se réfugia dans son rôle dûment éprouvé de valet. Il s'en alla quérir le char de bronze et son attelage de boucs. Dans sa confusion, le lutinier avait repris sa forme initiale et c'est en tant que roi nain qu'il écouta la fin de la plaidoirie d'Uter.

« La dame fait dire qu'elle est sûre de son fait et qu'elle sera bientôt prête en personne devant vos seigneuries, si nécessaire. En attendant, je la représente par la langue et la lame. Si quelqu'un remettait en cause la véracité de ses déclarations, j'aurais à cœur de défendre son honneur.

— Je la remets en cause ! se récria Esquibedes. Je dénie à une mégère des vases la pénétration des actes de mon fils ! Moi seul le comprends... C'est toi, Uter, que j'ai frappé, et personne d'autre ! Mon pouvoir, je l'ai obtenu par la force, la ruse et surtout par la tentation. Que l'on n'aille pas dégoiser je ne sais quel conte, dans lequel je serais l'instrument naïf du petit merle !

— Seigneurs de la féerie ! apostropha Uter. L'honneur de ma dame a été insulté par votre prisonnier. Il vous revient de le punir de la façon qui vous paraît convenable. Mais je réclame pour ma part un duel judiciaire !

— Je vous l'accorde », répondit sobrement la reine.

Aubéron n'ajouta rien, hormis un signe négligent à l'égard du démon dont les liens se défirent. Celui-ci avait dissimulé ses forces. Sitôt libéré, il modifia son aspect afin de rétablir son équilibre et son armure. Il ne réussit pas cependant à adopter une apparence imposante, telle que Merlin la lui connaissait : il ressemblait à un faune, aux membres longs et larges, aux sabots fendus, la tête protégée par un casque pourvu de cornes à la place des fentes pour les yeux. Ses ailes par contre pendaient toujours inertes, car le lutinier avait veillé à les rendre inutiles.

« Dois-je me battre à mains nues ? interrogea Esquibedes avec sarcasme. Ou êtes-vous si certains de ma défaite qu'elle peut prendre des allures d'exécution ? »

Mab fit un geste à Robin, qui ramassa le tronçon de lance abandonné dans l'herbe. Ces échanges discrets agaçaient le démon plus que les menaces. Il sentait qu'il perdait de son influence sournoise, l'indifférence glacée constituant pour lui le pire des supplices. Le duel lui fournissait du moins une occasion de réaffirmer son ascendant sur son fils. Il arracha la lance des mains du valet et en saisit le fer, où se distinguaient encore des traces de sang séché. Si ce sang était bien celui de Merlin, il s'apprêtait à le gaspiller pour des broutilles ; il n'avait pas le choix. Il gratta les taches rougeâtres de la pointe de ses ongles, produisant une pluie d'étincelles qui rebondissait contre son casque. D'un débris il forgea une épée vermeille, légère et fine, avec laquelle il fendit l'air autour de lui – elle resplendissait comme une blessure fraîche.

« Tu as une arme, démon, mais l'homme n'a pas d'armure, remarqua Mab.

— Apportez-lui-en une si ça vous chante. Sous mes coups, il sera aussi fragile qu'un nouveau-né.

— Qu'en dites-vous, champion de la dame du lac ? Vous faut-il un haubert ? »

Uter accorda un regard à sa mise piteuse, déchirée en plusieurs endroits, fripée, bonne à jeter. L'épée de son adversaire pourrait mordre sa chair sans difficulté. Sa résolution vacillait. Alors il regarda la lame dans sa main droite, grise et lisse, dont la poignée dénudée lui irritait déjà la paume. Cette gêne l'obsédait : il en retirait une satisfaction mesquine, une incitation à infliger une douleur décuplée. Il voulait frapper, frapper pour montrer à tous la violence qui l'habitait. Ce qu'il risquait n'importait pas.

« Je n'ai pas besoin d'armure, répondit-il. Le droit est pour moi.

— Belle audace ! Et quelle générosité ! Grâce à toi, preux guerrier, j'affronte un homme que j'ai déjà tué : c'est un moyen charmant de revivre un bon souvenir.

— Moque-toi de moi autant que tu voudras. Les sarcasmes ne te rendent pas plus odieux que tu ne l'étais déjà. Battons-nous ! »

Le petit peuple se referma autour d'eux. De nouveau le concert de paroles retentit, dont l'enjeu cette fois consistait à jauger les combattants. Puisque la paix de la féerie n'était plus menacée directement, lutins et fées se comportaient en spectateurs détachés, cruels et enthousiastes comme des Romains aux jeux du cirque. Ils inventaient des quolibets et des encouragements, adressés aussi bien au démon qu'à l'homme. Sans doute, ce dernier avait leur préférence, toutefois ils escomptaient que chacun des duellistes fît de son mieux. Qu'ils soient donc recrus de bruit, au centre des attentions et d'un cercle sylvestre ! Car la fuite leur serait interdite : insouciance ou aveuglement, pas un elfe, pas un gnome ne reculerait devant l'éclat des lames.

Aubéron de toute façon veillait, se contenant pour l'instant, mais prêt à s'embraser de colère. Il gardait Merlin près de lui, dans la cohue, lui signifiant sa contrariété par des froncements de sourcils. Merlin quant à lui luttait contre le raz-de-marée des visions qui se précipitaient de nouveau sur sa conscience, maintenant que le monde avait repris sa course. Sa mâchoire se contractait violemment, il cherchait à se mordre les lèvres afin de s'ancrer dans la douleur présente. Il craignait de manquer le combat, craignait plus que tout de perdre pied si l'avenir affluait soudainement, avec la véhémence des images accumulées pendant son moment de désespoir. Déjà des gouttelettes de passé proche éclaboussaient ses pensées.

Un sanglier forlonge une meute d'hommes-chiens, renverse sur son passage une forêt argentée, hantée par un roi dépouillé.

Une petite main se glissa dans la sienne et le ramena au combat. La jeune fille incomplète se tenait contre lui, l'air absorbé, étrangement adulte par la vigilance dont elle faisait preuve au milieu d'une assemblée fébrile. Comme les adversaires levaient leurs armes, le cercle des spectateurs s'anima, oscilla dans un sens, puis dans l'autre, se mit à tourner en une ronde joyeuse.

Uter voulait porter le premier coup. Il se rua sur le démon, qui l'évita d'un bond, frappa d'estoc en représailles. Le corps vulnérable de l'homme faisait une proie facile, mais il dressa son épée et soutint l'assaut. Les deux lames s'entrechoquèrent sans bruit ni étincelle. Un autre échange produisit le même résultat, et les adversaires eurent un moment d'hésitation, étonnés l'un et l'autre par les bizarreries de leurs armes.

Cependant la ronde féerique accélérait autour d'eux, toujours plus tonitruante. Le combat reprit, prenant un caractère irréel faute de crissement de métal. L'acier trouvait l'acier et le sang ne coulait pas. Pourtant, les duellistes ressentaient les chocs. Ils s'affrontèrent longuement sans action décisive, pour le grand ennui d'Esquibedes. Lorsqu'il tentait de profiter de son agilité supérieure, il était repoussé avec une vivacité équivalente.

Uter semblait entraîné par son épée et s'exposait beaucoup, échappant de justesse aux ripostes punitives. Il ne conservait jamais la même posture, ce qui conférait un caractère imprévisible à ses attaques et contraignait son ennemi à tournoyer. C'était la lutte d'un fou contre un danseur.

Enfin, Esquibedes prit le dessus : menacé par un coup de pointe, il para si vigoureusement que l'homme recula de trois pas, vacillant. Le démon pressa son avantage : ses sabots l'emportèrent d'un saut à portée d'Uter, le tranchant vermeil parut fendre le ciel au-dessus du casque – le sang jaillit.

Uter avait glissé sous la lame adverse et porté un coup terrible vers le haut, s'entaillant la main qui tenait l'épée. Au dernier instant Esquibedes détourna la tête. Ses cornes volèrent en éclats. Il lâcha son arme, porta les mains à son casque et le déchira d'une torsion, découvrant une figure osseuse. Deux tronçons de corne demeuraient à la place des yeux ; une longue bouche édentée s'ouvrait verticalement de la gorge jusqu'au front, d'où provenait un hurlement.

La douleur du démon n'émut pas Uter, qui se précipita encore. Avec une rapidité inattendue, Esquibedes interrompit sa plainte pour saisir d'une main le poignet de son adversaire et de l'autre lui enserrer le cou, le forçant à tomber à genoux. Il semblait vouloir reprendre à son compte le verdict du lutinier. Pris de frénésie, le peuple de féerie tournait à toute allure, se refermant en anneau de plus en plus étroit autour des combattants, comme s'il prévoyait la mise à mort. Merlin broyait la main de la fillette dans la sienne tout en courant avec les autres. La folie triomphait.

La bouche d'Esquibedes devant les yeux, Uter en transe ne songeait pas à respirer. Le sang continuait de dégouliner le long de son avant-bras, tant il serrait la poignée de son épée avec une frustration intense. La sueur perlait sur son visage. Il voulut attraper les jambes du démon. Elles pivotaient sans cesse pour lui échapper, telles des flammes sous le vent. Ses doigts s'agrippèrent au bras qui l'étranglait, puis s'enfoncèrent dans la terre, arrachèrent des brins d'herbe, trouvèrent soudain la lame vermeille.

Il s'en empara, la leva comme un marteau et frappa, frappa l'horrible tête avec le pommeau. Esquibedes s'effondra face contre terre. Son corps aussitôt fut agité de spasmes : à demi assommé, il tentait de se métamorphoser, mais ses formes multiples se contrecarraient, se mélangeaient sans qu'aucune lui fournît des traits définitifs. Uter brandit son épée, en plaça la pointe au-dessus de la nuque du vaincu. C'est là qu'il voulait porter le coup de grâce.

« Ne le tue pas ! » cria quelqu'un.

La ronde s'arrêta net. Une fillette s'élança vers Uter, lui entoura l'abdomen de ses bras.

« Ne le tue pas, répéta-t-elle. Son pouvoir s'épuise. J'ai défendu Merlin, avant que tu n'arrives ! Je défendrai aussi son père… Je ne veux pas voir la mort aujourd'hui ! S'il te plaît, restes-en là. »

Uter était figé. Les armes à la main, il se sentait autant incapable de ne pas haïr le démon que de rejeter l'enfant.

« Qu'en disent les seigneurs de la forêt ? s'enquit-il d'une voix altérée.

— Le démon est dangereux, mais sa vie t'appartient désormais, répliqua le lutinier.

— Je ne l'ai pas affronté en mon nom. L'honneur est sauf. Contestera-t-on encore les paroles de la dame du lac, qui exigeait seulement la liberté de Merlin ?

— Non ! Il est libre.

— Alors qu'il décide ! Il s'agit de son père. Dois-je tuer le démon ? »

Merlin franchit les rangs du petit peuple et vint s'agenouiller près de la fillette, dont il caressa la tête.

« Pour l'amour de l'enfant, ne tue pas le démon, dit-il. Coupe-lui les ailes. Ainsi, il sera privé de l'essentiel de ses facultés et nous n'aurons plus à le redouter. »

Uter acquiesça lentement, cependant que la fille se détachait de lui pour se réfugier dans les bras de Merlin. Il se pencha ensuite sur le vaincu et trancha les ailes l'une après l'autre, au ras du dos. Se redressant, il gémit et lâcha l'épée vermeille qui s'amollit, fondit, souilla l'herbe d'une flaque grumeleuse.

La foule alentour peu à peu se dispersa, ou plutôt se replia dans la forêt en disparaissant au détour des arbres, dont les branches bruissaient de chansons et de cris d'oiseaux. Brocéliande rappelait son peuple aussi furtivement qu'elle l'avait invoqué.

Aubéron à son tour grimpa dans son char, l'air plus renfrogné que jamais. Il salua tout de même Uter, en qui il déclarait apprécier un digne ambassadeur de la dame du lac. Si ces paroles étaient sincères, il y avait à parier qu'il les oublierait sitôt son départ. Déjà il ne pouvait plus parler sans détourner les yeux vers les ombres du bois, témoin de quelque manifestation de l'esprit sylvestre qui se déroulait pour lui seul. Ses gestes avaient pris la raideur machinale de qui est en proie à une exigence intérieure projetée sur le monde entier. Merlin reconnut dans cette distraction de possédé les mêmes absences qui l'avaient éloigné du lutinier, au cours de son enfance. Alors il comprit que leur divergence, loin d'être une de ces fâcheries superficielles qui écartent des personnalités fortes, mais profondément concordantes, les vouait à des fins opposées. Et, se tournant vers Uter, il s'aperçut qu'émanait de celui-ci une tension comparable. Le guerrier avait planté sa lame dans le sol et bandait sa main écorchée avec un bout déchiré de sa tunique. À ses pieds reposaient les ailes, pareilles à un cadavre d'araignée recroquevillée. Merlin s'apprêtait à les ramasser quand la fillette lui fit ses adieux :

« Tu n'es pas si mal, pour un jeune vieillard !

— Et toi, tu as vraiment de très jolis yeux. Jolis comme ton avenir !

— Alors on se reverra quand j'existerai davantage ! » dit-elle en déposant un baiser invisible sur sa joue. Elle s'éloigna en sautillant, plus évanescente encore qu'un elfe. Elle se hissa nonchalamment aux côtés d'Aubéron, qui la toisa avec des mines d'oncle désapprobateur – l'histoire se répétait donc, soupçonna Merlin. Comme la reine finissait de donner un dernier ordre à son valet, il la consulta :

« Majesté, vous qui avez pris le parti généreux de me protéger à un moment où la volonté me manquait, me direz-vous un secret, bénin mais d'importance ?

— Lequel, petit curieux ? Malheureusement, il n'est plus temps de converser.

— Un nom, majesté, un simple nom me suffira : celui que portera notre jeune amie, au regard impressionnant…

— Il est remarquable, n'est-ce pas ? Je crois d'ailleurs que ses yeux te sont familiers, magicien. Tu pourrais connaître le nom par tes propres moyens, si tu voulais, mais puisque tu en fais la requête, je te dirai que notre délicate impertinente se nommera Morgane. Elle deviendra fée, je pense. Son talent vaut le tien, et Aubéron te la préfère !

— Je le comprends, approuva Merlin à mi-voix. Morgane la fée ! Je me demande, je me demande… si j'ai déjà croisé sa mère.

— Cela, je ne te le dirai pas ! Au revoir, gentil merle. Reviens nous voir quand tu n'auras plus peur des ombres du passé. »

Il s'inclina, la laissant rejoindre son époux. Morgane ! Une fée d'une période ultérieure s'était donc plu à venir à sa rencontre, par des biais mystérieux. Qui était sa mère ? Rousse, blonde ou brune, impératrice ou paysanne ? Le père bien sûr se tenait là, tout près, quasiment ignorant, en sachant pourtant trop. Uter avait récupéré son épée et regardait maintenant Merlin avec la froideur aiguë de ses yeux d'acier bleu – sa fille aurait les mêmes.

« Messires, questionna Robin qui s'attardait, que ferez-vous du vaincu ? Vous ne le hisserez pas sur vos épaules pour le porter en triomphe, je suppose ? »

La face double du valet se fendait d'un sourire narquois qui suggérait quelque projet malicieux.

« Que proposes-tu ? répliqua Merlin.

— Ma reine m'a encouragé à vous débarrasser de ce fardeau. Nous saurons bien faire en sorte que la forêt retire un bénéfice de la défaite du démon. Quoique mon seigneur semble se résigner à vous concéder le fruit de votre victoire, ce serait indélicat de ne pas partager celui-ci.

— Aubéron m'a condamné à mort !

— Quand il vous croyait coupable. Peut-on lui en tenir rigueur, puisque justice a été faite ? et à votre avantage ! Il demeure que le démon, votre père… a insulté mes maîtres. Ce serait un geste… accommodant de votre part de lui procurer une petite vengeance.

— Tiens donc ! Comme la volte-face est aisée, du juge au revanchard ! Ou bien le lutinier est-il moins regardant de la loi, en l'absence de public ?

Quelle amertume dans vos paroles ! Je regretterais presque notre conversation, si c'était à vous que je m'adressais vraiment.

— J'ai entendu, dit Uter, et chacun de ses mots mortifiait Merlin. La dame du lac préférerait rester en bons termes avec ton peuple. Emporte le vaincu ! Malheur à lui. J'ai fait mon devoir, et je me soucie de son bien-être comme d'une guigne. »

Ainsi se scella le sort d'Esquibedes. En deux pas Robin fut sur lui, le lia derechef, s'y arrima, le tira tel un poids plus mort que vif jusqu'au char alourdi sans cesse de passagers supplémentaires. Cependant, le valet se contenta de nouer le cordage à un anneau de la nacelle. Il reprit ensuite sa place de héraut à pieds, ou à mains, avançant tête en bas aussi longtemps que les boucs de l'attelage allèrent l'amble. Il dut se résoudre bientôt à presser l'allure. Aubéron avait poussé un cri, ses bêtes accélérèrent. Brocéliande s'ouvrait devant eux, étirait ses troncs, levait haut ses branchages, aplanissait ses fossés – se referma soudain. Un instant se balança près des cimes la fourrure blanc et noir d'un animal trapu, agile et prompt, qui s'enfonça dans la forêt et poussa un feulement haché, vibrant avec la puissance non maîtrisable d'un fou rire. Le petit peuple était reparti.

Le ciel prenait des teintes de mer orageuse, où croisaient des nuages sans pilote, près du naufrage. Déjà des gouttes se laissaient choir, froides et timides ambassadrices, annonciatrices du déluge en préparation. Depuis combien de temps se tenaient-ils à la lisière, sans pas décisif dans une direction ou une autre ? Les deux hommes avaient subi une ordalie cruelle, dont ils auraient été bien en peine de discerner les causes exactes : boucs émissaires, au fond, sacrifiés pour le divertissement d'un public volage, tourmenteur sans penser à mal, qui les avait libérés en les privant du goût de la liberté. Car ils se faisaient face, n'osant rompre le silence, et Merlin se demandait si le duel n'allait pas reprendre avec lui-même dans le rôle de son père. Cela simplifierait leurs rapports.

Il récolta enfin sa moisson d'ailes. Une euphorie impromptue monta en lui, il en eut honte, se détesta pour cette honte : il avait toujours eu l'intention de triompher de son père, que la victoire fût obtenue presque malgré lui et aux dépens d'Uter ne la rendait pas moins jubilatoire. De nouveau il éprouva la tentation de s'immerger dans ses visions, où les sentiments perdaient leur caractère d'exception pour devenir un effet de lumière parmi d'autres. Mais deux poinçons bleutés le clouèrent ici et maintenant. Uter le regardait avec haine.

« Qui sers-tu ? » fit-il âprement.

Merlin sentit que leur confrontation marquerait

pour eux la fin de leur première jeunesse, que la colère, le rejet dont le menaçait sourdement Uter le balaieraient peut-être. Ce serait plus terrible encore que la fausse nouvelle de sa mort ; le deuil, étrange et humiliant, des amitiés bafouées au service d'un idéal. Il voulut se défendre :

« Qui je sers ? La vie, le destin. Dieu ? Il y a des noms très beaux pour désigner ce qui nous est aussi naturel que respirer.

— Tu crois donc en Dieu, toi ?

— Ah ! Je n'en sais trop rien ! Ce que je fais, Uter, je suis sûr de devoir le faire. C'est une évidence pour moi, ainsi qu'une responsabilité. Souvent je doute, je doute tant et plus, au point que je me rêverais inutile, inculte, idiot… quelqu'un à mépriser ou à sauver, enfin ! Ou un corps engourdi, sans pensée ni projet, tout désir et satisfaction. Mais j'ai appris qu'on ne peut être toujours ivre, ni voler près du soleil sans se brûler les ailes. Et toi, Uter ? Tu as rencontré des fées, combattu un démon, commences-tu à croire au dieu de ton frère ?

— Je ne cherche pas de grande raison à tout ! Je suis venu en Bretagne par amour de mon frère. Avant, j'aurais combattu une armée de démons par amour de toi ! Avant…

— Je veux votre bien, à Pandragon et à toi. Je le jure.

— Oh ! J'en suis convaincu ! Si je t'ai compris, le choix ne t'appartient pas. Fais ce que dois, prophète ! Par contre, n'espère pas que je mène tes petites batailles pour toi.

— Ne te méprends pas, mon père est l'ennemi de tous.

— Quand bien même ! Nous ne partagerons plus de coupe, Ulfin, maître menteur. Nous ne sommes pas amis, Merlin, servant d'un avenir fumeux. Et si, en dépit de tes serments, tu trahissais Pandragon, je te couperais la langue avec ma lame ! »

Il acheva tout à coup ses imprécations : à trop serrer la poignée de l'épée, il avait rouvert son estafilade. Son bandage s'imbiba de sang frais. Alors la fatigue lui planta sa lourde croix entre les épaules. Il frissonna.

« Pour l'heure, reprit-il lentement, il semble qu'une journée entière s'est écoulée. Marchons. La dame du lac t'attend… Mon frère m'en voudra sans doute d'avoir manqué sa chasse. »

Merlin n'écoutait plus. Les ailes de son père au creux des bras, il pénétrait son silence intérieur, afin de se préserver des véhémences éphémères de celui qui lui devenait de plus en plus étranger, de cet Uter à courte vue qui n'avait pas accès comme lui à l'étonnante tapisserie du temps cousue sous les paupières.

Une cavalcade apporte des lueurs, les gorges brûlent d'avoir crié, un collier brille sous les torches. La lande est un palais où scintillent les regards, les lames et les étoiles. Les errants se rencontrent : tu t'es battu, mon frère ? Non, j'ai maté une bête sauvage. Tu as chassé, mon frère ? Non, j'ai cueilli un fragment de couronne. Allons la prendre entière ! Nous n'avons plus qu'une mer à enjamber, ce n'est rien ! Allons donc ! Deux hommes en joie font une armée.

*

Et souriant Pandragon tendit la main à son frère, qu'il monte ! Qu'il monte donc à cheval derrière lui : ils seraient deux cavaliers pour une seule monture, en souvenir de la nuit de douleur qui avait commencé leur exil.

Ainsi Uter se laissa-t-il emporter au galop sur la lande, une main sur l'arçon de la selle et l'autre enserrant la taille de son aîné, en une étreinte fraternelle qui disait assez sa confiance. Il ne songea plus aux ambiguïtés de Merlin ni à celles des barons qui peinaient à les rattraper, tant la monture blanche des frères ne souffrait pas du double poids sur son dos.

La lande au-devant d'eux ne paraissait plus si hostile. Les dernières brumes se retiraient en loques fendues par des ciseaux de ciel bleu.

« Puisque la noblesse bretonne te reconnaît enfin sans réserve, y aura-t-il une cérémonie de couronnement ? demanda Uter d'une voix forte pour couvrir le bruit des sabots.

— Non, répondit Pandragon sur le même ton. Ma couronne, je l'arracherai du front de Vortigern.

— Voilà qui me plaît ! À toi la tête, à moi le cœur, n'est-ce pas un partage équitable ?

— Non ! Vortigern sera ma part du roi ! Tu devras te contenter de combattre son armée, à pied ou à cheval.

— À pied, alors. Je ne te priverai pas de ton cheval favori, et je n'en accepterai aucun autre !

— Tu me surprends, mon frère ; tu deviens raisonnable… Allons, sois franc : d'où proviennent tes blessures ? Vous êtes si pâles, toi et Ulfin.

— Il y a peu à raconter : nous nous sommes perdus

sur des sentiers médiocres à cause du brouillard. J'ai fait une chute. Par chance, ce ne fut rien de grave.

— Par miracle, veux-tu dire !

— À ta guise, roi des Bretons ! Je ne me querellerai pas avec toi aujourd'hui. Demain par contre nous reparlerons de la mort de Vortigern. »

Pandragon poussa une exclamation joyeuse. Ils chevauchèrent l'un contre l'autre, satisfaits un instant de se sentir inséparables et dignes de réclamer à l'existence plus que leur part de prodiges, toujours plus. Loin derrière eux Merlin avait refusé un cheval et renvoyé les barons à la suite des frères – lui n'était qu'un messager sans valeur, qui connaissait le chemin. Il marchait à pas têtus, tenant toujours entre ses bras son fardeau délicat d'ailes noires à guérir.

Un ours dans sa tour défie le ciel de l'emprisonner. Des jurons, des gémissements, l'air pèse sur le torse, sur les hommes en mouvement, hormis le cavalier si rapide qu'il se fige sous l'ombre des ailes.

*

Quand ils arrivèrent au camp, les veneurs dépeçaient le sanglier. Leurs gestes étaient étonnamment nerveux et ils lancèrent des regards inquiets sur les barons excités qui poussaient des cris de joie ou de dépit : le solitaire donc avait été tué, comment, par qui ? Ils ne savaient plus trop si la chasse était un succès ou une réussite, eux en tout cas sentaient leur déplaisir croître. Mais le jeune roi rayonnait, son frère, hagard et maussade, les terrifiait : il fallait se restreindre. On commença d'interroger les veneurs.

Avant qu'ils aient pu s'expliquer, une face rouge jaillit des profondeurs d'une tente.

Il se frottait les mains avec un linge déjà tout imbibé de sang. Dans ses yeux fatigués, Pandragon lut la grande douleur, celle de l'âme, que l'ancien héraut lui avait décrite comme la plus grave, la plus écrasante. Il y avait la conscience du péché dans ce regard-là.

Le sanglier avait surgi dans le camp, peu avant le retour des cavaliers, renversant tout sur son passage, humant l'air à grand bruit comme s'il cherchait quelque chose. Les veneurs surpris avaient fui derrièrc lcurs chiens rendus fous.

Urien, estropié, entendait le tapage et se mordait le poing d'impuissance : il lui semblait que les braillements venaient le défier. Abenamar seul restait pour la confrontation, alors que seul d'entre tous il se désintéressait de la chasse et n'était présent que sur ordre de Pandragon. Il ne voulait aucun mal au sanglier, mais celui-ci se comportait avec rage et démence, comme un homme criminel et violent.

Il essaya de lui parler, de la voix adoucie qu'il prenait pour la prière, l'invita plusieurs fois à s'en aller d'ici, où se reposait un blessé. C'était espérer des sentiments chrétiens de la part d'une bête sauvage, qui chargea. Malgré son inappétence pour la chasse, Abenamar s'était muni d'une pique par prudence élémentaire. Cela surtout le culpabilisait, l'hypocrisie initiale de sa démarche, quand l'arme seule valait provocation – il avait levé la pique et tenu ferme.

La pointe plongea droit dans la gueule baveuse, transperça sans rompre les chairs au-delà. Le sang se déversa par jets noirs, souillant l'assassin désolé. Maintenant Abenamar se nettoyait de la marque rouge du crime, mais, affirma-t-il, sa pénitence durerait longtemps. La viande au moins ne serait pas gaspillée : avec la permission du roi, il l'offrait à l'assemblée des barons. Pandragon permit ce qu'on voulait et pour la première fois obtint une clameur vraiment chaleureuse.

Sans partager l'enthousiasme général, Uter s'approcha de la carcasse et observa les défenses, curieusement tronquées. Un veneur avait dû les mutiler, pour se venger de sa peur. Il s'en voulut d'avoir manqué la traque, occasion d'aimable rivalité avec son frère. Il semblait qu'un enchantement ait pesé sur la chasse, écartant les uns et les autres du but pour mieux leur proposer d'autres triomphes. Qui emportait le prix de la journée, en quoi consistait-il ? C'était l'affaire des fées et de Merlin : un guerrier fruste pouvait servir d'instrument, non d'exégète.

Une main le saisit par le coude ; Abenamar l'interpella, avec un tutoiement acerbe :

« Tu viens bien tard, après avoir causé bien du souci.

— Ulfin m'a égaré sur la lande. Dorénavant, je ne me fierai plus à lui pour me guider.

— Ah, tu rejettes la faute ! Mais si tu ne tardais pas toujours à répondre aux ordres, nous n'aurions pas besoin d'envoyer Ulfin à ta recherche… Où donc as-tu passé la nuit précédente ? Tu rougis ! Contemple plutôt le sang qui sèche sur mon visage. C'est cela, servir son roi : être là quand le sacrifice est nécessaire ! Tu as beau avoir quitté Saras en promettant de soutenir ton frère, tu persistes dans tes agissements d'enfant. »

La honte aussitôt griffa la gorge d'Uter. Il craignit de se fâcher et étouffa une invective. Son épée nue appuyait sur son flanc et lui rappelait qu'à l'heure du combat, il connaîtrait son devoir.

« Je suis un soldat, grogna-t-il. Le moment venu, je me battrai.

— Un soldat ! Tu es prince. Si le titre te vexe, sois-en tout de même digne : sois un chef. Imite donc Urien : récolte des blessures dont tu pourras être fier, en protégeant ton roi. Inspire l'admiration et l'amour à tes hommes, comme lui. Va au-devant du danger. Ou tu continueras naïvement à rêver d'exploits, à te recueillir après les batailles sur des tombes, sur des dépouilles opimes. »

Uter leva les mains en signe de résignation. Il irait voir Urien, se conformerait aux enseignements du vétéran. Il renonçait à démêler le juste de l'injuste dans les propos d'Abenamar. Être irréprochable, voilà ce qui importait et épargnerait à d'autres les conséquences de ses actes. Aucune paysanne ne devait plus pleurer pour lui, qui désirait la gloire rapide des héros : ceux dont les prouesses honorent qui les honore, dont les défaillances ne sont jamais des défaites, mais des exemples. Il désirait aussi, paradoxalement, l'oubli grâce auquel échapper à l'Histoire et aux scrutations des chroniqueurs.

Abenamar près de lui se mit à prier à mi-voix au-dessus du sanglier méconnaissable. Par respect, les veneurs interrompirent leur besogne. Certains se découvrirent, à la fois émouvants et ridicules pour Uter. Voyant son frère entouré d'attentions, il se demanda par quelles voies favorables un homme parvenait à devenir exactement ce qu'il pensait être.

Il aperçut Merlin à l'écart et la sensation d'une déchirure dans sa poitrine le crispa. Inflexible, l'urgence de vivre s'imposa à lui.

D'un seul coup d'ailes, il s'envole alourdi par un plumage mort. C'est pour tomber aussitôt dans un gouffre de nuit liquide, où il guette, où il furète, mais ne voit pas là jaillir la main qui lui glace le cœur : tu es venu, enchanteur, de plus loin que la brume. Je me voulais farouche, terrible et laide. Par ta faute, j'ai reconnu mon ennui. Les eaux sont trop profondes, trop froides. Apprends-moi le soleil. Je crains les hommes, explique-moi pourquoi. Tant que tu sentiras le besoin de partir, d'aller à eux, tu seras comme un maître pour moi. Dis-moi, dis-moi tout ce que tu sais, tout ce qui sera. Personne autrement ne te comprendra. Ne sois pas toujours seul. Quand à la fin tu auras gagné, ou perdu, je t'ouvrirai mes bras, et je te garderai pour moi, pour toi. Il écoute en tremblant. Son cœur bat. Un rayon de lune dénude le lac obscur. Devant lui un ventre blanc porte une promesse, pourquoi le bonheur lui serait-il interdit ? Le monde tourne, arpenté par des rois couverts d'or, couverts de terre.

*

Mab enjambait les bruyères en chantonnant, sa voix pure semblant relever autour d'elle les fleurs et les mettre à la fête. Elle avançait ainsi à grands pas vers l'extrémité d'une clairière, où un immense dolmen se dressait avec la force d'une apparition, car à quelque distance que l'on se trouvât, il donnait toujours l'impression de surgir à l'instant du sol. Mab s'en approchait avec légèreté, le printemps sur les lèvres et dans la main une herbe fraîchement cueillie.

Elle s'arrêta devant les grands éclats de roche, entre lesquels gisait une masse noire, agitée par les soubresauts d'une respiration difficile. Sous le dolmen croissaient de mauvais rêves, qui se heurtaient aux pieds de pierre sans pouvoir s'échapper. Mais la reine des fées n'aurait pas permis que l'ivraie ternît la bruyère. Ce n'était pas un de ces clos aux règles rigides, dont l'exploitation obéissait à des besoins déterminés.

Ici Mab cultivait un jardin libre, tout en défrichant des dangers imprécis même dans leurs défenses les plus minutieuses les gens de la féerie tendaient à la gageure, rompant leurs sauvegardes par principe et respect du sentiment de peur. Tel le chasseur qui, au moment d'achever la proie, se met à douter de son droit de vie et de mort et demande à tout hasard le pardon de ses fautes. Si le châtiment s'abattait, alors, comment en dénierait-il l'équité ?

Elle se pencha pour frotter les yeux du prisonnier de la pointe des brins de son herbe. Le procédé dura un long moment, la reine se concentrant davantage au fur et à mesure qu'elle élargissait la zone d'application, du pourtour des yeux aux pommettes, de la bordure du front à la pointe du menton. Elle fredonnait toujours des paroles inintelligibles qui ne jouaient peut-être aucun rôle dans le rituel, mais lui rendaient la tâche moins laborieuse.

Une odeur âcre d'urine et de fourrure humide lui montait aux narines, lui rappelait qu'une chair vive subissait les soins pour lesquels elle ne recevrait aucune reconnaissance. La lumière de la nuit pâlissante demeurait sur le dolmen et lui procurait la fragile honorabilité des vieux temples. La magie à l'œuvre en ce lieu renvoyait aux mystères inquiétants des religions païennes, tant s'en dégageait une atmosphère de simple recueillement au sein d'une nature inchangée, où les robes blanches des anciens druides n'auraient pas dépareillé. Toutefois Mab n'avait pas les manières d'une prêtresse : elle exerçait son pouvoir afin précisément qu'un changement se produisît. Son chant incertain cessa.

Elle se redressa et prit appui sur le fronton de pierre. La lenteur du charme prélevait son dû de lassitude.

« Je te libère, dit-elle à mi-voix, car il n'appartient à personne de vivre hors du monde sans un combat. Tu devras donc lutter pour rester libre, ou périr sans en comprendre les conséquences. Tu n'es plus ce que tu étais. À toi de déterminer si c'est un mal ou un bien. Même ainsi, ne me crois pas cruelle : avec ta nouvelle peau, je t'accorde un surplus de temps à vivre. Fais-en l'usage que tu souhaites. Défie l'avenir, si tu l'oses ! Mais je devine que tu as horreur des risques. Le passé, alors. Tente ta chance, sans illusion : Merlin sait bien, lui, qu'il est plus aisé d'oublier des bouts de l'histoire que de la vivre encore et encore en toute conscience. Cours ! Commets tes erreurs ! Allez, cours ! Le petit peuple ne te retient plus. »

Brusquement, la masse allongée fut debout. D'entre les pieds du dolmen se rua la silhouette grossière d'un jeune sanglier furieux, qui traversa le champ de fleurs en les broyant sous ses ongles, répandant autour de lui une nuée de pétales violets. Parvenu à la périphérie de la clairière, il parut hésiter. Il leva son groin en l'air et renifla bruyamment. L'air de la forêt picotait ses yeux jaunes qui se mouillaient de larmes haineuses. Où aller ? De temps, il avait besoin de temps. La chasse allait commencer. Il se précipita au hasard. Ses défenses étaient rabotées, comme pour l'empêcher d'infliger une blessure grave.

La reine Mab sentit la solitude lui griffer les épaules ; en frissonnant, elle ramassa un pétale de bruyère et le pressa entre ses doigts, le porta à ses lèvres, souffla dessus. Aussitôt une fée maigrelette, ailée de mauve, s'envola au-dessus du dolmen, portée par le souffle de sa reine.

7

Chaque fois que le roi quittait sa tente à l'aube, ceux qui se trouvaient dans les environs et possédaient deux sous de cervelle s'égaillaient aussitôt ; il n'y avait pourtant pas d'inquiétude à avoir car il passait en coup de vent, une pelisse sur les épaules et l'épée toujours au côté, mais souvent il oubliait sa couronne.

On préférait malgré tout s'écarter, car souvent il se mettait à interpeller le premier venu, à reprendre avec lui une conversation commencée avec un autre, longtemps auparavant. Cela surtout effrayait les guerriers, Bretons ou mercenaires de tous horizons qui affluaient dans le camp en nombre de plus en plus important. D'abord les jeunes recrues s'effrayaient superstitieusement de voir et d'entendre ainsi le roi qui les avait convoquées sur la plaine – roi de longue date maintenant, donc puissant, supposaient-ils –, de s'apercevoir donc que l'homme qui devait les mener dans la guerre annoncée se comportait en oracle dément. Il fallait beaucoup de promesses de la part de son sénéchal pour les rasséréner, ainsi que les moments où, dans des accès de lucidité, Vortigern organisait des fêtes flamboyantes qui duraient la nuit entière. Alors la plaine s'éclairait comme en plein jour, offrant le spectacle paradoxal d'une armée dévastée par l'ivresse et les plaisirs de la chair – on avait fait venir des femmes dans des chariots bâchés –, parmi les désordres d'un camp militaire de bric et de broc, de barricades à demi dressées et de fosses irrégulières.

Les nouveaux arrivants comprenaient vite que ces nuits-là correspondaient aux absences de Hengist ; comme le sénéchal s'absentait souvent, les fêtes étaient fréquentes, les sceptiques se laissaient amadouer. Lorsque la fête battait son plein, il arrivait encore que la terre tremblât, ce qui pétrifiait l'armée entière ou presque : Vortigern ne daignait pas s'en apercevoir et buvait d'avance à la victoire de ses troupes. Tout le monde du reste l'évitait quand il tournait en rond dans le camp avant de se diriger, inexorablement, vers le centre de ce petit monde de la soldatesque : la tour, très différente de celle qu'il avait souhaitée, mais telle que Hengist avait réussi à l'extraire d'un sol traître.

Toutefois ceux qui se cachaient à son approche pouvaient entendre ses paroles portées par le vent :

« Tous les matins, tous les soirs je serai aux aguets, oui. Qu'un soldat lève les yeux, il me trouvera prêt, le premier à apercevoir la menace d'où qu'elle vienne. Constant ! Tes fils ont achevé leurs préparatifs : des bateaux apportent, en ce moment peut-être, la lâcheté mêlée de Byzantins et de Bretons, étrangers et traîtres qui ne valent pas leur poids en bon acier. Quelle honte, Constant ! Tes fils usent ton nom à se compromettre dans des alliances que tu aurais désavouées d'un tressautement de l'index, comme on chasse une mouche. Toi, tu écorchais les barons qui ne savaient pas rester à leur place ! Je me montrerai clément : je les rejetterai à la mer, où ils pourront se révolter contre l'immuabilité des vagues… Les félons apprendront que je suis, moi aussi, une force de la nature. »

Avec une raideur de somnambule il contournait des piles de détritus, la tête baissée à l'affût d'un fil de souvenirs et de convictions qui sinuaient de plus en plus près de la tour, entourée d'un fossé qu'il hésitait à franchir par l'unique passerelle qui l'enjambait.

Parfois tout de même une ombre s'attachait à ses pas, qui le poursuivait comme la vengeance, bien qu'elle ne fût guère impressionnante, à peine de la taille d'un enfant. Il continuait sa marche sans ralentir ni lui adresser la parole, et leur couple dépareillé déambulait à travers le camp. Lorsque le roi avait épuisé sa logorrhée, il s'asseyait dans un recoin abrité du vent ou retournait somnoler sous sa tente. Sa petite ombre disparaissait immédiatement Dieu savait où.

Ce rituel semblait immuable. Hengist ramenait des nouvelles de la progression des insurgés et des échos suggérant que le peuple breton accueillait sans résistance ces envahisseurs venus du continent et du passé : par l'intermédiaire de ses fils, la légende de Constant refleurissait. Curieusement, cela raviva quelque peu Vortigern. Il donna des ordres plus stricts quant à la discipline, se montra moins enclin aux beuveries. Son habituelle expression tourmentée se changea en résolution, en dureté. Le guerrier d'autrefois reparaissait.

Pour autant il ne cessait pas ses promenades, au contraire il se hâtait davantage. À l'observer on aurait cru qu'il s'efforçait maintenant de semer son double opiniâtre, sans résultat – il s'essoufflait plutôt, ce qui lui imposait des arrêts subits. Un jour que ce jeu pénible se reproduisait, la résignation l'emporta. Vortigern se retourna et consentit à apostropher celle qui le talonnait toujours :

« Que me veux-tu, toi que je reconnais bien, fantôme d'un temps révolu, d'un temps heureux… Ai-je pénétré sans le savoir dans l'Autre Monde, tomberai-je en poussière dès que j'aurai franchi un seuil invisible ? Si tel est le cas, qu'on me sème sur les cadavres de mes ennemis, dont rien ne se relèvera, ni chiendent ni faux espoir. Parle, parle donc, ou rejoins sous la terre les esprits qui s'agitent ! »

La réponse jaillit d'un trait :

C'est ainsi que l'on vit, ainsi que l'on périt
parce qu'un pas de trop parut une bravade,
et qu'importe la mort et qu'importe le prix.

Comme après le combat, le jour redevient fade ;
comme un coup bref suffit pour achever le jeu ;
dire qu'avec ce rien on fait une ballade.

Dire qu'un homme fier est prisonnier d'un vœu,
de lui-même un bourreau patient et solitaire,
dont la chaîne en sonnant arrache un rire creux.

« Rire ! éructa Vortigern. Oui, puisqu'ils ne veulent pas de ma paix, je me ris de leur guerre ! Une montagne daigne-t-elle remarquer la bosse d'une tombe ? À l'ombre de ma tour gît déjà un charnier de fous et de voleurs. La plaine est assez vaste pour les multiplier à l'envi, puisque je dois repousser les nuées de corbeaux qui me saluent dès qu'ils me voient. Toi aussi, tu es un corbeau à visage d'enfant, tu rôdes autour du champ de la bataille à venir en attendant ta pitance de mort… Je devrais te repousser, mais je ne porterai pas la main sur toi, je suis sûr qu'elle te traverserait. Je n'ai pas peur, entends-tu ! Je combattrai. Je leur montrerai à tous que je sais vaincre encore !

— Pourquoi te fâches-tu ? interrogea l'éternelle jeune fille. Si ma chanson t'agace, je peux en inventer une autre.

— Non, assez d'enchantements ! » s'écria-t-il en la saisissant par les épaules – un grand frisson d'étonnement le parcourut quand il sentit des membres solides entre ses doigts et que leurs regards se rencontrèrent. Sans lâcher prise de peur qu'elle ne s'échappât, il reprit d'un ton incrédule :

« Tu existes donc ? Pourtant je t'ai reconnue, tu es un souvenir, une illusion… Tes yeux… »

Oui, il aurait juré qu'elle n'avait pas changé, depuis cette longue nuit de la fête et du vent, durant laquelle il avait su qu'il était roi et où ce savoir au même instant lui avait paru insuffisant, au point qu'il avait rêvé de s'élever encore : elle était entortillée dans un manteau trop grand pour elle qui remontait jusque sous les yeux, manteau qu'il se souvenait avoir offert, à qui ?

« Tu es la fillette de ce soir-là, celle qui dansait sur les tables et bâtissait des tours pour te distraire. Ma tour à moi ne monte pas si haut que je le voulais, non. Au moins elle ne tombe plus. Tu n'as pas changé, ou si peu. Tu pourrais être ma fille… Tu l'es peut-être ?

— Tu dis de ces absurdités ! Non ! Non, je ne suis pas ta fille, en plus je n'ai pas de parents, je n'en veux pas, ni de nom à porter comme toi tu portes ton épée ou ta couronne… Tu es malheureux, Vortigern, tout le monde peut s'en rendre compte. Je t'ai suivi pendant des jours entiers, je t'ai appelé : tu ne paraissais pas me voir ni m'entendre. Maintenant que tu m'agrippes, tu te racontes des histoires, tu t'improvises père ? Je ne suis pas une enfant que ta maîtresse aurait oubliée au bord d'une fontaine après une nuit de débauche. D'ailleurs tu n'as pas de maîtresse, tu as une épouse. Ronwen m'envoie. »

Il la délivra de son étreinte, sous l'effet d'une secousse violente. De nouveau il reculait, cherchait à se retourner sans pouvoir s'y résoudre. Il leva la main en un geste de crainte, gémit, mais ne s'enfuit pas.

« Écoute bien, ta reine parle par ma bouche ; écoute ses adieux qu'elle espérait te dire en face. Elle a dû me confier ses paroles et j'ai dû les apprendre, parce que tu ne sais pas lire et qu'elle redoutait qu'un autre – tu sais qui – pût les déformer.

« Pauvre amour, tu ignores ce qu'est l'enfer, la croix ou le Verbe, tu ne joindrais pas les mains pour prier un roi plus haut que toi-même ; s'Il t'accordait mille ans de règne tu serais incapable de pardonner à quiconque ; et je t'aime.

« Il faudrait que tu perdes la mémoire, le royaume et toute espérance afin d'avoir seulement une chance de connaître la paix, la vraie, celle qui n'exigerait pas de toi que tu te tortures et accables ton peuple. Tu préféreras plutôt mener une guerre. Pourquoi ? Les uns invoqueront l'honneur, la gloire ou le droit du plus

fort – des bêtises ! En tout cas des mensonges qui suffiront à t'entraîner malgré toi dans la forêt des lames et des râles, où tu te perdras.

« Mais j'ai senti ton cœur battre sous ma paume, j'ai goûté tes larmes et j'ai pressé ton front fiévreux contre mon sein. Personne à part moi ne comprendra à quel point tu rêves d'être sublime ; que tu te hais d'avoir tremblé pour la première fois en obtenant le trône, et de n'avoir pas cessé depuis. À qui la faute ?

« Je maudis Constant. Cela te rassurera peut-être : je ne suis pas devenue bonne chrétienne, car j'ai gardé mes rancunes. La colère me brûle. Je t'ai trop entendu chaque nuit marmonner, répéter ta litanie de la honte et du souvenir. Je maudis Constant : tu m'as trop bien décrit sa sévérité, le pli effrayant de sa bouche auquel il suspendait ses déceptions et les ambitions des imbéciles.

« Son orgueilleuse solitude des dernières années, je la maudis aussi, parce qu'elle t'aura convaincu de l'infidélité des cœurs, ivres de désir et de vin à condition que la saison s'y prête – "que le grand froid se prolonge, chacun s'empresse de regagner son terrier pour s'y sauver à sa propre chaleur", disait-il.

« Pourtant il a régné jusqu'au bout, il a pris femme quand il a fallu se méfier des rigueurs de l'âge et instaurer la dynastie… Pauvre épouse aux hanches étroites, à qui il a infligé trop de fils ! Si le troisième l'a tuée, à qui la faute, n'est-ce pas, sinon aux injonctions du trône ? Et tout cela pour rien. Si tu vaincs les deux qui arrivent, tu t'occuperas de t'assurer une descendance, et seulement alors.

« Car c'était la conviction de Constant que la raison d'État ne garantit pas la pérennité du royaume. Il

faut un cœur large comme la lune et ne suivre que sa propre volonté. Il le prouvait en brisant tous les obstacles. Il était roi sans regret. Mais sur son lit de mort, a-t-il pensé à ses fils ? À sa femme morte en couches ? Quand il chercha des yeux celui qui lui tenait la main, à la dernière heure, t'a-t-il seulement reconnu ?

« Même après sa mort, tu as continué à le servir à ta façon. Tu n'as pas arraché la couronne à son aîné, tu as attendu qu'elle roule à tes pieds pour la ramasser, presque par hasard. Pourtant je ne porterai pas tes enfants. Je refuse d'être la mère des futurs rois des deux Bretagne. Je t'ai assez sacrifié d'années et de peines, je pense, pour séparer désormais ton règne de mon amour. »

La voix retomba, néanmoins les mots continuèrent d'enfoncer des douleurs dans la tête alourdie du roi, pour qui les intonations plus âpres de Ronwen se confondaient avec celle de la petite messagère. Il n'avait qu'à fermer les yeux pour entendre de nouveau chaque syllabe rouler comme une pierre entre les parois de son crâne, combler en avalanche le vide qu'y avait laissé l'absence de sa femme, de son amour définitivement perdu dont le retour avait constitué depuis longtemps sa seule espérance – elle était la chair contre sa chair qui le rappelait aux choses concrètes, quand régner ressemblait trop à un mauvais rêve.

Voilà qu'elle rompait leur alliance et l'équilibre presque impossible de l'homme sous le roi, de la vie simple sous le grandiose ; ainsi s'effondraient les fondations intimes qui l'avaient dressé contre vents et marées, contre l'idée intolérable du pouvoir voué à perdurer ou à finir violemment. Ronwen le condamnait à la guerre, ou plutôt elle acceptait qu'il s'y condamnât lui-même, s'attribuant les privilèges ultimes du bourreau et du prisonnier au moment du supplice.

Puis le silence imposa son inquiétante accalmie, ses mains glissèrent sans force le long de son corps, une seconde il pensa que l'amour en allé le rapprochait un peu plus de Constant mais que son épouse du moins vivait au loin, sans doute avec le souvenir de l'homme qui l'avait aimée sans fausse pudeur ni demi-mesure, quand Constant n'était que dignité souveraine.

Cela ne le consola pas ; lorsqu'il rouvrit les yeux, il était seul. Sa langue sèche passa sur ses lèvres gercées : il se sentait une soif immense, à en perdre la tête.

8

La grêle cognait dur contre les têtes, contre la coque du navire qui se soulevait et s'abaissait violemment, à donner le vertige aux marins les plus avertis. Tout autour, cela vociférait : mer et vent de conserve pour écraser entre leurs tourbillons l'embarcation téméraire, l'enfoncer en trombe dans la noirceur. La nuit d'hiver poussait sa bise nordique sur les eaux criblées de grêlons, où il fallait qu'une impudence inouïe eût jeté des hommes.

Sur le pont, Uter aidait tant bien que mal à la manœuvre, avec la mine moribonde d'un coupable. C'était lui qui, par son ardeur insoutenable, avait convaincu un capitaine byzantin et son équipage de tenter une traversée nocturne – il en avait assez d'être l'éternel retardataire, il voulait le premier voir la Bretagne, la grande, et ainsi ouvrir la voie à son frère. Le reste de la flotte partait à l'aube. Quelques heures d'avance ne valaient-elles pas un risque ?

D'autres s'étaient empressés d'accepter : Urien et sa troupe bretonne avaient aussitôt approuvé le projet, eux qui n'en pouvaient plus de lever le nez en l'air pour y humer des effluves du pays natal. Aussi cette compagnie de demi-fous s'était-elle jointe à Uter pour apaiser les affres de la nostalgie, en se persuadant que leur hâte servait Pandragon. Personne toutefois n'avait jugé nécessaire d'informer le chef adulé de ce départ précipité. De même que personne, y compris parmi les barons, ne remettait en cause la décision d'une campagne hivernale. Au zénith de son influence, Pandragon avait bien voulu attendre que les armées fussent prêtes, et le ravitaillement, et les bateaux. Urien, soigné par Abenamar et Ulfin, avait entre-temps recouvré l'usage de ses jambes.

Pandragon n'attendrait plus. La rapidité devenait un facteur d'importance, puisqu'en dépit de son impopularité en petite Bretagne, quelqu'un finirait bien par prévenir Vortigern que la rébellion prospérait. Il était impensable de retarder la guerre jusqu'au printemps, encore moins à l'été. La saison froide débutait à peine : autant profiter des douceurs de la transition saisonnière pour prendre l'ennemi de court. En ce sens, la fougue d'Uter participait hardiment de l'élan engagé par son aîné.

Maintenant la tempête les débordait de ténèbres et d'écume. Le dromon grinçait, craquait, lame après lame, dépouillé de ses avirons, de ses haubans. Déjà le mât d'artimon se tordait, pire que le bois d'un arc. Une foudre cuivrée trancha dans les nuées, apposant sur les figures livides de brefs masques sanglants. Le roulis fléchissait les genoux des matelots qui luttaient pied à pied pour maintenir le navire à flot. On courait, on clouait, on carguait : tout pour tenir tête à la tourmente et s'abrutir d'efforts, tout pour paraître sourd à la rumeur énorme de la mer qui vomissait sur eux des paquets d'eau et de malédiction frénétique.

Les guerriers bretons, moins au fait des convulsions de la mer, se répandaient sur le pont comme un banc de poissons à l'agonie. En proie au délire, Urien levait le poing vers la lune. Comme il chancelait terriblement et que le tangage le repoussait d'un côté et de l'autre, ses bravades donnaient l'impression de redoubler la colère des éléments. Mais il persistait dans sa provocation bornée, se retenait au plat-bord tout en parlant continuellement.

Si ses paroles se perdaient dans le fracas, Uter parvint, à la lueur d'un éclair, à déchiffrer le nom de son frère sur ses lèvres : Pandragon, Pandragon ! répétait Urien pour qui ces quelques syllabes constituaient un talisman. Ou un cri de guerre, car si le combat d'un homme contre la tempête semblait le vouer aux abysses, l'homme dédaignait de s'en apercevoir. Quoi, avoir traversé le monde d'un bout à l'autre, défié un tyran et presque couronné un prince, tout cela pour se noyer à quelques lieues d'une côte, celle du pays natal ! nulle part pour ainsi dire ! Non, les tempêtes et les malédictions se surmontent.

Pandragon !

Le mât d'artimon céda, les cargues lâchèrent. Les voiles libérées tournoyèrent telles des flammes blanches avant de s'éteindre brusquement dans les eaux. Le dromon pencha, près de se retourner. Les marins se ruèrent sur le mât brisé pour le dégager à coups de hache. Uter s'affaira avec l'équipage. Des éclats de bois se fichèrent dans ses mains et ses avant-bras. La douleur le dérangea à peine. Il tendait l'oreille à la bourrasque, dont les grondements lui évoquaient le rugissement de quelque monstre dément.

Le roulis s'amplifia. Il tendit la main à un marin qui tombait ; ils s'agrippèrent chacun par le poignet, soudain liés plus que des frères par l'intense conviction d'être là l'un pour l'autre, à un instant où penser même à soi devenait impossible. Sitôt raffermis et raccrochés au gréement, leur camaraderie s'abolit dans une solidarité totale et insensée avec le navire, dont la résistance tenait à la charpente, non à des élans d'humanité. Les bouches restaient ouvertes sur un cri inaudible – bouches béantes sur un cri noir, comme le ciel et l'eau bouleversés par les explosions blanches d'éclairs et d'écume.

Une tache vermeille creva tout à coup les plis ténébreux au-devant de la proue. Ce pouvait être, ce devait être la lueur d'un phare, se convainquirent-ils tous. Le capitaine, lié au gouvernail, regardait cette lumière avec stupéfaction. Il poussa sur la barre. Dans ses prunelles crépitait une espérance. Déjà ils distinguaient le granit de la côte. Une passe s'ouvrait là, qui promettait enfin du secours, un havre. De nouveau les brisures de la foudre maculèrent de rouge les alentours, ensanglantant les pics étroits de la falaise. Le navire dérivait vers elle plus qu'il ne s'y dirigeait.

Urien, saisi, cessa d'asséner à la tempête le nom de son roi. Il fixa la bande sombre qui surgissait sur leur course. Le pays était là. Un court instant, cela suffit ; dans les variations impitoyables de la houle, la vision de la terre désirée lui procura la sensation d'achèvement qu'il avait tant cherchée. Que la mort vienne donc ! Sa part était faite. Il aurait connu et chéri son destin.

Il aperçut Uter qui se débattait dans un reflux de lame. Un remords fendilla son contentement, puis remontèrent les souvenirs lugubres d'une muraille surmontée des bannières de sa famille. Le roi et le pays étaient deux grandes, deux belles choses auxquelles manquaient encore la vengeance ainsi que la terre austère du Nord dont il venait, dont venait peut-être le vent qui les malmenait. Il s'arracha au plat-bord, entreprit la périlleuse remontée du pont, à la fois reculade et dégringolade, qui le projeta aux côtés du capitaine. Il lui cria dans l'oreille :

« Écartez-nous de la côte ! »

L'autre grimaça comme s'il entendait un blasphème dans une église. Urien insista :

« Dégagez-nous ! Nous filons vers un écueil !

— Quel écueil ? Vous êtes fou !

— Le détroit est trop resserré, nous allons heurter des récifs sans les voir !

— Qu'en savez-vous ? Vous n'êtes pas marin !

— Regardez la mer, pas le phare ! La mer ! »

Un souffle puissant chassa alors complètement le voile nuageux qui entravait la lune : une éclaircie tomba sur le flot.

Le capitaine détacha les yeux de la flamme dansante au-dessus d'eux. Un trait d'argent rayait encore la mer, pareil à une pâle démarcation que le navire s'apprêtait à franchir. Sous l'ondoiement lumineux se discernait cependant un amas noir beaucoup plus étendu, sur lequel les eaux en passant se hérissaient davantage de vagues hargneuses. Un récif se tapissait là, qui patientait en laissant venir à lui la victime promise à l'immolation.

Le capitaine étouffa un juron humide et fit rouler la barre. Le navire bondit en travers de la fine ligne blanche, s'inclina avec des grincements affreux, gratta la corne avancée d'un écueil, se ploya pour échapper à l'étreinte obscure qui l'invitait au naufrage. Une brassée d'écume s'abattit sur les hommes éparpillés le long du pont.

Ils oscillaient auprès d'un enfer liquide. La bouche dégoulinante de sel, Uter regardait en même temps que tout l'équipage le grand mât qui gémissait sous l'effort. Les drisses fouettèrent l'air, les vergues se tordirent à se rompre et la voile soudain se gonfla, déployée comme les ailes géantes d'un oiseau déterminé à égratigner le ciel de son bec. La pointe du mât vibra sous les nuages déchiquetés. Une projection d'écume aveugla Uter.

Le dromon eut un soubresaut et s'écarta du récif.

Cramponnés à la rambarde, marins et passagers eurent la sensation d'une longue glissade au cœur d'une plainte houleuse, qui les fatiguait encore par son ballottement mais ne les empêchait plus de penser ou d'espérer. Les membres raides, ils rentraient la tête dans les épaules par anticipation d'une recrudescence de la tempête. Le bloc noir de la côte rétrécissait sur le bâbord, surmonté de son œil rouge cyclopéen qui les voyait s'éloigner sans pouvoir les retenir.

Une autre lumière commença de poindre à l'est. L'aube apportait une bise glacée qui leur écorcha les joues sans les étourdir autant que les hululements de la rafale. La grêle cessa de tomber. On respira mieux.

De légers flocons voletèrent dans le sillage du navire, dont les marins superstitieux firent aussitôt les âmes de naufragés.

*

Presque au bord du gouffre, le guerrier en quête d'équilibre tandis que la monture s'aplatit. Leurs regards se croisent, du feu s'accroît dans les prunelles où le ciel se fend, flammes et larmes roulent sur les plaies. Il lève l'épée contre la brûlure, pourtant ce serait l'évidence de déposer les armes quand, trop inégal, le combat n'en est plus un.

La matinée était froide, le ciel pur. Les mouettes à grands cris s'agacèrent de l'apparition malvenue d'un merle, auquel personne à part elles ne fit attention. Les marins réparaient ce qu'ils pouvaient : la coque était intacte, il fallait néanmoins ferrer les planches, renforcer le mât et dépêtrer les agrès. Plus inquiétant, l'état du gouvernail arrachait au capitaine des bordées de jurons. Les trop nombreux à-coups avaient faussé la barre et luxé l'épaule du Byzantin. Tous étaient satisfaits d'être en vie, mais la présence des guerriers bretons, inutiles aux réparations, énervait l'équipage qui se souvenait enfin de la raison de leurs malheurs. Ils grommelaient en passant près d'Uter.

Une fois échappés à la tempête, ils avaient forcé leur chance en revenant vers la côte, où ils avaient bientôt découvert un ensemble de petites criques plus accessibles que la première. Entre les roches dentelées se découpait une plage de sable blanc recouverte de vêtements mis à sécher. Urien avait interdit de faire des feux et ordonné de décharger la cale. Les hommes en retirèrent des peaux dont ils se couvrirent les épaules. Pour se réchauffer, ils se donnaient de grandes claques sur le torse et les cuisses.

Quelques-uns se demandaient tout haut si la flotte de Pandragon ne serait pas rendue avant que le dromon fût en état de repartir. Urien leur répondait de ne pas gaspiller leur salive en vaines paroles et de prier, ce qui lui attirait des sourires ironiques de la part d'Uter. Le baron n'en prit pas ombrage ; il avait une idée en tête.

« Nous ne sommes pas loin du prétendu phare qui a failli nous éblouir d'un peu trop près, confia-t-il à Uter. La falaise est abrupte, mais j'ai aperçu des crevasses qui permettraient de la franchir. Il y aurait peut-être un moyen de rejoindre le sommet et d'aller voir ce qu'était au juste cette lumière dans la tempête.

— Vous revoilà sourcilleux, messire, plaisanta Uter. Le navire sera vite prêt. Nous pouvons encore arriver avant Pandragon au port de ralliement… En voulant prendre de l'avance, je nous ai mis presque en retard. Je vous en demande pardon, Urien. Toutefois, qu'y a-t-il à gagner à s'attarder plus que nécessaire en ces parages ?

— Prince, vous m'avez ramené en Bretagne. C'est ma reconnaissance, non mon pardon, que je vous donne, ainsi qu'un avertissement : si nous sommes chez nous, nous sommes aussi chez l'ennemi. Ici, Vortigern a des espions et des pièges. Ce phare, j'en jurerais, en est un. Permettez-moi de vérifier ! Mes guerriers ont froid, leur moral est bas. Une expédition leur rappellera que cette terre appartient à leur roi légitime et qu'elle vaut la peine de se battre.

— Ne m'appelez plus prince, fit Uter d'un ton qui n'admettait aucune réplique. Nos armes ont assez croupi dans leurs caisses. Je viens avec vous. Si vous avez raison, nous nous réchaufferons dans le sang. »

Les Bretons furent vite armés, avec les encouragements sincères des marins : la théorie d'Urien séduisait les uns et les autres en reportant les rancunes sur l'ennemi commun. La tempête les obsédait encore par le sentiment de vulnérabilité auquel elle les avait réduits. On ne se vengeait pas de la bourrasque et du flot ; on se vengerait du moins de la lâcheté meurtrière des éventuels naufrageurs.

La petite troupe menée par Urien, à qui Uter pour cette fois déléguait le commandement, entreprit par groupes l'escalade de la falaise. Elle s'avéra lente et compliquée, coupant le souffle et l'envie de parler. Parmi les plus agiles, Uter montait avec un chargement de cordes et de crochets de fer. Il se concentrait sur ses mouvements, retrouvant quelques réflexes de grimpeur d'arbres.

Des touffes de fougères fournissaient çà et là des prises médiocres, qu'il préférait pourtant aux rebords caillouteux. Ceux-là se dérobaient souvent sous les doigts, provoquant l'effroi et l'arrêt brutal de sa progression. Il attendait alors que ses battements de cœur ralentissent, avant de jeter un œil prudent au-dessous, pour constater avec soulagement que chacun restait indemne. Il semblait qu'un coup de pioche eût pu démolir la paroi.

Malgré ces courtes frayeurs, il persévéra. Peu à peu il s'habitua aux faiblesses de la roche crayeuse qu'il marquait de son empreinte. Fallait-il que la terre comme le pays fussent aussi malléables qu'endurants, eux qui subissaient les outrages des flots et des hommes sans s'effondrer tout à fait, sans s'abîmer telle l'antique Atlantide dont les marins prétendaient qu'une dépression en pleine mer indiquait l'emplacement. Après une dernière poussée, Uter parvint au sommet.

Il s'empressa de planter ses crochets dans le sol et d'y fixer les cordes qu'il déroula. Les premiers grimpeurs le rejoignaient déjà, mais la plupart comme Urien n'avaient pas tenté l'expérience de la montée sans assistance. Tandis qu'ils se hissaient, Uter parcourut la crête du regard – saillies rocheuses aux herbes humides, qui étalaient leurs concrétions jusqu'à s'aplanir en un plateau verdoyant d'un bout à l'autre de l'horizon. Et voilà la Bretagne ! se dit Uter en s'asseyant. Une lassitude éprouvante lui évidait tout à coup les membres. Quelle lubie l'avait abusé au point que rescapé d'une tempête il s'était cru en capacité de s'attaquer seul aux escarpements de la falaise ? Le vent continuait de balayer l'endroit. Plus loin, à la pointe d'un promontoire, il vit un bloc noirci et fumeux, sans doute ce qu'ils avaient pris pour un phare mais qui n'était qu'un tas de fagots calcinés.

Une bizarrerie de forme l'intrigua. Il s'amusa, dans son hébétude, à y associer des silhouettes changeantes, comme on fait des nuages. Ce jeu entraîna ses pensées vers une autre époque : n'était-ce pas un cheval qui s'élevait en fumerolles, un étalon, celui qui l'avait porté enfant à travers la Bretagne pour qu'il quitte ce pays de malheur ? Cette fois il s'éloignait d'un galop maladroit vers l'intérieur des terres… Bah, fuite d'enfants ou fuite de l'enfance, il n'y avait rien dans cela qui l'émût autant que l'épée à son côté, pour laquelle aucun fourreau ne convenait. De fines cicatrices sur sa paume attestaient qu'il ne craignait pas de s'en servir et que la dame du lac, en lui remettant l'arme, lui en avait appris davantage sur les responsabilités que les remontrances d'Abenamar. Le démon en savait quelque chose ! Non, décidément, quelque chose le dérangeait dans ce feu éteint. Il repoussa sa torpeur et se remit debout, gagna à pas lourds le promontoire.

À présent l'horreur du piège était évidente : par une dérision cruelle, les naufrageurs avaient utilisé les proues d'anciennes épaves pour alimenter leur fanal trompeur, dont l'élément central était un mât tronçonné, dressé à la verticale. D'aussi près, son usage ne faisait aucun doute : entre les fagots, Uter reconnut les restes d'un squelette calciné. Au pied du bûcher s'échappait un bras noirci qui tendait désespérément des phalanges vers la mer. Nul secours n'en était venu. Uter se pencha sur cette main défaite et la prit délicatement dans la sienne.

« Toi, dit-il, quel misérable affirmerait sans pâlir que tu ne t'es pas battu ? C'est une chose d'aller en armes, parmi les siens, faire la nique à la mort, se saouler de bruits et d'instincts à en perdre la tête. Avec cela, être pardonné, honoré, parce qu'on a eu la chance de se tourner à droite plutôt qu'à gauche, peut-être la jugeote d'avancer quand on vous dit : *recule !* On veut croire à la gloire et aux grands hommes. Pandragon, dans ses rêves, jongle avec sa couronne et le bonheur des peuples. Il perdrait une armée pour rendre le monde meilleur. Dieu et la victoire pour tous ! Mais pour celui qui meurt, tout est perdu… Je sais, je sais, il y a les promesses de paradis. C'est immense. C'est trop. Ce qu'il faudrait au perdant, eh bien… embrasser sa femme, serrer la main d'un ami. Voilà. Rentrer chez soi… Qu'est-ce qu'il m'arrive ? Je parle, je parle… je ne sais rien. Avant d'être sage, il faut être soldat. Je vengerai ta mort. Adieu. »

La troupe était au complet, Urien à sa tête. Revenu auprès d'eux, Uter partagea avec eux sa découverte, excitant la colère pour chasser la fatigue. L'ennemi ne pouvait être loin : avec fièvre, les Bretons entreprirent de longer la côte à la recherche d'une de ces nombreuses anfractuosités qui gercent les falaises poreuses. Ils dépassèrent le promontoire, au bout de quelques pas descendirent le long d'une brève déclivité qui s'élargissait en vallon en s'écartant de la mer. Ils se firent plus prudents. Urien envoya des éclaireurs explorer la bande obscure qui cernait la partie du vallon encore surplombée par des excroissances rocheuses.

Ils ne furent pas plus tôt hors de vue que des hurlements retentirent : des sentinelles bien dissimulées avaient dû repérer les intrus. Motivés par le désir de venir en aide à leurs camarades, les guerriers d'Urien brandirent leurs armes et se précipitèrent dans le plus grand désordre. De nouveau Uter arriva le premier et faillit trébucher dans un fossé creusé juste sous le surplomb. Il avertit d'un cri ceux qui le suivaient et sauta dans la tranchée sans autre précaution. On se battait devant lui. Il avisa la barbe hirsute d'un Breton qui tombait et frappa par réflexe la silhouette qui s'avançait par-dessus. La pointe de la lame transperça l'agresseur, homme ou démon, qui s'affaissa avec un gargouillis. Uter reprit sa course.

Après quelques toises la tranchée devint plus profonde, taillée toujours plus avant dans la roche, et s'ouvrit soudain sur une vaste salle – Uter dut s'arrêter afin de s'habituer à la pénombre. Il entrevit d'abord les poutres et madriers qui étayaient les parois puis, entassées à l'opposé de sa position, les formes sinistres de grandes cages. Une puanteur écœurante, comme massive, emplissait le lieu.

Devant Uter se dressèrent des grappes d'hommes – d'hommes, faute de meilleur terme pour décrire un ennemi avec lequel il refusait d'admettre des points communs. Demi-nus, ils se déplaçaient par de brusques accélérations interrompues de bonds imprévisibles et disgracieux. Ils étaient maigres ; leurs côtes saillaient au-dessus des tailles très étroites. Pourtant leur vivacité surprit Uter : en un instant, ils furent sur lui, et d'emblée il s'adossa à un mur pour éviter d'être encerclé. En fait d'armes, ils avaient quelques mauvais outils, leurs dents, leurs ongles.

Les premiers à se jeter sur lui s'efforcèrent de le mordre. Il les frappa sans retenir ses coups. Rapidement, il se rendit compte que ses adversaires se battaient en un complet silence. Ils ne menaçaient ni ne s'exhortaient, se contentant d'attaquer par vagues de deux ou trois. Lui pantelait, les oreilles pleines de ses battements de cœur et du bruit des déchirures de la chair.

Ils essayaient de lui saisir les bras et les jambes pour le faire tomber plutôt que de le blesser directement, ce qui l'obligeait à changer constamment d'appui et à vite retirer sa lame sitôt qu'il avait frappé. Leur dénuement en faisait des cibles faciles :

chaque coup d'Uter perçait ou tranchait, sous peu il fut entouré de morts ou de mourants, dont les faibles râles semblaient des soupirs de soulagement.

Pourtant, ils l'assaillaient avec hargne. L'un d'eux soudain fondit sur son épée, s'y empala sans crier ni gémir, saisit avec force le poignet d'Uter et, poussant un dernier souffle, voulut encore lui mordre le cou. Les jambes d'Uter défaillirent. Il se crut perdu, reçut d'un coup de poing l'adversaire suivant tout en s'évertuant à dégager sa lame. Alors qu'il allait être submergé, les Bretons s'engouffrèrent à leur tour dans l'excavation. La voix tonitruante d'Urien retentit : « Pandragon ! Pandragon ! » Le nom de son frère et les armes bretonnes libérèrent d'une poussée Uter, renversant les rangs désordonnés de l'ennemi qui céda sous le choc.

Le combat prit des allures d'hécatombe : les étranges naufrageurs attaquaient sans se défendre ni demander grâce, même à terre et blessés tendaient les mains pour attraper ceux qui passaient à leur portée. Ces façons désespérées évoquèrent à Uter l'instinct des bêtes à l'agonie qui tentent, par d'ultimes efforts, de reproduire les tensions du mouvement et de la vie. Malgré ce rapprochement, il mettait tout son cœur dans la lutte.

S'il manquait d'armes, l'ennemi avait pour lui le nombre et l'indifférence vis-à-vis de ses pertes. Au contraire, les Bretons évitaient de se gêner les uns les autres et devaient se couvrir de tous côtés. Leur exubérance guerrière, injures et bravades, couvrait désormais le silence de leurs adversaires, ce qui suffisait à convaincre Uter de la victoire prochaine : plus encore que bouger, donner de la voix, c'était vivre.

Certes, ils avançaient. Urien maniait une grande hache et ouvrait la voie à ses hommes en repoussant loin les inconscients qui venaient à sa portée. Bientôt, où qu'il mît le pied, il marcha sur des cadavres. Dans sa fureur, il s'apercevait bien que cette bataille grossière n'apporterait aucune gloire. Avec un faux enjouement, il invoquait encore le nom de Pandragon pour le moral des siens, mais il tuait comme on accomplit une sale besogne. Si ces créatures misérables étaient le fait de Vortigern, il appréhendait des jours effroyables pour son pays. Sa hache se levait, s'abaissait, découpait des membres et tailladait des figures qu'il discernait à peine. Puis le tranchant heurta une solive. Ils avaient traversé la salle. Il n'y avait plus personne à massacrer.

D'autres voix que les leurs s'élevèrent. Des mains passèrent entre les barreaux des cages, qui quémandaient non la liberté, mais à manger. Les Bretons s'empressèrent de briser les cadenas médiocres : il fallait que les prisonniers soient bien affaiblis pour ne pas les avoir fait sauter eux-mêmes. Des êtres à la maigreur extrême s'extirpèrent des caissons étroits, leurs jambes frêles presque incapables de les soutenir. Urien incrédule aboya des ordres.

Remontés à l'air libre, les guerriers portaient dans leurs bras des hommes et des femmes exténués, légers comme des feuilles. Uter seul marchait sans fardeau en avant de la troupe. Il n'avait pas rengainé et tournait la tête de tous côtés en grondant. Ses compagnons se tenaient à distance respectueuse – les symptômes de son mal leur étaient familiers. Au cours des combats contre les Saisnes, plus d'un s'était senti emporté par la frénésie, jamais rassasié de sang et de meurtres. Toutefois Uter conservait assez de lucidité pour ne pas se ruer par erreur sur ses alliés. Ils le laissèrent donc, confiants dans l'idée qu'il finirait par recouvrer ses esprits. Ils ne songeaient pas qu'il venait de survivre à sa première bataille, dont il retirait la certitude d'une souillure, d'une dégradation.

L'air frais leur fit l'effet d'une ivresse assommante. Cette journée les avait vidés de leur vigueur. Ils s'écroulèrent en groupes épars dans la lumière du vallon. Les anciens prisonniers, aveuglés par tant d'éclat, fermaient des poings tremblants devant leurs yeux. Alors les vainqueurs se consolèrent de leur épuisement : leurs épreuves n'avaient pas été vaines, puisque grâce à eux des Bretons échappaient à une captivité ignoble.

Une clameur affolée interrompit ces considérations. Uter s'était évanoui, l'épée à la main.

Dans le ciel, un oiseau blanc piaula.

À travers l'épaisse fumée, la courbure des ailes comme celle d'une couronne de lauriers dont tombe une lueur, c'est la mort qui tremble au-dessus des têtes, la mort des rois. Le guerrier donne un coup de pointe à la croupe du cheval, celui-ci sans comprendre se relève et s'enfuit, hennissant sa rancune. Ensuite jaillissent les lances ondoyantes de l'incendie. Qui sauverait la face, à l'assaut du soleil ?

*

Uter toussa en se réveillant sous une tente. À l'entrée de celle-ci, un pan battait au vent et laissait passer, outre la lumière, de la fumée. Il se mit sur son séant et, pour dissiper une exhalaison grise, agita sa main couverte de bandages. De nouvelles cicatrices s'ajouteraient donc aux précédentes, ou bien celles-ci s'étaient rouvertes. Son épée quant à elle était plantée au bout du lit. Cette vision le tranquillisa.

Alors il s'aperçut qu'il n'était pas seul à demeurer alité : de l'autre côté de sa lame gisait un homme à la figure émaciée et pelée, au cou si fin cependant que sa tête paraissait anormalement grosse. Malgré sa faiblesse visible, un large sourire coupait son visage en deux – le menton s'écrasait sous une lippe radieuse, mais les arêtes du nez étaient marquées, les yeux bruns un peu trop rapprochés et les oreilles décollées. De ces traits caractéristiques se dégageait une personnalité ambiguë, comme s'il taisait une gigantesque plaisanterie ayant lieu à ses dépens.

« Vos amis brûlent les corps, annonça-t-il. Nous ne devions pas être dérangés, malheureusement le vent a changé brusquement de direction. C'est désagréable… enfin, j'aurais mauvaise grâce à me plaindre des odeurs, après le temps passé en cage. »

Il parlait d'une voix éraillée, toutefois son ton était cordial, voire franchement joyeux. Le voyant bien disposé, Uter l'interrogea : qui étaient-ils, lui, l'ensemble des captifs, et leurs geôliers ? Que savait-il de la situation de la Bretagne et des dispositions prises par Vortigern en prévision d'une guerre ? Ce déluge de questions amusa son interlocuteur.

« Le seigneur Urien m'a demandé cela, opina-t-il. Il devait soupçonner votre intérêt pour ces sujets, car il a pris soin de nous attribuer la même tente. Je fais partie des rares prisonniers qui n'ont pas perdu le goût de la conversation. La raison est simple : ma foi m'a soutenu. À l'instant des pires souffrances, Dieu ne m'abandonnait pas. Êtes-vous chrétien, messire ?

— Je n'ai pas reçu le baptême.

— Ah ! Comment expliquer le réconfort de s'en remettre à Celui qui peut tout ! On devine, alors, que le mal a un sens. Il faut l'humilité pour en retirer une leçon, ou du moins un espoir.

— Es-tu prédicateur, l'ami ? Pardon de t'interrompre, mais si ton dieu t'a sauvé, c'est par les lames de ma troupe.

— Vous avez raison ! Je vous suis reconnaissant. Pourtant j'étais préparé au sacrifice de ma chair, puisque mon âme était ferme.

— Je ne mets pas ta foi en doute. S'il te plaît, réponds à mes questions. Ou, si elles te paraissent trop rudes, Urien me rapportera ce que tu lui as déjà dit.

— Allons, messire, qu'est-ce qui vous presse ? Reposez-vous encore. Je répondrai… Excusez les digressions d'un pauvre hère qui redécouvre le bonheur de la parole. J'étais clerc, autrefois. Ou plutôt, j'ai voulu l'être. Étudier coûte cher. Sans le sou, même un chrétien peut se détourner de sa vocation. Dieu a veillé sur moi et je suis devenu pêcheur. En exerçant ce métier honnête, je me souciais de mettre à manger sur ma table, rien de plus. Quelques gars vigoureux de mon village partageaient mon avis. Hélas, le roi Vortigern s'est mis en tête que les poissons aussi doivent lui obéir. Il leur a enjoint d'être pêchés ailleurs qu'autour de nos bateaux. Nous avions dû lui déplaire. Malgré la loi, nous avions faim. Avec mes compagnons, nous avons continué de lancer nos filets. Pêcheurs, nous nous faisions bandits, sans inquiétude. Qui prête attention à une poignée de barcasses ? On nous a dénoncés. Des gens d'armes sont venus. Nos femmes se sont interposées. Ils n'ont écouté ni excuses ni prières et les ont arrêtées avec nous. Ils emmenaient aussi une bande épouvantable d'hommes malades. J'ignore quelle malédiction les frappait : ils se comportaient en brutes insensibles, obéissant aux ordres s'ils impliquaient de la violence ou des travaux de mine. Ils travaillaient alors en ouvriers effarés, incapables d'adapter leur effort à la mesure de la tâche. Plusieurs sont morts sous mes yeux, à bout de forces. Ils s'usaient à la façon d'outils que l'on jette sitôt qu'ils ne peuvent plus servir. Les gens d'armes nous ont conduits ici et leur ont fait creuser une caverne. Puis ils leur ont ordonné de nous garder, sans autre précision, et ils sont repartis. Peut-être doivent-ils revenir. Peut-être la caverne devait-elle faire office de tombeau pour les damnés de Vortigern ! En tout cas on nous a laissés crever de faim. Captifs… et geôliers !

— Comment ? Ils étaient libres. Aucun n'a donc cherché à se nourrir ?

— Ils avaient moins de liberté que nous… ils obtempéraient sans comprendre. Il y en a bien un, une fois, qui a commis une abomination à cause de la faim. Moi-même, pour en avoir été témoin, j'ai honte de dire laquelle.

— Et moi, à t'entendre, l'envie me prend de te traiter de menteur et de te fuir… Mais j'ai vu ces sans-esprit combattre. Leurs vestiges d'humanité m'ont mortifié.

— Oui, je crois… je crois qu'à leur manière ils

s'efforçaient d'agir en hommes. Quand ils ont paru près de succomber à la pire sauvagerie, ils ont réagi. Une nuit, son peu de raison anéanti par la famine, l'un d'eux en a assassiné un autre. Il lui a déchiré la gorge d'un coup de dent. Le temps que les siens le plaquent au sol, il avait commencé à dévorer le cadavre. »

Un silence suivit ces mots. Le sourire du pêcheur s'épanouit, ce qui d'abord dégoûta Uter. Il respirait à grand bruit et affichait sans retenue sa réprobation. Puis il remarqua le regard absent, le mouvement léger des lèvres : le pêcheur priait. C'était sa seule défense contre l'horreur.

« Qu'ont-ils fait du meurtrier ?

— Ils l'ont assommé et emmené hors de la caverne. Avec lui, ils emportaient une bonne quantité de bois qui restait des travaux d'excavation. Nous ne l'avons pas revu.

— Quand est-ce arrivé ? demanda froidement Uter.

— Je serais bien embarrassé de le dire… Il y a un jour, deux peut-être ? Dans nos cages, le temps s'écoulait lentement. »

Tout cela, donc, datait de peu : récents les atrocités et les crimes racontés ou tus, récent le bûcher offert à la foudre par une nuit d'orage, non pour attirer des navires en perdition, mais pour châtier rituellement le nécrophage. Ou encore, pour obtenir le pardon de quelque divinité païenne. La mort tout de même était venue, le soulagement. Uter se souvint de ses propos hautains sur le promontoire. Avait-il été ridicule !

Pourtant il ressassait de nouveau l'idée d'une vengeance, dont la nécessité s'imposait à lui avec netteté. Quel que soit son rôle dans ces aberrations, Vortigern les avait rendues possibles ! Pour la première fois, Uter envisagea les revendications de son frère comme une chose juste. Peste ! N'importe quel homme digne de ce nom ferait un meilleur roi que Vortigern le dégénéré.

« Avant d'être capturé, s'enquit-il, saviez-vous que les fils de Constant retournaient en Bretagne ? Connaissiez-vous le nom de Pandragon ?

— Oh, il y a eu des rumeurs... Jusque-là, les affaires de roi ne nous concernaient pas. Après la messe, le prêtre à l'occasion nous promet qu'un roi chrétien réclamera un jour le trône de Bretagne, qu'alors nos vies s'amélioreront. De telles paroles me sont douces. Puissent-elles se réaliser !

— Un prêtre, dis-tu... Il y en a donc encore pour exercer le culte en cachette.

— Nous n'avons pas besoin de nous cacher. Les monastères sont ouverts à tous.

— Je suis surpris. Vortigern ne hait-il pas les chrétiens ?

— Ces dernières années, il ne s'est guère préoccupé de régner... Son sénéchal, Hengist, veille au grain. Si nos églises versent la taxe, on nous laisse en paix. Tant que l'or afflue dans les coffres, le roi ne lève pas le petit doigt. C'est pour cela que nous avons continué à pêcher. Rien ne suggérait que Vortigern voudrait démontrer son autorité. Il n'en avait pas besoin !

— Il persécute les faibles pour se sentir fort. En somme, il s'inquiète. Ce qui m'attriste le plus, c'est que son règne ne t'a pas paru pire qu'un autre. Aujourd'hui tu as des raisons de le haïr, parce qu'il se comporte en bourreau… en réaction, dirait-on, à la menace que représente pour lui Pandragon. On m'avait appris dès l'enfance, à moi, qu'il était un tyran. Tu m'as donné l'image nuancée d'un roi bien différent, presque impotent. N'est-ce pas mon frère, cependant, qui en rompant la paix incite Vortigern à entacher son règne par des folies ? La peur est une conseillère calamiteuse. Je redoute que toi, les pêcheurs, les Byzantins et même Urien, ne soyez les victimes d'une cause qui n'a pas lieu d'être et déclenche des catastrophes.

— Si vous pensez cela, changerez-vous de cause ?

— Qu'insinues-tu ? Je devrais me rallier à Vortigern ? Jamais ! Contraint ou non, c'est un monstre !

— Vous avez mal compris… Je vous l'ai dit, un homme ne suit pas forcément sa vocation. Pourquoi combattre dans un camp ou l'autre ?

— Ah ! Tu me conseilles un changement de profession ! M'enseigneras-tu l'art de la pêche ?

— Vous plaisantez, je le vois… Quelle vie étonnante, messire ! Il y a peu, je dialoguais avec Dieu dans le fond de mon cœur. Mon corps souffrait dans les ténèbres. À présent, vous me confiez vos doutes, vous demandez mes conseils. Je ne suis qu'un pauvre pêcheur.

— Non, l'ami, tu es riche d'expériences. Je me fie davantage à toi qu'à mes proches. Ta sincérité me plaît. Écoute ! Ma vie est une foudre. Une puissance trouble me lance au hasard pour que je ravage et gaspille d'un coup ma force. Et j'aime cela. Je veux être éphémère et grandiose. Oui, je veux combattre : c'est le moyen de frapper les esprits, de disparaître en apothéose !

— Si tous les hommes agissaient comme vous, mus seulement par une passion mal définie, le monde entier en viendrait à brûler au nom de la beauté du geste. Des hommes vivent différemment et sont heureux.

— Il en faut, pour se souvenir.

— Renoncez, messire. Un guerrier ne tombe pas toujours au champ d'honneur. Devenu un héros, un vrai, vous continuerez à vivre. Comment vous sentirez-vous, une fois la Bretagne en paix ? Aussi anéanti, je le crains, qu'un homme en cage.

— Tu te trompes. D'abord nous vaincrons Vortigern. Ensuite nous porterons la guerre chez les Saisnes. En plus de cela, il y aura les conflits locaux, les rébellions, une foule d'ennuis imprévisibles… Aucun pays n'est en paix dans un monde en guerre.

— Vous avez une piètre opinion du futur roi, à lui prédire ainsi un règne de feu et de sang.

— Mon frère… Pandragon veillera au bonheur du peuple. Quelques-uns tels que moi devront beaucoup endurer pour rendre son idéal possible. Je ne souhaite à personne de connaître un sort comparable au tien. Contre la cruauté, je me battrai… avec plaisir ! N'espère pas mieux de moi.

— À votre guise, messire. Permettez-moi tout de même une requête.

— Je possède peu de choses en propre à part mon épée, dont j'ai besoin.

— Rassurez-vous, j'ai appris à être raisonnable.

— Je t'écoute.

— Voilà : laissez-moi prier pour vous.

— Ah, s'il s'agit de cela ! Volontiers.

— Vous n'êtes pas si dur que vous en avez l'air.

— Tu as tort, je pense. Aujourd'hui, j'ai tué. Peu importe la cause. Verser le sang, c'est charrier la mort en soi. Prie, si tu y tiens. Je ne t'en empêcherai pas. Moi, je n'y accorde pas d'importance.

— Alors je vous plains.

— Bah ! Assez paressé : je vais dehors, dit-il en se levant et en saisissant son épée. Viens-tu ?

— Non, messire. Contrairement à ma langue, mes jambes sont en piteux état. »

Il découvrit ses jambes, dissimulées jusque-là sous une couverture. Elles formaient deux tiges déplorables, deux bouts d'os maculés d'une peau grisâtre, terminés par des pieds racornis. À les voir, il était douteux que le pêcheur pût jamais remarcher. Uter hocha sombrement la tête.

« Je te ferai apporter à boire », fit-il, et il sortit.

À l'extérieur, il trouva le campement parfaitement calme. Les tentes, sous lesquelles récupéraient la plupart des guerriers et des anciens captifs, étaient plantées en cercle au centre du vallon. Une poignée d'hommes montaient la garde, la tête lourde mais le regard vif. Ils saluèrent Uter en lui donnant des claques dans le dos, le félicitèrent de son courage. Ils mettaient son évanouissement sur le compte du contrecoup de la tempête : eux-mêmes, vétérans endurcis, attendaient leur relève avec impatience. Il leur répondit par des plaisanteries et leur demanda de porter à boire au pêcheur bavard.

Plus haut, sur la côte, une colonne de fumée indiquait le bûcher funéraire. Des sentiments tumultueux devaient tenailler Urien, pour qu'il ait décidé d'un procédé si radical. Uter plaignit ceux qui se chargeaient de la tâche. Il avait fallu récupérer les cadavres et les porter là-haut. Sans oublier les tentes à aller chercher au dromon, puis à monter, au prix de quels efforts ! Pour qu'ils aient pu faire cela, il était donc resté longtemps assoupi ! Il s'en étonna auprès des gardes. Les tentes, lui dirent-ils, provenaient de l'excavation. Tout un ensemble d'outils et de matériel avait été retrouvé dans de grandes caisses de bois dont les geôliers, vraisemblablement, n'avaient pas perçu l'utilité. À en juger par les déjections qui couvraient sans règle le sol de la caverne, ils ne s'embarrassaient ni de confort ni d'hygiène, ajouta un Breton.

Uter regarda le ciel dégagé : midi était passé, largement. Il voulait discuter des dires du pêcheur avec Urien, hésita à monter. Désormais, se dit-il, rien ne pressait. Les hommes avaient besoin de repos, de soins. Le navire, peut-être, n'était pas prêt. On ne repartirait plus avant demain matin. Une nuée de mouettes le survola, auxquelles se mêlait un merle.

Une envie de solitude le prit. Il s'éloigna du camp et se mit en tête de suivre les mouettes, qui partaient longer la partie de la côte dont la troupe s'était détournée en entrant dans le vallon. Il dut remonter vers le promontoire mais s'en écarta dès que possible. Le vent avait changé de nouveau et la fumée se dirigea vers la mer. Uter respira à pleins poumons l'air purifié, riche d'une promesse de régénération.

Sous la tente, il s'était adressé avec orgueil au pêcheur, presque avec condescendance. L'air libre l'apprivoisait. Il était jeune, robuste : pouvait-il déclarer sans excès que la mort l'accompagnait partout ? Cependant, il avait son épée au côté.

La falaise se fit moins abrupte. Il descendit un ravin en pente douce. Elle débouchait sur une plage de galets plats et gris qui tranchaient sur le blanc de la falaise. La mer devant lui montrait une apparence placide, froide maîtresse qui exposait son étincellement de vagues alanguies. L'ironie mordante de cet apaisement rappela à Uter que son frère, à cet instant, arpentait lui aussi la terre natale. Ils l'avaient quittée ensemble et y revenaient séparément ; cela s'ajoutait à la longue liste des brisures qui les rendait si dissemblables, roi et champion, ne sachant trop quelle muette certitude de s'appartenir l'un à l'autre les concilierait tôt ou tard.

Pensif, il se hissa sur une butte rocheuse et se trouva en haut d'une gorge. Alors son cœur se serra.

Un sillage heurté suivait comme un voile à l'abandon une pâle nageuse qui plongeait à tout moment dans de grands froissements d'eau : alors apparaissaient de manière fugitive l'arrondi des mollets et les petits pieds blancs, battant l'air avant de s'immerger. Après de durs battements de cœur surgissait la chevelure brune, lâchée au vent, d'entre les dents éclatait un rire fabuleux, clair et franc à travers ciel.

Il pouvait en rester là, se détourner d'une vision à la sensualité limpide. Déjà, il tombait sous le charme. Le désir irréversible lui piquait les reins, et celui de se jeter à l'eau, courir dans les vagues à la poursuite de sa fausse sirène, la traquer jusqu'à l'horizon et au-delà vers un continent inexploré, à la façon des dieux grecs qui se moquaient bien d'être raisonnables, eux, quand il s'agissait d'exulter ! Uter aussi se sentait comme un dieu – un dieu impuissant, à trépigner sur son rocher parce que, malgré ses pulsions fulgurantes, il n'osait pas. Comme il se frottait les joues de nervosité, il vit la nageuse plonger de nouveau.

« Cette fois, se dit-il, je dois me manifester. Je l'apostropherai : holà, demoiselle ! Je lui ferai de grands signes, me répandrai en excuses si elle s'effarouche. Pourtant, j'ignore qui elle est, d'où elle vient : la rencontrer si près d'un lieu de mort, la coïncidence serait grosse ! Ah ! qu'elle rie seulement, qu'elle m'ouvre les bras… je me perdrais ! »

Elle ne reparut pas.

Il patienta quelques battements de cœur de plus, de trop, dégringola du surplomb. Les galets s'entrechoquèrent sous ses bottes. Au bord de l'eau, il ramassa les lambeaux crasseux d'une robe. Le tissu en était riche. Il aurait été intrigué, si le sentiment de l'urgence ne l'avait emporté sur toute autre considération. Il observa les variations de l'onde pour y déceler une anomalie de l'écume, une ombre sous la houle, un chapelet de bulles d'air. Un indice quelconque, enfin, que la femme existait : le vêtement entre ses doigts ne suffisait pas à le convaincre qu'il n'avait pas affaire à une apparition. Il avait mis au jour tant de mensonges, deux choses seulement lui semblaient mériter de se tromper, le combat et l'amour charnel. Le reste valait ce que valent les discours, au mieux passetemps, au pire prétextes. Où donc, où donc avait-elle disparu ?

Le rire, moqueur, lui tomba dans l'oreille.

Il fit volte-face et la vit qui le toisait du haut du rocher où il s'était tenu. Afin de le surprendre, elle avait nagé sous l'eau et contourné la butte. Maintenant, elle se présentait à lui dans toute sa nudité, provocante et querelleuse. Paumes tournées vers lui, bras légèrement écartés, elle paraissait le défier de porter un jugement sur son teint très pâle, presque blême, sur la minceur accusée de son corps qui, au lieu de donner l'impression de fragilité, suggérait une dureté peu commune.

Les chevilles étaient délicates ; les jambes se dressaient en deux colonnes évasées, jointoyées par le triangle de la toison noire. Le ventre creusait des rigoles de muscles fins dont le centre était le puits profond du nombril. Les côtes affleuraient en vaguelettes près des seins menus, ronds et pointus comme deux dômes resplendissants au soleil, qui annoncent à un voyageur éreinté que sa soif, bientôt, sera soulagée. Puisqu'elle sortait de l'eau, des traînées de gouttes se décrochaient de ses longues mèches brunes et glissaient sur elle en une écharpe d'étincelles.

Contre le froid, elle exhibait son mépris : alimentées aux feux noirs de ses yeux, des lames rougies chauffaient ses joues.

« Alors, l'homme ! fit-elle. Tu veux te rincer l'œil ? Regarde tout ton saoul ! Regarde ! Quoi, tu es gêné ? Ce n'est pas joli à voir, hein, une femme qui n'a que la peau sur les os ! Mais je suis sûr que tu ne feras pas la fine bouche : pour vous autres soudards, une épée fait déjà une compagne assez douce ! »

Elle le honnissait en breton, dans un débit rapide, avec un accent qu'il ne reconnut pas et qui conférait une vibration caressante à certaines syllabes, crachotante à d'autres. Il peinait à comprendre tous les mots. Il adopta une mine contrite, espérant l'amadouer : elle devait bien se rendre compte qu'il ne lui voulait aucun mal !

Sa diatribe gagnait en intensité. Elle ne s'adressait

plus seulement à lui, mais à l'ensemble des hommes, réduits à la brutalité de leurs pulsions et incapables de les tenir en laisse – enfants subjugués par leurs caprices qui revendiquaient les titres de maître, seigneur, roi, sans en discerner l'exigeante responsabilité. Non, les enfants apprenaient de leurs erreurs alors que les hommes, eux, en tiraient fierté, les exposant comme des preuves de leur force de caractère ; survivre à ses erreurs, le bel exploit ! Quand tant de leurs hauts faits consistaient à s'illustrer au détriment du plus grand nombre, fallait-il qu'ils se rengorgent et s'en lavent les mains ? Ils voulaient se faire un nom ! Mais synonyme d'infaillibilité, plus imputrescible que la pierre des statues. La domination leur tenait lieu d'idéal.

Elle discourait ainsi en descendant enfin de la butte, ajoutant d'infinies nuances à son dédain auquel Uter opposait sa confusion. De près, il la trouva petite et moins impressionnante. Elle avait beau l'étourdir de reproches violents, il prêtait surtout attention au couperet tendre des lèvres qui débitait encore et encore sa condamnation des mâles imbus d'eux-mêmes. Cette bouche hostile lui affolait le cœur. Qu'avait-elle dit, à propos de statues ? Lui languissait de goûter à la chair âpre. Une fièvre subite lui serra les tempes. Il se contractait pour résister à cet étau invisible dont la persistance enchanteresse lui prodiguait un plaisir coupable. Elle tendit une main impérieuse vers sa robe, qu'il n'avait pas lâchée. Comme il ne réagissait pas, elle se tut, avança de nouveau la main avec insistance.

Leurs doigts se frôlèrent – Uter réprima un frisson, agrippa le poignet mis à sa portée, attira à lui ce corps nu et rebelle. Il se pencha pour l'embrasser. Une douleur vive enflamma son cou. Elle avait esquivé le baiser indésirable pour le mordre à la gorge. Il la repoussa en hurlant. L'histoire du pêcheur lui revint aussitôt, évoquant la dégradation du geôlier cannibale. Paniqué, il tira son épée et la pointa sur le ventre de la furie qui revenait à la charge. Elle s'arrêta net.

« Tue-moi donc, chien ! s'écria-t-elle. Ou je m'ouvrirai volontairement le crâne sur les rochers ! Tu ne me violeras pas vivante. »

Elle écarta haut les bras pour l'inciter à frapper. Il chancela, se tâta le cou. Un peu de sang s'écoulait de plusieurs points de la blessure, qui lui parut toutefois artificielle. Le mot de viol qu'elle lui jetait à la figure le bouleversa davantage : n'était-il pas un vagabond en armes, porteur des marques fraîches du combat, n'était-il pas un homme seul surprenant une femme sur un rivage désolé, espionnant celle-ci avec des pensées lascives ? Elle était en droit de craindre en lui le criminel. Quelle preuve de bonté avait-il donnée ? Il avait tenté de lui voler un baiser. Il abaissa son arme.

« Dame, dit-il, pardonnez-moi si vous pouvez. Je suis Uter, frère de Pandragon, roi légitime de ce pays. »

S'étant ainsi présenté, il déposa la robe sur les galets et recula vers la mer. Les vagues achevèrent leur course sous ses talons. Elle se revêtit à la hâte pendant qu'il commençait le récit écourté de sa venue en Bretagne et la libération des pêcheurs. Habillée, elle conserva son expression de défi. Cependant ses haillons trop amples rappelaient la précarité de sa situation, dont Uter ne savait toujours rien de précis. Quand il eut fini ses explications, il osa l'interroger.

« Je crois à tes bonnes intentions, répliqua-t-elle avec une ébauche de respect, mais je ne t'accorde pas ma confiance.

— Venez tout de même avec moi au campement, je vous en conjure, insista-t-il. Nous vous nourrirons et vous rencontrerez les pêcheurs rescapés. Ils vous inspireront de meilleurs sentiments.

— Et ensuite ? Me faudra-t-il te suivre n'importe où dans ta guerre ?

— Non, bien sûr. Il est probable que nous laisserons les réfugiés au prochain port, à condition que le lieu soit sûr et que des soins leur soient prodigués.

— Alors je t'accompagne. Il y aura forcément un navire, là-bas, pour m'emmener loin de la Bretagne.

— Vous souhaitez quitter le pays ?

— La guerre a commencé dès que ton frère a décidé de revenir. Avant, peut-être. Les guerriers s'entre-tuent, leurs veuves pleurent, puis meurent elles aussi. J'en ai vu assez.

— Ailleurs, ce n'est pas tellement mieux.

— Ici, c'est le pire. Ici, les hommes se haïssent et font fuir les démons. »

Et les femmes ? faillit-il demander. Il se contint en la voyant gravir le rocher plus vite que lui, malgré ses pieds nus et les pans de sa robe. Les femmes, se dit Uter, ne se fient à personne et reconnaissent partout les monstres.

9

Le dromon réparé put sortir de la crique et, contournant le promontoire, vint mouiller plus près du vallon. L'équipage byzantin s'affligea à la vue des pêcheurs harassés : ces survivants aux figures de moribonds éclipsèrent en un instant le souvenir de la tempête. Les guerriers à bout de forces ne valaient guère mieux. Dans leur récit succinct du combat, ils se gardèrent des rodomontades et des exagérations dont ils étaient coutumiers. C'était à croire que le retour au pays leur rendait l'humilité qu'ils avaient perdue sur les chemins orgueilleux de l'exil.

Le navire reprit la mer avec mille précautions, se contentant cette fois de caboter. À bord, un respect quasi superstitieux entourait les rescapés, en particulier le pêcheur estropié qui ne se lassait pas de discourir, mêlant à l'histoire de sa vie de saintes considérations sur les mystères divins. Chacun à leur tour, les chrétiens se recueillaient auprès de lui, puis s'en allaient réconfortés. Uter lui aussi aimait à échanger quelques paroles avec un si généreux confident, quoique leur conversation tournât irrémédiablement autour des mêmes sujets et se conclût toujours par le refus hautain d'Uter d'envisager un autre mode de vie que le sien.

Tôt ou tard, le ton doucereux et le visage illuminé du pêcheur lui répugnaient, car il y percevait l'effondrement moral de la victime satisfaite de son sort. Alors, passant de Charybde en Scylla, il rejoignait sur le pont une robe tourbillonnante.

Elle ne consentait à donner son nom à personne et n'accordait qu'un hochement de tête échevelée à ceux qui l'approchaient. Urien, l'interrogeant, se heurta à des piques acerbes ; elle réitéra son intention de les quitter sitôt parvenus à bon port. Seul Uter, pétri de culpabilité, obtenait quelques rares marques d'indulgence. Elle le saluait d'une moue dédaigneuse et lui dévidait sans faillir la liste de ses fautes réelles et supposées envers elle. Il se soumettait de bonne grâce au réquisitoire liminaire, auquel il opposait ses excuses invariables.

Sa première manifestation de repentance se prolongeait par l'évocation à demi-mot des anciennes maîtresses dont il faisait les exemples de sa médiocrité virile. S'il était sauvage, expliquait-il, c'est qu'il avait grandi sous la houlette d'hommes sévères qui s'intéressaient aux choses de la guerre et de l'esprit au détriment de celle du cœur. Il ne se souvenait pas de sa mère. Les femmes qu'il croisait lui paraissaient plus au fait des subtilités qui régissaient les peuples.

À présent, il prenait conscience de son rôle, de la noblesse qu'il y avait à soutenir son visionnaire de frère, puisque celui-ci ne se commettait pas dans des aventures grotesques et connaissait la différence entre l'illusion et l'idéal. Chaque initiative de sa part s'étant soldée par un échec, Uter se flattait de servir un homme meilleur que lui.

Cette confession désordonnée finissait par émousser la défiance de son interlocutrice, qui le raillait ensuite avec une sorte de compassion empêchée. Elle lui gardait rancune, mais ne le détestait plus. Pour autant, elle ne se livra pas à lui.

Ils avaient maintenant trois jours de retard sur le gros de la flotte. Au port de Winceleseia, le navire délabré fut d'abord accueilli avec inquiétude. De timides envoyés s'avancèrent sur les mauvais pontons du quai, affirmant haut et fort que la ville était pauvre. Ils redoutaient des pirates. Leur appréhension s'apaisa dès qu'Urien se fit connaître en se réclamant de Pandragon. Ses manières plurent. La discussion s'engagea.

On s'étonna qu'une arrière-garde de l'armée du libérateur arrivât si tardivement. Le reste de la flotte était reparti pour un port plus important. Pourquoi un tel risque, se récria Urien, alors qu'aucune garnison n'était maintenue ici, d'où devait commencer la reconquête ? La réponse le foudroya : villages et villes, bastions et citadelles, paysans et seigneurs, bourgeois et prêtres, tous se soumettaient sans résistance à Pandragon, depuis que son retour était avéré.

Au début, flairant le piège, il avait pensé se cantonner à Winceleseia comme prévu. Mais des plénipotentiaires accouraient de partout, offrant toutes les garanties. En gage de bonne foi, certains apportaient trésors et otages. Un baron d'importance envoya ses enfants, un autre ses chevaux. Devant pareil étalage de tributs, Pandragon se décida à la course en avant. Aux dernières nouvelles, tout le sud du pays le proclamait roi.

Uter n'en croyait pas ses oreilles. Son frère l'avait convaincu de le suivre en Bretagne, des mois auparavant, sous réserve de batailles mémorables. Il avait rêvé d'un conflit inachevable, d'une guerre de Troie qu'aucune ruse n'interromprait. Au pêcheur qui le sermonnait, il avait prédit qu'une foule d'ennemis se dresserait contre son frère. Toutefois ce dernier n'avait qu'à paraître aux portes d'une citadelle pour qu'on lui en remît les clefs !

Le triomphe privait Uter des périls désirés. On ignorait quelles négociations au juste se déroulaient dans l'ombre. Selon eux, la cause bien connue de ces bouleversements prenait racine dans la folie de Vortigern.

Celui-ci s'était détourné du royaume. La rumeur publique le disait enfermé dans sa tour de Sarum, aveugle et sourd à toute supplique, à tout conseil. Cependant, les Saisnes descendaient du nord. D'aucuns prétendaient qu'il leur avait cédé le royaume et qu'ils s'apprêtaient à le mettre à feu et à sang. Voilà qui faisait plaisir à entendre, pour Uter ! Malgré tout une guerre s'annonçait.

Il fallait repartir. Des vivres furent déchargés et entassés aussitôt dans des chariots achetés à prix d'or. Les habitants modestes de Winceleseia lorgnèrent cette exhibition de nourriture sans oser une plainte. Puis les pêcheurs furent débarqués pour leur être confiés. Cette fois, il y eut des protestations. Un tel afflux de bouches à nourrir déplaisait, en ces temps de disette. L'or ne remplissait pas les panses. Urien engagea la parole de Pandragon. Personne n'y trouva à redire.

Sur la jetée, Uter fit ses adieux à l'infirme. Alors que les autres rescapés reprenaient des forces, celui-ci n'avait pas retrouvé l'usage de ses jambes et demeurait très affaibli. Ses compagnons se montraient d'autant plus dévoués à son égard, veillant sur ses moindres besoins et l'écoutant avec une attention fascinée. Les plus vigoureux d'entre eux le transportèrent à terre, allongé sur une litière. Par prudence, Uter leur prêta main-forte.

« Messire, lui dit le pêcheur, puisque votre guerre se gagne sans combat, ne resterez-vous pas avec nous ?

— Ah ! Tu n'en démords pas ! Je regrette, mon ami. Contrairement à toi, je prévois encore une lutte féroce.

— Dieu veut la paix, car Sien est le Royaume. Méfiez-vous : ne confondez pas victoire et domination. L'épée est toute-puissante quand il n'y a pas besoin de la tirer du fourreau.

— Tu es ma conscience ! s'amusa Uter. Malheureusement, mon épée n'a pas de fourreau. Mais elle me blesse quand je la tiens. Il faudra te contenter de cela !

— Non, messire. Je plains quiconque ne guérit pas de ses blessures.

— Ici tu soigneras les tiennes ! Adieu, pêcheur ! »

Uter regarda la litière emporter son pauvre ami avec une tristesse irrépressible. Quelque chose d'incomplet restait suspendu entre eux, telle une lame nue.

Il se préparait d'autres chagrins en se rendant auprès de sa furie d'élection. Elle n'avait pas quitté le pont, et même s'y tenait assise nonchalamment, son jupon déchiré remontant le long des jambes croisées qu'il trouva belles comme un crépuscule d'hiver. Elle était perdue dans ses pensées et ne prêtait attention ni au froid, ni à l'approche de son souffre-douleur consentant. Il dut l'interroger sur ses intentions pour qu'elle le remarquât : quand partirait-elle ?

« On ne se bat plus, je reste, dit-elle. Je veux rencontrer l'homme dont le nom suffit à ouvrir les forteresses. Je veux rencontrer Pandragon. »

Plus qu'une surprise, ce revirement fut une nouvelle offense pour Uter, celle-ci autrement pernicieuse. Son frère vainquait sans coup férir, rentrant dans son escarcelle royale des fiefs et le cœur de femmes insoumises, exploit qui n'était pas le moindre. Uter, passif, se contentait encore d'être le témoin de pareils miracles. La vieille jalousie fraternelle planta ses ergots dans son cœur, qui tressauta d'orgueil.

« Dame, vous feriez mieux de demeurer en sûreté sur la côte. Aller au-delà ne serait pas prudent. »

Elle le toisa d'un air perplexe et, comme décelant la raison véritable de ce faux-fuyant, lui adressa un sourire plein de mépris. Il s'enfuit.

Urien posa davantage de difficultés. Il se souciait peu de s'encombrer d'une réfugiée au moment où il projetait de traverser le pays à toute allure pour rejoindre son roi. Si Vortigern se tenait en retrait, l'hiver planait sur les routes. Déjà, chaque parole prononcée s'élevait en colonne blanche vers le ciel. Au nord, ce serait pire. Urien craignait la neige. Qui donc était cette femme, à la fin, pour imposer sa personne futile à une troupe d'hommes en armes ?

Elle avait d'abord émis le souhait de partir ; que les Byzantins la ramènent en Petite Bretagne !

Malgré les rebuffades, elle se trouvait parmi eux lorsqu'ils s'enfoncèrent dans les terres. Uter, mi-quémandant, mi-ordonnant, avait obtenu cela pour elle.

À cheval, encadrant un convoi de chariots lourds de vivres, arborant leurs meilleures expressions martiales, les vétérans bretons grimaçaient et escortaient une dame. Ils allaient lentement, mais le plus vite possible, sur les pavés disjoints de la *via romana* en ruines. Autour d'eux, la terre de plus en plus perdait la netteté qui trahit la présence et la puissance humaines – tracés des champs, des sentes, tourelles ornementées de bannières dans le lointain, îlots de chaumières expulsant des signaux de fumée. Le paysage s'affaiblissait, s'évanouit en maigres rubans rapiécés de part et d'autre de la route, où perçait à intervalles mornes une borne romaine criblée. Non, ce n'était pas la guerre qui étiolait le pays, c'était la plaie béante par laquelle s'engouffraient l'exode et la famine, l'inculture et l'abandon.

Ils croisèrent ainsi des bandes loqueteuses qui toujours marchaient en direction du sud, ayant des supplications à la bouche où les mots *du pain* revenaient en refrain. Du pain, la troupe d'Urien en transportait assez pour le trajet et deux ou trois veilles de bataille, pas pour nourrir un peuple. Les mains se rapprochèrent des armes. On ne donna rien aux errants.

Le sud de la Bretagne s'inclinait devant Pandragon, comprenait-on, parce que les forces du pays s'amenuisaient : voilà ce qu'était la paix de Vortigern, paix de cimetière dont les pierres tombales s'effritaient sous le vent. Que semblait inconcevable tout à coup la verdoyante Saras, où l'hiver était une brise et la faim prétexte à une querelle de voisinage ! Uter était-il chez lui ici, dans ce désert breton, ou bien son foyer resterait-il le souvenir d'un mirage oriental ?

De nouveau le désir de fuite se déploya, il songea que son frère pourrait s'occuper sans lui d'administrer un royaume agonisant, en manque de semailles et non de lames. Désormais, les rares échanges avec sa dame l'irritaient, bien qu'elle se montrât d'un abord plus accessible. Juchée à l'arrière d'un chariot, elle contemplait tout avec curiosité et évitait les allusions à leur première rencontre. Maintenant qu'ils cheminaient ensemble, elle lui accordait des paroles de sympathie au sujet des rigueurs de la chevauchée et de la désolation du pays. Elle cherchait peut-être à le consoler de ses multiples déconvenues ; lui devenait distant et taciturne car le cours des choses le contrariait infailliblement.

Le soir, son humeur empirait encore. On le voyait veiller auprès du feu en silence, à tenir compagnie aux sentinelles. Cela contribua à sa bonne réputation dans la troupe : il se murmurait que le frère du roi légitime avait « ce qu'il fallait », décidément, de rudesse et d'endurance pour soutenir le rythme d'une campagne de longue haleine. Plus que ses faits d'armes, les rumeurs favorables lui valurent bientôt d'être traité en « vrai Breton », et non plus en tant que vague figure de commandement à qui le respect était dû par principe. Alors que lui-même se débattait avec ses vieux démons, Uter fut considéré comme un chef digne de ce nom.

Urien aurait pu l'assurer de ce point et l'encourager, mais il lui en voulait toujours d'avoir imposé sa protégée. De plus, en remontant vers le nord il pénétrait plus avant dans le royaume de ses souvenirs, lieu de ravages causés par les Saisnes et de regrets scellés par la volonté de Vortigern. Urien revenait aux sources de sa déchéance, redécouvrait intactes ses vieilles haines et l'envie d'en découdre. C'était pour cela que les barons hostiles à Vortigern l'avaient envoyé sur les routes en quête de Pandragon, le jeune chef inespéré auquel ils se ralliaient maintenant sans atermoyer : le complot irréfléchi des anciens jours avait abouti contre toute attente, tandis que la situation du pays s'était dégradée au-delà des pires prédictions.

Le pouvoir de Vortigern périclitait, et avec lui la mainmise des Bretons sur les terres qu'ils avaient revendiquées des générations auparavant, qu'ils s'étaient appropriées par le fer et le sang, terres qui en retour leur avaient permis de grandir en tant que peuple : en se battant pour des rois, ils avaient cru se battre pour leur mode de vie, leurs familles, eux-mêmes ; c'est-à-dire pour la brève exaltation commune qui jetait les hommes les uns près des autres, contre les autres.

D'un village à l'autre, pourtant, les patois s'entrechoquaient, et les superstitions. Il n'y avait rien d'étonnant à ce que les Bretons dépouillés préférassent l'espoir ostentatoire incarné par Pandragon à l'effondrement mis en œuvre par Vortigern, le fou qui se voulait le dernier roi de Bretagne.

En arrivant à la lisière de la plaine de Sarum, ils

obtinrent des renseignements prometteurs. Depuis l'arrivée du seigneur légitime, la région semblait revivre. Les villages ici étaient moins misérables, les habitants moins résignés. Ceux qui renseignèrent Urien évoquèrent le passage régulier de messagers à cheval, porteurs d'ordres militaires entre les différents cantonnements. La troupe d'Urien aurait pu rejoindre le plus proche, mais il en avait assez des sauts de puce et du vagabondage. Ils patientèrent un temps dans un hameau situé au carrefour de plusieurs routes, profitant du répit pour se décrasser et se soulager des raideurs du voyage.

Les paysans du lieu se montrèrent particulièrement affables. Ils suggérèrent d'eux-mêmes le meilleur emplacement pour établir le campement, offrirent du bois pour le feu, de la paille et du seigle pour les chevaux. Ces prévenances eurent raison de l'inflexibilité d'Urien, qui consentit à partager des provisions. Un semblant de banquet s'organisa, où l'ordinaire frugal des paysans s'enrichit de tranches de porc salé et de vin âpre. Païens, ils remerciaient haut et fort la multitude de leurs dieux, auquel ils adjoignirent sans scrupule le dieu des chrétiens dont se revendiquaient certains de leurs hôtes.

Urien, peu religieux et ne sachant trop en quoi il croyait, tendait à réprimer les grandes démonstrations de foi dans sa troupe – prier pendant une tempête ou avant un combat, passe encore, mais invoquer les dieux quand on mangeait avec les doigts ! Il constata que la plus grande confusion régnait parmi ses hommes : du fait de leur polythéisme pétri de vertus chrétiennes, de leur christianisme mal dégrossi après des générations de fidélité au culte des ancêtres, les guerriers exprimaient une foi sincère par le biais de pratiques variées et incohérentes. Quelle divinité délirante jetterait un œil favorable à des hommes incapables de s'accorder sur la façon de l'honorer ?

Les Bretons avaient aligné de mauvaises tables au bord de la route. Ils s'apostrophaient si fort d'une extrémité à l'autre qu'ils ne s'entendaient plus. Leur concorde apparente dissimulait mal des dissensions profondes. Au milieu de l'assemblée des mangeurs, une dame anonyme conversait avec des villageois en affichant une gaieté souveraine. Uter auprès d'elle se contraignait à la charge d'échanson, versant sombrement à boire chaque fois qu'elle lui agitait son gobelet sous le nez, riant aux éclats.

La cause de cette hilarité était un paysan d'âge mûr, à la moustache épaisse, qui ponctuait ses bouchées d'anecdotes copieuses et de jurons abondants. Manifestement, l'oreille complaisante d'une jeune femme le mettait en verve. Ses histoires s'alourdissaient d'une pléthore de détails sans queue ni tête. Il évoquait la vieille époque, nécessairement bénie, durant laquelle les Bretons avaient conquis de vastes territoires dans le nord et appris aux Saisnes à redouter leur bravoure. Il s'enthousiasmait : « Constant – c'était le roi, alors – domptait ces sauvages en leur rompant l'échine sous les sabots de son destrier lancé au galop. Il savait y faire ! Il tenait mieux sur quatre jambes que sur deux. On disait qu'il avait été formé à l'art de la caracole chez les Huns, à qui les Romains l'avaient cédé en otage… Rome était un manteau de pourpre qui recouvrirait le monde jusqu'à la fin des temps, pensait-on ! En fondant le royaume des deux

Bretagne, Constant s'est taillé un pan d'éternité dans ce manteau-là.

— Constant est mort, pourtant, fit remarquer Uter.

— Bah ! La chair est une prison ! Les grands rois sont liés à la terre. La terre revit toujours ! À son heure… Constant reviendra s'il le faut. Il chevauchera de nouveau contre les Saisnes, par devoir et par goût. C'est sacré, ces choses-là.

— Qu'est-ce qui fait la grandeur d'un monarque ? Pourquoi Constant, plutôt qu'un autre ?

— Il a transformé le pays à son image. Ce qu'il a laissé de lui dans le pays est durable. Cela rend une babiole infiniment précieuse, parce qu'elle est le trésor d'une vie. Je sais de quoi je parle ! »

Le bavard glissa sa main dans la maigre bourse attachée à sa ceinture et en retira une pièce cuivrée qu'il plaqua sur la table, entre les plats vides.

« S'agit-il d'un talisman ? s'enquit son auditrice, encourageante. Les contours en sont usés et le métal paraît modeste.

— Vous avez raison, bonne dame ! Si vous vouliez le marchander, on vous rirait au nez. On vous l'échangerait contre moins d'un demi-poireau ! Mais je ne le céderais pas pour une charretée de légumes, car il est mon obole et me paiera la traversée des Enfers. Le profil qui l'orne me garantit le passage vers les Champs Élyséens.

— Tu parles comme un Grec ou un Romain, soupira Uter. Quel visage effroyable, gravé sur un sou sans valeur, pourrait t'épargner les tourments dans l'au-delà ?

— Regardez, regardez donc ! »

Uter tendit trois doigts, cependant une main féminine fut plus vive. Il dut se satisfaire de lorgner la face émoussée de la pièce : de fines lignes dessinaient encore le profil aigu d'un homme à longue chevelure.

« Est-ce Constant ? demanda la femme, plus prompte. Oui, je suis sûre que c'est lui ! Je comprends… À le voir ainsi, on pressent la puissance qui l'habitait, et qui demeure dans une si humble relique… Oui, il reste grand, bien que la pièce soit petite.

— J'ignorais que Constant avait fait frapper sa propre monnaie, dit Uter. Pour autant, je doute qu'elle achète l'immortalité de l'âme, la sienne ou celle d'un paysan ! L'argent manquait toujours pour financer ses guerres. J'ai vu de près son profil, moi ! Il détestait qu'on le dérange avec des insanités. En sa présence, ses fils devaient se taire, écouter, apprendre de son exemple. Pour un chagrin qui me prit devant lui, et quelques larmes versées, il ne voulut pas me voir d'un mois. Non, qu'on n'aille pas prétendre que Constant reviendrait si le royaume souffrait. Les jérémiades du peuple l'insupporteraient sûrement autant que celles de son dernier-né.

— Comment, messire, balbutia le paysan, soudain embarrassé, vous êtes donc… ?

— Uter, fils de Constant et frère du roi Pandragon, de qui seul vous devez espérer le secours. Car mon frère, en tout cas, croit au salut des hommes en même temps qu'à celui des âmes.

— Et toi, Uter fils de Constant, rétorqua sa voisine de table, qui te sauvera de tes manières de brute ? Si un homme place sa foi dans une pièce royale, de quel droit le rabaisses-tu ?

— Pandragon dirait qu'il faut rendre à César ce qui est à César, à Dieu ce qui est à Dieu… Or je ne suis ni l'un ni l'autre, et mes paroles ne pèsent guère. J'ai le vin mauvais. Excusez-moi. Je vais vérifier que l'on a donné à manger aux chevaux. »

Il se leva au moment où le moustachu reprenait son bien et regardait la face rognée d'un air pensif.

*

Les chevaux s'ébattaient sans surveillance ni nourriture, délaissés par des gardiens trop préoccupés par leurs estomacs respectifs. Ce laisser-aller exaspérait Urien. Certaines bêtes s'étaient même engagées sur la route, où elles s'égaillaient avec indifférence. Uter les rattrapa et entreprit de les rabattre vers le hameau. Une bruine très fine enveloppait les montures et l'homme, qui ouvrit la bouche pour se rafraîchir la langue. Il y avait longtemps qu'il n'avait pas éprouvé le sentiment douceâtre de la solitude volontaire, bien que la clameur du banquet lui parvînt encore et lui rappelât qu'il s'agissait d'une simple halte, qu'il ne pouvait être question de solitude pour un soldat en campagne.

Comme il passait ses bras autour de l'encolure d'un cheval pour le calmer, il aperçut un cavalier qui se rapprochait à vive allure et dont la livrée bleue lui était familière. Non sans agacement, il attendit : monté sur un coursier alezan, Merlin se précipitait à sa rencontre. Uter le trouva rajeuni – des plis de la malice d'autrefois jouaient au coin des yeux et des lèvres du prétendu page.

« Vous êtes en retard, ironisa Merlin en ralentissant à sa hauteur.

— Sais-tu pourquoi ? » grommela Uter en retour. Il n'était pas dupe des plaisanteries de son ancien confident, aussi savant que dissimulateur.

« Peut-être, concéda celui-ci. D'ailleurs, votre absence a été profitable à Pandragon. Sans l'influence de vous autres va-t-en-guerre, il a accompli des prodiges de diplomatie. Mais à présent, il faut vous empresser, ou vos épées feront défaut au seul moment qui importe. Une bataille décisive se profile. Vortigern a rameuté ce qui lui reste d'alliés et constitué une armée. Il ne reculera plus ; il est décidé à vaincre, ou à périr.

— Ce sera donc bien une guerre courte !

— Tu t'en plains ? D'abord, tu te trompes : au fond, elle dure depuis plus de vingt ans. Quand bien même ! Ton frère compte sur toi. Lui refuseras-tu ton aide, sous prétexte que cette guerre te déçoit ?

— Tu sais que non. Va prévenir Urien. Il désespérait d'avoir des nouvelles. Les tiennes le raviront, même si je te soupçonne de taire les plus importantes.

— La plus importante, répliqua Merlin, est celle que j'apporterai à Pandragon en annonçant votre arrivée au camp. Les voici, dirai-je, les héros de nos rêves… »

Innombrables d'entre les flammes, ombres multipliées par les hommes qui font une armée, presque dissoute d'un souffle ; les poumons en feu, ils s'efforcent d'aller encore, vers quel ennemi qui veille ? Des troupeaux de fuyards se croisent, il faudrait s'envoler mais personne qui l'ose, personne n'injurie le ciel, ne se relève d'entre les morts. Tombant toujours, les guerriers écrasent leurs cœurs et leurs frères, leurs armes noircies brûlent les mains et le courage porté au pinacle ; ils portent la lourde croix de la déroute.

*

« Les voici, répéta-t-il avec morgue, nos chers égarés dont la hargne manquait au conseil de guerre. Admettez, majesté : je les ramène en meilleure forme que vous ne l'appréhendiez. Face à eux, Vortigern ne fera pas le poids. Bon pied, bon œil, ils seraient capables de terrasser un monstre sans s'en rendre compte !

— Ne vends pas la peau de l'ours avant de l'avoir tué, fit Pandragon. Mais je partage ta bonne humeur. Urien, Uter, je suis heureux de vous revoir.

— Ulfin se gausse, répliqua Uter. Depuis qu'il nous a retrouvés, il nous couvre de sarcasmes. Et toi aussi, mon frère, tu te moques ! Tu as couru le pays sans laisser quiconque derrière toi pour nous informer de ta position exacte. C'est presque un hasard si nous avons pu te rejoindre ! Nous pouvions tout aussi bien être morts.

— J'avais confiance. Nous avons prié pour votre salut.

— Ah, j'oubliais ! Dieu est avec nous. Si seulement notre navire avait été une arche, et l'équipage un ramassis de bêtes !

— Pas de blasphème ! Vous étiez partis sans me prévenir… en secret, sur un coup de tête ! Il a fallu expliquer, justifier votre départ aux barons… alors que nous nous apprêtions à partir nous-mêmes ! Ne me rends pas responsable de vos déconvenues. Et sois patient avec Ulfin : Abenamar et lui seul me restaient comme hommes de confiance. Nous avons choisi d'aller vite, d'avancer. Le Sud… vous l'avez traversé. Vous avez vu : les uns sont des mendiants, les autres des reclus. Ceux qui n'ont pas peur désespèrent.

— Ici, la situation paraît moins sévère, maugréa Uter.

— En effet. La rumeur de ma venue et celle de l'armée ont réchauffé le courage du pays, tout doucement. Le peuple attend quelque chose, une action décisive.

— Une bataille.

— Oui. Regardez par là, cet aplat gris à l'horizon. C'est la plaine de Sarum, où Vortigern amasse tout ce qu'il peut de bandits, de cœurs corrompus et sauvages, de haines à acheter et à revendre. Les Saisnes, aussi, descendent des collines de Mercie pour s'arroger une part du butin. Aux abois, Vortigern montre l'envie d'en découdre, et pour quoi ? livrer le royaume aux charognards. Mais il veut tenir Sarum. De ce que nous en savons, il s'y est fait bâtir une tour qu'il s'imagine imprenable.

— Prenons-la.

— Eh, oui ! Je souhaitais mon écuyer auprès de moi avant d'aller au combat… ainsi que la férocité d'un ami loyal, ajouta Pandragon en fixant Urien.

— Oh, pardonnez, sire ! gémit celui-ci. Pardonnez ma légèreté ! Je n'aurais pas dû vous quitter. Le désir fou de revoir la Bretagne au plus vite m'a aveuglé. J'ai failli à mon devoir, pour la première fois depuis que je m'exilai en rêvant de rendre au pays son vrai roi.

— Ne vous accablez pas. Nous avons chassé ensemble ; cette fois-là, vous fûtes plus sage que moi. Je serais hypocrite de tenir rigueur d'un élan. Avertissez-moi pourtant si l'envie vous prend de conquérir tout seul un royaume.

— Mon intention était bien différente ! se récria Urien.

— À en croire Ulfin, vous étiez occupés à ripailler et à conter fleurette ! Ainsi, Uter, il paraîtrait que tu as une personne étonnante à me présenter. Va donc la quérir ! »

Uter se crispa en entendant l'ordre, parce qu'il supportait mal d'obéir et que cet ordre en particulier l'incommodait. Mais il n'aurait laissé à nul autre le bizarre privilège de remonter à pied la colonne des chariots arrêtés au milieu de la route, secoués par la bourrasque, pour proposer l'appui de son bras à une dame sans nom.

Elle refusa le bras tendu avec un sourire supérieur et lui accorda seulement le droit de la précéder. Il accepta cette vexation supplémentaire, en se consolant à l'idée que l'heure de la séparation approchait : elle verrait enfin Pandragon, ensuite ce serait le temps de la guerre, un temps d'hommes. Malgré sa rancune de plus en plus prononcée, il eut un pincement en revenant devant son frère, maintenant si possédé par la fonction royale. Quand Pandragon fit mine d'incliner la tête pour saluer l'arrivante, Uter préféra détourner le regard.

Alentour s'étendaient des prés herbus balafrés par le gel qui se fondaient dans le lointain en un horizon de verglas. Un froid vif lui tailladait les membres et il se sentait des accès de fièvre. La Bretagne dont on lui avait rebattu les oreilles, il s'y sentait fiché comme un épouvantail en lutte avec les choucas.

C'était en homme de paille qu'il frissonnait au vent, pendant qu'un homme de chair et d'os se comportait en maître de toutes les terres à perte de vue. Pandragon ambitionnait de s'emparer d'un royaume d'hiver, semblait-il, un royaume où les vivants hantaient les morts plutôt que l'inverse. Uter éternua. Il repensa à la figure rongée de Constant sur la pièce de monnaie : un paysan modeste pouvait gratter ce visage sous l'ongle, le rogner d'un coup de dent… le dépenser.

Plus bas sur la route se dressait la palissade doublée d'un fossé qui délimitait l'emplacement d'un monastère. Un anneau dense de tentes encerclait le sanctuaire. On apercevait çà et là des faisceaux de lances au-dessus des feux de camp, des soldats désœuvrés jouer aux dés sous le nez d'un officier goguenard, et des capuchons gris dodeliner parmi eux. La discipline manquait de sévérité malgré la proximité du roi et des moines, remarqua Uter. C'était typique de son frère, cela, lier l'armée à la religion, placer l'une sous la protection de l'autre, sans qu'il fût évident de décider laquelle au juste en avait besoin.

Si près du bastion de Vortigern, la présence explicite de chrétiens interpellait : s'agissait-il d'une provocation de la part de fanatiques, ou un indice complémentaire de l'indigence du despote ? Ces interrogations stériles accrurent l'amertume d'Uter, qui aurait préféré son frère dans un état d'esprit exclusivement martial. Mais Pandragon logeait dans l'enceinte du monastère, où il assistait à chaque office – Ulfin avait divulgué cela d'un ton neutre, un peu auparavant, comme on livre un secret dont on ne veut pas sous-entendre la honte. Pour une fois, Uter l'avait cru sans réserve.

Surtout, il appréhendait les effets de la fréquentation des moines sur le moral des troupes, car l'exaltation des martyrs chrétiens dans les prières pouvait engendrer des héros aussi bien que des pleutres. De l'enfance lui revinrent les pieux récits d'Abenamar, qui avait espéré gagner les garçons à sa foi par les vertus de l'exemple. L'un y avait été sensible alors que l'autre s'échappait dans les bois à la moindre occasion.

Force était d'admettre que les frères avaient peu changé – oui, la perspective d'une bataille rendait à la campagne un caractère d'urgence nécessaire. Pandragon devait en être conscient, puisqu'il avait fait l'effort de quitter son saint-antre pour venir au-devant d'Urien. Cependant, à le voir converser avec une inconnue, sur un coup de tête, il y avait de quoi s'étonner du stoïcisme du jeune roi.

« Dame, disait-il, on m'informe que vous avez partagé les rigueurs de la route en compagnie d'hommes qui me sont chers. Cela, dans le but de me parler ! L'honneur est donc pour moi. Depuis que j'ai choisi de rentrer en Bretagne afin de réclamer le trône, les signes favorables se sont multipliés. Je veux en voir un autre dans notre entretien. Permettez-moi tout de même une question, à laquelle mes compagnons n'ont pas su répondre : quel est votre nom ?

— Avant de répondre, seigneur, je vous demande une promesse.

— Voilà bien de l'audace ! Sans vous connaître, pourquoi vous accorderais-je une faveur ?

— Je vous croyais chrétien et généreux.

— Je m'efforce de l'être ! Comprenez-moi. Un chef de guerre se doit d'éviter d'accueillir le loup dans la bergerie. Pour une raison qui le regarde, mon frère a pris votre parti : en est-il plus heureux ? Non, dame, je ne vous promets rien. Parlez, ne parlez pas, à votre guise ! Selon le cas, notre conversation s'achèvera vite.

— Uter m'avait avertie : vous êtes plus sage que lui ! Je prendrai le risque d'éprouver votre prudence. Écoutez bien, Pandragon, car je suis Ronwen, du peuple saisne, sœur de Hengist et femme de Vortigern : écoutez-moi, car je suis reine de Bretagne. »

Cet aveu hautain, à quelques pas de l'armée, avait pour témoins plusieurs de ses chefs ; tous avaient des raisons de se jeter sur l'impudente. Urien ferma les poings et attendit un ordre ; Uter, le teint blême, saisit la poignée de son épée et la serra jusqu'à ce que le sang coule. En retrait, Ulfin releva le menton pour se frotter le cou d'un air indifférent, contredit par la lueur prédatrice dans ses yeux – il n'était pas surpris, sans doute, et paraissait tirer satisfaction d'un moment anticipé. Quant à Pandragon, il haussa un sourcil, fit un geste de la main qui voulait dire : Ah, c'est cela ! aussitôt supplanté par le sourire assuré de quelqu'un qui ne s'en laisse pas conter.

« Que de mystères superflus, majesté ! ironisa-t-il. Et quel risque ! Mon frère est sanguin : le nom de Vortigern le fait bouillir ! En vous attaquant, il serait convaincu de faire justice. Or j'ai entendu des rumeurs sur votre compte…

— Des mensonges !

— Des rumeurs, ni bonnes ni mauvaises, qui mises

bout à bout font un conte presque attendrissant : la jeune fille livrée en pâture par son roué de frère au monarque satyre… dont elle finit par s'enamourer. Pourtant, la reine du conte a fini par s'effrayer de la folie du roi. On vous disait en fuite.

— Je m'étais réfugiée dans un village de pêcheurs. Je prévoyais de passer en Petite Bretagne, quand les sbires de mon époux sont intervenus. Les pêcheurs m'ont protégée et l'ont payé cher. Votre frère en sait quelque chose. J'ai pu m'enfuir. Seule, privée de soutien, j'ai erré sur la côte en cherchant le moyen d'aider mes alliés emprisonnés. Le hasard a voulu qu'Urien et sa troupe me rendent ce service.

— Elle ment ! rugit Urien. Les pêcheurs ne l'ont jamais mentionnée !

— Ils me protégeaient encore, affirma Ronwen. Je leur dois beaucoup.

— Vous aviez désormais la conscience tranquille, répliqua Pandragon. Vous pouviez partir. Pourquoi faire demi-tour ?

— Chacun disait de vous le plus grand bien. J'ai voulu rencontrer l'espoir de la Bretagne et jauger l'homme que vous êtes.

— Eh bien ! Suis-je à votre convenance ?

— J'aurais besoin de vous connaître davantage.

— Je vais vous en donner l'occasion. Avez-vous l'expérience des cellules de moine ?

— Oui. Leur inconfort ne me rebute pas.

— Tant mieux ! Je vous fais prisonnière – chrétiennement ! Cela vous attriste ?

— Vous êtes bien un roi. Vous prenez, vous donnez, en rappelant à tous que vous êtes le maître.

— Très juste, dame ! Très juste. Apprenez que

nous attendons la visite de Hengist d'un jour à l'autre.

— Mon frère, ici ! gémit Ronwen. Pour quelle raison ?

— La guerre avec Vortigern est inévitable, mais même les détails d'une tuerie peuvent se négocier. J'ignore si Hengist vous estime ; toutefois j'ai l'intention de vous utiliser comme monnaie d'échange. Ulfin, emmène-la. »

Le page ne se le fit pas dire deux fois. Obéissant, il saisit la prisonnière par le coude : elle tressaillit, leva la main pour le griffer. En avisant la livrée bleue, elle interrompit son geste : ce n'était pas après le serviteur qu'elle en avait. Alors, visiblement déconfite, elle se laissa entraîner. Uter, livide, ne savait qui il haïssait le plus, du page travesti ou de la reine vagabonde.

Le monastère était un assemblage de bâtisses de bois ouvertes à tous vents, auxquelles les moines attribuaient pompeusement des noms distincts : cloître, dortoir, communs… et le plus doux de tous sur leur langue, celui de chapelle, vers laquelle se portaient souvent leurs regards et leurs cœurs. Parmi de tels hommes, Pandragon ressentait la satisfaction d'être roi et chrétien.

Ceux qui le côtoyaient l'entendaient brusquement passer d'un ton de commandement à un ton des plus fraternels, et les simples soldats qu'il lui arrivait de croiser ne savaient jamais s'il s'apprêtait à leur donner un ordre ou à les sermonner. Dans ces circonstances, Abenamar usait de son influence pour exhorter les troupes à se convertir massivement, avec l'approbation démonstrative des forces byzantines. Les barons de Petite Bretagne, bien que récalcitrants, ne s'y opposaient pas. Ils gagnaient plus à favoriser les projets de Pandragon qu'à les contrarier, puisque son incroyable popularité rejaillissait sur eux.

De gigantesques cérémonies de baptême étaient organisées, au cours desquelles la ferveur religieuse se confondait toute avec l'allégeance due au roi. Dans les jours qui suivirent son installation au camp, Uter eut plusieurs fois l'occasion d'assister aux prêches grandiloquents de la part de l'abbé Protais, qui dirigeait le monastère et les consciences fraîchement lavées d'un afflux inédit de fidèles. La main de Dieu guidait la main du roi ; Sa parole s'exprimait par sa bouche. Pourtant, des hurlements de loups gâtaient la nuit.

D'aucuns commençaient à rêver tout haut de restaurer le paradis sur terre, ici, en Bretagne, car la défaite de Vortigern scellerait la défaite du diable ici-bas. Ces propos insensés contrariaient beaucoup Uter. Il avait, lui, combattu et vaincu un démon véritable. De sa victoire, il n'avait retiré qu'une illumination amère : fils du démon ou fils de l'homme faisaient acte de foi – acte de folie –, pariant à répétition sur la réalisation d'un dessein transcendant.

Uter s'était détourné de Merlin et de la religion au seul profit de son frère, se persuadant volontiers que ce dernier jugeait tout et tout le monde avec sagacité. Cependant une vérité incontestable le mettait à la torture : il connaissait Pandragon mieux que personne. Pendant que les foules s'enivraient de son nom par milliers de prières, celui-ci se renfermait dans le calme de la chapelle où il se recueillait, des heures durant, sans s'inquiéter de canaliser les énergies mises à sa disposition.

Un jour que cet isolement se prolongeait plus longtemps que d'habitude, Uter n'y tint plus. Déjà, il s'était fâché à diverses reprises contre des moines prosélytes. Ils n'avaient de cesse de lui présenter les avantages qu'il y aurait à baptiser le jeune frère du roi en présence de l'armée rassemblée. Leurs manières obséquieuses dissimulaient mal une arrogance aveugle.

Ils ne se contentaient pas de se réjouir du nombre grandissant de chrétiens, ils l'interprétaient comme une marque de faveur, l'émergence d'un destin. Après avoir renvoyé un dernier importun qui l'avait poursuivi jusque dans sa tente, Uter furieux se décida tout à coup. Il allait se confronter à son frère.

De l'extérieur, la chapelle paraissait aussi médiocrement bâtie que le reste du monastère. Les rondins de bois disjoints laissaient passer l'air glacial et les quelques sculptures censées embellir la façade contribuaient à la rendre ridicule aux yeux d'Uter. Il y avait loin à la beauté épurée des églises byzantines dont il se souvenait. L'intérieur n'adoucit en rien sa première impression.

Le sol de terre battue traçait un sentier gris le long de la nef, de laquelle s'apercevait l'autel sévère qui dominait l'endroit. Des piliers de bois s'alignaient dans l'obscurité et d'abord Uter ne vit personne. De mille orifices lui parvenait le souffle du dehors, mi-sifflement mi-grondement, qui emplissait la salle comme un chœur de voix discordantes.

Des rangées de bancs vides patientaient là, certains plongés dans une ombre si épaisse que l'imagination y asseyait des silhouettes. Uter croyait voir partout Pandragon. Il n'eut pas fait trois pas, néanmoins, que le corps émacié de l'abbé Protais se dressait devant lui et interposait entre eux un long index osseux :

« Qui êtes-vous, que voulez-vous ? »

Il chuchotait, sa voix grave presque étouffée par les mugissements du vent dans les murs.

« Je dois parler à mon frère », répondit Uter en dédaignant de répondre à la première question.

L'abbé, gardien consciencieux de l'âme royale, objecta encore :

« Vous n'êtes pas chrétien. Veuillez attendre dehors. »

Il fallait que le baptême d'Uter fût un enjeu bien préoccupant, pour que l'abbé voulût l'éconduire sous ce prétexte !

« Vous n'êtes pas guerrier, répliqua-t-il. Veuillez sortir. »

Au contraire du prêtre, il s'était exprimé haut et fort, s'adressant à celui-ci faute de mieux. Il espérait en fait une réaction tout autre, qui franchit aussitôt les fissures du pilier situé le plus près de l'autel, sur la droite.

« Mon père, fit la voix de Pandragon, laissez-nous. »

Sur cette brève parole, Protais se retira sans protester. Ici, l'autorité morale du roi était absolue. Le ton de Pandragon pourtant ne tenait pas de l'ordre ou de la prière, il s'y décelait l'accent suave de l'ironie rentrée, qu'Uter détestait de la part de son frère : il y entendait trop clairement les débuts d'un penchant excentrique – à son goût – pour une forme de fatalité que Pandragon appelait prédestination. En dépit de son caractère droit, celui-ci se montrait parfois vindicatif, y compris au sujet de lui-même.

Il se jugeait avec une dureté inégalée, qui expliquait à elle seule la brusquerie par laquelle il avait fait un sort aux demandes de Ronwen. Flatteries et critiques constituaient autant de tentations, pour oublier ses faiblesses ou s'oublier en elles. Autant de péchés dont s'offusquait la sensibilité de Pandragon, qui au besoin savait se tourmenter.

Uter progressa en direction de son aîné, qui ne disait plus rien. Un temps, seules les disharmonies du vent se lièrent et se délièrent autour de la lourde croix ornée qui faisait face, en silence, à la nef déserte. Elle avait été taillée dans la pierre, gravée sur toute sa surface de symboles confus, puisque des figures de femmes éplorées à la beauté virginale y étaient entourées d'animaux innombrables, mêlée de cerfs, d'ours, de chevaux et d'oiseaux aux anatomies fantaisistes.

Leurs attributs s'inversaient : çà et là, une tête de cheval supportait le poids de cornes ineptes, un bec pointait des crocs, des plumes remplaçaient des griffes. La faune, victime des ciseaux d'un artiste aux visions difformes, exposait sa monstruosité contenue par les lignes strictes de la croix. Cela résumait peut-être un aspect contourné de la foi chrétienne bourgeonnante dans cette région disputée : le pressentiment d'une furie primordiale et chaotique, à maintenir entravée par un dogme ferme.

Du point de vue d'Uter, la tentative était vaine, vouée à l'échec, et son frère s'abusait en lui accordant de l'importance. Un rai de lumière grise glissait sur l'autel par une fente du plafond. Mais Pandragon gisait renversé au bas d'un banc. Sa chemise déchirée s'ouvrait sur son torse, qu'il martelait des deux poings comme un ivrogne s'accusant d'indignité, au plus fort d'une crise de désespoir.

Lèvres ouvertes sur ses dents serrées, il se frappait la poitrine avec la régularité des battements du cœur, sans ménager ses forces. Leurs regards se croisèrent, bleu foudre et bleu tendre, à la recherche d'une connivence.

« Je ne veux plus, Uter, je ne veux plus. J'ai compris ce que tu disais, à Saras… Des hommes vont mourir pour moi. C'est trop. »

Il avait beau continuer à battre sa coulpe, sa voix restait claire et intelligible dans sa souffrance. Même prostré, il s'engluait dans la grandeur – la mauvaise excuse des rois, comprit soudain Uter.

« C'est trop tard, dit-il d'un ton sans réplique. Tant qu'il n'y avait que nous deux, peut-être… Mais il y a eu l'alliance avec les barons, Constantinople, Urien… puis, à toi seul, tu convertis un pays… D'ailleurs, nous n'avons jamais été deux. La nuit de notre chevauchée… même cette nuit-là, Abenamar veillait, parce que notre frère défunt le lui avait ordonné.

— Notre aîné… Lui fut tout à fait seul, à la fin.

— Vortigern était là. »

À ces mots Pandragon cessa sa désolante pénitence. Il se redressa lentement et se renfonça dans le banc derrière lui. Uter y prit place à son tour.

« Quand nous étions de très jeunes enfants, je t'ai demandé une fois de me parler de notre mère. Tu ne m'as jamais répondu.

— Je me souviens. Je te demande pardon.

— J'ai beaucoup pleuré pour cela. Constant était... mécontent.

— Ma faute envers toi est immense.

— J'ai été seul, alors... Et après ? interrogea Uter en saisissant violemment le bras de son frère. Constant, notre mère, notre aîné... la mort est venue, comme elle viendra pour Vortigern que nous le combattions ou non. Mais je veux y être pour quelque chose ! Pandragon ! Je me moque du passé. Sois mon roi. Je pourrai dire, alors, que j'ai vraiment connu mon frère. »

Il y eut un simple hochement de tête, et le bruit du vent enroulé autour d'une croix grotesque.

*

Parle-moi de ma mère. Il entend la supplique, dans la voix du garçonnet qui tremblote ; parle-moi de ma mère, sait-il ce qu'il demande ? et lui, qui se répète le mot : mère, pourrait-il seulement répondre ? Elle était belle, veut-il dire, très triste, très lointaine ; elle se penchait sur l'eau des ruisseaux pour s'y mouiller les mains et contempler son image troublée ; elle était seule, quand elle caressait la tête des enfants, seule quand son roi la traitait en reine et qu'elle allait avec lui tel un joyau de la couronne ; seule et silencieuse, sauf au jour des cris déchirants, du nouveau-né dans le sang. Le grand silence avait mis un terme à la solitude, mais les cris poursuivent les survivants ; comment dire les cris, à cet innocent-là qui a tué leur mère ? à laquelle il ressemble le plus ; il faudrait lui dire : tu as ses yeux. Mais cela blesse, comme blessent les mots : ma mère, qui rompent entre eux les liens de frères. Tout à coup il en a assez, de cette suffisance du garçonnet, de ce fils du deuil qui ne comprend rien à la douleur qu'il cause ; qu'il s'en aille, vite, vite, le voilà qui regarde le ciel, bouche ouverte : parle-moi des oiseaux, supplie-t-il, moi aussi je voudrais des ailes blanches. Alors le frère se jette sur le frère, qu'il souffre, lui aussi, qu'il souffre par les poings, par le poids de l'impuissance. Un homme accourt, les sépare. C'est ce chrétien au visage toujours sombre. Il ne blâme ni ne console : souviens-toi que tu es son frère, dit-il…

Les pieds dans l'eau glacée, Merlin attendait à la rivière. Il attendait que l'autrefois se délayât dans le courant et lui permît enfin de distinguer le présent. Il tenait entre ses mains un cruchon de vin presque vide, dont les relents, alliés au froid, l'aidaient à s'extraire de sa mémoire. En outre, il remuait et se mordillait continuellement les lèvres, jusqu'au sang, émettant parfois des interjections comme s'il s'efforçait de répondre à un interlocuteur invisible.

Ces quelques monosyllabes lui demandaient beaucoup d'efforts et de concentration, et ce besoin de paroles l'obligeait peu à peu à se soustraire aux caprices des visions.

« Tu ne devais plus boire », fit Abenamar derrière lui.

Merlin s'ébroua : il reconnut le ruisseau qui alimentait en eau le camp de l'armée et le monastère, retira de l'eau ses jambes à peine engourdies. Il fallait davantage que l'hiver breton pour lui geler les membres, le sang mêlé de ses veines aurait fondu des neiges éternelles. Il enfila ses bottes pour se donner le temps de comprendre ce qu'il faisait sur cette berge à l'écart des soldats, ce qu'Abenamar venait y faire, lui qui avait mis en branle la volonté de reconquête et de conversion, et néanmoins ne commandait plus guère, ni ne conseillait, se contentant de hocher la tête quand Pandragon réclamait son avis, oui, non, haussements d'épaules qui décontenançaient de la part d'un homme si austère.

Il avait vieilli. D'un coup, comme s'il consentait à voûter le dos, à blanchir sa chevelure et sa barbe, à creuser sa peau de ridules qui prolongeaient des fosses déjà profondes, consentait à ces préludes de l'âge du déclin, dans quel but ? Des angoisses l'étranglaient.

Pourtant, il relayait toujours les décisions de son jeune roi à l'armée byzantine, dont les officiers lui vouaient le respect dû à un prêtre de chez eux, moins véhément que ceux de la nouvelle Bretagne. Il priait avec eux. Peut-être son vieillissement soudain était-il la marque d'un désir inavoué de changement. Il avait des raisons de craindre le mouvement changeant mais récurrent de l'Histoire : il avait servi trop de rois, sa fidélité récompensée par les défaites, le deuil, l'exil.

La mort lui tenait lieu de compagne, puisque les fils d'un autre étaient sa seule famille, que son espoir de perdurance reposait en Dieu. Il n'avait pas cinquante ans et déclinait tel un vieillard.

« Rassurez-vous, maître, répondit Ulfin ranimé, je suis tout à fait sobre. La lie de vin qui stagne dans cette cruche bouleverserait l'estomac bien avant de troubler les sens. Aussi n'ai-je aucunement l'intention de la boire, mais de me livrer à une cérémonie de mon cru. »

Il s'inclina sur l'onde et y lâcha le récipient. Après des va-et-vient furieux qui évoquaient une noyade, le cruchon se mit à flotter au gré du courant.

« Adieu, vin de ma vie ! dit comiquement le page. Qui sait quand elle se brisera, maître, qui sait ?

— Cesse tes jeux, Merlin », coupa l'ancien héraut.

D'un nom il rompait ainsi le pacte secret, par lequel ils s'étaient attribué à l'un et à l'autre les titres de maître et serviteur, depuis longtemps sans valeur pour eux. Ce n'était pas par pure bonté d'âme qu'Abenamar, les bras chargés de deux rejetons royaux, avait toléré la compagnie d'un troisième enfant pour franchir la mer en direction de Saras. Merlin, Ulfin, qu'est-ce qu'un nom ? Mais la Bretagne d'alors bruissait des légendes au sujet d'un garçon doué du don de prophétie.

Certains l'avaient cherché : un roi, un fils de Constant ! avait été assassiné, les coupables restaient introuvables. Y avait-il meilleure raison de consulter un oracle ? On ne le trouva pas. Contre la promesse d'une prédiction, Merlin avait acheté le droit de vivre avec des exilés.

« Il est tôt encore, dit doucement Merlin. Demande après la bataille, une fois le calme revenu.

— La bataille ! s'emporta Abenamar. J'y peux mourir comme un autre. Suggères-tu que j'en reviendrai, ou bien essaies-tu de gagner du temps et d'éviter cette conversation, en pensant que je ne serai plus là pour l'avoir ? Non, non, ne te défends pas, ne justifie pas tes réticences ! Si je t'interromps, ce n'est pas sur une impulsion. J'ai beaucoup prié, sereinement, au contraire des guerriers qui se roulent dans leur croyance comme dans la fange, parce qu'ils ont peur de mourir, et que les prêches passent le temps. J'ai peur moi aussi, pour la vie de mes garçons – et Dieu ne répond rien quand je m'adresse à lui, que je l'implore… à moins que Son silence soit la réponse que je mérite. En ce cas, mon péché est grand… je m'en repens, mais je veux savoir. Si cela me condamne à Ses yeux, que Sa colère me frappe ! Je ne me dispense pas de Sa loi. Son châtiment me sera plus cher que ma vie. »

Ces paroles superbes et misérables montraient l'état d'extrême détresse dans lequel l'homme vieillissant passait ses jours et ses nuits, au point d'oublier toute réserve : chrétien, il admettait les fragilités de sa foi ; tuteur contraint, il confessait ses attachements de père adoptif, qu'il n'aurait jamais exposés en tant que tels aux fils de Constant. Que de sentiments rentrés, au nom des usages et des formes ! Mais les manières distantes d'Abenamar, l'honorabilité attachée à sa personne avaient évité à ses protégés l'ignoble soupçon de bâtardise ; cela et leurs yeux bleus caractéristiques.

Qu'il cédât à présent à un accès de faiblesse apparente en disait moins sur l'homme que sur les enjeux de la bataille à venir. Merlin aurait voulu le détromper, affirmer sans ambages que l'affrontement constituerait une quelconque péripétie, aussi inoffensive que les sempiternels bavardages des barons, à l'abri de leurs tentes.

En amont du ruisseau, des chevaux têtes basses buvaient à pleine bouche, leurs larges queues balayant d'invisibles gêneurs. Tandis que les soldats s'enferraient dans leurs mauvaises habitudes, les bêtes étaient magnifiques. Il était fréquent de voir Uter leur tenir compagnie, à l'écart des troupes, soignant l'une ou l'autre, accordant à certaines une rare caresse. Quand l'envie le prenait de chevaucher et quoiqu'il s'en défendît, il revenait inlassablement auprès du cheval blanc de Pandragon, devenu une monture au port fier et aux muscles puissants.

Ce comportement trahissait un reste d'innocence, de joie enfantine dans le rapport à l'animal préféré aux frères d'armes, ainsi que la désinvolture à l'égard des questions purement militaires : même lancé au galop, Uter n'agissait pas en cavalier anxieux de se préparer au moment de la charge. Il semblait au contraire profiter tout entier du bonheur pur de la cavalcade, des réponses promptes du cheval à la pression des genoux, au claquement de la langue, aux sursauts des rênes.

Les moments de paix en temps de guerre étaient toujours tiraillés entre l'insignifiance – à quoi bon se consacrer à rien de durable ? – et l'intensité, puisqu'il fallait vivre et que la vie, tout à coup, se réduisait exclusivement à l'instant, même banal, même inconséquent. Uter chevauchait le temps perdu sans y penser, prince de peu, domptant sa rage de vivre au bord d'une eau étroite.

Dans l'immédiat, l'image d'Uter farouche manquait à Merlin, privé d'échappatoire face aux exigences d'un patriarche désespéré. Il fallait répondre à une question encore informulée, qu'il lui était aisé de deviner. Le pacte datait. Les paroles, de toute façon, n'avaient pas le pouvoir de nier ou de faire advenir le réel. Tôt ou tard, les visions de Merlin prenaient la forme du monde en marche.

Le vin avait fini dans le ruisseau, il n'avait plus l'ivresse pour justifier d'une mémoire oublieuse :

« Que veux-tu savoir ? Réfléchis bien, sois précis. Si je peux jouer sur les mots pour rendre ma réponse ambiguë, je le ferai. Je te préviens par amitié. Mais j'ai mes propres obligations, qui pèsent davantage que des accords passés trop légèrement, dans mon enfance.

— Même alors tu prévoyais ce moment ! Tu n'as jamais été naïf. Tu connais tant de secrets que, si on les forgeait en anneaux, ils formeraient une chaîne séculaire… Des générations d'hommes n'en verraient ni le commencement, ni la fin. Et ce savoir, tu le partages de mauvais gré, par énigmes ! Non, je ne veux pas de ton amitié… Tu es toujours un ivrogne, beau parleur de mauvaise compagnie, qui apostrophe le passant en criant : je connais toute la vérité, mais je ne dirai rien ! Tu réclames l'attention ! Pourtant tu ne fais pas grand-chose. Le soldat qui tombera sous la première flèche aura été plus important que toi… Tu m'auras surpris en te portant volontaire pour porter les messages de Pandragon. Je comprends maintenant que tu répugnais à laisser à un autre le droit d'apprendre ce que tu sais déjà ! Tu as mangé à la table des rois ? Il te reste à boire l'amertume et la rage… Tu mourras comme n'importe qui ! »

Abenamar proférait ses accusations avec la verdeur d'un prophète d'apocalypse, démantelant les pauvres privilèges de donneur de leçons et d'instigateur de mystères de Merlin. Celui-ci tituba sous le choc ; il avait lutté contre le démon son père en recourant aux ruses de la langue et aux éclats des conjurations. Uter avait été son instrument le plus subtil, irréfléchi et manipulable, si prompt d'ailleurs à commettre des erreurs et à servir d'autres intérêts que les siens.

Trop confiant, Merlin s'était persuadé que le démon, naturellement enclin à la violence et aux plaisirs charnels, restreindrait ses offensives à ses deux manies. Pas une fois ne lui était venue l'idée qu'Esquibedes pût changer, devenir autre que l'être pervers qui souffrait de ne pas faire souffrir.

Abenamar dans sa colère trouvait les mots, les formules qui lui ouvraient l'esprit et le cœur de son soi-disant page. Le doute allait entre eux et les ravageait de sa peste, doute odieux que chacun déversait soit dans la prière, soit dans le sang, depuis que l'un croyait en Dieu et que l'autre avait un diable pour géniteur. Le doute était une épreuve venimeuse qui les opposait, à l'aune de leurs promesses imprudentes.

Autrefois, Abenamar avait prêté serment à un roi impuissant de protéger ses deux frères ; il les avait reconduits au lieu le moins sûr pour eux. Autrefois, Merlin avait offert de livrer un secret de l'avenir, afin de grandir dans le foyer d'un futur roi ; le secret ne lui appartenait pas. C'était la vie et la mort des hommes, de qui les chroniques et les chansons font des portraits factices, incomplets, dont les actes ne résumaient ni la grandeur ni les malheurs, à qui l'admiration ou l'amour offraient de piètres consolations.

La prière d'Abenamar avait duré sa vie entière. Pour raconter le destin des fils de Constant, il faudrait à Merlin autant de mots qu'ils en avaient prononcés, autant de temps qu'ils en avaient gaspillé, autant d'espoirs et de passion qu'ils en avaient épuisés à courir le monde.

Au bout de ces promesses intenables, il y avait la folie.

Celle-ci coulait rouge dans les yeux d'Abenamar ; les vaisseaux sanguins se boursouflèrent, rompirent barrage, inondèrent en lac écarlate les globes oculaires. Devant le regard possédé, Merlin trembla. Il voulait fuir – ses veines charriaient des pierres froides, des blocs de glace qui le tétanisaient, le forçaient à tomber à genoux.

En sacrifiant sa chair sous l'épieu d'Abenamar, le démon avait gagné ce qui pour lui s'apparentait à la liberté. Il restaurait des désirs inavoués dans le corps de sa proie, instillait la frustration dans la sérénité des prières, cela sans crainte que son fils s'interposât : il avait conquis l'homme comme on conquiert un royaume, par la conversion et la terreur, par des contournements de la parole et des détours de la pensée, jusqu'au coup de grâce : l'appropriation du corps.

À travers les confusions humaines, il renouait avec le pire de sa nature volatile et mauvaise, avec des façons nouvelles de subjuguer son fils. Il comprenait enfin les recours de sa chair, ce qu'avaient de fascinant les fragilités qu'il avait méprisées auparavant, lui dont les métamorphoses cherchaient à combler les faiblesses, comme un armurier s'applique à amoindrir le défaut de la cuirasse.

À cause de la dispute déchirante entre Abenamar et Merlin, il prenait d'un coup l'ascendant sur eux, compliquant à l'envi le cours de leurs pensées où il insinuait les siennes, mesquines, controuvées, molles parois d'un labyrinthe, sans cesse changeant. Contre le piège, Merlin banda ses forces – il errait déjà trop en avant au gré des circonvolutions imposées par son père, encombrement de monstres sans queue ni tête et foisonnement de cris d'agonie qui dissipaient comme rien les velléités de résistance.

Une bête mourait encore et encore dans ce mirage infernal, bouleversé par des coulées de boue grisâtre. Comme il se défendait de plus belle, Merlin se fit merle. En esprit ou sur la berge, il n'aurait su le dire. Il pataugeait.

Ses ailes collaient à la terre humide, ses pattes s'enlisaient. En même temps ses poumons se vidaient d'un air glacé qui retombait sur lui en cristaux étincelants. Incapable de se dégager, il haleta, émit un gémissement trop humain en écho lamentable aux râles bestiaux qui l'assaillaient de toute part. En se débattant, il crevait des cloques de boue.

Il lui fallait s'envoler, se défaire des lourdeurs insoutenables du monde. Le ciel au-dessus devait ouvrir son long champ de bleuets, dont les pétales nuageux glisseraient sous les plumes sans les accrocher. Il ne le voyait pas. Ici le paysage s'effondrait sur lui-même à la manière d'une charogne rongée par les vers. Merlin plus que tout redoutait la mort lente, celle qui durerait dans ses souvenirs, les souillerait d'une lèpre sèche.

Son sort était incertain ; il aurait voulu employer ses visions pour s'en assurer, s'en éloigner au besoin en s'immergeant dans un passé plus heureux. Mais le démon son père était un voleur aux convoitises précises, occupé par le malheur de son fils dans la mesure où il lui facilitait l'accès au malheur des hommes. La mort de Merlin, quelles que soient ses circonstances – bref flamboiement ou pourriture consciente –, attendrait la mort des rois.

« Merle, mon petit merle, j'ai tant de questions pour toi et le pacte qui te lie à celui que je possède t'oblige à me répondre…

— Une seule fois, balbutia Merlin sans savoir par quelle bouche ou quel bec, je ne dois répondre qu'une seule fois.

— Encore faut-il que tu te souviennes d'avoir répondu. Je vois en toi comme dans un livre ouvert, petit merle, seulement je ne sais pas te lire : la langue m'est inconnue, les lettres sont en désordre. Déchiffre-toi pour moi. Si ta réponse me déplaît, je tournerai tes pages au hasard : perdu dans le méandre de ta mémoire, tu oublieras que je t'interroge, que je t'écoute. Tu seras le dormeur qui révèle malgré lui ses secrets en croyant donner la réplique à son rêve. »

Il énonçait la vérité, mêlée de sarcasmes, parce que celle-ci ne pouvait lui nuire et même rendait plus vive la défaite de Merlin, stupidement surpris à une minute de délassement. La rude leçon se répétait : Aubéron, Esquibedes, la dame du lac l'avaient à leur façon chacun mis en garde, contre son affection pour des gens qui, selon leurs propres mots, ne le considéraient pas comme un ami.

Il s'était limité par des règles non écrites, vaille que vaille convaincu qu'une image sublime, un triomphe sur le fugitif lui seraient dévoilés, à la fin. Le doute, l'affreux doute le tenaillait ; peut-être ce doute prouvait-il assez le bon droit du démon. L'image sublime risquait de s'avérer illusoire, donc immonde – et Dieu se taisait.

L'enfer d'Esquibedes consolait du moins des espoirs déçus : la souffrance, toujours la souffrance, occupait l'éternité. Malgré cela Merlin était frappé de terreur à cause des ailes inutiles, de l'inspiration qui ne venait pas, de l'expiration qui ne finissait pas. Il céderait, oui, il céderait au besoin fou de s'échapper en souvenir.

« Dis-moi, petit merle, Pandragon le pieux régnera-t-il ?

— Non, éructa Merlin.

— Non ? Quel dommage ! Je l'aurais corrompu par des louanges de prêtres, qui couronnent les monarques avec le nom de Dieu, puis les appellent tous deux : Seigneur ! Dis-moi encore : Uter le furieux régnera-t-il ?

— Non.

— Lui non plus ? Je suis déçu : j'avais une revanche à prendre… Une femme lui aurait saccagé le cœur. Mes questions sont mauvaises, petit merle… “Oui, non”, c'est insuffisant. Tu es malin. Un autre s'y laisserait prendre. Moi, j'apprends de mes erreurs ! Comment meurtrir le royaume de Bretagne, voilà ce que tu vas m'enseigner. Ensuite, tu me rendras mes ailes. »

Comme un oiseau blessé, d'un cri saluer l'arrêt des sphères, étoiles et planètes dont le long défilé enserre l'espace dans sa chaîne, mille et mille fois brisée de lumières, mille et mille fois forcées par les hauts regards demandeurs d'asile ; le monde passe, la grande énigme. D'amers cavaliers font signe, ici ; leurs cils abattent des larmes, ici ; la stèle porte des noms illustres, pâture pour des corbeaux de pierre. Des runes brillent sur l'envers des roches, runes sanglantes dédiées aux morts et aux dieux – pour l'oiseau, même chose. Ces lueurs l'affolent, l'aile contre son flanc tressaille sans qu'il le veuille. Quelqu'un approche, il ne peut fuir.

*

La dame du lac attendait. Des jours et nuits durant, elle nouait des fils d'eau changeante, teintés de lune ou de soleil pâlissant. Elle aimait les couleurs froides, où se glissaient des caresses de poisson. Laissée encore longtemps à elle-même, elle se serait enfoncée dans un abîme afin de s'émouvoir des nuances de ténèbres.

Là-bas aussi, cependant, clignotaient de rares lueurs grâce auxquelles les tréfonds paraissaient différents. Aubéron autrefois lui avait promis des merveilles énormes ; d'un geste, il assurait pouvoir ébranler la terre rigide, en extirper des bourgeonnements généreux de fougères, de houx, et de trèfles, de charmes blancs ; des floraisons luxueuses d'angéliques, de bruyères, de genêts, d'ajoncs flamboyants, pour ensoleiller avec délicatesse une vallée d'amour. Il promettait le printemps, sans comprendre qu'elle était attirée par les eaux mortes, l'effondrement prolongé des roches érodées au cours de nuits venteuses, sillonnées d'éclairs en suspens. Elle rejeta Aubéron, referma les bras sur son cœur noir et se prépara à une solitude éternelle.

L'éternité dura le temps de la mue, traversée par de bizarres reflets, par une épée vulgaire, par un guerrier blessé. Elle désirait renaître au monde ; Merlin était venu. Elle l'attendait.

Sur la bosse pierreuse d'un détour de rivière, une

cruche se brisa et précipita son vin âpre dans l'eau douce. L'invitation était discrète, presque inquiétante. Dans les filaments rougeâtres, Merlin reproduisait les fulgurances de ses visions, bientôt disséminées. Le lien ainsi créé était ténu. Il s'y glissait parfois une goutte de sang, goûteuse comme une déclaration, effroyable comme un meurtre.

La dame du lac répugnait à partager des messages si primitifs. Mais ils signifiaient une confiance absolue de la part de Merlin, puisque ses sortilèges étaient constitutifs de sa personne, puisqu'à vrai dire il était tout entier un sortilège lancé sur le monde et chaque aspect de lui un fragment de l'enchantement.

Alors elle s'imprégna du message par le truchement de la rivière. Aussitôt elle suffoqua sous le poids d'un savoir intrusif, tragique, dont elle n'avait pas voulu, du moins pas si tôt ni si vite, et qu'elle rejeta avec une colère immense.

Cette humeur remua les eaux, les leva telles des lances pures rêvées par un dieu forgeron, les emporta d'un cri vers une rive où la dame n'était pas – elle y fut tout à coup, sa nudité brillante comme une armure, son visage limpide où passait un mouvement de haine. Elle sortit de la rivière ses poings fermés dont tombèrent des faisceaux liquides. Mais au creux de chacune de ses paumes elle conservait une pointe sanglante qu'elle expulsa soudain à travers les lances que sa colère avait engendrées.

Elle brandit une paire d'entre elles et les envoya puissamment contre l'ennemi dressé là. Les deux traits ruisselants se plantèrent dans les yeux cruels du démon, qui tomba à la renverse.

Il n'y eut pas de cri. Merlin à genoux s'était tourné vers la dame et semblait lui demander pardon.

« Tu me dois une vie, dit-elle sans chaleur.

— Peut-être un peu plus, répondit-il doucement. Ta mue s'achève.

— Tais-toi. Tu ne sais rien de ces choses. Plus tard, tu me feras le récit de la folie des bêtes, tu m'expliqueras pourquoi j'ai horreur de sentir en toi les rivalités du ciel et de la terre ; tu me diras pourquoi tu es malheureux. Maintenant je m'en vais. Ce pays est trop plein de passions mauvaises, l'air d'ici affame et mord. Ne te laisse pas dévorer, Merlin ; je ne reviendrai pas. »

Elle plongea et disparut dans un ondoiement de sa chevelure.

« Je ne sais rien de rien, dit Merlin pour lui-même. Je suis un oiseau en cage qui ferme les yeux pour ne plus voir les barreaux.

— Tu es l'esclave de tes opinions, corrigea la voix d'Abenamar, parce que tu crois n'avoir rien à craindre de plus implacable que ta conscience. Le saint a dit : l*a crainte est la gardienne de l'innocence.* Tu es innocent des crimes des hommes, Merlin, comme je le suis des persécutions infligées par le démon. Pourtant je prierai et demanderai pardon, car j'ai peur du jugement ; ma peur est condamnée à se vaincre elle-même.

— Des prières, tant de prières… Ta sagesse m'est obscure, répliqua Merlin en se levant pour aller aider l'ancien héraut. Mais elle me rassure : le démon s'est retiré de toi.

— Oui. Le trouble qui grignotait mon esprit a cessé. Je respire mieux. Mais je n'y vois plus », ajouta-t-il en ouvrant ses orbites vides devant le visage anxieux de Merlin.

Ce dernier retint un gémissement. Les lances de la dame du lac avaient purgé la malfaisance et s'étaient évanouies aussitôt, cependant leur puissance brutale avait anéanti l'œil avec le regard. Très digne, presque impassible, Abenamar marchait appuyé sur le bras du prophète redevenu page. Ils ne parlaient plus, le silence consacrant leur complicité nouvelle, où négociation et marchandage n'avaient pas leur part. Comme il n'y avait pas de chemin, ils trébuchaient parfois et se retenaient l'un à l'autre.

*

Une bruine assombrissait les berges. Les herbes hautes se penchaient sous les gouttes fines qui les enveloppaient d'une morne passementerie. Des relents de terre crue montaient à la rencontre de la pluie et planaient au-dessus des premières flaques, nées au creux de la route molle et bordée de taillis dégarnis. Les sabots frappaient fort le sol, pas encore assez humide pour que galoper mît en danger la monture et le cavalier, qui de toute façon n'en tiendrait pas compte.

C'était Hengist, noir de barbe et presque chauve, Hengist avare d'or et de temps, mais filant sans cesse à travers le royaume pour menacer ou promettre, flatter ou blâmer, Hengist dont la dextre tenait les rênes et la senestre l'épée. Les barons affirmaient qu'il lisait le destin de plusieurs royaumes dans ses longues mains, et que par ce moyen il gouvernait les Saisnes et Vortigern, c'est-à-dire la Bretagne.

Des plaisanteries forcées couraient sur son compte. D'un feu à l'autre les soldats faisaient des gorges chaudes du sénéchal saisne reprisant les braies de l'usurpateur. Urien ne riait pas. Alors que tous ils se gobergeaient, avec des chansonnettes fanfaronnes, son silence intimidait.

Contrairement aux usages, il venait seul. Pour tout autre ambassadeur, une telle audace aurait présagé un sort funeste – on envoyait ainsi en orphelins les porteurs de mauvaises nouvelles. Lui affourchait son cheval avec insouciance et même le contraignait à des voltes inutiles.

Quand il se présenta aux portes du monastère, sa légende avait déjà parcouru tout le camp. Aux sentinelles qui le hélèrent, il accorda un ricanement bref, sans joie, où perçait le mépris. Devant leur insistance, il leur montra de l'index son œil mort, le droit. Un coup de dague l'avait crevé au temps des vieilles guerres. Ce geste voulait dire : ce que je ne vois pas ne saurait exister. Il résumait sa politique.

Malgré les signes de son arrogance, son habit était humble : sa cape pleine d'accrocs flottait sur ses épaules, les longs pans se rabattant selon les mouvements de sa monture au crin jaune crème, couvrant et découvrant tour à tour un vieux pourpoint de laine troué. Ses braies et ses bottes étaient fraîchement crottées de boue, ce qui suggérait qu'il n'était monté à cheval qu'à l'approche du camp. Aucun bijou, aucun ornement n'indiquait sa distinction. À sa ceinture pendait une épée à pommeau doré ; c'était tout. Par contraste, la robe fauve de son étalon paraissait un étalage de richesse illusoire, un luxe pour les yeux seuls. Pour les sentinelles, cette couleur rare évoquait de vieux contes dans lesquels des présomptueux commettaient la folie de chevaucher le soleil. Hengist, à n'en pas douter, amenait le malheur.

Enfin l'abbé Protais accourut. Il donna des ordres, renvoya les soldats et s'inclina devant l'ambassadeur, reconnaissant son statut d'hôte. Le Saisne ne démonta pas et suivit, toujours à cheval, le moine qui lui ouvrait le monastère.

Depuis un instant Pandragon était prévenu, Uter et Urien avec lui. Dans une grange modeste, mais spacieuse, on avait installé un siège pour le roi, jeté par terre des peaux et apporté du vin. Pandragon, assis, voulait attendre Abenamar. Il portait sur sa poitrine le collier de l'alliance et la bague à trois branches à son annulaire. Sa coupe remplie à ras bord roulait nerveusement entre ses doigts et répandait de grosses gouttes. Une telle agitation agaçait Uter, qui voyait dans cette visite une ruse pour gagner du temps ; il grattait du pouce le plat de sa lame et faisait les cent pas.

Urien se tenait près de son roi, l'air pensif, les deux mains posées sur l'embout de sa hache. Ses épaules arrondies lui donnaient des allures de bourreau à l'écoute d'une condamnation. Les manières rébarbatives de Hengist incitaient à la rapidité.

En d'autres circonstances, des semaines auraient pu s'écouler sans que Pandragon consentît à une entrevue avec un envoyé de Vortigern. À Constantinople, le jeune monarque avait bénéficié d'un aperçu des pratiques d'ambassade, tout en lenteurs et en non-dits, pétries de romanisme. Elles représentaient un luxe de civilisation, entre partenaires respectables

– il s'agissait ici de jauger l'adversaire avant le combat, ce qui exigeait peu de raffinement. L'abbé introduisit le sénéchal qui observa l'assemblée de son œil valide, brillant de malice.

« Il n'apporte aucune lettre de créance », dit Protais d'un ton satisfait.

Il se réjouissait secrètement de jouer les intercesseurs. L'absence d'Abenamar faisait de l'abbé la seule figure d'autorité religieuse vers laquelle le roi pouvait se tourner. Il n'y avait qu'à regarder les mâchoires crispées d'Uter et d'Urien pour anticiper le contenu belliciste de leurs conseils.

« J'apporte tout de même un présent, fit Hengist. Mon cheval ! La couleur de sa robe vous déplaira peut-être, mais il a l'habitude des hivers d'ici. »

Il parlait vite, en breton, avec un accent appuyé qu'il n'essayait pas d'atténuer et même exagérait de façon perceptible.

« Je l'accepte. Mon père, ayez l'obligeance de servir à boire à notre invité. »

Le Saisne refusa d'un geste.

« Acceptez-le, ne l'acceptez pas, s'il survit à cette guerre je vous le reprendrai ! »

L'abbé prit un air catastrophé et protesta :

« Messire, vous êtes l'hôte du roi et le mien, surveillez-vous ! »

Pandragon avait pâli. Il sembla un instant qu'il allait boire une gorgée et se contenir. Le pouce d'Uter glissa sur le fil de sa lame et se coupa. Sans avertissement, Pandragon porta la coupe contre son collier, fit tinter l'or contre l'acier et renversa son vin entre ses pieds.

« Urien, dit-il d'une voix neutre, si cet homme s'avise encore d'insulter mon hospitalité, tuez-le. »

Le vétéran resserra ses deux mains sur le manche de son arme. Hengist eut un sourire espiègle, passa la pointe de la langue sur ses lèvres et referma la paupière sur son œil mort. Il parut moins sauvage.

« C'est bien, énonça-t-il sans accent, je sais ce que je voulais savoir : vous êtes un roi. »

Cette déclaration inattendue changea tout. Elle sonnait comme une reconnaissance sacrée – une intronisation, pensa Uter qui estimait le ton respectueux plus insultant que les provocations. De quel droit le Saisne accordait-il ou déniait-il le titre de roi à son frère ? Il parlait encore :

« Vortigern ne bougera pas de Sarum ; il s'est retranché et peut compter sur quelques milliers de lances pour le défendre. Il a pour lui des Germains, des Pictes, des Scots, des Vikings… qui viennent par aveuglement et par convoitise. Il leur promet des titres, des terres et de l'or. Beaucoup sont de la vieille foi : il leur a fait peur en prétendant que vous vouliez fonder un royaume exclusivement chrétien.

— La vieille foi ? releva l'abbé. Vous ne partagez pas ces croyances ?

— Qui sait ? Les Bretons ont la mémoire courte, rétorqua Hengist en retrouvant un ton sarcastique. Avant que Constant – et Vortigern ! – nous ait repoussés vers la Mercie, toutes les terres que vous réclamez maintenant nous ont appartenu ! Il y a des chrétiens parmi les Saisnes depuis longtemps.

— Nous disant tout cela, qu'espérez-vous ? s'enquit Pandragon. L'usurpateur sentira notre colère. Des paroles ne nous effraieront pas.

— Et vous aurez tort ! Ce ne sont ni l'hiver, ni les armées qu'il faut craindre. Vortigern ? Ce n'est pas lui qui m'envoie. À notre dernière rencontre, il a menacé de me pendre la tête en bas.

— Alors, pour qui parlez-vous donc ?

— Pour la horde qui s'impatiente et réclame les têtes de rois bretons… Mon peuple, comprenez-le, se moque bien des questions de légitimité.

— Il nous menace ! s'offusqua Urien. Seigneur, donnez l'ordre ! »

La hache tremblait comme un chien en alerte.

« Non ! Qu'il s'explique ! »

Hengist, devant tant de trouble, avait croisé les bras sur sa poitrine. La pointe de sa barbe frémit quand Urien l'accusa. Cependant personne ne contestait l'autorité du jeune roi. Pour le rusé sénéchal, c'était un mystère : il soupçonnait des tensions enfouies, remarquait les grimaces et les lames polies. Et ces guerriers debout à la mine sinistre obéissaient au souverain assis !

« Malgré notre dispute, Vortigern est persuadé que mon peuple le soutiendra. Il se trompe peut-être… Moi seul tiens les rênes. Je pourrais le rallier et nous verrions alors qui de nous tous chevauche le mieux ! Mais l'Église vous soutient, et les baronnets de la Petite Bretagne, et les Byzantins… vous avez beaucoup d'amis ! Et Vortigern a fait le vide autour de lui. Son armée, braillarde, sans unité, finira par se retourner contre lui et par tout ravager. Trop de peuples alors auront trop de rancunes… Il y a autre chose. Sous sa précieuse tour, Vortigern couve une malédiction… je ne sais laquelle au juste. Des ouvriers sont devenus fous. Je n'ai pas l'intention de risquer mon esprit en défendant Vortigern. Pourtant, il pourrait vous vaincre et se retourner contre moi, si je l'abandonne.

— Vous avez de grands dilemmes, et aucune envie de trancher.

— Quelle clairvoyance ! Or, mes dilemmes sont un peu les vôtres. Mon influence sur les Saisnes n'est pas inébranlable. D'autres chefs, moins raisonnables que moi, me reprochent mes sympathies à l'égard des Bretons ! Ils aimeraient, eux, fondre sur le royaume et faire un grand feu de joie.

— Quel moyen subtil avez-vous en tête ? Vous avez survécu à d'autres conflits : je me souviens avoir entendu Constant prononcer votre nom, pour le couvrir d'injures.

— Ah, votre père était un grand roi ! Je l'ai beaucoup haï. Quand il prenait une décision, il n'en démordait plus. Il m'a souvent combattu, et parfois nous avons combattu ensemble. Grâce à lui, je suis devenu sage… Le moyen, donc, vous déplaira. Vortigern ne s'engagera sans doute pas personnellement, mais il ne refusera pas la bataille rangée. Je serai à Sarum, avec une armée saisne. Je connais mes troupes, lentes, indociles… Je prévois qu'elles interviendront à la toute fin des combats, en faveur du vainqueur probable. »

Il continua ainsi. Tout, dans son plan, était hypothétique : les réactions et les décisions de Vortigern, son emprise sur les Saisnes, le déroulement du combat… il pariait contre l'usurpateur, à tous les coups, qu'il fût vaincu ou non. Mais il fallait sauver les apparences, qu'on n'aille pas lui reprocher d'être resté spectateur et profiteur, quand le sort de la Bretagne se jouait devant lui.

C'était pourtant son but, il le cachait à peine. Ou plutôt, la chose était si évidente dans ses propos qu'elle en acquérait un caractère bénin : il décrivait différents résultats, triomphes et désastres, du ton je-sais-tout de l'hagiographe bien informé, qui distribue les torts et les mérites en fonction de leur compatibilité avec sa version de l'histoire.

Une vertu fragile le rendait moins répugnant au goût du jeune roi : il se souciait de son peuple, ce qui constituait un point d'entente entre ces chefs si dissemblables. Si Vortigern l'emportait, eh bien ! la participation des Saisnes garantissait la légitimité de leur mainmise sur la Mercie, au moins le temps que la Bretagne s'effondre sur elle-même. Si au contraire Pandragon triomphait, les Saisnes demeureraient la seule puissance ferme au nord du royaume. Alors, on rediscuterait.

« En somme, vous voulez conserver les terres que l'usurpateur vous a cédées en gage de paix, quel que soit le résultat de la bataille ; les terres que Constant vous a disputées pendant des années !

— Les terres qui ont appartenu à ma famille et que vous avez dévastées, gronda Urien.

— Les guerres de Constant sont de l'histoire ancienne. Le droit des Bretons sur la Mercie n'a jamais été durablement établi. Vous voulez le revendiquer ? Votre peuple est exsangue. Combien de guerres comptez-vous mener en un seul hiver ? Les Byzantins, jusqu'où vous suivront-ils ? Et les baronnets, ont-ils à faire si loin au nord ? Je vous donne l'opportunité d'un règne : guerrier ou paisible, selon votre bon vouloir.

— Vous proposez de trahir, rétorqua Uter, sans

offrir de garantie. Quand nous aurons battu Vortigern, votre armée indemne pourrait aisément se retourner contre nous.

— Quelle garantie vous satisferait ? Des otages, des chevaux ? Un trésor, peut-être ? L'urgence ne permet pas ces délicatesses. Bientôt le plus dur de l'hiver sera sur nous. Les doigts des soldats gèleront sur les hampes des lances, la nourriture manquera. En quittant le sud, Vortigern a laissé les greniers vides. Si vous cantonnez jusqu'au printemps, attendez-vous à voir vos forces fondre comme neige au soleil : les barons ont des champs à exploiter, des paysans à surveiller. Avec quelle solde retiendrez-vous les soldats ?

— La foi nous unira et nous soutiendra ! proclama Protais.

— Ah, placez vos espoirs en Dieu ! J'ai hâte d'assister à un miracle ! »

La méchante plaisanterie échappa à l'abbé, qui se sentait le droit d'espérer des fléaux, des plaies, des supplices divins pour l'ennemi, maintenant que le Seigneur lui avait envoyé un roi chrétien pour fonder des églises et verser l'eau du baptême sur les fronts des soldats. Cependant Pandragon évoquait dans son for intérieur l'image d'une croix animalière, se remémorait la conversation avec son frère, sur le banc froid de l'église ; Abenamar n'était pas là pour lui redire la gloire des martyrs et les exploits de David.

Il pensa à un autre absent, au frère aîné qui peut-être avait moins démérité qu'on le racontait, au coin du feu, bien qu'il ait perdu ses batailles et sa vie. Il avait régné, ce pauvre frère, plus longtemps que

Pandragon, et dans des conditions autrement défavorables. Il n'avait eu ni le dieu unique, ni un frère querelleur pour lui enflammer le cœur. On se souvenait à peine de lui ; on ne le nommait pas. Quel étrange commerce que celui des rois, à mettre leurs noms dans la balance avec les peuples, à souffler sur l'un et l'autre plateau afin d'obtenir, brièvement, un sentiment d'équilibre.

Quel étrange métier, dont il avait appris les devoirs et non la manière correcte de les accomplir.

« Nous serons alliés pour cette fois, seigneur Hengist, si l'on peut appeler alliés deux adversaires qui rechignent à se battre. Nous serons alliés, répéta-t-il en levant une main pour imposer le silence à Urien, mais si au jour dit vous nous trahissiez, chaque vie bretonne vous en coûterait le triple, car aucun d'entre nous ne demanderait grâce. Vous auriez des victimes, non des esclaves. »

Le Saisne hésita à répliquer. La paupière qui couvrait son œil mort trembla. Enfin, il acquiesça avec un sourire crispé. Il paraissait étonné d'une décision si prompte – Vortigern l'avait habitué à des conciliabules plus âpres.

« En gage de bonne volonté, reprit Pandragon, je vous ferai un cadeau qui, d'après moi, égale le vôtre. Il se trouve que votre sœur est depuis peu mon hôte. Je la remets, libre, à votre discrétion. Uter, s'il te plaît. »

Pour la première fois Hengist eut une expression contrariée. Uter en sortant l'aperçut qui marmonnait à l'oreille de l'abbé et désignait le vin, pendant que son frère impassible se lissait la moustache.

*

Les yeux ont éclaté ; l'eau a lavé le sang, l'essence et le démon défait ressent l'effroi de l'air et de la terre, sur laquelle il retombe en crachin dérisoire, ce n'est pas ce déluge démesuré dont les grandes frappes ont mis le monde sens dessus dessous, il s'enfonce, des vers approfondissent leurs tunnels où il s'estompe à petit feu, il n'est plus déjà que la gouttelette dévalée au fond d'un verre, d'un gouffre, tout cela est long comme l'éternité, comme l'agonie d'un dieu ancien qui apprivoise sa blessure avec du poison, et brûle sans comprendre à quelle haine il s'alimente, à quels charniers il puise des idolâtries. Il y a du sang sur l'os, dont la mort ne veut pas lorsque louve elle broie les visages, apposant sa face blanche et sèche même sur les dieux déjà morts, enfouis sous des stèles immenses. Et le démon mourant ne veut pas mourir…

*

Elle était nu-pieds et priait à genoux, vêtue d'une robe très simple. Elle disait les mots dans sa langue à elle, aux consonnes chantantes. Uter sans parler la tira de sa cellule, et même il l'aurait portée sous son bras si elle n'avait pas tenté de le frapper à la tête. Il porta la main à son cou en souvenir de sa morsure. Il y avait des gardes. Ils la menacèrent du poing et du gourdin ; visiblement elle n'avait pas peur, mais elle saisit son intérêt et se calma pour s'épargner des coups.

Elle ne demanda pas où il l'entraînait. Pourtant elle posa une question, à laquelle il ne put s'empêcher de répondre, car la réponse le possédait depuis son enfance, depuis qu'Abenamar en l'asseyant de force sur ses genoux avait voulu lui enseigner la différence entre le bien et le mal, le juste et l'injuste, et qu'il avait retenu la haine et l'amour.

« Si Vortigern se soumettait à toi, le tuerais-tu ?

— Oui, répliqua-t-il machinalement.

— Ah, sans hésiter ! Et s'il se rendait à Pandragon ? Le tuerait-il, ou l'enfermerait-il dans une église, en espérant sa rédemption ?

— Il ferait ce que bon lui semble, dit Uter en s'arrêtant brusquement pour lui faire face. Même alors, je le tuerais !

— Même alors ! Malgré ton frère ! Pourquoi ?

— Je hais Vortigern.

— Tu ne le connais pas !

— Pourtant, je le tuerais… pourquoi, pourquoi ! Qu'importe ! Il est mon ennemi. Le tuer sera une victoire.

— Alors moi aussi, si je peux, je te tuerai. »

Ils n'échangèrent plus une parole. Avisant le groupe devant la grange, elle ralentit le pas. Hengist au contraire vint vers elle et la salua. Ce fut tout pour les politesses. L'abbé avait fait venir un chariot tiré par des bœufs, sur lesquels les Saisnes prirent place. Assis à l'arrière tel un banal criminel, le sénéchal perdit de sa superbe. Il braquait son œil mort sur sa sœur et secouait la tête d'un air incrédule. Il y avait quelque chose de la sénilité du vieillard dans son attitude, comme s'il peinait à retrouver les mots dont il avait besoin. Cette faiblesse apparente, alors qu'il s'engageait à trahir, avait de quoi inquiéter.

« Urien, Uter, dit le jeune roi, accompagnez-les

sur une lieue, puis revenez au camp – avec le chariot.

— Une lieue seulement ? fit Urien.

— Oui ! Si le seigneur Hengist m'a offert si généreusement son cheval, supposons qu'il a prévu de l'aide pour son chemin de retour. Soyez prudents.

— Mais la dame ? protesta l'abbé.

— Ah ! Dame Ronwen ! Il semble qu'à défaut d'autre chose, nous partagions la même foi. Je ne sais au juste si je dois vous demander pardon, ou vous conspuer.

— Pauvre roi, dit-elle, je vous voulais du bien. Plaignez-moi donc. Je faisais un rêve étrange, dont vous m'avez tirée. À présent, mon cœur est brisé en tant de morceaux qu'en les ramassant, vous vous y couperiez.

— Aussi je ne m'y risquerai pas. Bon vent, petite reine sans pouvoir. Les Saisnes vous rappellent à eux. »

Urien fit claquer le fouet dès qu'Uter prit place à ses côtés. L'équipage mal apparié s'ébranla. Une clochette se mit à sonner. Par ce moyen les moines annonçaient les heures canoniales, et l'abbé s'empressa de rejoindre ses frères au chœur pour l'office de none.

Après un instant de réflexion, Pandragon se dirigea vers le camp de l'armée.

*

Aveugles le long du chemin, aveugles murmurants, dans leurs souvenirs tout est plus vif, plus brillant, presque beau.

*

Ils n'avaient pas fait une lieue qu'Urien stoppait les bœufs et descendait furieusement du chariot, hache à la main. Ronwen ne broncha pas. Hengist esquissa un geste vers son épée, toutefois ne résista pas quand le Breton l'arracha de son siège et le jeta dans la boue.

Uter accourut. La hache levée ne s'abattait pas encore sur le Saisne à demi stupéfait, qui s'essuyait les doigts au revers de sa cape déjà sale.

« Es-tu fou ? s'écria Uter, sans s'interposer.

— Je le tuerai !

— Pourquoi ? questionna le fils de Constant, qui se mordit la langue en jetant un œil à la dame immobile.

— Il a détruit le Nord ! Mon fief ! Ma famille !

— Pandragon t'a confié sa vie. »

Urien tourna une figure rouge et incrédule vers l'insensé qui lui rappelait son devoir, mais ce fut pour reporter aussitôt son attention sur Hengist. Ce dernier, toujours à terre, s'était mis de profil et ouvrait son œil mort en direction du guerrier menaçant, paraissant lui opposer un refus silencieux. La hache siffla. Uter se précipita, saisit le vétéran à bras-le-corps et le déséquilibra.

Ils tombèrent pesamment. Urien se dégagea d'un coup de coude – du sang gicla dans la boue. Uter, le nez gonflé, le souffle court, riposta d'un coup de poing sous l'oreille. Ils luttèrent, vite indiscernables, deux golems aux prises qui s'écroulaient à tout moment l'un sur l'autre.

Après une de ces violentes glissades, Urien hors de lui remit la main sur sa hache boueuse.

Il frappa sans retenue. Uter esquiva de justesse, heurtant Hengist. Celui-ci sans rien dire lui glissa son épée dans la main. L'affaire devenait sérieuse. Les lames s'entrechoquèrent, maladroites d'abord, parce que leur exaspération les étourdissait. Cependant Uter n'avait pas l'habitude de l'épée à lourd pommeau du Saisne.

Il frappait dans le vide et se fatiguait vite. Plus à l'aise, Urien se désintéressa du combat et tenta d'atteindre l'objet véritable de sa haine, le damné sénéchal qui s'abritait derrière son défenseur improvisé et reculait vers le chariot. Le tranchant de la hache frôla la cuisse d'Uter, qui trébucha encore contre Hengist. Cette fois, la frustration l'emporta. Il attrapa par la cape le Saisne fuyant et l'attira vers le sol. Puis, l'enjambant, il plaça la lame sous sa gorge.

« Comme une bête, alors ? Or çà, or çà ! Je l'égorge ? Tant pis pour la Bretagne, Urien ? Je l'égorge, dis ? Je le saigne ! »

Urien dégrisé baissa la tête. Il avait honte ; il avait mal. Sur le chariot, Ronwen détournait la tête, par mépris ou pudeur.

« Allons encore un peu, dit le vétéran. La lieue n'est pas complète. »

*

Il met les deux mains sur chaque visage, ainsi veut-il prier dorénavant le corps autour de l'âme.

« Ils sont rentrés, murmura l'abbé par l'entrebâillement.

— Toujours en retard, ironisa douloureusement le roi au chevet d'Abenamar.

— Je vais les prévenir, dit Ulfin.

— Non, l'abbé s'en chargera… Qu'ils ne viennent pas tout de suite, mon père. Faites-les manger. »

Protais disparut.

« Tu ne me diras donc pas comment c'est arrivé ? interrogea Pandragon pour la énième fois.

— C'est à lui de le dire, s'il le souhaite.

— Quel désastre ! Sais-tu ce que nous lui devons, ce que je lui dois ?… Oui, tu as été le compagnon de notre enfance… Te souviens-tu quand il ouvrait le Livre ? Comme il marchait en lisant tout haut, m'entraînant à sa suite, et nous parcourions la maison et les alentours, nous parcourions des royaumes, Israël et l'Égypte, le désert de Shour, des mers mortes ou vives… Depuis l'enfance, il me guide.

— Sera-t-il de moins bon conseil ?

— Non, non… mais aucune récompense ne sera à la hauteur de la blessure, aucune joie.

— Il mangera les fruits, il entendra les cloches.

— C'est peu. Il ne verra pas la Bretagne en paix, les champs reverdis, les églises bâties. Il ne verra pas la couronne sur ma tête.

— Il la déposera tout de même. Voilà une récompense qui lui suffira !

— Il ne verra pas les armées en mouvement, les bannières virevoltantes, les chevaux qui emmènent mille hommes à la rencontre de mille autres. Les Byzantins, maintenant, qui les conduira ? »

L'ancien héraut grommela sur son lit de camp. Il se redressa sur un coude, tendit une main prudente dont s'empara le fils de Constant. La poigne de l'aveugle était vigoureuse.

« Ulfin sera mes yeux, dit-il. Ainsi, je verrai mieux qu'un aigle, mieux qu'un géant à longue vue et idées courtes. Prions, mon roi. Nous avons des miracles à accomplir. »

Dans l'ombre, Merlin plaignait ces hommes qui se réconfortaient sans avoir peur du noir ni du silence, tandis que lui voyait sa vie d'un bout à l'autre, sans entendre l'approbation ou la critique d'une voix autre que la sienne ; car eux n'auraient rien pu lui dire qu'il ne sache déjà ; car, les regardant, les écoutant, il lui semblait assister à la conversation mélancolique de semi-cadavres.

*

Comme un oiseau mourir en plein vol, au cœur frappé d'une flèche dont l'archer qui l'a tirée ignore qu'elle a fait mouche ; flèche perdue dans le vrombissement des traits, retombée telle une branche tout à coup brisée sous le poids de fruits trop mûrs.

Des parfums de viandes et de sacrifices montaient des feux qui brûlaient épars sur la plaine noire, comme autant d'étoiles parmi l'armée bourdonnante. Une dernière fois avant la bataille les danseuses écartaient leurs bras cerclés d'or pour éblouir les soldats, au rythme des cymbales : leurs chevelures étaient des chaînes où s'enroulaient les prunelles, leurs bouches des clés brillantes qui tournaient en tous sens. Pour de telles beautés, on pouvait tuer et mourir.

« Mes enfants ! avait clamé Vortigern. Profitez du festin ! Pour certains il n'y en aura plus d'autre, et à quoi bon se soucier des amours mortes ? Honneur, bonheur à tous ! »

Avec une joie sombre il leur souhaitait des lendemains glorieux : s'ils survivaient, leurs coupes ne seraient jamais vides ; il versait sur tous les fronts du vin, les obligeait à dire en breton, dont peu parlaient la langue : quel grand roi ! Dans des parlers divers ils promettaient de vaincre et prêtaient des serments, à la vie à la mort.

Vortigern n'avait jamais paru si gai. Il souriait, déclarait tout haut qu'à l'aurore il irait chevaucher dans la plaine, défier en personne les forces des insurgés et leur chef à dents de lait – en rajeunissant Pandragon, il oubliait ses propres cheveux gris. Malgré cela son armée hétéroclite dissimulait mal des sourires entendus. Si chacun buvait à la santé du roi, d'aucuns ne quittaient pas des yeux la reine.

Car Ronwen avait pris place elle aussi près du foyer le plus ample, à l'exact opposé du roi à qui elle évitait pour le moment de rendre hommage, par la parole ou le geste. Ses cheveux étaient relevés en un chignon étroit qui découvrait ses oreilles fines, mais une mèche échappée bouclait à la commissure des lèvres, prolongeant d'une touche d'ironie son sourire énigmatique. Elle avait revêtu la tunique et la cuirasse des Saisnes, planté devant elle une lance en bois de frêne – on murmurait en l'admirant qu'elle conduirait demain une troupe de guerrières issues de son peuple.

Pour beaucoup, une telle évocation n'avait longtemps servi qu'à nourrir des légendes. Il n'y avait qu'à regarder la lueur des flammes rejaillir sur le visage de Ronwen en armes pour se convaincre de leur véracité. D'ailleurs l'armée saisne campait non loin, foule obscure et sonore qui célébrait à sa manière la veille de la grande bataille. De leur côté des chants s'élevaient parfois, qui couvraient la musique et la harangue du roi. Une inquiétude brève ternissait les expressions réjouies : à eux seuls les Saisnes étaient au moins aussi nombreux que l'armée des mercenaires et des Bretons loyaux à Vortigern.

Les danseuses suspendaient leurs mouvements, jetaient des regards éperdus au roi interrompu. Mais lui riait de plus belle, levait plus haut sa coupe en direction de son sénéchal :

« Voici l'homme qui m'a apporté une horde ! Qu'elle chante donc, pour braver la nuit et accabler les traîtres qui nous feront face ! Mes enfants, soyons fermes : bientôt la gloire à masque de céruse vous lavera les os ; nous danserons tous ensemble, main dans la main, au son joyeux de la flûte guerrière et des mille et mille dieux qui chantent en chœur, eux aussi. Nous rirons si fort que des nuées d'oiseaux s'envoleront d'effroi. »

La fête reprenait. Pourtant l'ivresse du roi aurait été amère s'il avait pu entendre les propos de Hengist. Celui-ci se tenait debout derrière sa sœur et se penchait sur elle pour lui parler tout bas :

« Tu aurais dû partir, ma sœur, ou retourner plus tôt dans les bras de Vortigern. Peut-être serait-il moins fou. Pourquoi fallait-il que Pandragon te rende à moi ? C'est un homme, lui, un roi ! Et lucide : la guerre l'inquiète moins que l'après. Il est assez malin pour repousser les vieilles haines… Or notre peuple a changé. Les Saisnes veulent du butin sans péril. La paix a duré assez longtemps pour que je vieillisse, assez pour que les jeunes hommes aient entendu davantage de légendes de la bouche des prêtres que d'exploits de la bouche de leurs pères. J'ai cru pendant des années qu'ils me méprisaient de servir un Breton, qu'ils regrettaient le temps des rapines. Je me suis trompé : ce n'était que fanfaronnades de gens soulagés de n'avoir rien à prouver. Cela ne fait pas exactement mon affaire. J'ai eu le plus grand mal à les convaincre de polir les lames, d'ajuster les cottes et de se rassembler. Pourtant ils ont fini par me suivre… Ils espèrent encore que le nombre suffira à effrayer nos ennemis et comptent sur moi pour leur éviter le pire.

— Ils te ressemblent ! rétorqua Ronwen. Tous, vous êtes lâches, mais vous demandez : qui obtiendra le droit de le dire aux autres ? Et pour une question si sotte, des armées s'entrechoquent. Je veux répondre aussi, en menant des femmes au combat. Elles oublient leur colère moins vite que les hommes.

— Tu es cruelle. Comment expliquer que je n'ai pas ta volonté ? La paix de Vortigern ! Le beau piège : son argent facile et ses fêtes inouïes, dont tu étais la reine, ah ! Toi aussi, Ronwen, tu as vieilli, plus que tu ne le crois. Tu as vu la croix des chrétiens, ils t'ont décrit les clous dans la chair, la couronne d'épines. Tu as rêvé d'un roi qui ressemble à ce dieu-là ! Tes appétits ont changé mais sont toujours immenses. Va donc, sois libre. Je ne veux pas de toi ; tu es un danger pour notre peuple. Tu leur rappellerais qu'ils préfèrent la colère à la peur. Je veux vivre, entends-tu ? J'ai chez moi de la myrrhe, de l'encens et du sel. Ces trésors m'appartiennent sans que j'en profite !

À quoi sert d'être le mendiant des monarques? Je suis las de la route et des incendies.

— Hengist, ton œil te trahit quand tu me regardes, dit-elle en se tournant vers lui. Je ne me laisse pas prendre à ton allure de vagabond orgueilleux. Tu te laves les mains du sort de Vortigern! Tu serais trop content de le livrer à Pandragon, si tu étais certain de t'en tirer à bon compte. Pour mon époux, alors, ce serait la mort à coup sûr. Les fils de Constant sont impitoyables. Mais, Hengist, il n'est pas facile de rester chef d'un peuple au prix d'une bassesse. Sois prévenu: j'aime Vortigern et mon amour n'est pas paisible, Seigneur Dieu! Il est belliqueux. S'il faut, je ferai ma guerre toute seule.

— Nous avons déjà combattu ensemble, auparavant, quand tu professais d'anéantir tous les Bretons. Tu étais une enfant, et déjà une guerrière que la haine submergeait: une belle haine sauvage, sans compromis, sans borne. Garde-toi de redevenir aussi inflexible, ma sœur. Tu te perdrais en toi-même, tu gâcherais les quelques années où tu fus heureuse, peut-être... Et ne t'y ai-je pas aidée, en te mariant à Vortigern?

— N'invente pas un de tes boniments. D'abord tu m'incites à partir, ensuite tu cherches à m'amadouer? Bonheurs et malheurs, je n'oublie rien, Hengist. À défaut de pardonner je me vengerai, comme vous tous.

— Ah, une vraie Saisne! de vieille race... Quoi que tu dises, je reste ton frère.»

Ronwen sans lui répondre prit la décision qu'elle avait retardée jusque-là. Elle se leva d'un bond, manquant heurter le borgne qui tressaillit, puis d'un pas décidé elle alla rejoindre Vortigern. Celui-ci maintenant passait au-dessus du feu sa coupe vide, qui semblait se remplir de lueurs et brillait telle une couronne rougeoyante et céleste. Le roi contemplait cela avec un début de vertige. Il chancelait de plus en plus vers les flammes, dans lesquelles il apercevait la silhouette d'une citadelle lumineuse, aux portes infranchissables insérées dans des murailles éclatantes, aux toitures innombrables par-dessus un labyrinthe de ruelles qui menaient, sous de vastes arcades, à des tours immenses ridiculisant la sienne. Cette vision d'un au-delà hors de sa portée lui était intolérable. Il ne la quittait pas des yeux.

Les mains de Ronwen se posèrent sur ses épaules, le redressèrent : sans lâcher la coupe il tourna à demi la tête, comprit sa tristesse.

« Il est trop tard, dit-il. Ma tour est dans un puits de ténèbres, au fond desquelles gît mon amour – sous mon amour il y a le visage de mon royaume, mais je ne l'ai pas vu depuis longtemps, j'ai oublié à quoi il ressemble. »

À l'enfer, pensa-t-elle en l'attirant doucement contre elle pour l'enserrer comme un enfant ou un malade à bercer.

De l'autre côté du feu, Hengist solitaire les toisait de son œil mort.

10

Les fils de Constant sont sur la plaine.

Pandragon chevauche en tête, Pandragon blanc-cheval qui excite les courages de sa voix de juge et de son poing de guerrier.

Il porte son casque comme une couronne et sur son torse le collier des rois attrape le soleil.

Mille cavaliers suivent cette lumière et la rumeur des sabots étend l'immense battement de cœur de l'armée.

Trois mille lances font une forêt en marche où se perchent des oiseaux d'acier, font un lent hérisson qui marche depuis Constantinople ; d'entre les piques s'élève la psalmodie d'Abenamar deux-fois-borgne, qui connaît les noms de chaque Byzantin et les récite en chapelet.

Son ombre l'accompagne, c'est Ulfin double-vue qui court dans les rangs et dit tout haut, en grec, des plaisanteries.

Urien noir-sourcil est à cheval, des plumes de corbeau rebondissent sur le cimier de son casque.

Il tient d'une main sa hache polie, de l'autre le cor des hérauts dans lequel il souffle parfois une note grave, ses joues alors se gonflent fort et une veine palpite sur son front.

Il galope d'un baron à l'autre, leur crie de donner aux ennemis la male mort.

Six mille Bretons l'entendent et lui répondent par des clameurs et des injures, ce ne sont pas des tendres, ils ont des lances, des arcs, des haches, des épées et des boucliers à bossette ; nombre d'entre eux ont la tête découverte, leurs chevelures sont longues, ou courtes à la romaine, ils s'échauffent, se sentent à l'étroit dans leurs broignes.

Ils ont envie de courir et de rire, certains sont encore un peu ivres de la veille parce que les chefs ont distribué du vin et des promesses de gloire.

C'est l'aube.

Ils avancent à petits pas en attendant le signal.

Devant eux les foules de Vortigern aux bras d'ours agitent l'horizon comme une hydre.

Il y a là des mercenaires germains, venus par bateaux, dont les moustaches blondes frémissent sur les lèvres rouges.

Ils portent des javelots, des haches à double tranchant.

Quelques-uns vont presque nus, la face livide, poussent des grognements.

Certains, en tuniques légères, tiennent de longs arcs qu'ils lèvent vers le ciel.

Un corps de cavaliers les couvre, protégé de casques à gueules et ailes de bronze, de cuirasses et de boucliers étincelants.

Il y a là des fils de tribus obscures, de l'est et du nord, porteurs de glaives, de frondes, de massues brunes et de peaux de loup.

Eux patientent à genoux, leurs yeux clignotent étrangement.

Par leur litanie, ils reforgent les anneaux du dieu Ogma.

Il y a là des Pictes et des Scots aux faces et torses bleus, qui invoquent Lugus à la grande main ; des Vikings qui crient le nom d'un dieu pendu.

Ils sont forts comme des bœufs, grands de tailles, de barbes et d'épées.

Ils dégainent vite, en chantant des histoires de vengeance.

À l'écart, il y a là les Saisnes, conduits par Hengist à l'œil mort.

Ceux-là marmonnent dans leurs barbes des prières à des dieux divers, dont l'unique.

Leurs cuirasses pèsent lourd, pourtant leurs javelines sont légères.

Dans leurs rangs passent des druidesses pieds nus avec de jeunes poulains, pour une cérémonie des présages.

Les chrétiens parmi eux se détournent et entonnent un cantique.

Des femmes aux cheveux libres marchent vêtues de tuniques bariolées, armées de lances.

Ronwen à la langue dure les mène, déjà elles progressent vers la tour de Vortigern.

La tour de Vortigern est invisible, ou tout comme pour les Bretons. Ils aperçoivent des lignes de pieux dressés au centre de la plaine, ce sont les crocs d'une bête enfouie. Au-delà flottent des drapeaux.

Uter lame-nue observe sans rien dire. Autour de lui les fantassins soufflent à grand bruit, mais leurs dents sont serrées ; la buée épaisse échappe des narines. Il fait froid.

Ils se mettent à chanter :

Pandragon ! Pandragon !
Nos pères furent à la bataille ;
Comme ils riaient, comme ils riaient !
Nos pères furent à la bataille ;
Comme ils mordaient leurs boucliers !
Les javelots ont bu leur sang ;
Nos mères nous l'ont raconté !
Les corbeaux ont mangé leurs cœurs ;
Nos mères nous l'ont raconté !
Comme eux nous joncherons la plaine ;
Les fils diront les noms des pères
À l'ennemi qui tremblera ;
Comme eux nous joncherons la plaine !
Pandragon ! Pandragon !

Un long coup de trompe passe sur tout cela.

Les fils de Constant vont sur la plaine enneigée.

Uter s'élança dans la clameur. Ses oreilles bourdonnaient et il n'entendait pas le son de sa propre voix. Ce hurlement commun le précédait, confondu avec le mugissement rauque des trompes, et c'était pour lui la voix sauvage d'un dieu guerrier. Le vent soulevait sa chevelure ; il ne portait pas de casque.

Une nuée diffuse et rapide quitta les lignes adverses. Il leva son bouclier – les flèches tombèrent dru. L'une se planta entre le bois et la bordure métallique. Une vibration désagréable parcourut son bras. À la grêle des pointes de fer succéda un déferlement de crépitations ; à la gauche d'Uter, un javelot perça le bouclier d'un guerrier et, dévié, se ficha sous son épaule. Le blessé dépassa le fils de Constant en hurlant de plus belle. Une bille de fronde l'abattit quelques pas plus loin. Il fallut l'enjamber.

L'ennemi accourait. Uter entrevit un torse blanc qui venait à sa rencontre, mais une pique renversa l'imprudent. Ce fut ensuite une barbe jaune sous une calotte de fer et une hache étincelante. Uter repoussa l'arme brandie avec son bouclier et porta un coup d'estoc vers la touffe blonde, qui se teinta de rouge.

Il retira sa lame. Un Picte aux paupières bleuies le heurta rudement avec sa lance courte. Il perdit son bouclier, esquiva le coup suivant puis frappa en direction des jambes. Le Picte bondit de côté, découvrant son épaule. Un Breton y planta sa propre lance.

La mêlée échauffait Uter, qui passa une main sur son front pour éponger la sueur qui commençait à lui troubler la vue. À cet instant un guerrier brun aux cheveux lâchés, à l'agilité de fauve, surgit sur sa droite pour lui asséner un coup de glaive. L'apercevant trop tard, Uter se jeta contre lui. Le fer ripa sur sa cuirasse et lui endolorit les côtes. Ils roulèrent au sol, chacun empoignant le poing armé de l'autre. La colère enflammait la poitrine du fils de Constant, accrue par la résistance de l'adversaire. De si près, il pouvait voir la jeunesse adolescente de la figure tendue vers lui. Il était jeune aussi, et vigoureux : il tordit la main menaçante et, dominant soudain l'autre, lui transperça la poitrine.

Il poussa un cri triomphal qui se perdit dans le tumulte. Déjà, un Germain se précipitait sur lui.

Sur les ailes des armées, les souffles des chevaux s'emmêlaient et persistaient dans le ciel diurne. Pandragon y guetta brièvement la présence des fantômes d'antiques batailles. Urien galopait vers lui. Il se reprit ; la circonstance se prêtait mal aux rêveries. À la demande des barons, il ne participait pas au premier assaut : l'usurpateur était hors de vue, ils refusaient d'honorer l'armée ennemie en risquant la vie du roi légitime sur le champ de bataille. Qu'il les laisse s'illustrer en son nom !

Sous ces subtilités protocolaires, il percevait leur désir de se racheter à ses yeux : au moment du combat, il n'était plus question de tracasseries ou de luttes d'influence, comme tous ils partageaient la ferveur guerrière et songeaient aux exploits de leurs pères. Leur gloire s'estimerait face au tribunal des ancêtres ! Les chrétiens les plus convaincus parmi eux l'étaient encore trop fraîchement pour exprimer des idées différentes. À la mort, à la mort ! À d'autres le souci des âmes.

Les nouvelles qu'apportait Urien se révélèrent plutôt mauvaises : après le premier choc, les Bretons n'avançaient plus. Les troupes de Vortigern se maintenaient en avant de leurs barricades d'épieux et ne semblaient pas devoir céder à la panique. Si l'équilibre des forces persistait, le moral des assaillants s'en ressentirait vite.

Le héraut arborait une expression des plus sinistres, qui ne devait pas tant au déroulement de la bataille qu'à la fonction qu'il exerçait. On l'avait privé du commandement de ses hommes ; lui, le vétéran, le chef de guerre par excellence, se trouvait réduit à un emploi subalterne de messager, et sur quelle monture ! Le cheval à robe dorée, cyniquement offert par Hengist.

« Que font les Saisnes ? s'enquit Pandragon d'un ton neutre.

— Ils n'attaquent pas, concéda Urien avec un rictus désapprobateur.

— Alors patientons. »

Le héraut opina et repartit en pressant sa monture – c'était précisément pour sa sombre réserve qu'il avait été choisi, et parce que ni Abenamar ni Ulfin ne pouvaient plus convenir pour le rôle. Le fils de Constant contempla les cohortes byzantines gardées en réserve, les reflets pâles sur l'acier des casques et des longs boucliers. Leur signe militaire, aigle sur croix, les dominait de son œil sévère. Aucune appréhension ne troublait là les visages. Ils se renfermaient dans une discipline toute romaine, dont ils assumaient l'héritage. Pourtant, hier encore ces soldats côtoyaient sans gêne les Bretons fougueux, frayant volontiers avec eux, hormis pendant la prière.

À bien tendre l'oreille, sous la grande confusion des cris, des injures et des froissements de lames, la voix monotone d'Abenamar poursuivait sa mélodie, et si Pandragon ne saisissait pas les mots il en discernait le solennel.

Cet îlot de gravité séparé des effervescences du massacre le mit mal à l'aise. Il luttait encore contre une pulsion mauvaise, contre le vertige de l'abdication suprême : la tentation du demi-tour brusque, solitaire, la course vers le monastère, au loin, où Protais en robe de bure devait entamer l'office de prime. Le serviable abbé le voyant revenir comprendrait, lui ; il pardonnerait l'ignoble faute. Dieu Lui-même reconnaîtrait la douleur immense du roi qui ne voulait plus l'être, ainsi que l'ampleur du sacrifice – une armée entière sûrement équivalait à un fils d'Abraham ? Malheur, malheur ! Pandragon s'horrifia.

Les lignes d'infanterie s'étaient disjointes ; de la position du jeune roi, il devenait impossible de distinguer l'ami de l'ennemi. Çà et là une clameur plus forte résonnait : une action spectaculaire avait lieu, ou bien un groupe ranimait son courage.

La cohue des chevaux était la plus épaisse. Privés d'élan, ils se serraient tant que la place manquait pour les coups d'épée. On se frappait du poing ou du bouclier, on tirait sur la crinière de la monture adverse pour la révolter contre son maître. Ceux qui tombaient finissaient piétinés.

Les archers qui ne tiraient plus ramassaient des lances et contournaient les masses emmêlées pour empaler les cavaliers plus isolés. Parfois ils atteignaient le ventre d'un cheval, dont les tripes se répandaient sous les sabots. Des hennissements atroces roulaient dans l'air empuanti de sang et de sueur. Un guerrier à la moustache rougeoyante s'échappa de la presse ; il titubait. Une large plaie le traversait de l'épaule à l'aine. Aux couleurs de sa tunique, des frondeurs reconnurent un Germain et l'achevèrent sous une pluie de projectiles.

La main d'Uter saignait de nouveau. Il bouscula de l'épaule un Picte qui se jetait sur le dos exposé d'un Breton et lui ouvrit le flanc d'un coup d'épée. La fatigue lui étrécissait les yeux, mais la fureur guerrière l'enveloppait d'une résolution meurtrière. Trois lances se portaient contre lui – il ramassa le bouclier du Picte agonisant et écarta violemment les pointes menaçantes. Comme l'un des attaquants perdait l'équilibre, il se rua sur lui, glissant sous les hampes des autres. Il le frappa violemment au cou ; la tête se détacha à demi.

Comme il se retournait pour faire face aux autres, la douleur lui laboura le crâne. Un coup de lance mal ajusté venait de l'érafler au-dessus de la tempe droite. Son bouclier le protégea de l'attaque suivante, qui manquait encore de force. La différence d'allonge demeurait trop importante, et maintenant les deux lanciers se couvraient mieux pour l'empêcher de profiter d'une faille. Ils le firent reculer, manœuvre périlleuse pour lui compte tenu des cadavres qui parsemaient le sol.

Alentour les lignes bretonnes encouraient la même déconvenue : il y avait une attente, un de ces flottements dangereux pour l'armée qui, n'avançant plus, commence à refluer telle une vague brisée sur le rocher, ramenant avec elle les débris d'une épave ; cela, c'était la panique qui sapait les courages.

Sans plus songer à se prémunir des coups, délaissant son bouclier, Uter sauta en avant. Il étendit les bras, une à une saisit les hampes des lances juste sous le fer afin d'attirer à lui les lanciers. L'un trébucha, l'autre lâcha son arme. La lame du fils de Constant trancha dans les chairs comme dans un amas de chiffons qui s'éparpillèrent autour de lui.

Un homme barbouillé de bleu voulut s'interposer, l'épée à la main, pour tomber aussitôt transpercé.

« À moi, frères ! cria Uter. À moi ! »

Après ce cri de ralliement il continua sa progression, marchant sur des blessés, amis ou ennemis qui s'accrochaient à ses jambes avec l'énergie du désespoir. Des flèches descendirent sur lui derechef, mais il força l'allure, renversant tout le monde. Rien ne l'arrêtait plus. Il lui semblait évoluer dans un brasier de flammes noires, qu'il étouffait d'un grand mouvement de son bras armé. Des menaces, des cris d'alarme lui parvenaient, dont le son prenait de l'ampleur au point de n'être à son oreille qu'un même crépitement incompréhensible. Lui abattait son épée avec des ahans de bûcheron.

Il ne voyait plus les visages, à peine les silhouettes. Dès que la peau apparaissait à sa vue, il l'écrasait sous l'acier. Brusquement, il fut encerclé par un désordre d'hommes qui tous voulaient l'atteindre, et qui tous se gênaient en s'efforçant d'adopter une posture favorable. Au milieu d'eux, il se dérobait sans cesse, tombant à genoux, se redressant vite, opposant à chacun les vivacités de son jeu d'épée. Ses coups de taille soulevaient en nuées des panaches fauchés et des boucliers fendus ; une auréole obscure jaillissait de lui, traçait à sa suite un large sillage sanglant. La lame nue tournoyait et balayait les guerriers comme des boisseaux de bois mort. Sa cuirasse craquait par cent éraflures. Sur son torse découvert, sa cicatrice étoilée faisait comme une cible.

La tête et les épaules couvertes d'une peau de loup, un Nordique de haute taille s'avança contre lui. Il maniait avec habileté une massue noueuse, cerclée de fer, dont il porta des coups puissants sur l'épée d'Uter. Il cherchait à la briser et ainsi son détenteur inoffensif comme un agneau. Mais sa ruse de chasseur était aussi futile que les crocs affublant sa tête. La lame sans frémir fendit la peau du loup, puis celle de l'homme.

Soudain Uter se retrouva face à un buisson d'épieux insurmontable. Sa rage insensée vacilla. Il avait traversé l'armée coalisée de part en part et provoqué à lui seul un mouvement de repli chaotique. Des colonnes de guerriers au moral vaincu montraient leur dos aux Bretons qui, à court de javelots, ramassaient ceux de l'ennemi pour le harceler de ses propres traits.

En pleine confusion, les peuples ralliés à l'usurpateur se heurtaient et se mélangeaient en contournant leurs barricades par des passages étroits ménagés à cet effet. L'armée des Saisnes demeurée en retrait aurait pu intervenir à cet instant et, couvrant la retraite de ses alliés, repousser l'assaut encore incertain. Les Bretons, pris de court par leur avancée inattendue, craignaient un piège et hésitaient à se rapprocher des défenses adverses. Ils n'étaient pas équipés pour les franchir.

Uter toujours isolé courait après l'un ou l'autre fuyard avec des grondements de fauve frustré. Distancé, il s'arrêtait pour heurter du talon la neige tassée, méconnaissable, sorte de boue rougeâtre dont s'élevait une odeur entêtante de sang frais.

Une troupe tumultueuse vint enfin au secours des partisans de Vortigern : les farouches suivantes de Ronwen se portaient entre les armées. Bien qu'en faible nombre, elles donnèrent de la lance contre les Bretons harassés, les obligeant à se réorganiser pour ne pas céder à leur tour à la débâcle. Des deux côtés, des archers se souvinrent de décocher leurs flèches. Les cordes vibrèrent, les regards inquiets se levèrent vers le ciel en même temps que des boucliers. Un trait hasardeux se planta aux pieds d'Uter. Il le contempla, incrédule devant cet ennemi saugrenu et mortel.

Les plumes blanches de l'empennage n'avaient pas fini de trembler lorsqu'une paire de javelines tomba sur le fils de Constant. La première le manqua ; la seconde passa dans son dos, acheva de déchirer sa cuirasse et le marqua d'une large entaille au-dessus des reins avant de se ficher dans le sol. Il arracha le dard et le brisa par le milieu. La douleur jaillissait abondamment avec le sang, ravivant sa folie guerrière. Non loin, il aperçut une silhouette féminine tournée vers lui.

Ronwen, désarmée, le vit courir à elle l'épée brandie. En constatant l'échec de son double lancer et le péril dans lequel elle se trouvait, elle poussa une clameur de frustration et se déroba.

Sans la reconnaître, Uter se mit à la poursuivre.

Urien revenait en hâte. Cependant Pandragon, ayant observé le mouvement des armées, donnait déjà des ordres. Les cohortes byzantines s'ébranlèrent. Elles mettaient dans leur pas la régularité impassible qui manquait tant aux Bretons impulsifs. Abenamar parmi eux marchait sans gêne apparente, assisté d'Ulfin ; cette aisance incroyable malgré son infirmité confirmait les Byzantins dans leur espoir informulé qu'ils combattaient sous le regard de Dieu, guidé par un de Ses apôtres.

Ils emportaient avec eux des passerelles de bois légères et de lourdes cognées pour faciliter le passage des barricades. S'il le fallait, ils abattraient un à un les épieux sous le couvert de leurs longs boucliers.

« L'infanterie progresse, corrobora Urien, mais notre cavalerie s'épuise dans un carnage indécis. Notre avantage est fragile, et nous ignorons toujours comment agira Hengist. Tient-il seulement ses hommes ? Déjà, une poignée de Saisnes s'est placée spontanément du côté de l'usurpateur. »

Pandragon inclina la tête sur sa poitrine. Il n'y avait plus de corps de réserve. Aucun renfort inattendu ne surgirait à leur secours. La cavalerie décimée ne mettait pas seulement en jeu le cours de la bataille.

La fine fleur de la noblesse bretonne périssait là. Les barons s'avéraient des alliés remuants et râleurs, mais en refusant de fléchir ils prouvaient leur loyauté. Leurs héritiers seraient-ils dignes du sacrifice ? Pandragon inspirait l'abnégation de ses hommes, jusqu'à celle d'Uter qui, en vrai brave, honorait le nom de leur père au cœur de la piétaille. Mais ensuite ? Pandragon pourrait-il asseoir son règne sur une demi-victoire et le souvenir de miracles douteux, de ouï-dire, sous la férule d'un aveugle et les armes d'un frère turbulent ?

Il n'avait pas, comme l'empereur Adrian, le privilège d'une légitimité immémoriale, dont la force d'inertie enjoignait un respect même élémentaire aux esprits rebelles.

Il était celui dont on attendait des opinions justes, formées dans les profondeurs manifestes d'un esprit ferme ; encore fallait-il que sa parole se fît entendre, que sa loi fût appliquée.

La disgrâce de Vortigern n'était due peut-être qu'à l'incompréhension de plus en plus sensible qui s'était immiscée entre l'usurpateur toujours craint et son peuple toujours craintif. Tant qu'il avait régné au grand jour, pour ainsi dire, on lui avait passé tous les défauts du monde. Sitôt qu'il s'était retiré par sentiment de sa propre supériorité, les soupçons avaient foisonné : on relevait sans cesse quelque faute cachée dans ses décisions, quelque opprobre.

Tout au feu de ses pensées, Pandragon fixa les mains rudes de son héraut, très pâles autour des rênes, puis les lignes sobrement menaçantes de sa hache.

Il envisageait son règne et en comprenait le risque : l'isolement volontaire, facilité par les tendances de sa nature et les inquiétudes d'un entourage protecteur, un isolement différent de celui de Vortigern, certes, comparable toutefois dans ses conséquences. Le peuple lui deviendrait étranger.

Une espérance grandit en lui, belle comme Dieu et le pays, immense comme eux.

Il était un roi sans couronne ; pourtant sur les mailles de son haubert sonnaient les anneaux de l'alliance, à son doigt la bague de la lignée de Constant montrait les trois branches dorées, où tremblait le soleil. Brusquement il tira son épée, son cheval blanc se cabra.

« Réponds-moi Urien, seigneur du nord ! Suis-je roi des Bretons, ou un lâche qui tourne bride ? Mes barons meurent, et mes guerriers, et mes alliés venus de si loin. Pour moi ! En les pleurant, leurs mères maudiront mon nom, avec raison ! Toutes ces morts sont de mon fait. Mon sang ne vaut-il pas le leur ? Mon bras a-t-il oublié sa force, et les gestes pour frapper ? À quoi bon cette guerre, si je ne me bats pas ? »

Urien déclara alors, avec beaucoup de chagrin car il comprenait ce qu'impliquaient les questions de son roi, qu'il n'avait pas le cœur de contredire :

« Sire, j'ignore quel vainqueur désignera le sort des armes, ou si les larmes des femmes seront moins amères à la pensée de notre victoire. Mais votre main est ferme sur la poignée de l'épée, votre cheval hennit comme si ses cris pouvaient exhorter nos cavaliers à mieux faire.

— Il se souvient de son père, qui lui aussi connut le hourvari des batailles. Comme je me souviens de mon père et de ses leçons : sous les insignes de Rome ou sous sa propre bannière, il combattait au pire du danger pour donner l'exemple. J'ai assez patienté, Urien. Chevauche à mes côtés, si tu le veux, sans t'y sentir contraint par le devoir. Sinon, ne crois pas me laisser seul : Dieu, mon cheval et la mort me précèdent d'une tête !

— Ah, sire ! gémit Urien. Par ces paroles, vous me punissez d'avoir quitté la Petite Bretagne en compagnie de votre frère, au lieu de la vôtre !

— Je t'assure que non, s'adoucit Pandragon. Tu as tant fait pour moi, déjà. Il me répugne d'exiger davantage.

— Alors demandez-moi de tuer, de vaincre et de mourir pour vous ; cela n'est rien, si je suis sur vos talons ! Mais vous abandonner maintenant, c'est au-dessus de mes forces !

— Viens ! » s'écria le jeune roi.

Ils chargèrent, chevauchant si vite que leurs ombres peinaient à les suivre.

Ronwen s'enfuyait, vive et légère, sa chevelure brune envolée derrière elle emplissant toute les yeux d'Uter. Lui, telle une bête sauvage, ouvrait la bouche afin de mordre les mèches toujours hors de portée. Il en oubliait de tendre son bras armé, renonçant dans son égarement à la frapper dans le dos.

Elle ne se retournait pas, gardant pour la course son énergie ; pas plus que son poursuivant, elle ne semblait se rendre compte qu'ils s'éloignaient des armées et laissaient derrière eux les éclats de la bataille.

Les volutes blanches de leurs haleines se joignaient au-dessus d'eux, les surmontaient brièvement d'un panache blanc qui s'effaçait bien avant d'atteindre le ciel.

Un homme regardait ces deux-là d'un œil torve. Il les avait reconnus. Monté sur un cheval alezan, Hengist hésitait, marmonnait des injures du bout des lèvres. Ainsi qu'il le redoutait, sa furie de sœur mettait en péril le projet nouveau-né, à peine formé, d'un nouvel équilibre des forces en Bretagne. Elle était sa sœur cependant, chair et sang, sa petite sœur qu'il aurait souhaitée reine des fêtes et tourmenteuse des rois, n'importe où ailleurs que sur un champ de bataille.

Incontrôlables, ses femmes et elle donnaient le mauvais exemple à la masse bruyante des Saisnes, pour le moment immobile du fait de la seule volonté de Hengist : il lui avait fallu toute son influence, épuiser des trésors de menaces et chantage, multiplier les promesses intenables et les dettes, user jusqu'à la corde les plus vieilles amitiés ; pas un guerrier de son peuple ne bougerait sans son ordre. Il était le maître, le chef en temps de paix et de guerre dont les éternels stratagèmes les avaient sauvés de la vindicte de Constant et les sauveraient bientôt de ses héritiers – Vortigern, Pandragon, c'était pour eux les deux faces d'une même pièce.

Que Hengist commande, puisqu'il y tenait tant ! Viendrait tôt ou tard le moment où un autre ambitieux, retors et plus jeune, prendrait la peine de l'évincer. Mais il s'agissait cette fois d'une question d'honneur familial ; plusieurs dans l'armée figée reconnaissaient la silhouette véloce qui échappait sans gloire aux bras d'un fou de guerre. On attendait d'un vrai chef des Saisnes qu'il prît la défense de sa sœur. Même si elle lui avait désobéi en prenant part au combat, ils étaient liés par les rudes maillons d'une chaîne invisible : la famille, c'était un autre peuple.

L'œil mort restait tourné vers la bataille ; les armes inutiles des Saisnes pesaient dans les fourreaux, les hommes parlaient tous à la fois des idées simples qui les occupaient : leurs foyers laissés derrière, le temps que durerait leur absence, le cuir abîmé des chaussures. Leur courage s'ennuyait.

Content de cette indolence, Hengist talonna son cheval. Il fila sur la plaine, toujours plus loin de la guerre.

Ils s'enfoncèrent dans les cavaleries qui s'effondraient, ruine contre ruine : les chevaux pour avancer piétinaient leurs semblables abattus en même temps que leurs cavaliers. Quand l'un tombait, un autre prenait sa place. Chuter effrayait davantage que les lames.

Pandragon apostrophait son cheval et lui talonnait les flancs pour s'avancer au milieu des combattants. L'animal n'avait aucun besoin de ce type d'encouragement. Il s'élançait de sa propre initiative, quitte à exposer son maître. Aussitôt Urien se précipitait, de tous côtés interposant sa hache afin de parer les coups en traître. À sa satisfaction, comme à son grand dam, la monture offerte par Hengist excellait à profiter de la moindre ouverture pour se glisser entre les chevaux adverses.

Entraînées par l'ardeur guerrière, de nombreuses bêtes à l'abandon poursuivaient seules l'assaut. Leurs naseaux écumaient, leurs bouches découvraient des dents sanglantes. Par instants, on n'apercevait plus d'hommes en selle. Le regard embrassait alors une houle tourmentée d'encolures qui se heurtaient avec des bruits sourds. Puis les faces salies de cavaliers surgissaient derrière des tronçons d'épées. Ils se hélaient, se défiaient d'une voix rauque, s'efforçant de franchir le barrage mouvant qui les séparait. Exténués, les combattants offrirent une maigre résistance à Pandragon qui les attaquait avec véhémence. Dans son œil brillait une joie sombre ; étincelant de mailles et de bijoux, il fondit sur ses ennemis tel un jeune dieu de la destruction.

Il exultait : des cris plein la gorge, il s'enivrait de la liberté sauvage des coups assénés sans retenue, de la tension relâchée à chaque craquement de la chair et de l'os, de la légèreté souveraine d'être un survivant dans la spirale des selles vides qui tournoyaient autour de lui. Son pouls galopait aussi vite que son cheval, plus vite même puisque les sabots s'empêtraient parfois dans le cloaque en dessous, si loin en dessous, où tripes et cervelles se répandaient sur la neige fondue.

La charge irrésistible écartela de plus en plus visiblement les cavaleries aux prises les unes avec les autres, séparant enfin morts et vivants, vainqueurs et vaincus. Une clameur fusa : surpris d'être en vie, des Bretons s'égosillaient de soulagement. Pandragon dépassa les lignes disjointes, reprit de la vitesse. Il lui semblait impossible de s'arrêter ou de faire demi-tour. Il était possédé par l'injonction du carnage et cherchait un adversaire auquel fendre le crâne.

Toute autre considération le renvoyait à une gêne obscure, à une résurgence de lâcheté et de sentiments trop complexes pour s'y attarder maintenant. En se jetant à corps perdu dans la bataille, il avait renoncé au luxe de distinguer le juste de l'impie : à Dieu de juger ! À Dieu les âmes rendues lors des derniers souffles.

Les cohortes byzantines enfonçaient les barricades. Leurs haches réduisaient à rien les épieux non défendus, hormis par quelques traits maladroits qui s'écrasaient sur les longs boucliers ensoleillés. L'intervention des guerrières saisnes avait offert un répit à l'armée en pleine débandade, mais faute de chef, les troupes de l'usurpateur, encore conséquentes, attendaient presque passivement l'assaut à venir.

Les centaines de boucliers se resserrèrent les uns contre les autres, en harmonie. Face à la multitude incohérente et criarde qui les invectivait, les fantassins n'étaient pas les plus expérimentés ni les plus intrépides issus des vastes *noira* de Constantinople, non, moins illustres que les pompeux corps de cataphractes aux belles armures d'écaille ; ceux-là, l'empereur Adrian n'avait pas osé les risquer dans une campagne si éloignée du pays. Ah, le pays ! Ils l'entraînaient avec eux dans leur marche, en reprenant la clameur des officiers : *Deus ! Deus !*

Pandragon tirait fort sur les rênes. Il guettait une occasion. Ce moment de repos forcé augmenta sa nervosité qu'il transmit à son étalon virevoltant. Tous deux tiraillaient et leur dispute les meurtrissait davantage que l'échauffourée. Dans son trouble, le roi ignorait que, depuis déjà quelques minutes, Urien ne le suivait plus.

Le héraut gisait parmi les autres cavaliers. Du sang coulait de sa bouche. Des malédictions coulaient rouges entre ses lèvres, malédictions adressées à ses ennemis, dont il ne pourrait obtenir réparation, à ses blessures aussi, surtout celle de sa jambe rompue pendant sa chute – cette fois un baume apposé sur sa cuisse ne suffirait pas à le remettre sur pied. Plus encore, il maudit la javeline saisne lancée par une diablesse qui avait trouvé la gorge de son cheval et rayé de sang la robe d'or.

Certainement, sa couleur distincte en avait fait une cible de choix. Urien se mordit le poing d'impuissance. Malgré la souffrance, il avait la force, la colère. Sa vie ne s'achèverait pas dans cette posture, son corps brisé, allongé contre le flanc d'une bête morte. Il survivrait, oui, mais c'était pire ; il ne se battrait plus aujourd'hui.

Il apercevait la haute silhouette du jeune homme, là-bas, du roi dont il avait rêvé la gloire. Voilà qu'il ne prendrait pas part à sa victoire décisive, lui, le baron fidèle parmi les fidèles, terrassé dès sa première charge !

Voilà que Pandragon repartait sans lui… *À la mort ! À la mort !* Urien en aurait sangloté de désespoir.

Uter était sur les talons de Ronwen. Absorbé par la constance de la course, il n'entendit pas la cavalcade du sénéchal borgne qui s'approcha de lui, par-derrière, brandit son épée dont le plat s'abattit sur le dos ensanglanté du Breton. La douleur lui coupa le souffle. Il tomba sans un cri.

Hengist vint placer sa monture entre sa sœur et le guerrier blessé. Rendu confus par la douleur qui lui cinglait le dos, Uter regarda d'abord son agresseur sans le reconnaître. Une image éprouvante le saisit, celle d'un cavalier bardé d'acier le pourchassant à travers la lande. À ses yeux, la robe alezane du cheval se para de rutilances infernales : le démon revenait se venger. Éperdu, il leva haut sa lame et en porta de grands coups au Saisne surpris par tant de vigueur, qui dut parer en hâte et reculer maladroitement pour éviter que son cheval ne fût tué sous lui. Il s'efforça de raisonner l'effronté :

« Hé là ! Hé ! Tout doux, frère de Pandragon ! Je ne veux pas me battre contre toi. À la fin de la bataille, nous partagerons peut-être le pain, ou la mort. À présent, il est trop tôt pour qu'un fils de Constant porte la main sur la sœur de Hengist. Ton roi ne le permettrait pas, ni moi non plus. »

La réprimande obtint le résultat escompté. Uter cessa d'attaquer et comprit qu'en fait de démon, il avait devant lui le chef des Saisnes. Il découvrit avec indignation qu'il avait abandonné ses frères d'armes pour se lancer dans une course-poursuite insensée dont il n'y avait à retirer ni honneur ni avantage. Combien de fois déjà s'était-il laissé prendre à des chimères ? Elles l'avaient avili, à cause des mille plaies infimes infligées à son orgueil. Il répondit, hargneux :

« Que vaut ta permission, Hengist le borgne ? Tu vois ce que tu veux bien voir. Moi, je ne croyais pas pourchasser ta sœur, mais un adversaire qui m'a attaqué le premier… Une Saisne, donc ! À mon frère, tu avais promis la neutralité… jusqu'au moment de la curée ! Auquel de mes ennemis dois-je me fier le mieux, dis-moi : à celle qui me frappe ou à celui qui me fait des discours ?

— Il y a toujours quelques obstinés qui restent sourds aux ordres de leurs seigneurs. Même les instructions d'un frère aîné peuvent être enfreintes. Des rappels à l'ordre sont parfois nécessaires… Allons, suspends ta colère. Retourne au vrai combat.

— Il me déplaît que tu choisisses mes combats à ma place. Détourne donc la tête, comme tu en as l'habitude, pendant que j'affronte ta sœur.

— Écoute donc…

— Urien ne me pardonnerait pas de t'écouter davantage ! Souviens-toi : tu me dois une vie ! Quant à Ronwen, sa dette envers moi dépasse tout !

— Arrière, idiot ! s'exclama Hengist en cabrant son cheval. Que me parles-tu de dettes ? Es-tu usurier ou guerrier ? Pense à ton frère. Lui, c'est un stratège ! Pourquoi a-t-il accepté mes conditions, selon toi ? Tu t'en doutes, va, puisque tu m'as protégé de la fureur d'Urien… Ne ruine pas sur un coup de tête l'espoir d'une alliance entre nos peuples ! Les Saisnes et les Bretons pourraient enfin s'unir… non dans le sang versé, mais par le sang mélangé : par un mariage, Uter ! Ma sœur est jeune, encore. Elle portera les enfants de Pandragon ! Le roi qu'elle engendrera, alors, sera le plus grand que la Bretagne aura connu ! N'est-ce pas là une œuvre immense, digne de sacrifices ? Et pour cela, tu n'as qu'une vie à prendre : celle de Vortigern. »

En entendant une harangue aussi grandiose – aussi folle ! – Uter crut à un mensonge délirant, à une farce énorme. Quoi, son frère marié à la sœur de Hengist ! Un remous de sentiments incohérents déborda en brusques bouffées dans sa gorge, dégoût mêlé de terreur, jalousie mêlée de tristesse, tout cela broyé sous un même ahurissement.

Il étouffait. Pandragon avait-il connaissance d'un tel projet ? Envisageait-il cette union contre nature ? Il avait couvert de railleries Ronwen, enfermé dans une cellule la femme hautaine, rabaissé son caquet. Tant de dureté ne lui ressemblait pas… à moins qu'il n'eût dès ce moment-là entrevu ce que suggérait Hengist, qui utilisait la jeunesse de Ronwen comme un bien à troquer contre un avenir rempli d'héritiers royaux, garants d'une paix durable !

C'était sans doute pourquoi le vieux chef des Saisnes s'expliquait d'avoir cédé sa sœur à un premier parti, et pourquoi il se proposait maintenant de l'offrir à un autre, jugé meilleur. La bataille et la mort de Vortigern devaient lui paraître des moyens coûteux, mais fort pratiques, de mettre un terme au contrat obsolète qui le liait à l'usurpateur. À la condition expresse d'une victoire ! Dans le cas contraire, il saurait se tirer d'embarras : malheur aux vaincus !

Une appréciation aussi contournée des rapports humains – pour finalement les résumer à une fonction éphémère, changeante –, paraissait décidément diabolique à Uter, qui en fut horrifié. Le fils de Constant comprenait que l'on pût prendre les armes pour défendre sa famille, même à contrecœur. Il le concevait d'autant mieux qu'à cet instant son frère lui faisait l'effet d'un étranger. Peste ! Malgré ses soupçons, il se battrait pour Pandragon !

Cependant, Hengist en appelait à son honneur de guerrier tout en l'étourdissant de marchandages infâmes : ce maître de la tromperie et de la trahison avait beau manier les paroles et les âmes avec une rouerie éprouvée, il négligeait un peu vite les aspirations d'autrui, naïves peut-être, mais pas moins réalisables que les siennes.

Uter leva sa lame. Le terrible borgne s'effondra, renversé de son cheval par une forme grondante, dont les yeux noirs brûlaient.

Les combats reprenaient. La percée des Byzantins leur attirait la violence décuplée des défenseurs, qui admettaient pour vrais les pires présages : vaincre ou périr ! Souvent ces mots cruels franchissaient les lèvres des blessés graves, qui élargissaient leurs plaies en se sentant mourir afin de rendre leur sort plus atroce et plus exemplaire à ceux qui leur survivraient sans honte. Les moins robustes se jetaient en hurlant sur les lames des Byzantins. Par leur sacrifice, ils espéraient déséquilibrer la formation implacable des cohortes.

Ils y parvinrent : ils tombaient si nombreux, de cette manière, que leurs corps entassés constituaient un nouvel obstacle, malaisé à escalader. Les lignes se disloquèrent. Ce furent de nouveau des affrontements par petits groupes, puis des duels. Il fallait frapper vite, parer plus vite encore, avancer toujours ou risquer d'être bousculé par le compagnon d'armes qui suivait.

Aux côtés d'Abenamar, Ulfin en habit bleu prenait sa part de la lutte. Sans craindre pour sa vie l'aveugle avait progressé au sein de sa troupe, partageant avec elle bonnes et mauvaises fortunes. Il se battait aussi hardiment que quiconque, mais au besoin son gardien alerte surgissait et repoussait un danger imminent. Le page fléchissait les jarrets pour bondir à l'improviste, en faisant tournoyer sa massue. Par fétichisme ou dérision, son arme rudimentaire était garnie d'un sarment de vigne. Avec elle, il accomplissait sa rude besogne de briseur d'os.

Pour ses adversaires, il était effrayant à regarder : le sang qui maculait sa livrée l'ornait de motifs sauvages plus évocateurs et saisissants que ceux des Pictes eux-mêmes. Aucune blessure visible ne marquait sa peau ; il semblait à lui seul capable de jeter à bas les meilleurs hommes de Vortigern, qui plus est en arborant un éternel sourire. Cette arrogance manifeste, si peu en accord avec l'âpreté de la bataille en cours, le protégeait mieux qu'une armure.

Il y avait de l'indifférence dans sa façon de combattre, une effronterie excessive qui se distinguait de la bravoure pure ; comme si ce n'était pas tout à fait lui qui se trouvait là, au fort de la mêlée, et qu'il imitait les gestes d'un autre pour aider une assemblée peu imaginative à se représenter les attitudes d'un guerrier. Mais il fracassait assidûment des crânes avant d'en fouler les cervelles répandues.

Un Scot l'aborda, armé d'un glaive lourd qui brisa la massue juste sous le sarment. Ulfin saisit l'adversaire au poignet d'une étreinte de fer et retourna la pointe du glaive contre lui. Le Scot mourut dans un râle indigné.

Au même instant il était vengé : Abenamar vacilla, frappé au côté gauche.

Alors un éclair blanc dévasta la poignée de guerriers qui pressaient l'aveugle : Pandragon, galvanisé, distribua coups d'épée et coups de sabots à ceux qui s'attardaient sous lui. Profitant du répit, les Byzantins se regroupèrent autour d'Ulfin. Il était déjà agenouillé auprès du blessé, à qui il glissa quelques mots à l'oreille ; Abenamar hoqueta. Une large plaie lui ouvrait le flanc, dont le sang ruisselait.

« Emportez-le, ordonna Ulfin aux soldats qui l'entouraient. Qu'on le soigne. »

Or jusque-là ils ne s'étaient inquiétés du sort ni de leurs blessés, ni de leurs morts. En plein combat, ils ne se devaient qu'aux camarades debout, chacun menant sa propre petite guerre afin que l'armée entière ne s'effondrât pas.

Le corps fendu les apitoya. Par la bouche de l'aveugle, Dieu les avait nommés un à un. Il pouvait être prophète ou saint, donc honorable. Ils l'emportèrent.

Pandragon quant à lui renversait tout et tout le monde. Il se précipitait au-devant des épieux et des lames, prenant les défenseurs de court. La plupart fuirent devant lui, ou moururent à l'endroit où il les rattrapait. Quelques rares archers, hors de son atteinte, lui décochèrent leurs traits. Les carquois se vidèrent sans que fût entamée la solide broigne. Nimbé de flèches, il apparaissait telle une ombre réchappée des Enfers, à laquelle s'agglomérait un cortège de spectres échevelés – il poussait de hautes clameurs, pourchassait la meute des vaincus et confiait à sa monture autant qu'à son épée le double soin du ravage et de la vengeance, passant comme la foudre.

Enfin, un javelot lui heurta la tête. Il s'arrêta, étourdi, défit son casque dans un geste de folle légèreté. Il ne craignait personne. Son cheval, énervé par cette pause imprévue, tirait sur les rênes. Ulfin, libéré de sa charge de gardien, ressentait toujours l'emprise de l'ivresse nauséabonde du combat. Il courut vers Pandragon à cheval et, comme les muscles de la croupe se gonflaient, annonçant la charge, le page s'agrippa à un rebord de la selle. Sans le remarquer, le roi lâcha la bride.

L'étalon bondit, comblant en quelques foulées la distance qui le séparait des bandes d'hommes éreintés, perça leurs rangs fragiles. Il évita l'acier des projectiles et des glaives, donnant à son cavalier les meilleures opportunités de frapper. Pandragon taillait dans les corps à s'en déchirer le bras. Son épée se tordit. Il eut soif. Suspendu à sa selle, Ulfin l'accompagnait mi-courant mi-volant dans sa chevauchée frénétique.

Ils franchirent ainsi la ligne des bannières de l'usurpateur, plantées sur un remblai aplati où la monture pouvait avancer sans gêne. De là, ils toisèrent la tour de Vortigern.

Taillée à même la roche, elle ne présentait aucune ouverture visible. Elle était une écorchure de la terre dont saillait le tourment des hommes, par les cassures et les rondeurs de la pierre, par les suints de terre noire qui y restaient incrustés. Nul mâchicoulis ni crénelage ne cerclait le sommet, parfaitement plat à l'exception d'une levée grossière, plongée dans l'ombre. À une extrémité du plateau ainsi formé, la passerelle de bois qui servait d'unique moyen d'accès était relevée de l'autre côté du grand fossé qui séparait Pandragon de la tour. Celle-ci donc ne s'élevait pas au-dessus de la plaine, mais s'enfonçait profondément dans le sol au point que sa base n'était pour l'œil qu'un amas de ténèbres insondables.

Trompeuse et laide tour ! dont le sénéchal Hengist avait eu l'idée pour son roi aux rêves inconséquents. Puisque les ouvriers échouaient à bâtir sur la terre le gigantesque édifice souhaité par Vortigern, le rusé Saisne leur avait fait creuser une fosse immense. Que l'usurpateur se fût approprié le lieu en disait long sur son état de déréliction. Pourtant il était là, il devait être là, se figurant hors de portée, peut-être hors du monde. Mais le fossé était plus profond que large, et Pandragon refusait de s'arrêter encore.

Il talonna son cheval, l'enleva pour un saut inouï. Également soulevé, Ulfin prit la mesure du vide au-dessous, vit le bord au loin, trop loin, comprit le risque. Il lâcha prise. Pandragon retomba seul sur le sommet de la tour, avec sa monture en sueur.

Les hennissements affolés assourdissaient Uter, le dépouillaient de son courage. La toison noire de la bête recouvrait entièrement Hengist. Il cherchait à se débattre, mais parvenait à peine à se tortiller sous la menace des crocs luisants qui claquaient près de son visage. À tout moment il pouvait être égorgé. Il appela à l'aide ; Uter fit un pas. Deux yeux mi-clos se retournèrent vers lui, dans lesquels l'éclat accusateur et familier agissait comme un sortilège qui le paralysait. Face à la louve, il était impuissant.

Pourtant Hengist dégagea son bras droit et le plaça sous le cou de la bête, s'employant à maintenir à distance la puissante mâchoire. Ils confrontèrent un instant leurs forces et leurs volontés. Les coups d'œil terrorisés que le borgne adressait à Uter ne laissaient guère de doute sur l'issue de la lutte, et le Breton ne bougeait toujours pas pour secourir le Saisne. Celui-ci conservait l'usage de sa langue, et elle était son dernier recours.

« Ma sœur, gémit-il, n'as-tu pas honte d'exhiber le pire de ta nature devant un étranger ? Comment peux-tu trahir si follement un secret de famille ? »

Son bras aussitôt ploya sous la terrible gueule. La voix de Ronwen, mais plus rauque, plus triste, enveloppa Hengist.

« Et toi n'auras-tu jamais honte, mon frère à demi seulement ? Tu ne saurais pas nommer mon père, et tu t'en octroies l'autorité, me cédant aux uns et aux autres comme un tribut, un pot-de-vin ! Idiot ! Je ne t'obéissais déjà pas enfant, quand je te craignais… Souviens-toi de ton œil ! Il n'a fallu qu'un coup de griffe… Que te prendrai-je aujourd'hui ?

— Par notre mère, alors ! Par notre mère, relâche-moi ! Je venais te sauver du Breton… Tue-le, plutôt ! Épargne-toi le fratricide !

— Une vie pour une autre ? Penses-tu qu'elles se valent toutes ? Tu es trop vieux pour trahir à tour de bras et multiplier les ennemis. Le dernier qui t'ait confié sa vie, c'était Vortigern. Sans frémir, tu paries sur sa mort – la mort de mon époux ! Mais je vous tuerai tous pour qu'il vive, moi ! Qu'il perde son royaume, sa raison… prenez tout ! Je l'aurai pour moi seule. »

Tandis qu'elle parlait, Hengist la repoussa un peu. Elle ouvrit grand la gueule, sa langue dardée à travers le sourire carnassier. Le ton du borgne se fit plaintif.

« Ah ! C'est pour cela que tu es partie : tu espérais qu'il abandonne tout pour te rejoindre ! Tu l'aimes donc ! Tu as raison, petite sœur, je n'avais pas saisi… J'aurais dû deviner, pourtant, ajouta-t-il en fixant son œil valide sur Uter, j'aurais dû deviner, quand tu as égorgé l'ancien roi, que tu ne le tuais pas pour faciliter ma politique ! »

Sitôt qu'il eut achevé, elle hurla sa rage, se dégagea du bras levé et y planta ses crocs. Le Saisne poussa un cri. Uter, ne sachant que croire, renonça à démêler la vérité du mensonge et n'écouta plus que la haine marteler ses tempes. La seule mention du meurtre de son frère aîné l'enflammait, resserrait ses doigts perclus sur son arme. Ces deux-là lui répugnaient trop ; et, ne discernant plus la femme de la louve, le souvenir de son désir d'elle le rendait répugnant à ses propres yeux.

Les mâchoires s'écartèrent, se refermèrent brutalement sur l'avant-bras qu'elles sectionnèrent. Le sang inonda le visage de Hengist, dont la voix se brisa sur un cri affreux. La louve s'écarta d'un bond de sa proie, évita le premier coup d'Uter qui se ruait sur elle sans précaution. Il frappa derechef, si vite qu'il ne voyait plus sa propre épée. Elle se jeta sur lui ; déjà, il relançait sa lame. Il y eut un bruit sec, la bête tomba aux pieds de l'homme.

Des perles rouges roulèrent sur la toison noire de

la louve. Toutefois elle se redressa, chancelante, et reconnut sa mort dans le regard bleu du fils de Constant. Rassemblant ses dernières forces, elle s'enfuit – d'une démarche incertaine, presque maladroite, qui l'humanisait.

Hengist prostré se vidait de son sang. Uter pouvait rattraper le cheval roux, tenter de la poursuivre. Mais un tremblement irrépressible montait de ses jambes, ravivait la douleur de son dos et de ses poings, lui traversait le cou. Ses dents s'entrechoquèrent. Il avait peur, soudain, et ne voulait plus rien. Il lui semblait que le monde tremblait avec lui.

Pandragon mit pied à terre, passa la main sur le pelage humide du cheval, le cajola de la voix : il avait accompli un exploit, qu'il se repose. Les flancs palpitants s'apaisèrent. Après les feux de la bataille, le calme du sommet insinuait une nouvelle angoisse. Il y faisait froid. C'était un endroit pour de vieux cailloux et des statues laissées à l'abandon, où les êtres de chair et de sang se condamnaient à gâcher leurs forces. Pandragon redressa son épée puis, tirant doucement sa monture par les rênes, se dirigea vers la saillie ombreuse qui surmontait la tour.

De plus près, elle évoquait un grand trône, poli plutôt que taillé, mais enlaidi par de brusques protubérances : spires et bubons mal extraits de la pierre, lui conférant un aspect de brûlure mal soignée, de cloque près d'éclater, quoique durcie comme un tissu cicatriciel. Affaissé en travers de ce monticule de roches charnues, Vortigern buvait.

Sa coupe d'or tremblait dans sa main et il renversait autant de vin qu'il en versait entre ses lèvres ouvertes. De longues traînées violacées s'écoulaient ensuite de sa bouche, qui révélait de rares chicots. Une fois vidée la coupe, il puisait d'un geste paresseux dans un tonnelet calé au creux de la pierre.

Son teint était livide. Ses yeux s'enfouissaient dans des boursouflures, elles-mêmes affaissées sur les joues flasques comme des poches crevées. Sur cet épanchement de chair surnageaient la ligne bosselée du nez rougeaud et quelques poils de barbe cendreuse. Il y avait peine à croire qu'une armée, pour partie composée d'étrangers, eût pu entrer en campagne sous la conduite d'un tel rebut. Son visage suffisait à peine à contenir sa morbidité. Le reste de son corps disparaissait, du cou jusqu'aux pieds, sous une peau d'ours mangée aux mites.

Toutefois, une couronne émaillée de corail rouge cerclait sa tête ; de quoi exciter la convoitise des uns, illusionner les autres.

« Je te salue, roi », dit Pandragon avec un sarcasme douloureux.

Il éprouvait un chagrin inavouable à s'adresser à un ennemi si misérable. Comment ! Il avait donc devant lui l'ancien sénéchal de son frère aîné et de son père ! L'ancien chef de guerre des Bretons, leur héros ! dont le règne avait duré des années, quasiment sans contestation. Et cet homme brisé infligeait à son pays ce qu'il s'infligeait à lui-même, cela parce qu'il portait un cercle brillant sur la tête, ainsi que le titre qui correspondait ! Ah ! vite, l'achever d'une estocade, en travers de la bouche ! Mais le fils de Constant retint le coup de grâce. Achever l'infâme, c'était le libérer, le soulager peut-être.

« Je te salue, roi, répondit Vortigern d'une voix rauque, épuisée par des années d'abus.

— Tu reconnais donc mes droits ? interrogea Pandragon, sincèrement étonné. Tu admets que je suis le souverain légitime des deux Bretagne ? »

La main pesante de l'usurpateur s'abaissa dans son tonnelet, en rapporta une pleine coupe.

« Tu es le roi… bredouilla-t-il. La légitimité à la pointe de l'épée… N'en a-t-il pas toujours été ainsi ? J'aurais aimé chevaucher avec toi, sur la plaine, mais… je n'ai jamais été bon cavalier. Quelle déception ! »

Pandragon poursuivit :

« J'ai sur moi deux symboles de ma dignité : la bague de ma lignée et le collier de l'alliance. J'en exige un troisième, celui que tu détiens encore. Remets-moi la couronne.

— Oh, prends-la, prends-la ! Elle t'appartient. »

Le vieil ivrogne fit un effort pour se rétablir sur son siège, malgré l'inconfort visible de la position. Il retira gauchement le cercle rouge de sa tête, le tendit à son exigeant visiteur. Comme ce dernier hésitait, elle glissa des doigts tremblotants et tomba avec fracas. Effaré par tant de nonchalance, le fils de Constant la ramassa prudemment. En dépit du témoignage de ses sens, il soupçonnait une perfidie sous l'apparence fruste de Vortigern. Or celui-ci, échevelé, bascula de nouveau en arrière sur son trône grotesque et s'inonda de vin. Le jeune roi se coiffa de la couronne. Pour la première fois depuis le début de son règne débutant, il se sentit puissant. Cela l'effraya.

« Oui, reprit Vortigern, quelle déception j'aurais été ! Quelle vie… La nostalgie me pèse lourd sur l'âme, ou le cœur… ou le ventre. C'est le mal qui m'empoisonne de haut en bas, tu connais ça ? Oui, oui, tu connais bien… Quand j'étais malade, enfant, ma mère me souriait avec les yeux… elle n'avait pas besoin des lèvres, tu sais : elle écorchait les beaux sentiments des hommes avec la pointe de son ongle. Alors moi, dès qu'elle levait un doigt ! J'aurais brûlé le monde pour elle, même enfant… On grandit. On devient bête. On devient brute. J'ai rêvé de posséder un royaume… Ma mère ne m'a jamais souri, jamais avec les lèvres, non, rien qu'avec les yeux, parfois, quand j'étais malade… Je crois qu'elle me haïssait. Et toi, Constant, est-ce que tu m'as haï ? Depuis que ton fils le roitelet est mort, je t'ai gardé le royaume. Mais voilà, je t'ai déçu… Il me reste une tour, tu vois ? Elle est mienne, jusqu'à la mort, jusqu'à l'oubli… Tu ne dis rien, Constant, tu ne dis rien ? »

Alors Pandragon prit la mesure de la folie de Vortigern, dont le discours insensé s'adressait au mort illustre, au seigneur exemplaire, du moins pour l'usurpateur qui le croyait tout à coup revenu. Effet de l'ivresse, de la fièvre, sans doute influencé par de vieilles légendes, il confondait le père et le fils, ressuscitait l'un sous les traits de l'autre.

Constant l'obsédait. Était-ce la cause ou la conséquence de sa dégradation ? Ou bien, le signe d'un châtiment supérieur, l'expression du rejet de Dieu qui bannissait le traître hors du domaine du vrai, de la présence. Il aurait fallu prier… Pour un autre égaré, peut-être Pandragon aurait-il entrepris le dur, l'écrasant labeur d'enchaîner les mots aux sentiments purifiés, peut-être se serait-il évertué au pardon. Cependant, l'être défait qu'il prenait en pitié portait un nom honni :

« Vortigern », parvint-il à articuler, la langue sèche.

Le colosse déchu tressaillit.

« Est-ce vrai, balbutia-t-il, tu sais qui je suis, tu te souviens de moi ? »

Il se leva péniblement, repoussant la coupe et le tonnelet qui aspergèrent le sol d'un flot âcre. Il tituba beaucoup, les bras écartés pour garder l'équilibre. Il traînait les pieds. Sa pelisse s'écarta tandis qu'il approchait pas à pas de Pandragon, découvrant la peau jaune et grasse de son torse nu, et des braies souillées. Tout de même, il gardait une épée au côté, mais son ceinturon débouclé contribuait à son allure peu martiale. Il respirait avec difficulté, un sifflement mauvais tourbillonnant dans ses poumons.

« Constant, sois franc… Quand la mort râla dans ta poitrine… à ce moment-là, t'es-tu souvenu de ma mère ? Vous fûtes jeunes ensemble. »

Le fourreau sauta du ceinturon, tomba dans ses jambes. Il trébucha, s'abattit sur le jeune roi terrifié qui voulut reculer et leva son épée – parce qu'il avait peur, que l'ennemi de toujours marchait sur lui, qu'il avait tué trop d'inconnus, en ce jour, pour regretter cette mort-là. La pointe de l'épée perça le bas-ventre verticalement, se plia avant de ressortir par le dos.

Trop lourd pour être retenu, Vortigern glissa entre les bras de Pandragon. Un instant leurs regards se croisèrent : le bleu tendre du jeune vit ternir le bleu nuit de l'aîné.

L'héritier de Constant sentit ses jambes se dérober.

Ulfin tomba dans le gouffre ; un merle prit son envol. Au lieu de remonter, il poursuivit la descente dans les ténèbres, ses ailes raidies par la crainte de heurter les parois invisibles. Au fond de cet abîme, l'obscurité massive avait l'épaisseur d'une foule grouillante qui lui tendait les bras pour une invite vertigineuse. Même s'il volait, l'oiseau penchait vers le bas avec l'impression d'une fatalité. Incapable d'estimer la distance qui le séparait du sol, il s'abandonna à l'excitation mêlée d'angoisse de piquer à l'aveuglette. Pourtant une vision morcelée prenait paresseusement forme, par de rares et violentes giclures qui ne suffisaient pas à éclairer la voie tout en lui affolant le sang. Comme souvent, la peur de se souvenir d'un futur intolérable lui servait d'instinct. Alors qu'il mobilisait ses forces contre de vieilles peurs – celles du noir et du vide qu'enfant déjà il se faisait un jeu de braver, en montant de nuit sur les toits –, un éblouissement imprévisible le foudroya.

Merlin avait atteint le fond de la fosse, sur lequel s'étalaient des monceaux d'ossements dont la blancheur rayonnait pour lui seul. En effet, il les distinguait nettement dans le noir, à sa grande gêne, car il ne comprenait pas quelle exigence énigmatique le liait à eux. Pourtant une file interminable de squelettes dansait sous ses yeux, à la fois manifestation éthérée et amas bien concret qui craquait sous ses pas.

Les fondations de la tour reposaient sur un charnier, constitué des dépouilles innombrables des ouvriers contraints – par qui ? le roi ? le sénéchal ? – à un ouvrage absurde. Merlin progressait au hasard parmi les pâles reflets d'existences désormais muettes, dont les mâchoires s'ouvraient, vides, sur un cri inaudible. Il était un intrus, ici, un visiteur qui repartirait aussitôt qu'il aurait dénoué leur mystère : pourquoi cet appel silencieux, cette convocation en un lieu de sinistre mémoire ? Il avait bien assez de ses propres fantômes, assez de mal à se sentir présent au monde pour ne pas s'alourdir avec d'autres vies passées. Ses visions de figures blêmes persistaient, s'agrippaient à lui, recommençaient leur agonie dès qu'il forçait le passage.

Une autre lueur cependant vint s'ajouter à la leur, l'éclipsa même lorsque Merlin écarta un amas d'os pour mieux voir : de l'or ! Il y avait de l'or dissimulé dans ces tréfonds ! souillé par un massacre, abandonné là par l'incurie de Vortigern. Ce trésor méprisé pouvait expliquer la trahison de Hengist : le chef saisne, avare d'hommes et de moyens, n'avait pas dû goûter la désinvolture avec laquelle le vieil usurpateur avait choisi de faire ériger sa tour sur des richesses inutilisées.

Les ouvriers étaient morts afin que le secret fût préservé – grâce à cette fortune, le royaume renaîtrait vite, pourvu que Pandragon l'emportât, pourvu que Hengist renonçât à l'or… Non, pourquoi y renoncerait-il ? Une fois les armées épuisées, il n'aurait qu'à lâcher sa horde et s'emparer du butin. Les rois, les royaumes, l'espoir des peuples, tout pouvait périr, tout périrait.

Les derniers soupirs emportés dans le plumage d'oiseaux sans convoitise, d'anges rêvés dont les vertus sublimes illuminent les murs d'églises désertes ; que tous s'endorment ! Enfants d'hommes ou de fées immoraux, esprits sans consistance qui ânonneront d'une voix endormie la leçon de leurs pères : rien n'importe que les pieux mensonges qu'on se dit à soi-même !

Qui savait au juste pour quelle cause sacrée les uns et les autres se tuaient ? Ils ne devaient pas être nombreux, les orgueilleux suprêmes qui se consumaient à leur propre rancune, ceux qui misaient leur vie sur la belle légende... Merlin se revendiquait des leurs. Mais il pensait aux deuils qu'il portait toujours, sans oser nommer les défunts de peur de s'effondrer. Il y avait autre chose ici que l'or et les morts, se reprit-il. Une volonté mauvaise, familière... son pied buta contre un crâne. Il le ramassa, avec l'impression d'agir comme un coupable.

Dans sa vision tourmentée, l'os se troublait comme une flamme blanche, tandis que deux minuscules cicatrices lumineuses se tordaient au fond des orbites noires. Il aurait voulu pleurer par ces yeux-ci. À la place, il commença à parler au crâne entre ses mains : d'abord d'une voix altérée qui n'était plus la sienne, ou en tout cas ne lui obéissait pas, une voix à laquelle il lui arrivait de répondre avec ses propres mots.

« Petit merle, tu as tardé... Il reste peu, si peu de ma substance. Mais je suis dans ton sang, dans les ténèbres, dans les os. En ce lieu, tout est enfermé dans une marée de désirs démesurés, qui gonfle avec les haines du royaume tel un cœur pourri qui va éclater. C'est magnifique !

— C'est abominable.

— Merle, petit merle, pourquoi aimes-tu tant vivre ? Tu le sais bien, que le temps est une image trop grande et trop fatigante à scruter. Il faut du repos ; oublier les errances et les erreurs, se sentir satisfait du moindre mal, celui qu'on fait pour soi… Ah, si tu savais comme on est bien dans l'ombre fraîche de la croix !

— Nous avons déjà eu cette conversation. Je n'ai pas besoin de tes promesses de réconfort. Ma vie peut s'achever dans le silence, sans m'avoir servi, ni à personne. Mais je la mènerai à son terme, comme si j'entendais vraiment une parole plus pure, un chant plus haut que le marmonnement en moi qui me rassure.

— Tu es d'un triste ! Tu ignores la volupté de chanter faux. Moi, je veux brailler ! Crois-tu qu'on m'entendra ?

— Tu disparais. Bientôt, très bientôt, tu te tairas définitivement. Ma langue t'échappera. Je ne consentirai jamais à être ton porte-parole.

— Si ce n'est toi, ce sera un autre !

— Pourtant, tu agonises dans la solitude. Je m'en vais ; parle donc à des ombres.

— Insolent… Ne pars pas tout de suite ! D'abord, je ne suis pas seul : ne vois-tu pas que je suis entouré de feux follets ? Les morts brûlent leurs scrupules. Ils me ressemblent plus que toi ! Maintenant, petit merle, tiens-toi sage : à l'heure du jugement, sais-tu ce qu'il advient du fils indocile et rebelle, qui n'écoute pas la voix de son père et se livre à l'ivrognerie ?

— Bavard impuissant ! Tu me menaces encore ? Tu n'as pas le droit de citer les anciennes lois contre moi.

— Tais-toi ! Tu sais bien des choses sans les comprendre, tu en ignores davantage encore. Te crois-tu mon unique enfant ? Crois-tu qu'ils se rebiffent tous ?

J'ai mon peuple à moi, reines et paysannes, seigneurs de guerre et ouvriers… Je ne suis pas pasteur, moi ! Les agneaux, je les mange. Ma famille, c'est une meute de bêtes enragées qui se dévorent entre elles. Ongles, griffes, dents ou crocs, ils ont mille moyens de détruire. Quand l'un d'eux meurt, c'est un sacrifice qu'il me fait et une malédiction jetée sur le monde. Imagine à présent une hécatombe, tout le sang versé qui réclame à la terre paiement d'une dette formidable ! Que ferait un démon pour venger sa descendance ? Que ferai-je, petit merle ? »

Le crâne heurta un filon d'or en tombant. Un battement d'ailes précipité interrompit la diatribe d'Esquibedes forcée dans la bouche de Merlin – il aurait souhaité vaincre son sentiment d'urgence à la course, filer assez vite pour ne pas s'entendre prononcer l'ultime moquerie :

« Un crâne vaut une couronne. Vole donc, merle, petit merle. Apprends la rude leçon : mon sang ne purifie pas, il engendre des monstres. »

Quelque chose s'éveille qui nie le jour, dénie le cri à ceux dont les gorges neuves s'enflent d'effroi et de colère à la face du monde, dont les cœurs sont des oiseaux jamais lassés de frapper dans les poitrines ; non, ce n'est pas la paix qu'elle apporte, la déchirure brûlante du haut mal.

*

La terre eut une secousse violente. Les armées frémirent.

La tour trembla, oscilla tel un battant de cloche, dans un fracas de tous les diables. Sur le sommet,

Pandragon déséquilibré trébucha en direction de son cheval affolé qui tournait en tous sens, insensible aux appels de son maître couverts par le vacarme. Le fils de Constant se jeta contre son flanc, saisit les rênes et tira un coup sec. Dans sa surprise scandalisée, la monture se calma assez pour permettre à Pandragon de se hisser sur la selle et de la talonner.

La tour s'écroulait. Elle se pencha, heurta rudement la paroi alentour, emportant dans sa chute lente le cadavre de l'ancien roi et le cavalier éperdu. Par un dernier effort, l'étalon bondit et franchit la hauteur qui le séparait de la corniche.

Une vibration continuait de grossir à travers la terre ; la bataille avait cessé, chacun saisi par un sentiment de terreur irrépressible, auquel les émotions confuses du combat n'avaient pas préparé. Beaucoup voulaient s'enfuir ; aucun abri toutefois n'apparaissait sur la plaine tout entière agitée.

Jusque-là confinés dans leur inaction arrogante, loin de songer au butin ou à leur rancune contre les Bretons, même les Saisnes hésitaient à s'égailler.

Uter galopait à toute allure vers les armées en déroute. Hengist dodelinait en croupe, son bras coupé garrotté par des lanières taillées dans sa cape ensanglantée. Il était exsangue.

L'un contre l'autre, ils ouvraient grand les yeux et tentaient de distinguer ce qui causait le bouleversement formidable, mais ne voyaient partout que les marques de peur et la conviction de plus en plus affirmée que le châtiment arrivait, que la mort remontait des profondeurs pour renverser le monde.

Pandragon s'efforçait de recouvrer ses esprits. Comme il regardait autour de lui, il vit qu'il était seul ; les troupes s'écartaient du gouffre et se mêlaient en une grande confusion de peuples, dans laquelle chacun se perdait et souffrait d'une terreur aveugle. Alors une angoisse douloureuse ternit les pensées du jeune roi, car lui non plus ne savait pas quelle menace remontait de la terre, et si elle avait un lien avec l'usurpateur. Il maudissait son ignorance, ainsi que la regrettable légèreté de son attitude au combat : il s'était persuadé à tort du caractère fatidique de la bataille, se figurant qu'un seul vainqueur en réchapperait, souverain incontesté d'un royaume à rebâtir. Mais tout pouvait finir dans un désastre, la terre anéantir la présomption des seigneurs qui la convoitaient, et la naïveté de leurs suivants.

Tout à coup son cheval s'affaissa. Des tremblements convulsifs lui parcouraient l'échine. Il était à bout de forces. Pandragon se dégagea et, comprenant que la monture n'en pouvait plus de le porter, défit les sangles qui retenaient la selle pour alléger d'autant le fardeau. La bête harassée se redressa tant bien que mal, adressant un hennissement malheureux à son maître. Celui-ci lui accorda une caresse machinale, mais il regardait en arrière avec une mine résignée.

Un grand calme s'était fait sous eux – *cela* venait à leur rencontre.

En effet, une tache noire s'écoulait en filaments du gouffre où s'était dissimulée la tour, et il sembla que la nuit jaillissait hors de la terre brisée.

Cependant, ces lambeaux de ténèbres gagnèrent en épaisseur, grandirent depuis le vide et s'épandirent à travers le ciel où l'ombre ainsi étalée, quasi impénétrable, faisait une entaille sinistre sous laquelle la lumière du soleil dépérissait, ne prodiguant qu'un éclat blafard. Ce fut l'éclipse.

Une corolle iridescente se rivait sur la silhouette nocturne qui éclaboussait les nuées ternes, pareilles à des avalanches de cendres grisâtres, quoique figées en plein effondrement. Un filament s'agita sous la vaste sécrétion nébuleuse, enveloppée d'un halo de plus en plus vif qui se parait d'incandescences, et ce filament était un fouet de noirceur sinueuse, une queue puissante hérissée de pâles flammes muettes.

Car un silence impérieux comme la colère et le supplice émanait de la présence de plus en plus imposante qui paralysait les peuples, tandis qu'elle au contraire se mouvait par saccades, entourée d'un cortège de fumée.

À terre, les guerriers se tordaient en cachant leurs visages, bouleversés par ce qu'ils percevaient de cette rage muette ; elle les mettait trop tard en garde, leur promettait déjà l'agonie sans cri ni râle, mais cet emprisonnement singulier et scandaleux du corps brisé, habité par une pensée toujours mouvante, alors que les membres n'obéissent plus et que la mort se fait attendre, depuis longtemps outrepassant les limites d'une patience défaite.

De nouveau les robes des druides et des prêtresses reparurent, jusque-là dissimulées sous le cuir brun des cottes. Ils étaient les tenants de mystères qu'ils professaient comprendre, quand le reste des hommes désirait des prodiges tout en les redoutant. Aussi, assumant la soudaine urgence de leur charge, eux qui étaient pourtant accoutumés aux langueurs des rituels, ils entonnèrent chacun les conjurations propres à leurs cultes. En résulta une cacophonie des plus perturbantes, car loin d'ébranler la pesanteur de l'air entaché les chants heurtés achevèrent de dissiper les courages.

Les voix s'ébréchèrent, sonnèrent de façon déplaisante même aux oreilles des officiants dont les fois vacillèrent devant l'imminence d'une fin qu'ils devinaient terrible, face à laquelle ils se trouvaient aussi démunis que des non-initiés.

La queue se déroula, rasa le sol en soulevant d'abord des vapeurs au contact de la neige grésillante, puis glissa sur la plaine – avant même d'atteindre les tronçons de bois des barricades, ceux-ci flamboyèrent, disparurent dans un bref friselis.

Encore hors de portée, Pandragon immobile sentit le souffle d'intense chaleur produit par ce feu sans foyer, aux allures de mirage, qui cependant montrait davantage de véhémence que l'incendie d'une forêt, tirant une puissance mauvaise du cœur noir de sa forge d'air.

Maintenant, de part et d'autre du tronc central s'écoulaient deux flaques ténébreuses, dans lesquelles le jeune roi reconnut la forme encore grossière d'une paire d'ailes qui poussaient, à la fois liquide et brumes en lutte, alimentés les uns aux autres, piégeant la lumière dans leur bouillonnement, si bien que seul leur halo irisé prodiguait une clarté crépusculaire.

La robe blanche du cheval de Pandragon se couvrait elle aussi d'une parure nocturne ; la plaine allongeait un tapis de deuil vide de signification, puisque la douleur irrésistible partagée par tous dans l'assemblée ne concernait pas les morts, à peine discernables, mais s'adressait au trou grandissant, là-haut, qui absorbait leurs raisons, leurs passions, leurs volontés, les privait des maigres certitudes auxquelles ils attribuaient, un peu au hasard, les noms d'identité, d'âme, de conscience. Ils se sentaient dénudés dans l'obscurité, ils l'étaient vraiment car leur chair n'importait plus, ni leurs pensées : qu'ils se débattent ou non, qu'ils se soumettent, se rebellent, tous des fragments d'ombre maladifs, oublieux des mots d'homme et de femme, oublieux de tous les mots contaminés par une peste silencieuse.

Pourtant il y avait la chaleur, non de vie mais de destruction, qui croissait de nouveau depuis la queue embrasée. Cette fois Pandragon se détourna ; il passa la main sur la couronne terne et le collier de l'alliance, les fit tinter à l'anneau de son doigt – ces pauvres sons lui arrachèrent un sourire, c'était cela la royauté, se dit-il, des trésors que quiconque pouvait toucher, palper, désirer, rejeter à grand bruit. De beaux objets à admirer, à simplement aimer, parce qu'ils étaient faits dans ce but et que, perdus ou détruits, ils étaient remplaçables ; imparfaitement, peut-être, cependant toutes les croix qu'elles soient de bois, d'ivoire ou d'or portaient Dieu, tandis que les rois peinaient à se porter eux-mêmes. Vortigern tombait dans ses bras, et deux enfants chevauchaient dans une nuit sans fin.

Alors Pandragon poussa un cri qui lui parut retentissant, dans le calme terrible ; son cheval alarmé piaffa en réponse ; il cria encore, la monture se redressa, un trille d'oiseau dégringola du ciel, inattendu, comme un encouragement ; il y eut un troisième cri, un grand geste, l'étalon s'élança en hurlant et Pandragon se retourna, ses lèvres ouvertes sur un mot qu'il ne prononça pas, qu'il n'avait pas besoin de prononcer. Le feu de soleil noyé se porta contre lui, versé par les anneaux d'ombres qui fouaillaient la terre et immolèrent l'homme en un instant.

La détresse sans larme survit au bûcher ; les ailes de l'oiseau sifflent dans l'ombre, ce n'est pas une fuite, ni un adieu : à la balance des souvenirs mélangés, il suspend le frisson de l'amour et de la désespérance.

Il avait quitté Hengist sans scrupules, confiant en ce que la monture alezane l'emmènerait auprès des Saisnes, ou nulle part, puisqu'il n'était plus temps de se préoccuper du sort d'un semi-traître. L'épée à la main, Uter sans réfléchir courait au milieu des troupes, à tout moment agrippant un Breton ou un Byzantin hagards, leur posant toujours les mêmes questions bizarres sous le ciel écartelé : où se trouvaient Urien, Abenamar, Pandragon ? Parfois une lueur glissait dans l'œil du guerrier interrogé, les noms le rappelaient brutalement à lui-même, de manière fugitive. C'était insuffisant pour permettre de secouer l'apathie – s'il avait dit le nom d'un être aimé, peut-être ? Mais on lui renvoyait bientôt un regard étranger, presque offusqué de découvrir en Uter des manifestations futiles d'agitation.

Ces esprits-là n'étaient pas simplement brisés par le fléau au-dessus d'eux, ils se corrompaient. Il reconnaissait en eux les symptômes de mollesse et de léthargie qui avaient été ceux, plus explicites, des naufrageurs. Sous l'ombre remuante, aux flammes échevelées, le fils de Constant appréhenda une mort honteuse, au milieu d'un bétail humain dont il craignait de faire déjà partie sans se l'avouer. Une rancune profondément enracinée l'empêchait de s'abandonner à l'indignité d'une reddition absolue, physique et morale. Il convoqua le souvenir d'une défaite de moindre proportion, mais comparable en ce qu'elle avait bafoué son amour-propre : une nuit, au bord d'une rivière, il avait dû se soumettre…

On le saisit par le bras. C'était Merlin, dont il identifia la livrée aux tristes reflets bleus qui y luisaient encore. Ils étaient si près l'un de l'autre soudain que leurs visages se frôlaient presque. Dans les yeux de l'ancien page, Uter vit briller des larmes. Il voulut s'écarter ; la poigne sur son bras l'en empêcha, il se contraint à contempler de nouveau le visage affligé. Bientôt, il sentit que ce chagrin impudique devenait le sien, comme s'ils buvaient tous deux à la même coupe d'amertume. Malgré lui, malgré la colère froide qui lui emplissait le cœur, il comprit. Il glissa à terre, dans sa douleur s'accrochant à l'habit bleu.

« Maintenant, dit-il, maintenant tout est perdu. »

Il fut relevé de force.

« Tu peux te battre encore, tu le dois. Ton épée s'est reforgée dans le sang, le tien et celui de tes ennemis : elle percera les ombres… elles font peur, mais il y a tant de façons de s'aveugler et de souffrir… Tu le sais, tu le sens. La chose, là-haut, est moindre qu'une bête, c'est une image du démon dans l'homme… c'est le dragon lové dans les amours, vautré dans les haines : une créature de barbarie, quand détruire paraît beau et qu'on se demande, tout à fait sérieusement, si la fin du monde ne ferait pas le plus magnifique des spectacles… cette tentation, tu la connais bien. Mais tu l'aimes quand même, l'humanité, avec effroi, avec passion ! Alors monte, taillade ce fragment du rien, tue le dragon !

— Et comment l'atteindre ? »

Merlin relâcha son étreinte. Alors une tête humide s'avança, qu'Uter étonné caressa des deux mains : le cheval de Pandragon, revigoré, offrait une fois de plus son dos à un fils de Constant, et deux ailes noires trépidaient sur ses flancs, placées là par quelque charme auquel il semblait se plier avec naturel, à croire qu'un souhait inexprimé de sa part avait été exaucé.

Un espoir tressaillait dans cette paire d'ailes confisquées au démon, et dans l'épée qui les avait tranchées. Uter alors redécouvrit le désir d'en découdre, et l'envie de triomphe. Pendant que son courage se raffermissait, Merlin déchirait un pan de sa livrée pour lui en enserrer le buste. Le bleu se teignit de rouge.

Assisté par son ancien page, Uter enfourcha le destrier : maître de peu et serviteur de personne se réconciliaient donc par nécessité, jouant leurs vieux rôles avec la satisfaction d'en avoir conservé les habitudes.

Uter montait à cru, ses jambes serrées fort derrière la naissance des ailes, parce qu'il anticipait le moment de l'impulsion et qu'à présent la crainte lui venait de l'envol, de la chute, de l'irréel inquiétant de son équipée. Il voulut partager ses inquiétudes ; sa voix s'étrangla en gargouillis, couverts par le piétinement des sabots sur la neige fondue. La grande course commença : il passa devant le défilé de visages indiscernables, plongés dans la pénombre, dont certains peut-être écarquillèrent brièvement les yeux sur son passage.

Il prit de la vitesse : son buste s'élevait, s'abaissait en cadence, et cette régularité sereine le rassura. Il y eut un sursaut, puis l'impression enivrante de flottement entre le battement puissant et harmonieux des ailes. Ils volaient.

Uter fut d'abord surpris par la fraîcheur acérée de l'air qui lui glaça la main avec laquelle il maniait les rênes, tandis qu'un filet de sang chaud réchauffait celle qui tenait l'épée. Il monta jusqu'à l'abîme suspendu dans le ciel, qui enfreignait l'ordre des choses afin de faire table rase – un dragon, en effet, dévoreur des volontés et incendiaire des corps.

Le vent arrivait sur Uter avec de grandes gifles, dont le chuintement à ses oreilles avait le mérite de l'isoler du silence général, le rendant à lui-même mieux qu'un cri de guerre dans le fracas de la mêlée.

À l'approche de l'ombre, il eut un violent mouvement de recul que le cheval aussitôt reproduisit, gagnant en hauteur tout en contournant la queue qui infligea derechef un coup puissant à la plaine, taillant une tranchée dans la neige et les amas de cadavres.

Une fumée dense s'élevait à l'endroit des impacts, une exhalaison âcre et lourde qui restait accrochée à l'appendice remuant et parvenait aux narines d'Uter, portée par le vent. Un remords douloureux lui vint quand il songea aux morts qui ne seraient pas ensevelis, mais subissaient l'injure d'une disparition brutale, sans honneur, alors qu'un fumet désagréable, bestial et persistant, les nouait à l'apparition dominatrice. La chaleur autour de celle-ci décrut après son assaut.

Par une série de cercles, la monture ailée se rapprocha, de bas en haut, pendant qu'Uter s'efforçait de déceler une faiblesse quelconque dans la masse uniformément obscure. Se sentant de plus en plus oppressé par cette malveillance pesante, il ne voyait rien et montait toujours, anxieux tout à coup à l'idée de rejoindre un espace plus clair. Malgré le bruissement rapide des ailes, il semblait au cavalier qu'ils n'avançaient plus, que le temps avait cessé de s'écouler pour se dissiper lui aussi dans l'obscurité ; qu'ils parcouraient l'envers de la plaine, étalée sans promesse de limite, d'horizon.

Pourtant quelque chose remuait. De subtiles nuances dans la noirceur l'alertèrent ; d'une pression des genoux il invita son cheval à virer. Un long cou se détendit, découvrant une gueule ténébreuse dont les mâchoires s'activèrent en silence, tout près d'Uter ; il eut la vision trouble d'épaisses saillies noires : des crocs comme des arcs gigantesques placés autour d'un puits sans fond.

La gueule aveugle tenta encore de l'atteindre, avec une vivacité qui faillit porter ses fruits. Il esquiva de justesse les crocs qui se refermèrent sans un son, provoquant un froissement d'air qui déséquilibra le cheval. Uter ballotté en tous sens contractait les cuisses à en avoir mal. Cette fois il ne maîtrisait rien, ses émotions bouillonnaient en pure perte, d'ailleurs tout allait si vite qu'il n'avait pas le luxe de penser ni de réagir, il se contentait de se serrer contre son destrier qui résistait à la tourmente.

Maintenant qu'elle avait conscience de la présence d'un assaillant, comme si une statue daignait s'apercevoir des zigzags d'une mouche, la silhouette démesurée s'ébranlait, bien plus prompte que sa taille ne le laissait présager. Loin d'être une masse fixe, épinglée sinistrement en plein ciel, elle se mouvait avec aisance, sans geste inutile, concentrée sur la bestiole folâtre qui ne se soumettait pas à son autorité muette, mais décrivait des courbes sinueuses afin de lui échapper, faites d'à-coups et d'esquives brusques au point qu'Uter ne parvenait plus à distinguer le haut du bas. Les directions s'écrasaient dans son ventre, menaçaient de disséminer ses tripes.

Les mâchoires s'approchèrent à plusieurs reprises pour l'engloutir ; ce furent encore le vertige et le galop aérien. Enfin une brèche se fit dans la noirceur, d'où jaillit à profusion la lumière telle une lance d'or éblouissant la foule, en bas, rompant l'envoûtement puissant qui la paralysait. Contraint de bouger pour suivre les voltes du cheval ailé, le monstre ne parvenait plus à masquer le soleil, et chacune de ses tentatives de dévorer le gêneur exigeait de lui des contorsions pour empêcher la clarté de déferler.

Le cheval emmenait Uter d'une trouée à l'autre, comme s'il bondissait de flaque dorée en flaque dorée, son parcours dessinant une constellation clignotante, sans cesse submergée par l'ombre. Dans les tournoiements de sa danse aérienne, on le voyait disparaître ici, resurgir là, frôler un instant le versant des ailes de l'amas colossal, sorte de paysage raviné qu'il fallait explorer d'un bout à l'autre pour espérer le franchir, à moins de s'en éloigner tout à fait.

De nouveau, une couronne de petites flammes enveloppa la créature. La chaleur emplit l'air autour d'Uter, qui se mit à ruisseler de sueur. Cependant, il s'était habitué aux infinies variations de la cavalcade, et il sentit qu'il gagnait en vitesse sur les ténèbres à sa poursuite. Sans doute, la volonté qui les animait hésitait-elle à gaspiller davantage sa patience dans une vaine chasse, quand elle pouvait embraser la plaine. L'accroissement même de son feu devait l'obliger à se concentrer et à ralentir.

Uter piqua le long d'une aile, traversa des fumerolles et remonta en direction d'un mince rai lumineux qui filtrait de l'obscurité. Il se précipita, émergea soudain dans la lumière. Au-dessus de tout, le soleil brillait, semait ses ors sur la couche nuageuse, alourdie de neige. Pour Uter, c'était la plus haute cime : l'immensité paisible, la vraie, l'indifférente, dont il retira le sentiment irréfutable de la beauté majestueuse – sous la voûte céleste, il n'était plus de plaine, de pays, de royaume même imaginaire, il n'y avait que l'interminable. Mais la terre le rappelait. Il s'inclina.

De là où il se trouvait, il distinguait des nuances dans l'amas charbonneux, dont un agrégat plus épais étendait ses ramures ondoyantes, coulées de lave grumeleuse entre lesquelles de larges espaces formaient une houle d'ombres. La chaleur continuait d'augmenter, éprouvante à présent comme à proximité d'un foyer de forge. Uter repéra la jointure saillante qui rattachait une des ailes démesurées au tronc noir du monstre. Il poussa un cri d'encouragement pour son cheval et plongea.

Il se crispa au moment du choc, mais sa monture avait compensé la brusque descente et galopait avec une légèreté inégalable sur la vaste étendue, malgré la température élevée, suffocante, qu'ils ne pourraient endurer très longtemps. Ils avançaient dans une fournaise. Des vapeurs s'élevaient autour d'eux, des flammèches étouffaient aussitôt sous les sabots. Uter se pencha pour frapper l'ombre crevassée, épaisse et chaude. Avec une satisfaction intense, il entendit un bruit de déchirure, d'abord faible, puis de plus en plus prononcé lorsqu'il puisa dans ses forces pour enfoncer davantage sa lame. Une humeur grasse s'y enroula, qui dégageait une odeur de soufre.

Ce n'était rien encore. Il y eut un grand remous, un tremblement dans la masse qui ressentait une faiblesse imprévue et voulait se défaire de l'intrus d'un haussement d'aile. Mais le cheval adaptait sa course, évitant les obstacles et les heurts, passant comme la foudre à travers l'enfer noir. Ainsi, le galop se poursuivit, en même temps que le rude labeur du cavalier qui frappait inlassablement et qui, au fur et à mesure d'allers-retours forcenés, traça un sillon de ténèbres ensanglantées.

Couverts de sueur, les poumons brûlants, ni Uter ni sa monture ne semblaient s'apercevoir qu'épée et sabots rougeoyaient, que chacun de leurs mouvements leur coûtait davantage, que le plumage arraché au démon se consumait peu à peu, rémige par rémige. La lame en tournoyant soulevait des anneaux de flammes.

Sur la plaine, les peuples n'étaient plus dans l'état de stupeur qui les avait soumis au pouvoir malveillant de la grande ombre. Toutefois, ils regardèrent impuissants la queue flamboyante s'enrouler au-dessus d'eux, et il n'y avait pas de doute qu'elle s'abattrait directement sur les armées, et non sur la neige : puisqu'au moins l'un d'entre eux se rebellait, tous devaient périr.

À ce moment l'épée d'Uter trancha encore, et l'aile céda, se désagrégea en une large traînée de cendres. Alors la créature déséquilibrée bascula, lutta pour se maintenir dans le ciel, mais sa queue s'écrasa sur les parois du gouffre dont elle avait surgi, sans faire de victimes. Les roches s'écroulèrent, la piégèrent, et elle tomba sans pouvoir se dégager.

Uter l'accompagnait dans son effondrement : les ailes à demi brûlées, son cheval était incapable de prendre de l'altitude. L'animal épuisa ce qui lui restait de vitalité en courant et voletant sur le flanc obscur, afin d'atténuer les rigueurs de la chute. Comme emporté dans une avalanche, Uter brandissait toujours sa lame et, se croyant perdu, ouvrit la bouche pour adresser un rire de défi à la terre contre laquelle il se ruait. Mais son rire ne retentit pas ; les rênes craquèrent, sa monture affolée se cabra, fit un dernier effort pour s'écarter de la masse compacte – Uter éprouva l'impression trouble d'être suspendu entre deux instants, puis il fut projeté sur le sol dur tandis que le destrier disparaissait dans la fumée et la ténèbre.

Celle-ci s'agitait violemment, en partie coincée dans la faille au fond de laquelle elle broyait des cadavres et de l'or, en partie martelant ses alentours. Elle cherchait à s'extraire une nouvelle fois, et après le fracas de la chute, sa rage silencieuse terrifia l'assemblée. Or elle brûlait, dévorée par son propre incendie que son corps amoindri ne contrôlait plus.

Cependant le fils de Constant vivait et haïssait encore, même il se releva et marcha à pas lents vers l'objet de sa haine, toujours couvert du lambeau bleu de la livrée de Merlin, et son épée fumait – peut-être était-ce elle, jamais rassasiée de victimes, qui le guidait vers l'ennemi. Sans trembler, alors que les filaments fouettaient l'air, il alla droit à la gueule aveugle qui se dressa, énorme, face à lui.

« Je n'ai que mon épée, et plus de cause à défendre, dit-il, mais toi, tu n'as rien, pas même la parole pour maudire ou insulter. Tu te consumes : comprends-tu que tu vas mourir ? »

Le monstre s'ébroua, étendit ses membres informes vers le soleil inchangé qui jetait sur lui de durs rayons. Déjà, il semblait se couvrir d'une lèpre grise : des plaques cendreuses se détachaient de lui sans laisser de traces. Alors, que ce fût par compréhension du propos du guerrier qui le narguait, par résignation à l'absurdité de son existence, de son déclin, ou encore parce qu'il ne se souciait pas de l'homme ridicule, mais qu'il percevait le monde d'une façon qui lui était propre, et qu'il aspirait au néant, il inclina son cou jusqu'au sol et s'offrit sans résistance à la lame levée.

Dans sa fureur Uter frappa dix fois, cent fois, davantage. Autour de lui des volutes grises flottaient, lui voilaient la vue, il frappait encore, taillant dans ce nuage qui n'en finissait pas de se répandre – il frappait toujours quand la foule interdite se mit en marche, irrésistiblement convoquée par cette lueur de l'épée qui perçait une nébuleuse de cendres. Quand ils furent tout près, le dragon noir s'effrita en poussière charbonneuse.

Uter s'extirpa du grand monceau desséché. D'abord tous reculèrent, parce qu'il était méconnaissable, et que son poing était sanglant. En effet, si sa faiblesse avait été moins accablante, il aurait pu les attaquer. Pourtant, il les voyait sans réagir. Une rumeur commença de gonfler les poitrines, on hésitait : qui était-il ? Un fils de Constant, lequel ? Pandragon, Uter, non, le seul qui vaille, le seul qui soit, le roi ! Le roi ? Une voix, chantante comme celle d'un oiseau – idée saugrenue, en hiver, les oiseaux quittaient le pays, hormis les charognards –, une voix couvrit les autres : Uterpandragon ! s'exclama-t-elle, et tous de répéter : *Uterpandragon*, tous de proclamer : le roi ! Car la bataille était oubliée. Comment pouvait-il en être autrement, après un tel exploit ?

Une haute silhouette pourfendit la multitude heureuse. C'était Hengist, le teint livide, vacillant sur son cheval roux. Il se présenta devant ce nouveau souverain qu'on célébrait éhontément, leva une main : ceux qui le reconnaissaient se turent, bientôt firent taire les autres. Soudainement, chacun se découvrait entouré d'anciens adversaires. Ils considéraient les deux chefs qui se tenaient là, épuisés certes, mais chefs tout de même, pour lesquels on se battrait, s'ils le voulaient, s'il le fallait, malgré le souvenir de la terreur, malgré l'exploit. Car une bataille demande un vainqueur ; cette évidence tortura les guerriers, jusqu'au moment où Hengist prit la parole, d'une voix forte en dépit de ses blessures.

« Roi des Bretons, dit-il, permets que les blessés soient ramassés et soignés. Permets que les Saisnes se retirent, ainsi que tous ceux qui le voudront. Permets une trêve durable. Achève cette guerre. »

La réponse tarda. N'était-ce pas la fin des fins, songeait le fils de Constant en proie à une mélancolie profonde, n'était-ce pas son destin de toujours manier le glaive, d'anéantir, de toiser le vide en lui et de le jeter au visage des lâches, d'exhiber ses plaies tout en en espérant d'autres, une autre surtout, l'ultime, l'inguérissable qui lui ferait l'effet d'une révélation ; d'une absolution ? Ses pensées ne lui appartenaient plus. Ce langage fiévreux était celui d'un inconnu. Il avait mal aux mains.

« Que l'on prenne soin des blessés », dit-il.

Le grondement d'allégresse éclata, *Uterpandragon !* repris sans cesse, *Uterpandragon !* Il semblait que ce cri ne devrait jamais diminuer, pour rouler éternellement à travers la plaine ravagée.

*

Elle grogne. Ce qu'elle grogne ! Sa peau est devenue trop étroite pour la contenir. La marque de l'épée est son sceau de liberté, sa vie s'échappe vite par la blessure ; ce qu'elle saigne ! Le goût mauvais sur sa langue n'aiguise certes pas son appétit. Elle ignorait que la mort chasse les loups pour leur fourrure ; quelle sensation dégrisante, la honte du prédateur rabaissé au rôle de la proie ! Il y a de la fraîcheur, ici, de l'eau qui coule vive entre des pierres polies. Sa gueule roule dans le flot, elle lape tout ce qu'elle peut. Ses yeux plongent dans l'onde, elle cherche une dernière fois son visage sans savoir si elle osera le reconnaître. Qui vient là, quelle silhouette lointaine passe d'un reflet à l'autre ? Elle devine un front pur, des épaules nues… cette nymphe qui s'ébat, tendra-t-elle une main glacée pour l'entraîner vers des profondeurs secrètes ? Ou est-ce l'illusion trompeuse d'une mort accueillante, comme l'enfant qui danse follement sur le rebord ? Ses pieds sont trempés. Elle a des yeux immenses. Lorsqu'elle se penche, la louve n'est plus louve mais un corps de femme qui soupire après l'apaisement. Elle n'a pas sauvé l'aimé, ni obtenu vengeance : vivre encore serait vain, la répétition futile d'erreurs revendiquées. Il faut mourir. Pourtant l'enfant semble rire et se penche plus près : es-tu dans ma vision, ou suis-je dans la tienne ? Je m'étais perdue dans un bois de chimères, puis dans une tempête de neige rubis, quand j'ai suivi ta trace. J'ignore où nous sommes. Tu es blessée, je vois, ta volonté s'éteint. Mais prends les mains que je te tends, laisse-toi glisser dans les eaux ; leur courant abrite une dame qui sait guérir même la mélancolie. Elle te montrera des voies secrètes, d'abord vers le renoncement et l'oubli, jusqu'à ce que ta mue s'achève, jusqu'au regain. À moi, si je lui plais, elle apprendra où et quand je dois être. Ne résiste pas à la douceur du temps qui s'annonce. Il y a tant de choses qu'à ton tour tu pourras m'enseigner : les plaisirs de la course libre et du beau cri sauvage, les amours déchaînées sous les étoiles… Écoute ! Un chant me vient qui te soulagera :

Voici la mer sauvage à l'assaut de la terre,
rouge d'argent rival par l'écume emporté
tout au long de la grève où gît son pieux mystère.

Il faut se recueillir dans les ombres d'été
où croît déjà l'automne avare de lumière ;
le soleil déclinant jure fidélité

à des bonheurs plus vrais, à la nouvelle pierre
sur laquelle bâtir un horizon plus droit,
une tour haute et blanche à présent la dernière.

Rien ne finit jamais, ni l'amour ni la foi
aux rives d'Avallon en pays de légende.

« Petite, fit la dame du lac en les accueillant entre deux eaux, tu as changé. Tu as changé en même temps que tu disais tes vers. Tes cheveux ont poussé… Est-ce un nez que voilà ? Tu embellis ! Quoiqu'il te manque encore une bouche.

— Je préfère rester incomplète. Il faudra cacher le bas de mon visage… Je ne veux grandir qu'un tout petit peu, pour apprendre mieux ce que sont les hommes et pour quelles raisons ils ont blessé notre belle dame-louve.

— Ils te feront du mal aussi, s'ils le peuvent. Quelle leçon espères-tu tirer des blessures et de ceux qui les portent ? Guérir est la seule chose sensée à faire. Si ce n'est moi, le temps y pourvoira.

— Alors c'est dans le temps que je chercherai les causes, dans le passé que j'irai voir de mes propres yeux si la plaie de la louve est en fait la guérison de la femme.

— Va donc, puisque je me rends compte que rien ne te fera changer d'avis. Je sauverai ta protégée… et l'enfant qu'elle porte. Quand tu me reviendras, nous serons plus nombreuses.

— Nous nous compléterons. Nous serons comme des sœurs, chacune prendra soin de l'autre. »

Car je ne veux pas voir la mort aujourd'hui, ni jamais.

11

Uter, la face crayeuse, était assis sur un siège médiocre qui grinçait dès qu'il se mettait à remuer la jambe de nervosité. Depuis la veille, il devait se retenir d'arracher les bandages qui recouvraient ses mains, et faire attention à parler normalement au lieu de hurler – de rage ou de douleur, il ne savait au juste. Il n'avait pas dormi. En venant dans la tente d'Urien, il avait espéré que la tempête en lui s'apaiserait quelque peu, à défaut de se taire tout à fait, que s'atténuerait dans sa bouche le goût de sang et de défaite. Car, malgré les sourires las et les clameurs des Bretons, il avait quant à lui la certitude d'un vaincu : la vanité accablante de la lutte et de la cause, qui anéantissait la misérable satisfaction qu'il y avait à survivre.

C'était pire, même : il avait l'impression d'un lendemain de trop, d'une aberration qui, lui semblait-il, exigeait absolument réparation. Dormir, alors, ç'aurait été accepter de passer à autre chose, renoncer au sentiment d'injustice et de révolte face à un monde devenu anormal. Des gens déraisonnables l'appelaient « sire » ! Comment pouvait-on ignorer l'obscénité d'une telle formule ? Comment osait-on ? Étendu à ses pieds, Urien était le miroir de sa souffrance. Pourtant, leurs raisons différaient.

Leur conversation était entrecoupée de silences. À l'un comme à l'autre, ce qu'ils voulaient dire paraissait superflu, presque indigne. Ils finirent par évoquer le monde neuf, contre lequel leur noble réserve était dérisoire. À leur étonnement, ils s'aperçurent que les termes pour le décrire n'avaient guère changé : toujours sur leurs langues revenaient les noms de royaumes, de dieux et de peuples. Ils parlèrent des Saisnes. Le ton monta.

Urien s'agitait, postillonnait en palpant à chaque instant sa jambe cassée. En imagination, il chevauchait de nouveau au cœur de la bataille et cette fois le résultat n'était pas le même. Il exterminait des ennemis absents. Toutefois ce qu'il disait navrait Uter.

C'était la litanie du ressentiment : Hengist vivait, il était une menace ; ils avaient vu son armée, nombreuse, puissante ; elle s'était retirée, mais pouvait resurgir, submerger la Bretagne au printemps, comme elle submergeait déjà la Mercie. Il fallait rassembler des hommes tout de suite, attaquer le Nord. Urien connaissait bien la région. Il n'avait rien oublié, ni le castel de ses ancêtres, ni sa colère. Sûrement, ses blessures guériraient à temps pour qu'il puisse participer à la campagne. Uter était maintenant le seigneur de guerre des Bretagne – Urien disait : seigneur, afin d'éviter un autre mot plus imposant –, qu'il donne l'ordre !

Le fils de Constant se frotta les mains en grimaçant. Ses plaies lui semblaient toujours ouvertes : les bandages étaient rouges. Après un silence, durant lesquels des glaives se brisèrent et des hommes moururent une seconde fois, il répondit : non.

Il avait rêvé lui aussi d'une guerre contre les Saisnes ; d'une guerre sans fin, aux faits d'armes incomparables, aux héros grandioses éloquents jusque dans l'agonie. Il avait rêvé d'une guerre pareille à un au-delà, parce qu'il ne connaissait pas encore la solitude étrange d'un lendemain de grande bataille. À sa façon de réitérer ses vieilles rancœurs, Urien montrait des symptômes identiques.

Leur prétendue discussion avait consisté à monologuer tout haut en présence l'un de l'autre. Non, répéta Uter, et cette fois-ci Urien dut écouter, car la voix était plus claire, sûre de son droit. Il n'exigerait pas du peuple de partager un fantasme guerrier, il ne décevrait pas son espoir de repos mérité, de régénération. D'ailleurs, qui affirmait que les Bretons, enfin libérés du règne de Vortigern, manifesteraient ensuite une volonté de conquête ? Ce n'était plus l'époque aventureuse de Constant, quand de jeunes passionnés avaient senti que l'empire romain périclitait, qu'il fallait s'en défaire ou risquer de s'estomper en lui.

Ce n'était plus le temps de l'épée, dont le fourreau était l'horizon offert aux yeux du conquérant. Constant avait vécu et souffert, il était mort pour laisser un autre héritage.

« Et l'épée que tu portes, protesta Urien, quel est donc son usage ? Hypocrite ! Que sais-tu des Bretons ? Ils se battront, si on sait les mener !

— Quand tu es venu à Saras et que tu as rencontré Pandragon, qu'espérais-tu pour le pays ? Qu'attendais-tu de ton roi ? »

Uter posait ses questions calmement, mais il y avait dans son ton une réponse définitive, un écho de la tranquille conviction avec laquelle il avait empêché Urien d'exécuter Hengist. Soudain les deux vétérans n'étaient plus des frères d'armes, égaux dans le péril. Ils redevenaient les étrangers méfiants qui s'étaient rencontrés par hasard, près d'une bauge, chacun en quête d'une autre vie.

« Tu n'es pas mon roi », dit Urien en baissant la tête.

Son aveu l'affligeait. Ils avaient combattu ensemble et brusquement, par cette parole franche, ils ne partageaient plus leur destin.

« Non, je ne le suis pas, reconnut Uter. Rétablis-toi, baron. Puis, tu feras ce que tu voudras. »

Alors ils n'eurent plus rien à se dire.

Quelques flocons tournoyaient au-dessus du camp à moitié vide, faute de vivants pour le remplir. Uter déambulait seul, le dos voûté de fatigue, son manteau blanchi par la neige. Il passait de tente en tente, saluant chaque homme éveillé, s'enquérant des blessés. Beaucoup dormaient, cependant, d'un sommeil profond qui devait leur épargner les cauchemars. Uter continuait le sien. Il s'en revendiquait.

« Sire ? »

Il se retourna brusquement, prêt à rabrouer celui qui l'interpellait de façon si solennelle. Dans le même temps, il s'en voulut de se sentir offensé par un titre dont ses interlocuteurs devaient supposer qu'il s'honorait. Ah ! C'était donc ainsi que commençait l'exercice du pouvoir : en acceptant des formules de politesse ! Bientôt, il se fâcherait de leur omission.

« Eh bien, père abbé ! dit-il en avisant Protais sous le capuchon relevé de sa robe. Vous êtes là pour soulager les blessés ? »

Il ne considérait pas d'autre raison à la venue du moine dans le camp des soldats. En d'autres circonstances, il aurait ignoré le prélat austère sans y réfléchir deux fois.

« J'ai l'intention de prendre soin de leurs âmes, en effet. Un frère plus au fait des choses du corps s'occupe des blessures physiques. »

Uter ne répliqua pas. Il se désintéressait déjà de l'abbé, qui sans se décourager se mit à trottiner après lui. Les pans amples de sa robe flottaient autour de lui comme des ailes atrophiées.

« Pardonnez, sire, fit-il en hâte, je voulais… je dois vous demander ce que vous prévoyez à notre sujet.

— De vous ? » répéta Uter, interdit.

Qu'avait-il à faire d'une couvée de moinillons, à l'écart du monde ? La neige sur la bure noire fondait lentement. Protais avait l'air curieusement misérable. Or son inquiétude ne se réduisait pas au sort de son monastère, mais à l'ensemble des chrétiens du royaume. Il l'expliqua avec précipitation, interrompant sans cesse son babil par des excuses et des précautions oratoires. Ces politesses excessives, entre vouvoiement distant et tournures délicates, impatientaient Uter. Devant la puissance qu'il représentait, le moine se rapetissait. Cependant son visage émacié, ses yeux creusés de cernes lui conféraient une expression mélancolique jugée satisfaisante par Uter : les mystères divins, pensait-il, devaient accabler leurs exégètes. Un moine bienheureux lui aurait répugné. Protais avait passé la journée et la nuit de la veille en prières.

« Pour quoi exactement avez-vous prié ? demanda le fils de Constant.

— Pour le triomphe d'un roi habité des idées chrétiennes ; pour la piété et l'amour entre les hommes, qui sont tous frères.

— Tous ? »

Il songea à l'acharnement qu'il avait montré à poursuivre ses adversaires. Au fort du combat, les enseignements chrétiens d'Abenamar ne lui avaient dicté aucun sentiment de compassion. Mais il pouvait conjecturer que Pandragon, au même moment… non, il était facile de tromper la douleur en empruntant à son frère les idées qu'il lui connaissait. Il devina tout à coup que Protais désirait cela : entendre dans la bouche du nouveau roi les paroles pieuses qu'un autre lui avait adressées, et la garantie des concessions promises aux chrétiens : soutien du culte, fondation d'églises, messes latines auxquelles assisterait la noblesse, par zèle authentique ou complaisance à l'égard du souverain.

« Bien sûr, continuait l'abbé embarrassé. Nous espérons qu'un jour vous consentirez à recevoir le baptême… oh, nous ne l'exigeons pas ! Mais vous êtes le maître d'un royaume durement éprouvé. Dans la foi, le peuple trouve le réconfort. Vous aussi, sire, vous avez souffert. Dans vos exploits, permettez-nous de voir un signe ! Permettez-nous d'admirer dans votre royaume l'image du Royaume du Dieu ! Sa Loi indique la voie à suivre. Permettez-nous la louange et le sacrifice. Nous vous soutiendrons dans la tâche sacrée qui vous incombe, par la prière et par l'impôt. »

Uter esquissa d'abord un sourire sarcastique à l'écoute de cette dernière déclaration, mais son amusement fut bref. En dépit de l'hiver, des pépiements d'oiseau tombaient du ciel avec les flocons. Le ciel se riait-il de lui ? Protais en tout cas mêlait tout, asseyant la divinité sur le trône, adossant la flatterie à l'adoration, hissant la peur par-dessus le respect.

Devant Uter le non-baptisé, l'abbé présumait parler à l'héritier monstrueux de deux rois défunts, Pandragon et Vortigern, à la fois mystique et vénal, sage et vaniteux. S'il s'avérait ému au souvenir de son frère, on le convertirait ; s'il partageait les faiblesses de l'usurpateur, on achèterait sa tolérance ! Quelle misère, gémit intérieurement Uter, quel affront ! Des hommes étaient morts, les revirements des survivants salissaient leur mémoire, et la neige ne recouvrait pas tout cela sous une seule chape uniforme, vouant tout à l'oubli !

« Sire, la larme est mère de vertu », dit Protais avec sollicitude.

En effet un voile humide emplissait les yeux d'Uter, qui sanglotait. À l'expression de l'abbé, il découvrit que la sincérité se lovait au croisement des préoccupations de celui-ci, et qu'elle mordait avec douceur : le chrétien croyait bel et bien au dieu de la croix, au péché lavé dans le sang, à la miséricorde. Pour un tel homme, la grandeur nécessairement existait, quoiqu'il en fît un objet d'adoration passive et qu'il se trompât sur les pleurs d'Uter, dont les larmes étaient autant orphelines qu'infécondes.

Le fils de Constant se troubla.

« Priez pour mes frères », fit-il d'une voix blanche, mais qui ne suppliait pas.

Aussitôt il regretta d'avoir donné un ordre presque

candide, de nature aussi évidemment égoïste. Il repoussa le moine et s'éloigna à grands pas.

*

Sur le chemin sans borne, voici la face ardente du vivant qui hante les fantômes ; d'outre-mort il vient brandir l'épée au-dessus des corps enneigés, sans y prendre garde il déserte le royaume de fraîche naissance ; il saigne le remords d'un âge où les enfances galopent, où s'exerce le droit d'aînesse. Il trace sur la plaine blanche le souvenir d'un rire crépusculaire. Son adieu est un défi à la souveraineté des os et du deuil.

Adossé contre une pierre colossale, Merlin, accablé de tristesse, considérait son protégé qui arpentait le champ de bataille, rendu méconnaissable par la chute pourtant sans malice des flocons. Néanmoins Uter, pris d'un délire fiévreux et l'épée à la main, allait entre les amas de cadavres, s'efforçant de ranimer les guerriers qui gisaient. Par la voix et le geste, il exhortait les uns à le suivre, les autres à l'affronter. Pourtant aucune lame ne jaillit pour arrêter la sienne, aucun cri de guerre ne répondit à ses invectives.

Après un instant de gesticulations inutiles, un tiraillement dans son dos lui coupa le souffle, tandis qu'une faiblesse écartait les doigts de sa main droite. Pour ne pas laisser choir son épée, il l'empoigna de la main gauche, prit une longue inspiration. Sa crise finissait.

Alors il remarqua le grand cercle de pierres qui dominait la plaine, et la livrée bleue du page qui avait été son ami.

« Il faudra patienter pour enterrer les corps, dit Merlin. La terre est dure, la neige ne facilitera pas la tâche. Mais les dents du dragon leur feront une pierre tombale inégalée. Chacun en les voyant saura que des Bretons ont vécu et vaincu sur la plaine ; leur gloire aura son monument. Console-toi ! »

Uter parcourut des yeux les roches âpres, bizarres sentinelles dressées sur un champ de morts. Une consolation ? Il y avait tant de visages dans sa jeune vie qu'il n'aurait su décrire, tant de noms oubliés ; quant à la plupart des guerriers défunts, il n'aurait pu raconter à personne la moindre histoire de valeur qui le rattachait à eux, en bien ou en mal. Il y avait eu des coups d'épée, des signes de tête, des cris, des regards échangés, dont il était incapable d'établir une chronologie, un ordre quelconque, un sens immuable. Malgré son expérience, Urien pas plus que lui n'avait comblé le manque qui se creusait là.

Le cercle de pierres, peut-être, créerait une légende, autant de fumées et d'ombres qui dépouilleraient peu à peu Uter de la vérité à laquelle il aspirait. Sa propre identité lui échappait : ses oreilles résonnaient encore des clameurs qui scandaient l'appariement contre-nature des noms des fils de Constant, comme si la perte de son frère devait s'abolir dans la survivance d'un patronyme. S'il laissait faire, le peuple abasourdi chanterait bientôt les louanges d'un souverain inventé de toutes pièces. Était-ce la punition de son orgueil ?

« Les égarés qui parviendraient ici ne verraient que des ruines, dit-il.

— Tu es épuisé. Ta langue remue le deuil. N'essaie pas de juger les vivants à l'aune des morts. Autrefois, l'idée de les sacraliser te rebutait. Pleurs donc, souffre… le cercle durera plus longtemps que les mémoires. Il contient l'avenir entre ses pierres, une promesse faite par d'anciens rêveurs à ceux qui arriveront, en quête d'un mystère à résoudre. Les noms importent moins que tu penses… Parfois, l'héroïsme est dans l'inachevable. Ton combat a changé le monde ! Tu en as peur ? Change avec lui ; règne. Réapprends à vivre. »

Uter hocha doucement la tête en signe de dénégation. Du plus profond de son être, il refusait ; les promesses, les responsabilités tissées ensemble, dans la même étoffe austère, lui paraissaient trop splendides encore, à l'aune d'un vêtement de deuil royal, excusant assez aux yeux du monde les actes les moins nobles. Non ! Il était celui qui, en proie à la fureur, avait pourchassé une louve au lieu de se comporter en champion de Pandragon, au lieu d'à ses côtés affronter les ténèbres et la flamme. Il était l'impardonnable.

« Les rois sont des menteurs, fit-il avec hargne, et toi, Merlin, toujours prompt à justifier l'avenir, tu me demandes d'aimer par avance des inconnus ! De me soumettre à leurs espérances ! Mais non ! Je ne veux pas. »

Son épée sifflait de nouveau au-dessus de sa tête. Par de grands moulinets, il repoussait l'assistance invisible qui chercherait à le convaincre de vivre pour elle.

Il saisit sa lame des deux mains, déchirant ses bandages, rouvrant pour de bon ses plaies. Une grosse pierre à l'écart du cercle, banale et plate, attira son regard. Pointe vers le bas, il lui porta un grand coup, suivis de nombreux autres.

Comme il se fatiguait à ce rude travail, la lame

s'enfonça soudain dans la roche et y demeura, nue et informe, arme de peu. Il s'en détourna. La couche de neige s'était accrue, et il s'enfonçait dans la blancheur, semant derrière lui des fleurs rouges éphémères.

Merlin tendit la main vers l'épée hors de sa portée, de façon à la cacher à sa vue, derrière ses doigts. De son autre main, il recueillit un flocon pour le faire fondre, porta l'eau obtenue à sa bouche, délicatement, comme pour un baiser.

« Ma dame, murmura-t-il, à la fin des temps, m'aimeras-tu coupable d'un crime qui n'a de nom dans aucune langue ? Ou bien, croyant trouver refuge dans tes bras, serai-je en fait un monstre prisonnier ? »

*

Il foule la neige et ses appréhensions, ouvre une plaie pour en guérir une autre, qui ne lui appartient pas. Son corps s'efface sous l'écorchure, il se dépouille, s'allège du poids de la ressemblance. Sa mère ne le reconnaîtrait pas – la douleur est sa seconde peau, où il greffe des blessures secrètes : les joies d'enfance lui ont donné le goût des nuits longues, la crainte des bêtes de passage. Un cri déchire net sa poitrine ; il est plus jeune qu'autrefois, il naît dans le spasme et l'énigme qui le transperce : comment peut-on vivre et n'être que soi ? Ses pas le transportent hors des lignes brouillées de la plaine, loin du témoignage muet des disparus. Il faudrait s'envoler, mais personne ne l'ose ; sa chair et son sang offerts à qui veut les prendre, que ne donnerait-il pas ? En lui s'amoindrit le vieil et fami-

lier instinct de révolte. Cet envoûtement-là, de maigre puissance, ne lui convient plus. Il ira au pays, où rôdent les loups et les hommes.

Abenamar s'écoutait respirer, chaque fois surpris par l'ampleur de son souffle. Se pouvait-il que personne ne fût bouleversé par le vacarme ? Alors qu'il se tenait peut-être sur le seuil de l'enfer, plongé dans des ténèbres infinies, habitées par personne d'autre que lui. Ou bien en aveugle errait-il, esprit désincarné, à la recherche d'un témoin qui refusait de l'entendre ? Dans sa poitrine, le cœur tiraillait – décidément il vivait, se rassura-t-il. Dieu en soit remercié. Dieu ! Pourquoi fallait-il qu'il ait vécu pour perdre tant de rois ?

À présent il était réveillé, il remuait sur sa couche et agitait les nouvelles insupportables qu'une voix anonyme lui avait prodiguées, à une heure impossible à déterminer. Nourrie de ses blessures, de son chagrin, une faiblesse vertigineuse l'absorba. Lorsqu'une voix chaude, celle-là familière, le tira de sa prostration, il se crispa. Il n'était pas prêt.

« Tu auras été fidèle à ton devoir, fit Uter, comme personne ! Je ne te ferai pas l'affront de te demander si tu te sens enfin libéré de la mission que tu t'étais assignée. Nous avons des larmes à verser ensemble.

— Pleurer vaut mieux que dormir, marmonna Abenamar. Je sais que tu souffres autant que moi, plus peut-être : car je prierai pour tous, sans distinction, confiant en des jours meilleurs.

— Quoi ! Même à présent ?… je t'admire, sais-tu ? Ton cou ne ploierait pas sous le poids de la couronne.

— Ah ! Je n'ai jamais douté du bien et du mal, ni

de ma place dans le monde. Tu dis que je suis resté fidèle ? À moi-même, rien de plus. Ainsi vit-on, meurt-on en homme fait.

— Comme tu résumes d'une simple maxime ce qui, pour beaucoup, relèverait d'un exploit ! Pourtant, le doute a ses mérites. Un roi doit douter de ses décisions. Sinon, comment pourrait-il tenir en laisse le tyran qui rue en lui ?

Uter se rapprocha de la couche et prit la main de l'ancien héraut, trop stoïque pour se plaindre tout haut de la gravité de ses blessures. S'il survivait, l'obstiné bonhomme remercierait son dieu, et par son exemple ouvrirait le ciel à d'autres qui n'espéraient que cela, emplir le moindre arpent de miracle et d'amour. Mais leur amour serait exclusif, leur enchantement restrictif : ils accueilleraient le monde entier dans une seule petite église. Or la place manquait.

Cela aussi, c'était une leçon de bon gouvernement. En régnant, il aurait à choisir uniquement ce qui servait ses desseins spécifiques, quitte à appauvrir le champ des possibles. À d'autres les embrassades innombrables et les étreintes médiocres ! La générosité était l'apanage des futurs vagants.

« Doute de toi-même, répondit Abenamar, mais garde-toi de confondre le doute avec les dérisions d'une mascarade. Douter n'est pas une façon de justifier le mensonge. N'importe quel traître, sinon, serait absous. Souviens-toi que Judas s'est pendu. Maintenant, excuse-moi, Ulfin, je n'en peux plus… »

Surpris d'être percé à jour, Merlin sous l'apparence d'Uter lâcha la main de l'aveugle qui sombrait dans un lourd sommeil. Il sortit de la tente, tremblant d'émotion. Il lui semblait fuir le lieu d'un crime odieux. Dehors, la journée d'hiver aiguisait ses couteaux de glace sur les souffles des hommes affairés.

Le camp reprenait vie, en dépit de la lassitude persistante et des affaires qui traînaient çà et là, parce que leurs propriétaires désormais ne les ramasseraient plus. Une gaieté discrète éclairait certaines figures. Petit à petit, les vainqueurs s'apercevaient de leur victoire. Auprès d'un feu, des soldats byzantins partageaient leurs gamelles. Lorsqu'il se présenta devant eux, ils se redressèrent aussitôt, crachotant leur gruau en essayant de le saluer d'une clameur. L'un d'eux, plus vif ou plus réfléchi, avala d'un trait sa bouchée et tendit sa gamelle vers le nouveau venu.

« Sire, en voulez-vous ? s'enquit-il. Ce serait un honneur ! »

Ces démonstrations d'affection et de respect rassurèrent Merlin, enchanteur au double visage, qui se ferait une vertu d'être l'homme providentiel dont le royaume des deux Bretagne espérait des miracles. L'héritier de Constant reniait son devoir ? Soit ! Le fils de démon rachèterait les défaillances de l'homme malheureux. Merlin maîtriserait le destin comme on dompte un cheval rétif.

Il régnerait comme on rêve éveillé. Il serait Uterpandragon.

Par lui commencerait l'âge de la chevalerie.

ÉPILOGUE

Les puissants seront tourmentés puissamment.

Il y avait eu une abbaye dans les environs, autrefois, mais elle avait brûlé.

Les chevaux gonflaient les naseaux en tirant à leur suite les charrettes chargées de lourdes pierres, sous le regard chagrin des manouvriers. Pour l'instant occupés à creuser, ceux-ci appréhendaient l'ordre qui viendrait tôt ou tard de décharger les blocs énormes.

Quelques-uns parmi eux se désintéressaient pourtant de l'arrivage, uniquement concentrés sur les va-et-vient des pelles, et sur l'accroissement du remblai qui dépassait déjà la hauteur de leurs épaules.

Le chantier de la cathédrale avait du retard. Cela impliquerait des sanctions prochaines, retenues sur salaire ou renvoi pur et simple. Tous pourtant étaient durs à la besogne : il fallait que Dieu ait pris quelque ombrage des travaux, car l'architecte et l'évêque se querellaient à tout bout de champ. L'inclinaison des voûtes, l'arrondi du plafond, l'épaisseur des murs… le moindre détail recelait dans leurs discours des significations connues d'eux seuls, mais d'une importance considérable.

L'évêque, personnage débonnaire et d'un âge avancé, ne se trouvait pas le cœur de renvoyer l'architecte, d'ailleurs brillant. Aussi, quand l'un parlait du sacré, du divin caché dans les nombres, l'autre désespérait d'achever ses plans et d'entamer sérieusement la construction. La livraison inattendue des pierres s'interprétait comme une façon diplomatique et contraignante de ramener le prélat au sens des réalités.

L'évêque était venu, ce matin-là, assister aux premiers coups de pelles. Il se plaisait parfois à méditer à l'emplacement de son abbaye disparue. Chose inhabituelle, il avait tenu un long discours à l'ensemble des ouvriers, qui découvrirent bientôt qu'il leur faisait l'honneur d'un sermon.

Quand il leur parla des premiers temps, ceux d'avant la tentation et de la chute, sa voix prit des accents de tendresse, presque de nostalgie – il leur paraissait tellement vieux qu'en riant tout bas ils se demandaient s'il ne rapportait pas ses souvenirs.

Mais dès qu'il évoqua le péché, son humeur s'assombrit. Il devint sévère, leur reprocha directement des fautes réelles et imaginaires. Sous ses dehors de bon vieillard, il connaissait les faiblesses humaines, qui ne prêtaient pas selon lui à la plaisanterie. Les rires s'éteignirent.

Alors, dans une envolée où perçait le sanglot, il les émut avec le récit du visage aux épines et des bras en croix ; tous baissèrent la tête, affligés par l'image de haute solitude. La crucifixion, proclamait l'évêque, rachetait leurs péchés. À la réflexion, chacun ne s'en comptait pas beaucoup, mais on voulait bien croire qu'une cathédrale ne suffirait pas à les contenir tous, mis en commun : les péchés des autres, allez ! On ne les comptait plus !

La péroraison se fit en latin, dont ils comprirent l'essentiel qui n'était pas dans les mots : l'évêque les aimait, et Dieu à travers lui. C'était parole d'Évangile, qu'il leur répéta dans une langue qu'ils entendaient : Gloire à Dieu dans les hauteurs, et paix sur la terre aux hommes qu'Il aime. L'évêque les quitta.

Maintenant, ils avaient les faces terreuses et manquaient de temps pour regarder le ciel.

Il y en avait tout de même un, réputé paresseux, qui conservait en toutes circonstances un teint blême, où le trou béant de sa bouche édentée témoignait assez qu'il bâillait souvent. Pour une raison inexplicable, il échappait à la vindicte du contremaître et bénéficiait même de la sympathie générale. Il savait flatter son monde.

Surtout, il restait aux aguets malgré son indolence, toujours prompt à signaler quelque événement digne d'intérêt.

Alors qu'ils s'engourdissaient au travail, son sifflement prolongé les mit en alerte, sauf ceux qui ne prêtaient jamais attention à ce qui sortait de l'ordinaire. Hommes de routine, ils dédaignaient les imaginations stériles. Eux aussi toutefois, remarquant le silence solennel de leurs compagnons, finirent par relever la tête.

D'un convoi qui passait dans le lointain s'était détachée une cavalière solitaire, montée en amazone, dont la robe virginale déposait sur les yeux fatigués des taches de blancheur. Elle vint au trot jusqu'aux limites du chantier, feignant d'ignorer le trouble qu'elle suscitait. Elle contemplait les lignes dans le sol qui commençaient à s'affirmer et, à la manière toute de grâce dont elle souriait avec les yeux, ils devinèrent qu'elle parvenait à se représenter l'ouvrage terminé, la cathédrale dressée devant elle avec la splendeur d'une tour de garde placée à l'entrée des cieux.

Puis, rompant le charme, elle fit demi-tour, leur laissant à tous l'impression qu'un ange surgi des sermons des prêtres leur avait octroyé une visite. Celle-là, c'était une dame, une grande, à laquelle ils n'osaient consacrer plus qu'une pensée très chaste. Et tous peu à peu se remirent au travail, soudain enclins à croire qu'ils participaient vraiment à l'établissement du royaume de Dieu sur la terre.

Deux cependant s'attardaient. Le premier continuait de fixer la silhouette blanche qui retournait auprès des siens ; le second, face pâle et bouche noire, observait le premier.

« Alors quoi, compère ? dit-il. Tu n'avais jamais vu une femme pareille, dis ? Je t'accorde que la jeune demoiselle Ygraine peut désespérer le cœur d'un homme. Elle fera peut-être le malheur de son futur époux. On m'a donné à entendre – tu sais comme on se confie facilement à moi, qui ne paye pas de mine –, que sa famille cherche à la marier à un baron puissant. Si tu veux mon avis, l'affaire sera rondement menée. C'est une beauté ! »

L'autre ne réagissant pas, le tire-au-flanc bien

informé songea que la chair toujours éblouirait les hommes. Il se sentit content de lui.

Le manouvrier, saisi, avait oublié sa tâche, ses compagnons et la cathédrale.

Ses yeux bleus s'enflammaient d'un désir fou.

DU MÊME AUTEUR

Aux Éditions Aux forges de Vulcain

UTER PANDRAGON (Folio Science-Fiction nº 650)

Aux Éditions Delatour

LES PAS D'ORPHÉE

LE GUETTEUR INSOLENT

Composition : IGS-CP à L'Isle-d'Espagnac (16)
Achevé d'imprimer par Novoprint,
le 10 mars 2020
Dépôt légal : mars 2020

ISBN : 978-2-07-282292-6/Imprimé en Espagne

342505